诡案一科

GUIANYIKE

胡炣◎著

文匯出版社

图书在版编目（CIP）数据

诡案一科 / 胡炣著. —上海：文汇出版社，2013.5
ISBN 978-7-5496-0832-4

Ⅰ.①诡… Ⅱ.①胡… Ⅲ.①长篇小说-中国-当代
Ⅳ.①I247.5

中国版本图书馆CIP数据核字（2013）第030464号

诡案一科

作　　者 / 胡　炣
出 版 人 / 桂国强
责任编辑 / 周小诠
特约编辑 / 庆　宇
封面装帧 / 姚姚工作室
出版发行 / 文匯出版社
上海市威海路755号
（邮政编码200041）
经　　销 / 全国新华书店
印刷装订 / 北京业和印务有限公司
版　　次 / 2013年5月第1版
印　　次 / 2013年5月第1次印刷
开　　本 / 960×640　1/16
字　　数 / 245千字
印　　张 / 16

ISBN　978-7-5496-0832-4
定　价：29.80元

目录 CONTENTS

秘密档案一 神殇

秘密档案二 双影杀

目录

CONTENTS

秘密档案三 等价交换

秘密档案四 枫鬼

秘密档案一
神殇
GUIANYIKE

第一章 刑警洛毅森

2010年11月20日，晚23：55。

他走在无人的小路上，忽明忽暗的路灯映照在地面上就像一条蛇蜕，蜿蜒曲曲。一阵疾风吹过，道路两旁外的枯树吱嘎摇曳，像极了风烛残年的老翁，弓着腰打着鼾。他忍不住抖了一个寒颤，在上衣口袋里取暖的手瞬间变得冰凉。

疾步前行，拿出电话大拇指有点不听使唤地在电话簿里调出号码，急忙拨了出去，当听见对方很快接听电话的声音，莫名地多了一份安全感。

“你他妈的怎么还不来？”他焦躁地谩骂着，“到哪儿了？快，快点。我就在工作室门口，还差……”

呼哧……呼哧……呼哧……

低沉浑厚的古怪声音忽然袭来，他猛地转回头，看到的只有摇曳的枯树和昏黄的光影。

呼哧……呼哧……呼哧……

阴冷的汗湿顺着脊梁骨爬上他的脑袋，看着刚刚走过的小路，好像有什么东西蛰伏在看不到的黑暗中窥伺着。

又来了，它，又来了！

忽然，什么东西在后面狠狠拍了一把他的右肩，紧绷的恐惧神经在瞬间崩断，寂静的夜里，响起嘹亮的惊叫声。

“你别叫得跟个女人似的行不行？”洛毅森捂着耳朵，安抚被惊吓到的朋友。

嘉良心有余悸地看着洛毅森，安定了许多。然而，刚才那种恐怖的感觉还在心里盘踞着，他又回了头。

“看什么呢？”洛毅森好奇地问。

“等，等会再说。”言罢，他推着洛毅森朝着马路对面的四层楼走去，“咱俩不是说好十一点见面么？这都快十二点了，你怎么才来？”

“加班呗。”洛毅森打着哈欠，貌似有些无聊，“上周那个抢劫案抓到凶手了，今晚突审来着，这不刚下班就奔你这儿来了。”说着话的时候，他瞥了眼嘉良，“还是觉得有人跟踪你？”

嘉良心情不好，打开了楼门，只说：“我收拾收拾就回家，到家再跟你仔细说说。”

就这样，两人走进了工作室。嘉良推开录音室的门，直接贴着墙又打开了通往配音室的小门，还没进去的时候，转回头告诉洛毅森：“你稍我等几分钟，我进去收拾收拾。”

在刑警队忙了一天的洛毅森非常疲惫，他坐在工作台前的转椅上懒洋洋的。透过面前半面墙的大玻璃窗可以看到在配音间昏暗的光线下忙碌着的嘉良，心说，这个大学时期人称嘉大胆的小子也知道害怕了，不过话又说回来，这小子一向为人和善，谁会跟踪他？八成是熟人吧，最好是个变态，吓死这小子！

完全没把好友的安危放在心上，洛毅森打着哈欠昏昏欲睡。

忽然，室内的灯光啪啪闪烁起来，黑与亮急促交替，就像舞台上的频闪器，刺激着视网膜。

这是单独的四层小楼，这个时间也只有嘉良还在工作，应该不会出现偷电的现象吧？洛毅森纳闷地走到墙边关掉室灯，一瞬间整个录音室陷入了墨一般的黑暗中。他没有驻足，借着配音室的余光往工作台走，隐约中……

呼哧……呼哧……呼哧……

不知来自何方的声音让他头皮发炸，手脚冰凉，他的一半身子映在微弱的光亮中，另一半被黑暗吞没。耳闻犹如猛兽般的呼吸声，双腿像灌铅似的沉重。

呼哧……呼哧……呼哧……

周遭陷入诡异的安静，他的本能意识到了危险，大喊着“嘉良，快出来”的同时，朝着小门摸去，忽见一道白光猛地在眼前炸开，瞬时间，世界变得一片亮白。这亮白如猛兽之口，席卷而来吞了他的视线，吃了他的身子。他猛地想到，自己已经变成了这亮白的一部分，再也脱离不得。在几乎刺瞎眼睛的亮白中他什么都看不到。那诡异的声音越来越清晰，他的脖子发硬，左右顾盼的时候发出嘎嘎声，像是被什么东西嚼碎了一样。他继续大喊着：“嘉良，嘉良。”

惊愣之余，录音室被惊恐的喊叫声充斥得几乎爆裂，他听到嘉良惊呼着："这是什么？滚，滚开，不，放开我。"

"啊——！"一声撕心裂肺的惨叫，吓得他一屁股跌坐在地上。死死闭着眼睛以适应光线。亮白在他的视网膜上留下的光斑，渐渐成形，就像条蛇蜕弯弯曲曲。

2010年11月21日凌晨00：40。

罗海峰带着人冲进了一楼的案发现场，第一眼看到下属洛毅森脸色惨白地坐在走廊，不禁心中一紧。洛毅森是他手下的猛将，什么场面没见过，怎么被搞成这样了？转而，有些恨铁不成钢的恼怒，疾奔过去，低喝："起来！"

"队，队长。"洛毅森抬起头，脸上尽是懊悔。

罗海峰一看他这样更是恼火，大声骂道："起来，怂货。"说着，便去抓他的胳膊，这才感觉到他的身体还在微微发抖，大感意外。也有些后悔没问清情况就随便骂人，他蹲下身子，细看洛毅森的脸色，"冷静点，说说，里面的死者是谁？你都看到了什么？"

在罗海峰和洛毅森谈话的时候，法医和鉴证组成员已经开始勘察现场。死者为男性，年纪约在二十五到二十八岁之间，尸体呈俯卧状趴在地上，面部朝右侧，下面一滩血迹。法医小心翼翼地检查尸体，发现致命伤在脖子上，也就是俗称的"割喉"。

利器割断了死者的气管和动脉，几乎是在瞬间死亡。法医看着伤口不禁深深蹙起眉头，其他勘察现场的警员也都流露出他这般的神情。其中一个老刑警阴沉着脸疾奔出去，在门口罗海峰的耳边低语了几句。

"你确定？"罗海峰难以置信地看着老刑警，"这不是开玩笑的。"

"确定。"说完，老刑警也跟着蹲下身子，看了看糟糕透顶的洛毅森，"小洛，命案发生后你一直在这里？"

洛毅森点点头："我没离开过。不，当时跳闸了，我先把电闸推上去。然后进入案发现场搜索凶手，但是……"

"你什么都没有发现？"

"没有，什么都没有！"洛毅森的惊惧感已经好了很多，遗留下来的只有不甘和愤怒，"我搜索了所有地方，什么都没有，该死的，什么都没有！我关上里面那个小门保护现场，然后一直在这里，凶手不可能在我眼前隐形，如果要离开现场必须经过我。但是，没有，什么都没有。"

听到这里，罗海峰起身走进案发现场转了两圈，最后无奈地叹息一声，嘀咕着：“这案子不属于我们的管辖范围了。”

十分钟后，一辆很普通的黑色帕萨特在楼门前停下，罗海峰听到了声音，招呼手底下的人：“别动任何东西了，都撤出去。”

已经恢复正常的洛毅森刚刚准备去勘察现场，忽闻罗海峰的决定诧异不已，急跑到他面前，追问：“为什么？勘察现场还不到半小时，为什么要撤？”

“你老实点。”罗海峰不悦地说，“这案子我们不管了。”

“什么？不管了？这是咱们的管区，为什么不管了？里面躺着的那个是我兄弟，我是目击者，我是警察，你给我说清楚，为什么不管了？”

“因为我接手此案。”

忽然而来的声音，打断了洛毅森近乎于咆哮的质问，他转回头，看到身后站着两个年轻的男人。其中那个戴着棒球帽的高个子男人直接走进案发现场，留下的男人似笑非笑的脸上戴着无框眼镜，斯文儒雅的气质，俊朗挺拔的身姿，看上去像个学者。

“他们是谁？”洛毅森转回头质问罗海峰，他的态度充满了敌意，甚至无视了身后的男人。

罗海峰的面色很是难看，拍掉洛毅森指着男人的手，越过他径直朝对方走了过去，低声道：“小洛是我的兵，你手下留点情。”

男人笑得极是好看，低语道：“当然。”

后面的洛毅森一肚子火气，要冲过去理论个清楚，却被刚刚那位老刑警一把抓住扯到了一边，他急红了眼：“干什么？”

“你听我说。”老刑警把声音压得很低，“等会问你什么就说什么，不问的别多嘴，积极配合他们调查案情。记住，绝对不要多嘴，不要跟他们有过多的牵扯。”

一番话说得洛毅森莫名其妙，忍不住追问：“那男的到底是谁？警服也不穿，我在局里也没见过这样的人。”

“别问了。”老刑警摆摆手，“记住我的话，早点回来。”

老刑警的话音未落，罗海峰喊道：“收队。”言罢，告诉洛毅森，“你留下。”

为什么？

当洛毅森满脑子都是“为什么”的时候，他的同事们已经全部撤了出去。那个斯斯文文的男人走到他面前，笑道："我隶属一科，我们的办公室不在警局里，所以我们从未见过。现在开始一科正式接手此案，既然你是目击者，请说清楚案发时的经过。"

老前辈的警告犹言在耳，洛毅森万分不解地看着对面的男人，正要开口，就听现场里面那个人喊着："公孙，进来。"

"忘了自我介绍。"被叫到名字的斯文男人不急不躁，对洛毅森笑道，"我叫公孙锦，一科科长。"

公孙锦温和的笑容驱散了洛毅森心中残余的惊惧，却多了不少疑惑。他跟着走进案发现场，拭目以待。

现场内，那个戴着帽子的男子蹲在尸体跟前，解开死者的衣领把致命伤赤裸裸地露出来，公孙锦看了一眼，面色如常。他告诉洛毅森正在检查死者的男人叫"蓝景阳"。

"你就是目击者？"蓝景阳头不抬眼不睁地问了一句，这样有些傲慢的态度引起了洛毅森极大的反感，杵在一旁不吭声。蓝景阳也不急，慢悠悠地说，"当时看到了什么？"

还是要说的吧，洛毅森焦躁地抓了抓头发，从嘉良给他电话说起。

我跟嘉良邻居，幼儿园那时候就认识了。他创办这个梦纷飞影音工作室已经有两年了。平时因为工作忙，我们几乎不怎么碰头。在前天，他忽然给我打电话，说总觉得有人在偷偷跟踪他，差不过有半个月的时间了。这段时间我一直很忙，没跟他见面。他连着打了电话催我，今天下午一个案子告破，我们约好晚上在他工作室见面。

我是在十一点五十五左右到的，当时嘉良出去买东西我们在马路对面碰面，他说还要收拾点东西才能回家，我就进来等着。那时候，他在这个配音室内收电线，我在外面的录音室等他。我们进来差不多有五分钟的时间，室内灯忽然闪得很厉害……

公孙锦在他的脸上看到了抑制不住的紧张，想必是回忆起当时的情况而有的自然反应。不过，洛毅森虽然紧张，但他的讲述逻辑清晰，语言简练，没有被恐惧感所影响。说完了那刺眼的光亮和嘉良的叫喊声，他又详细陈述了是如何在光亮消失后进入现场检查被害者的情况。说到这里，公孙锦打断了他，问："那种白光持续多久？"

"大约五秒。"

"你进入现场后有什么异样吗？"

闻言，洛毅森一边琢磨一边说："没有。嘉良面朝下趴在地上，房间里只有一个壁灯还亮着，光线不好。但我确定这个配音室里除我们之外没有其他人。我迅速检查了两个房间，没有任何异常。"说着说着，洛毅森无意识地陷入了自我思索状态，"这里很奇怪，想要进入案发现场只能通过录音室的房门，凶手应该是趁着嘉良出去买东西的时候潜入，但为什么我没有发现凶手？杀了人要怎么出去？这间配音室没有窗户，录音室的双层窗都上了锁，我还在现场，如果凶手企图从窗户跳出去我应该看得见。除非……"说着，他猛地抬起头看着天花板。

"小洛。"公孙锦温和的声音打断了他的思索，"你一直站在录音室的门口吗？"

"废话。"洛毅森被打断颇为不爽，"那是唯一的出口，难道我会关上门等队长他们赶来？这么低级的错误你觉得我做得出来吗？"

被呛了几句公孙锦倒也不生气，笑眯眯地看着他："还有吗？"

涌到嘴边的话卡住在那一点私心上，他看了看公孙锦和一直无视自己的蓝景阳，摇了摇头。公孙锦微眯起眼睛，本是毫无异常的目光让洛毅森紧张起来："你怀疑我？"

一边检查尸体的蓝景阳满不在乎地随口道："怀疑你也正常。密室案中只有你和死者，他死了，你活下来。"言罢，抬头看着洛毅森，"还是说，你有其他线索可以提供？"

该死，刚才没说，现在若是告诉他们岂不是证明自己有意隐瞒？失策了，被他们打了个回马枪。洛毅森忍着一肚子火气，言道："你们怀疑我是有道理，但很遗憾，我不是凶手。首先从伤口来说，就不可能是我。"

公孙锦眉峰一挑，笑问："为什么？"

洛毅森走到尸体跟前，指着脖子上的伤口，说："凶器很尖利，瞬间划开了气管、颈部动脉，这种情况下血液不会慢慢流出而是会以放射状喷出。如果我是凶手，衣服该有血迹。"

"你也许会换掉衣服。"蓝景阳不疼不痒地说。

"不可能。"洛毅森把矛头指向蓝景阳，"首先，今晚十一点我离开局里的时候就穿着这身衣服，有同事可以作证；第二，外面那条街上至少有两个交通监控摄像头，我和死者横穿马路肯定被摄像头拍到；第三，我跟死者在二十三点五十五的时候通过电话，也是那时候我们横穿马路进入大楼。死亡时间是今天凌晨一点十分，队长他们在一点二十五分赶到，之间相差了十五分钟。如果我是凶手，要在这十五分钟之内处理凶器、血迹、指纹，后两者都好说，重要的是凶器。”言罢，他转过头去看着公孙锦，“你们留在外面的人找到凶器了？”

这话问得有些没头没脑，公孙锦觉得有趣，便问：“你怎么判断出外面还有人？”

洛毅森忍不住翻了白眼，说：“这不是明摆吗？不管什么部门出现场都不可能只有两个人，队长带走了我的那些同事，换句话说，现场外围的调查工作你需要安排自己人负责。”

面对洛毅森的侃侃而谈，蓝景阳抬手把压得过低的帽檐向上推了推，露出一双深邃的眼睛紧盯着洛毅森，洛毅森也不胆怯，坦然地面对他：“十五分钟内处理凶器，还要顾忌街道上的摄像头，我不可能跑得太远，或者说我只有在两栋楼之间的巷子里才有机会藏匿凶器，但是我敢保证，你们在那里绝对找不到。”

“哦？”公孙锦饶有兴趣地走过来，“为什么？假设凶手另有他人，也有一些可能性在巷子里处理凶器，为什么找不到呢？”

“直觉。”

蓝景阳对这个回答有些失望，重又把帽檐压低去一边检查其他东西。倒是公孙锦，像是自语地说：“直觉啊。”

洛毅森不喜欢他的口气，高高在上被他审视的违和感。所以，走到他面前，说：“直觉并不是什么不靠谱的东西，是多年的经验结合理论的综合第一判断力。”

洛毅森对直觉的定义换来了公孙锦诧异的目光，莫名的，他有些紧张，等着公孙锦出招。岂知，对方却说：“你回去吧。”

“什么？回去？”

“当然，早点回去休息。”

洛毅森欲言又止，终究还是沮丧地点点头，连声再见也没说转身走了。他走到录音室的时候，回头看了眼还趴在地上的嘉良，眼睛里闪过一丝倔强，趁着里面那两个人不备，偷偷把什么东西塞进了工作台下面。

洛毅森前脚刚离开现场，公孙的电话响了起来，他只是嗯嗯了两声便挂断，告诉蓝景阳：“后巷没有找到凶器。”

“那个姓洛的……”

“我会让苏洁盯紧他。”

两栋楼之间的小巷子里昏暗无声，他确定了里面没人才闪身过了进去。出于某种生活习惯，洛毅森永远都带着两部电话，一个是工作专用一个是私人号码。刚才，他用私人电话拨打了自己的工作电话，保持通话状态，他想要知道，公孙锦和蓝景阳在他离开之后会说些什么。

很快，他在电话里听见了蓝景阳的声音："公孙，这屋子看起来是间密室，但上面有通道。"

通道？洛毅森心中一紧。他去过那个工作室无数次，从来没听说过上面还有通道，那个姓蓝的是怎么知道的？

"我找人来打开看看？"公孙锦的声音从耳边传来。但是，蓝景阳却说，"不，暂时别动。我还要再听听。"

蓝景阳的话让洛毅森一头雾水，完全不明白是什么意思。这时候，听蓝景阳接着说："这是第二起了。你怎么看？"

"看手法是同一个凶手，我原以为凶手会在短时间内作案，没想到相隔了半年之久。"

相隔半年？就是说，半年前有人像嘉良一样被杀？洛毅森下意识咽了口唾沫，继续听。

"公孙，你不觉得奇怪？这起命案和第一起相比少了很多东西。"

这时候，洛毅森听到了公孙锦的笑声，继而听他说："那是因为我们的目击者没有说实话。"

瞬间，洛毅森的背部一片汗湿。

浑浑噩噩回到家里，躺在床上的时候还难以接受嘉良已经死亡的事实，难不成爷爷的遗言成真了？

爷爷还活着那时候就经常念叨，自己这是惹事的命格，就算整天躲在被窝里，麻烦也会主动登门拜访，特别是二十五岁这一年，有个大坎儿，跨过去了就是大吉大利，跨不过去，就有性命之忧。对于爷爷这个说辞，洛毅森是不屑一顾的，他打小就是个自力更生的主儿，对于什么命格、运数这些玄而又玄的东西一向不予理睬。但事与愿违，从小到大，每每遇到陌生人的时候身边的家伙们总是会这样介绍他："这是周易大师洛河的孙了。"然后，对方就会忽略他英俊硬朗的外表，并提出看手相、测命数的诸多要求。十几岁那时候，还懂得些礼貌，老老实实说自己啥也不会，过了二十，耐性没了，直接问人家："老子哪里像神棍？"

想起爷爷的临终遗言，也跟着想起再过两个月才是二十六岁生日！不禁在心里嘀咕，爷爷啊爷爷，你到底留下个化解的法子啊。这件事真是自己的一个坎儿，那要怎么办才好？

想来想去，他倔强又执著的性格始终放不下诡异的命案，更放不下多年好友的死。单手遮住酸涩的眼睛，咬着牙，一圈捶打在床上，低声咒骂，该死！

他猛地起身，打开电脑。记得公孙锦说过，在半年前发生了一起类似的案件，也许能找到一些报道也说不定。

但事实上，他在网上奋战了两个多小时也没能查到一点线索，他不甘心，改变了搜索方式。最后在某个论坛上发现了一个帖子，标题是：酒吧内离奇命案，古老神兽现世。

古老神兽！？他急忙点开帖子，上面写着在一家酒吧店庆的时候忽然停电，然后刺眼的白光充满了整个酒吧。在人们慌乱的叫声中白光很快就消失了，但一个女人被割断了脖子趴在桌子上。

就是这个，洛毅森的血开始沸腾。

一大早洛毅森就冲进了的朋友的家，拼命地回忆着昨天晚上映在视网膜上的那个光影，试图让朋友在电脑上弄出个模拟图来。半小时后，朋友拍拍他的肩膀，语重心长地说："哥们，别说是我这个高手，就是神手，也没办法光凭你比比划划地搞出个成图来。"

洛毅森有些难以接受，这小子号称没有他P不了的图，怎么到这儿就卡壳了？他不甘心，又去找了几个人，结果他们都束手无策。看着已经过了上班时间，洛毅森只好暂时作罢，赶去警察局。

在罗海峰办公室里，他嬉皮笑脸地面对阴气沉沉的队长："队长，你跟东区的王队关系不错是吧？有点事我想找他问问。"

坐在办公桌后面的罗海峰气恼地瞪了一眼，随手把一部电话拍在桌子上："你说你小子到底想干什么？"

是昨晚留在案发现场的电话。洛毅森头皮一紧，索性破罐子破摔了，他说："那两个一科的人什么都不说。"

"人家凭什么跟你说？咱们是两个部门，这案子现在归公孙了，你搀和什么？当自己有多大能耐居然敢偷听一科的内部情况？我告诉你，要不是公孙不愿意多事，就你这个举动足够让自己停职半年。"

这话是不是有点过重了？或者说，这种并没有被索取的代价是不是太不靠谱了？一夜未眠的洛毅森一股火气冲头，拍了队长的桌子，直喊："我就是不明白那个一科到底是什么！那个公孙锦又是谁？我也是警察吧？咱们是一个系统吧？凭什么……”

“小洛。”罗海峰镇定地打断了他的追问，“我能理解你的心情，可你也要明白这案子就算由我们来侦破，以你和死者的关系也是需要回避的。况且，某些案子一科的能力要强过我们，警察是纪律部队，你要服从上级的决定，所以，不要再给自己找麻烦。”

对，这才是关键！洛毅森抓住了重点，再问：“什么叫‘某些案子’？”

这混小子，真是死倔死倔的！这都跟自己扑腾了三年，怎么一点没改？罗海峰无奈地叹息一声，拿起盖子扣在茶杯上，这是他惯有的动作，表示一个话题的结束。他起了身走到洛毅森跟前，正色道：“你暂时休假。”

一切都显得这么不正常，不管是那个公孙锦还是被勒令休假，甚至是嘉良的死。洛毅森被太多的疑问打得措手不及，怎么跟队长争吵的；怎么离开办公室的；怎么走在大街上的他都不知道。浑浑噩噩地见路就走，幸好有位路人及时拉住他，才没有被车撞倒。他感激地谢过好心人，一身冷汗把各种疑问排挤出纷乱的大脑，该做的事不是没有，也不是说休假了就什么都做不了。正所谓在家靠自己，警界靠朋友嘛。

他叫了计程车，在车里给当年在警校的室友打了电话。半小时后和对方见了面，龙晓一见着他的脸就夸张地张大了嘴：“我去，你怎么成红眼耗子了？”

洛毅森心想，我一夜没睡眼睛不红就怪了！他抓着龙晓的胳膊把人按在座位上，左右顾盼了几眼，才问到正题。龙晓皱皱鼻子抓抓头，相当为难地说：“哥们，看在咱俩在警校一个寝室住了四年的份上，这案子我劝你别管。”

“说个理由。”洛毅森问道。

“其实吧。”小龙琢磨一下措词，“半年前接手这案子的是三组，我是被借过去帮忙的。所以，了解的不多。我只知道，死者叫唐康丽，在一家酒吧被杀。一周后，这案子就移交其他部门了，至于是什么部门，队长也没说，虽然也有人追问过，但队长发了火。就我们队长那爆操的脾气，哪还敢有人多嘴啊。”

虽然龙晓不知道是哪个部门，但洛毅森可以肯定是公孙锦那些人。他问道：“哥们，你们不是还查了一个星期么，有什么线索？”

“毅森，你想我不得好死啊？”龙晓夸张的模样有几分喜感，“队长要知道我私下泄露给你，还不活埋了我。”

这滑头是不见兔子不撒鹰的主儿，洛毅森跟他同学四年还不了解这点吗？把事先准备的东西拍在桌子上："别废话，把你知道的告诉我，这三十来张世鼎洗浴中心的贵宾券就是你的。"

龙晓咂舌，看着三十来张贵宾券直咽口水，但只能告诉洛毅森："不是哥们不帮你，那案子所有的资料都被拿走了，我不可能记住里面的东西。"

臭小子，真是不见兔子不撒鹰。洛毅森把贵宾券拿回一半来，冷眼看着他："我就不信你一点没记住。"

"兄弟，真没记住。唉唉唉，你别都拿走啊。"

"说！"

"你就是个催命鬼！"龙晓愤愤地磨牙，"得，算我嘴欠了。别的我是真没记住，但是有件事印象很深刻。命案发生的时候不少人在场，我负责给一对小情侣录口供，妈的，情侣都去死！"

"说正事。"

抱怨完对情侣的怨念之后，龙晓神秘兮兮地说："他们告诉我，看到一片白光，白光过去后，眼睛里，就是说刺眼的白光里面有轮廓，白光过去后酒吧间内的普通日光灯亮了，他们的眼睛好像看到类似某种野兽的形状。"

"哪种野兽？"洛毅森认真地问。

本以为他会不屑地否定自己的说法，没料到他这么认真。龙晓挑眉瞪眼："你还真信啊？"

"信不信你别管，说吧，什么野兽。"

这可难住龙晓了，他挠挠脑袋，说："不好确定。有爪子、有翅膀还有很长很长的身子。说像蛇吧，可蛇没有爪子和翅膀啊；说想鹰隼吧，鹰隼的身子有没那么长。反正这事挺玄乎的。"

在嘉良案发的那时候，洛毅森也有这种感觉。那个留在眼底的东西到底是什么？翅膀、爪子、像蛇一样的身体。该死，想不出来哪种生物长成那副德行。

龙晓知道的真的不多，洛毅森也没再逼他，最后还是把那三十来张贵宾券留下了。

在马路上走着走着，被电话铃声吓了一跳，生怕是队长来抓包，一看到是龙晓的号码，禁不住自嘲地笑了笑。电话里，对方问道："不行，我还是忍不住，你给哥们说实话，为什么要打听这案子？"

为什么？洛毅森沉默片刻，沉声道："我发小被杀了，作案手法、死亡现场和唐康丽的一模一样。"

"真的假的？"

"我会拿这种事开玩笑吗？而且，那个什么特殊部门在怀疑我，因为当时我在案发现场。所以，论公论私，我都得查查。"

耳边传来龙晓的叹息声，遂听他说："这话咱说完就算，你也不要太看重了。"

"你怎么这么啰嗦，有话就说。"

龙晓绕过街口，走到一家店铺门口停了下来，压低声音，说："这案子我们累个半死查了一周，结果却被其他部门要走了，我挺来气的，所以就没说。其实，我查到唐康丽在被杀前几天曾经跟人结怨。她女儿在佳佳幼稚园当老师，有一天和同事发生了争执，对方不小心划破了她的脸，第二天唐康丽跑去幼稚园闹，骂得很难听，而且还要求幼稚园方面给对方一些严惩。"

"知道那个人是谁吗？"洛毅森问道。

"叫'江蕙'。我查到的线索不多，只知道她没有父亲，所以唐康丽骂她是'野种'，具体情况你自己去查吧。"

听到洛毅森说了声谢谢，忽然就觉得心里忐忑不安，叮嘱他："毅森，你小心点，有什么需要可别忘了哥几个。"

说是让他小心点，可以那小子撞了南墙也不回头的性格来看不折腾出点事儿来不可能吧？龙晓无奈地摇摇头，刚刚收好电话，忽见两个高大的男人围了上来。他面色一寒："干什么？"

对方穿着很普通的衣服，把他堵在路边，其中一个开口问："你跟洛毅森说了什么？"

龙晓一怔，呆呆地看着对方拿出证件。

第二章 峰回路转

江蕙，这名字有些耳熟，却又想不出个出处，也许会跟嘉良有关。所以，洛毅森决定先去见见这个女孩。

走到幼稚园门口，他却犹豫了。现在等于是私自行动，如果通过院方搞不好会被队长知道，虽然说这是迟早的事，但能拖延一时也是好的。想到这里，他在幼稚园周围晃了几圈。

幼稚园地处一家高级住宅小区的门口，他在附近走了一会，总觉得有些不对头，被跟踪了？他停在一家网吧的门口，装作看海报的样子在洁净的玻璃窗上看身后的倒影，似乎并无异常。但他可以肯定，身后有人。

这时候，想起了嘉良的话，“有人跟踪我，看不到是谁，不管在哪里都像被人偷偷盯着似的。”对，就是这种感觉！

怎么办？现在想办法揪出来？还是放长线钓大鱼？最后，他选择了第二种方案。闪身进了网吧，暂且不去理会外面的情况，专心在网上查了一点关于幼稚园的信息。他找到了意想不到的好东西，幼稚园有自己的网站，还贴出一些优秀幼师的照片，其中就有江蕙。

江蕙并不是很漂亮，干干净净的看起来相当舒服。知道对方长什么样子就好办了，他看了眼网吧的大门，扬起手臂大声招呼着：“网修，我这死机了，过来看看。”

网修坐在他的椅子上强行关机，他把香烟火机还有半瓶水留在桌子上，提了提裤子朝卫生间走去。

借着尿遁的招儿从卫生间的小窗户跳到外面，左右看了看确定没有被人监视，快步走进了人流拥挤的大道上。

这时候是六点多天色已黑，街道两旁的商家店铺纷纷亮起了霓虹彩灯，把冬夜渲染出一番热闹景象。他一直守在距离幼稚园大门稍远的地方，始终没看到江蕙出来，直到晚上快九点，街道上的行人已经很稀少，幼稚园的大门才再度打开，一个行色匆匆的女孩走了出来。

就是她，江蕙！

洛毅森观察着江蕙出了大门后朝着右侧的小区机动车专用道走过去，估摸了一下时间，他转身去通道的出口等着。

他估计江蕙大约会在五分钟后与自己碰面，所以，也没急着跑过去。当走到距离出口还有二十来米的时候，忽听前方传来一声紧过一声的脚步，听上去是女人无疑。出事了？他下意识地想到这个可能性，拔腿就跑，迎向机动车道的出口。

出口有两个升降杆，江蕙逃命似地跑出来，弯着腰在升降杆下面钻出去，一个不稳崴了脚，洛毅森赶忙伸手接住，女孩柔软的身姿毫无悬念地跌进他的怀里。

冬夜里，一声惊叫划空而过。

江蕙用力推开洛毅森，把包包抱在胸口惊惧地看着他，他一边掏出证件一边说："别怕我是警察，出什么事了？有人追你？"

在某种特殊的情况下"警察"二字永远都是最好的定心丸，江蕙面露喜色跑到他身后抓着他的袖子："有人，刚才有人要抓我。"

"看清是谁了吗？"

"没，没有。"

他看了眼机动车道，并不是很昏暗，也不见半个人影。他心有疑惑，便说："你在这等着，我过去看看。"

"不要！"江蕙的手在发抖，因为害怕更加贴紧了他。一股清香的气味缭绕在鼻端，洛毅森的心软了几分，安慰道："要不，我先送你回家？"

虽然没有说话，但江蕙的脑袋点得像捣蒜似的，洛毅森不禁失笑。

江蕙的租住房距离幼稚园很近，徒步只需要二十分钟左右。洛毅森觉得这女孩有点缺心眼吧？也不问自己为什么会出现，也不问自己叫什么，就这么乖乖地跟着走了，万一自己图谋点啥……

"请问，怎么称呼您？"

在洛毅森胡思乱想的时候，江蕙拘谨地看过来问他。他笑笑："我姓洛，市局刑警大队的。"

"哦，洛警官。"江蕙低着头，"谢谢你。"

"这点小事不用客气。刚才怎么回事？"

闻言，江蕙转头看了看身后的方向，心有余悸地说："我也很纳闷。走到一半的时候就觉得后面有脚步声，我还想呢，小区一直很安全不可能是坏人吧。但是脚步声越来越快，我就回头看了一眼，结果什么人都没有看到，我害怕了就开始跑，没跑多远就有人抓我的大衣。我都没敢回头，拼命地跑。"

干净的脸上没有血色，江蕙心有余悸。洛毅森深吸了一口气，脱下外衣披在她身上："没事了，现在很安全。"

话虽这么说，但江蕙遇到的情况极为古怪。而且，洛毅森不认为这是她的错觉，或者说他联想到了嘉良的情况，被跟踪，看不到人。

"江蕙，其实我是专程来找你的。"

"找我？"江蕙有些意外，"警察找我干什么？"

他们停在了一家快餐店门口，洛毅森想了想，才说："我一天没吃了，请你吃晚饭怎么样？"

"那个，我们还是陌生人。"

"我知道。"越说越离谱了，洛毅森也知道自己嘴笨，只好解释，"谈话的时间可能会有点长，你看，这么晚了我也不方便去女孩家里。以前上学的时候我都不敢进女生宿舍，有一次去了，满屋子挂的都是内衣，我就一直弯着腰坐了半个多点，出来的时候还以为自己得腰脱了。"

洛毅森的毛病就是见了女孩会紧张，当然在审问犯人的时候会好一些，只是在生活中他这个问题始终没什么好转，说着说着就容易跑偏。但恰恰是他有些不知所措的样子让江蕙好了很多。但她坚持AA制。

在快餐店里两人各自要了套餐，落了座洛毅森却没了胃口。他谨慎地说："我想了解一下半年前你跟唐康丽那次的纠纷。当然，了解这些并不是针对你的，所以，请不要有什么顾虑。"

尽管洛毅森的措词很谨慎，但江蕙还是非常紧张。她甚至不知道该从何说起，洛毅森只好慢慢引导她："你在幼稚园工作多久了？"

"两年多了。"

"第一份工作吗？"

江蕙点点头："是的，我毕业就到那里了。"

多听几句了她的声音，洛毅森呆愣起来。他不知道该如何形容，这是他听过的最好听的声音，脱口便说："你说话的声音真好听。"

当一个男人很真诚的夸奖一个女人的时候，后者很容易误会什么。江蕙脸上通红，低下头去。洛毅森意识到自己失言，急忙岔开话题："那个，孩子们很可爱，这个我最清楚。"

闻言，江蕙诧异地看着他，他忙说："你别误会，我才二十六，还没孩子呢。不是，是还没结婚呢。"

许是被他紧张的模样逗笑了，江蕙低下头勾起唇角。洛毅森也有些不好意思，讪笑着说："我不会说话，你别介意。"

洛毅森的随和缓解了江蕙的紧张，她终于正视着这个腼腆的年轻男人，说起半年前的事。

那件事虽说闹出了很不好的影响，起因不过就是鸡毛蒜皮而已，而且唐康丽的女儿早在两个月前就另谋高就了，现如今在幼稚园里没人再提到那件事。当时，她也是无意间碰掉了墙上的镜框，掉下来的碎片划破了对方的脸，她道了歉，却没料到第二天对方的母亲骂上门来。

江蕙和唐康丽的女儿是同学，所以她由单身妈妈抚养长大的事情不算是秘密。唐康丽是从女儿口中得知的，当时骂得很难听，为此江蕙消沉了几天，院长给她放了假，等回来上班后不少同事都劝她不要往心里去。这件事也算到此为止了。

后来，听说唐康丽被杀，还有警察到幼稚园找她的女儿，但是没有人问起过那件事，江蕙也未多想。

明明是很乏味的话题，洛毅森听着听着竟走了神儿。江蕙坐在那里眉目低垂，口气不急不躁，甚至没有多少声调起伏，单纯地平静地讲述着自己的一段记忆。也许是因为她动听的嗓音，让他的心情格外安逸。

这是个很难得的女孩，他想。这样的女孩不懂得撒娇任性，会像温顺的猫儿守在一旁安安静静地等着你。但是，这样难得的女孩不是嘉良喜欢的类型。

也许食物的味道重了点，他口干舌燥，又要了一杯冰水一口气喝下去，凉爽之际思绪终于回到了案子上。洛毅森掏出嘉良的照片，问道："你认识他吗？"

江蕙的眼睛里闪过一丝异样，沉默了片刻低下头，说："不认识。"

她在说谎！为什么？

洛毅森没有揭穿江蕙的谎话，也许现在不是时候，也许在这个女孩的身上可以得到更多的线索。他点点头收起照片，笑道："吃完了吧，我送你回家。"

离开快餐店再走三五分钟就可以到江蕙住的小区，一路上洛毅森有意无意地问到关于调调酒吧的事情，江蕙也只是嗯嗯啊啊几声，没什么像样的回答，唯一明确的肯定就是："我从来没未去过酒吧。"

"是吗？真难得。"洛毅森随口说着，忽见在前方七八米处的楼门里闪出两点幽蓝幽蓝的亮光，仅仅是一眨眼的功夫便消失了。他的脚步戛然而止，一种本能意识到，那两点亮光在瞬间移动到了身后。

"别回头。"洛毅森压低声音警告身边的江蕙，"等到了门口你赶紧跑。"

"怎，怎么了？"江蕙也跟着害怕起来，无意识地抓住了洛毅森的衣角。

这种时刻也顾不得许多了，洛毅森挽着江蕙有些发抖的腰身，拥着她继续朝前走。看上去就像一对情侣似的。他低头贴近她的耳边，"进了楼门马上回家，把门窗锁好。我会给你电话。"

说着话的功夫，他们已经走进了楼门口。拐到楼梯前洛毅森大力推着江蕙往上跑，并顺手解开了腰上的枪套，等听见江蕙开门关门的声音后，他装作若无其事的模样走了出去。

楼门前的灯光昏昏暗暗，安静的周遭弥漫无形的压力。他踏出一步，紧挨着花坛的护栏，脑子里搜索着附近有几处人少的地方，方便引蛇出洞，就在这时，忽听一声：“站住！”

该死，这里不能鸣枪。一阵恶风比他的念头还快，不知道从哪里忽然跳出一个红色的身影，还没看清这人的相貌，肚子上被狠狠打了一拳，一阵吃痛弯下腰，脑后的突袭袭来，他慌忙扭腰转身，右臂抬起硬生生接下对方一脚！

红色高跟鞋？女的？我操，力气也太大了！闪过对方一脚，这才看清是一个身高足有一百七十公分的性感女人。这大冷的天她穿着红色紧身T恤、红色皮裤、红色皮衣、红色的高跟鞋。一击不中，她在花坛上借力腾空而起，旋身侧踢，修长笔直的腿自上而劈下，就像一道红色闪电。

这要是被她劈中还不嗝儿屁？洛毅森就势一滚，红衣女见他躲得机巧，嘴角一挑露出不屑的笑，腰身挺拔一呼一吸之间落在洛毅森面前，一记直拳直奔胸口，洛毅森下意识地用双手抓住，谁知，她的拳竟然变了掌，手腕一翻，指尖戳在了洛毅森的胸口上。疼痛让他难以呼吸，踉跄着后退两步，骨子里的血性被激起，身形一晃，猛扑过去。

打膝、侧踢、肘击转身锁喉，红衣女的身手大开大合，霸气十足；洛毅森的身法敏捷巧妙，灵如飞燕。一翻对阵下来两人竟打了个平手。

现在的犯罪分子也太嚣张了，居然敢在公共场合袭警！那就别怪老子不客气！趁着红衣女侧身挥拳露出一点空当，他扭身抓住她的腰带，单手扣住她的肩头，低喝一声：“起！”红衣女竟然被他硬生生举了起来。只要把人摔在地上，不摔折她几根肋骨，也能让她无反击之力。

没成想，红衣女完全不做防守反攻，右手撑着他的肩头，左手在他面前划过，洛毅森忽觉脑袋一阵眩晕，脚下踉跄几步被红衣女抓了机会，就势抓住他的头发，死死地按在地上。

眩晕感让他想吐，无力反击。一只脚踩在背上的对手，那红衣女单手插进风衣口袋里，冷笑几声：“小子，功夫不错啊。”继而，又听她大声喊道，“喂，老大，这玩意儿怎么处理？”

不知在哪里传来的声音，淡淡地回答：“带回去。”

失去知觉前，他认出了声音的主人，公孙锦。

不知道过了多久，断断续续听见了一些人在说话的声音。似醒非醒之间的昏迷感还有些后遗症，脑袋很沉、眼皮很重，脖子以下的部位像是高位截瘫一样毫无知觉。

在很小的时候爷爷教过他一种呼吸法，说起来其实也挺简单的，就是深深吸上一口气，在胸腔部位存留五秒的时间，慢慢沉气，把它们移动到腹腔，再走个来回慢慢吐出来。他每天要做五组这样的呼吸法，每组反复三次。当年，他并不知道这样做到底有什么意义，但经过时间的证明，他的体能和肺功能较之普通人来讲强了很多。所以，当他恢复了神智之后并没有立刻张开眼睛，这也是因为他对现处环境的不了解而产生了自我保护意识的结果。他在利用绵长的呼吸法调解僵硬且麻木的身体机能，并确定自己并没有被注射什么奇怪的药物。

“这小子好像醒了。”一个陌生的男人说，“他的呼吸节奏变了。”

“这么快？”又是一个陌生的声音，女人。年轻的女人，说，“不可能吧，中了苏姐那招至少要昏睡十二个小时，他才睡了四个小时。”

“这说明什么？老大的眼光果然是犀利的吗？”

一个男人，一个女人。洛毅森听得真切并寻思着自己该如何应对。这时候，传来一阵缓而不断的脚步声，还是女人，踩着高跟鞋的女人。没来由的，洛毅森起了一身的鸡皮疙瘩，想起红衣女。

“嗨，苏姐，老大怎么说？”那个年轻的女人扬声道。

苏洁一如既往的懒散模样，走到床边垂目看了看洛毅森。她挑起好看的眉，笑得极为恶劣：“小子，我知道你醒了。干嘛，不敢面对现实吗？”

闻言，洛毅森一肚子火气！缓缓张开双眼，冷声道：“我是不愿意看到变态。”

“此言差矣。”

听声音就是刚才第一个开口的男人，洛毅森寻声看去，看到的是一个衣着邋遢，蓬头垢面的年轻男人。这家伙，八成一个月没洗头了吧，垂在肩上的头发打了绺儿，额头上一团乱糟糟的遮住了大半的眼睛，只露出一个鼻子和嘴巴。这人的嘴角微微上翘，笑得有点……用非学术性语言描述，就是：欠抽！

男人反骑在椅子上，下颚搭着椅背笑嘻嘻地说：“首先说，你了解什么是变态吗？所谓的‘变态定义’，也可以说‘变态行为定义’需要根据社会规范标准来做衡量。但是标准是随时改变的，所以还要根据其他情况来分析。比如说‘行为适应不良’‘个体不适应感’等等。HD，Harmful Dysfunction就质疑两个观点，一是认为变态只是个价值概念；二是认为变态只是科学术语。对变态的认知，还有文化上的差异。比方说同性恋，不少思想保旧偏激的人认为他们是变态，但是在西方一些国家却承认同性恋和异性恋拥有相同的婚姻权。在古希腊男性同性恋被认为是异性婚姻的一个正常的附属行为，他们不仅容忍而且还很崇尚同性恋。如果你准备了解一下变态的真实性，可以通过以上的资料调查、统计计算做深一步的学习。”

一大串的理论课听的洛毅森嘴角直抽，他心想，我不过就是随口那么一说而已，至于让你叽里呱啦啰嗦这么多吗？他摆摆手：“我对变态没兴趣，就不研究了。”

看到他哭笑不得的表情，苏洁哈哈大笑地一巴掌拍中他的肩膀，笑道：“别去招惹蒋兵，他才是真正的变态。”

在灯光充足的环境里终于看清了红衣女也就是另外两个人口中的苏洁。真是个令人难以接受的大美人啊！身材一级棒不说，脸上的五官精致漂亮，再配上那略显慵懒的傲慢，洛毅森觉得自己见到了女王陛下。

骑在椅子上的蒋兵不在乎苏洁的调侃，对着洛毅森伸出手，道：“蒋兵，一科电脑专家。”

难道不是人类学家吗？洛毅森狐疑地跟他握了手，很勉强地笑笑。

“Stop！”刚刚那个说话像蚊子叫唤的女孩疾步跑到洛毅森面前，近在咫尺地打量着他的脸。

近了，太近了！能够感觉到娃娃脸女孩的呼吸热度！洛毅森尴尬又紧张地想要躲过去，岂料，女孩抓着他的耳朵固定了他的头，微微蹙眉，自顾自地说：“真是奇怪，你确定直系亲属中没有欧洲血统的人吗？你的眉骨略高导致眼睛凹得很厉害，瞳色偏深蓝，不仔细看的话我真的以为是棕黑色呢。你应该是混血啊。”

不等洛毅森想要说明自己是纯粹的龙的传人，娃娃脸女孩竟然闭上了眼睛双手在他的脸上、头上摸索。她微微隆起的胸口近在咫尺，他很不适应跟异性近距离的亲密接触，急忙后退。娃娃脸女孩睁开眼，看到他通红的面色，眯眼一笑，道：“我叫苗安，你可以叫我小安或者安安。我是一科的造型师。”

苗安笑起来很可爱，左边脸蛋上还有个浅浅的小酒窝。但洛毅森没心情欣赏她，满脑子都想找个正常的人打听打听，他真的是到了一科？一科里要个造型师干吗？一科里还有没有个正常的人了？

在洛毅森的脑袋快打结的时候，办公室的房门又被推开。他看到了那个脸上带着微笑的公孙锦。

公孙锦的出现并没有引起任何变化，以苏洁为首的这三个人还是照旧打着嘻哈。公孙锦也不去约束他们，径直走到洛毅森坐着的沙发前，对他笑了笑："都认识了吗？"

洛毅森点点头，没吭声。公孙锦的笑意更浓，随后拉了把椅子坐下，并招呼另外三个也别站着了，有什么坐下再说。

对于来到一科的方式，洛毅森并没有追究。在他看来，苏洁也好，公孙锦也罢，他们都是在执行公务而已。所以，问题不是出在办事的方法上，而是出在"事情"的本身。他深深吸了口气，问道："为什么带我来这里？"

"我以为你知道了。"公孙锦略有些诧异地说，"从你的个人水平来分析，我觉得你很清楚这一次的目的。好吧，我们开门见山地谈谈。"

虽然情况突然了些，但洛毅森的接受能力还算不赖。至少，他现在并不紧张，就算面对公孙锦也能放松下来。洛毅森觉得，这种感觉大半的原因应该来自于公孙锦的个人魅力，坐在他的面前，不会像第一次见到刑侦队长那样有压迫感。公孙锦带来的是一种很难严明的信赖感，这是作为一名领导者难得的优先条件。

公孙锦的脸上始终保持着一种恰到好处的微笑，不夸张也不漠然，他说："首先，虽然你在案件中有可疑，但是通过我们对案件的分析定位，你是不可能作案的。"

"等等。你们的分析定位的标准是什么？"洛毅森不觉得自己很白痴，但绝对有必要问个清楚。

"你不了解一科？"

"这算换了个话题？"

面对洛毅森敏捷的思维能力，公孙锦笑道："一科隶属公安厅，我是科长。这三个人是科员，还有外勤蓝景阳你见过了，另外一个没见过的是一科专属法医，廖晓晟。"

"你们一科只有这几个人？"

"贵在精嘛。"公孙笑道，"我们直接归厅长管辖调遣。我们主要负责调查侦破非物质、非标准物质介入案件和非人为性案件。我们对省级及以下单位有直接介入权和调查权；在某些特殊和证据确凿的情况下，有对嫌疑人、罪犯、包庇者、协同犯罪者有直接的逮捕及搜查权利。在内部，我们所有的案件享有优先权，不论资料、尸体还是使用物品器械方面，我们都是首要的。"

只能说牛逼了吧？

但是什么叫“非物质介入和非人为性”？洛毅森懵懵懂懂，不甚了解。这时候，就需要一科的变态。蒋兵出面解答。他说：“我打个比方，你手边有个杯子，你用杯子打死了小安。凶器是杯子，杯子是物质。我们称之为‘物质性介入案件’。有些案子是气体中毒，气体属于非标准物质。”

“我懂了。”洛毅森赶紧打断蒋兵，虽然他说的都是中国话，但组合在一起就是那么的晦涩难懂。好吧，事实上，他还是听懂了，就是费点劲儿而已。也就是说，这种被一科定性为不是物质，也不是非标准物质介入的案件，其实说白了就是……

“超自然现象吧？”

“差不多。”蒋兵嘿嘿一笑，“至于非人力案件，哥们，我劝你可别往老虎狮子巨蟒上头想。”

“我还没白痴到那种地步！我知道你们所谓的‘非人为性案件’的意思，就像嘉良的案子。”

说到嘉良，洛毅森的心沉了下去。

苗安的大眼睛眨了眨，她是看出了洛毅森的悲伤，也想开口安慰几句。但是公孙锦却制止了她。在公孙锦看来，洛毅森不具备作案条件，其实，这案子既然到了一科，也表明不是一般的刑事案件。

这话虽然没有说明，但洛毅森还是猜测到，不管是嘉良案还是唐康丽案都已经被列入“非人为性案件”。

这也算是开门见山了，洛毅森却不明白公孙锦跟他说这些究竟是什么意思。他狐疑的目光落在对方的脸上，却看不处一点端倪出来。他想问，却不知从何问起；他想走，却又满心的好奇。

许是被洛毅森脸上别扭的表情逗的笑出声儿来，苗安终于得了机会说：“其实啊，我和蒋兵都是内勤，晓晟也是内勤。老大算是半个内勤吧。所以呢，战斗在第一线的人只有苏姐和景阳两个人。”

“你们缺人手？”洛毅森有些激动地问。坐在他对面的公孙锦点点头，算是默认了这一事实。他试探着问，“该不是要我加入吧？”

“暂时算是借调。”公孙锦说，“我们需要你的帮助，也算是考核期。等案子破了，我们需要跟你的表现来选择是否留下你。那么，愿意吗？”

洛毅森想都没想，就说：“愿意不愿意的我都被你们抓来了。得，不说这个，目前为止我只想找出杀害嘉良的凶手。其他的，以后再说。”

苏洁似乎很满意洛毅森的回答，微笑着跟公孙锦商量：“让他跟我搭档吧。”

“别介，我对暴力女有过敏症。”开玩笑，跟苏洁搭档，他有多少条命都不够挥霍的。说不准这位女王陛下什么时候不高兴，又把自己弄晕了。这样的女人，敬而远之的好。

公孙锦的意思是让洛毅森自由活动，对此，洛毅森在心里松了口气。这点小小的松懈，没有逃过公孙锦的眼睛，他笑道：“你的借调令我已经送到队里了，现在开始你在这里上班。我们一科有规定，侦破案件的过程中外勤人员不得回家，都要住在楼上由一科提供的单人宿舍。等一会，小安会带你上楼。”

说着，公孙锦看了眼手表：“现在是凌晨五点十分。你有三个小时的时间回家拿些东西。啊，我要提醒你，凡是到了一科的案件都属于机密，不可以向任何人透露。”

这时候，蒋兵从身后的抽屉里拿出一份文件来放在桌子上，告诉有点发呆的洛毅森：“签了吧。”

洛毅森瞄了一眼，问：“什么东西？卖身契？”

苏洁点头笑着，一脸的阴险。

事情来的有点突然，好在洛毅森适应能力比较强悍才能冷静地一条一条阅读保密条款。等他把自己的名字签上去之后，并没有急着找苗安上楼或者是打算回家。他看着还是笑眯眯的公孙锦，问道：“关于案子，我能看看之前的资料吗？”

“当然可以。等你回来吧，让蒋兵拿给你看。”

“不，我现在就看。反正我一个人住，没什么需要交代的，什么时候回家都可以。”

公孙锦直接叫了一声“蒋兵”，这位喜欢用学术性语言与他人交流的电脑专家蹬着沙发腿，直接坐在椅子上滑到了电脑桌前。一只手飞快地在键盘上敲击着，一只手朝着洛毅森勾了勾。

公孙锦站了起来，俯下身子单手搭在洛毅森的肩上，在他耳边低语：“我要你的原因还有一个，因为你是个普通人。不要忘记这一点。”

留下疑惑的时间并不多，蒋兵不耐烦地抓着洛毅森把人扯了过去。

电脑显示屏上是案发的现场照片。上面的死者正是唐康丽！这跟洛毅森脑子里幻想出来的现场有些不同，

桌子挨着桌子，其间的空隙只容得下一个人走过去。就是说，这家酒吧的内部

环境并不宽敞，反而还有些拥挤。在这样的环境下神不知鬼不觉地杀人，并不是难事。难的是，杀了人之后如何离开现场，并没有一个目击者。

根据资料显示：死者叫唐康丽，现年四十五岁，是世贸进出口公司的开发部部长。今年3月6号她为公司谈成一笔大生意，晚上带着下属去就近一家“调调”酒吧庆祝，刚好赶上酒吧八周年店庆。店方的庆祝活动有很多，其中一项是在零点熄灭所有灯光，事先准备好的LED彩灯会伴着音乐亮起。当晚还差一分钟零点的时候老板走到酒吧后面，拉掉控制其他灯光的电闸，按照计划在音控室的工作人员打开LED彩灯。但是彩灯没亮，亮起来的是刺激人睁不开眼睛的白光。当时老板已经返回酒吧大厅，一推门什么都看不到，满眼都是又亮又白的光。这时候，很多顾客还以为是助兴节目，不少人发出兴奋的叫喊声。但老板知道是怎么回事，就想去音控室看看究竟出了什么问题。

白光持续了五到八秒的时间就结束了，整个酒吧陷入伸手不见五指的黑暗中，不少顾客发生了相互碰撞踩踏的情况。紧跟着，LED彩灯亮起，坐在唐康丽身边的人发现她趴在桌子上，桌面上有血。

酒吧老板是个很机敏的人，他立刻关闭了所有的出口，并让服务生在门窗前守着，直到警方到了，没有任何一个人出去过。死者唐康丽所在的位子紧靠吧台，就是说，不管是后门还是前门，距离她被杀的位置都很远，窗户就更不用说了。而且，在老板熄灭室灯前据她身边的人所说，无可疑人接近他们那一桌。事后，警方使用鲁米诺试剂检查了所有人，根本没有半点发现。而且，经过逐一询问，不管是客人还是酒吧的工作人员，大家在熄灯前后能都确定身边的人是谁，换句话说，他（她）们都有人证。凶手就像凭空出现，又凭空消失。

相比唐康丽的案子而言，嘉良的案子少了什么。当时自己的确隐瞒了一些线索，就蒋兵提供的线索来看，应该是在白光中的声音。为什么在酒吧里没人听到声音呢？那种可怕的令人窒息的声音。最主要的问题是，那个留在眼底的轮廓到底是什么！？

一边的蒋兵似乎知道他在想什么，便说：“当时酒吧的情况很嘈杂，其次，就是模糊不清的古怪现象。”

“古怪现象”这对洛毅森来说并不陌生，他甚至在蒋兵的话音落地后立刻说：“是不是在视网膜上留下的那个模糊的影子？”

“回答正确，加十分！”蒋兵随手点开一张图片，“你看看这个。这是我根据几个人的描述做的模拟图。”

在看到图片的一瞬间，洛毅森的汗毛都炸起来了。这跟在嘉良案发现场时映在视网膜上的至少有七八分的相似。站在后面的公孙锦察觉到他身体的僵硬，便轻声问道：“有什么看法？”

他惊讶万分，忍不住问：“我找了好几个人都做不出来，你，你们是怎么搞成这么清晰的？”

话音未落，蒋兵立刻撇嘴，说：“这点能耐都没有，我还在一科混个屁啊？过程我就不跟你说明了，估计你那脑袋也很难理解。

他抹了把脸上的汗水，似自语：“我一直不知道那种轮廓到底是什么东西，但是蒋兵做出来的这个图……”

“是恐龙吗？”苗安说，“就像翼龙那样的。”

不管苗安提出的这个可能性有多少，就蒋兵做出的这个仅用几条线勾勒出的轮廓来看，并不是翼龙那么简单。至少，他还是知道翼龙是个什么玩意儿，但这个，绝对不是翼龙！他抹了把脸上的汗水，肯定地说：“这不是翼龙，也不是恐龙其中的一个种类。这是……”

苗安等不下去了，急着问他究竟是什么。洛毅森不愿意说出自己的猜想，因为这实在是不可能的事。但终究还是要说的，他回头看着公孙锦，说：“这是‘龙’，我们中国传说中的龙。”

一时间，众人皆沉默不语。最后，公孙锦打破了古怪的气氛，问：“你肯定吗？蒋兵做的这个图，看上去更像是恐龙的化石。”

“不对。”洛毅森疑惑地看着公孙锦，“这案子都半年了，你们没去查查？”

小可爱苗安捧着一杯奶茶，凑过来笑眯眯地说：“一，我们外勤人太少，忙不过来；二，这半年期间我们还需要处理另外一起案子。”说着，她朝洛毅森眨眨眼经，“所以啊，老大才破例让你参与调查。但是你不跟苏姐搭档真的很可惜啊，她在这方面的确很擅长。”

姑且不去追究这她口中的“擅长”究竟是什么意思，洛毅森把注意力全部集中在图片上。许久，他打开了话匣子：“龙乃是四灵之长，在中国神话中占据着非常重要的地位。”

“我知道我知道。”苗安兴奋地说，“不就是青龙、白虎、朱雀和玄武嘛。”

闻言，洛毅森不禁莞尔，道：“哎呦，你还知道四方神兽，了不得了不得。”

苗安得意洋洋地挑眉一笑，结果却得来洛毅森的纠正。他说：“很可惜，四方圣兽并不是四灵。四灵，乃是龙、凤、麒麟和龟。龙乃鳞虫之长，先人分龙为四种：有鳞者称蛟龙；有翼者称为应龙；有角的叫虬，无角的叫螭。”

“除了这四龙之外，还有火龙和青龙。总之，从我们的古文明孕育而生的‘龙’

实则千姿百态。元前的龙基本都是三爪的，有时候前两足为三爪，后两足则是四爪。明代流行四爪龙，清代就是五爪龙居多。周朝有‘五爪天子、四爪诸侯、三爪大夫’之说。到了清代，民间有‘五爪为龙，四爪为蟒’之说。这些说法在‘衣着’上最为明显，皇帝穿龙袍，其他皇族和臣子穿蟒袍，这个就不多说了，但从龙的形式而言无论是龙是蟒都是四足蛇类，没多大差异。”

几个人被他说得面面相觑，等他停了口，苗安才长长地吐出一口气来，心有感慨地说：“我的娘亲哎，比蒋兵还啰嗦。你说了这么多，到底要表达什么啊，小森森？”

小，森森？洛毅森嘴角抽搐了两下，没好意思跟苗安就称呼问题深入探讨。他看了看身后的公孙锦，后者似乎正在耐心地等他说下文。

“咳咳。”洛毅森莫名地有些紧张，“如果蒋兵这个图百分百还原了当时目击者脑海里的形象，从这张图片看来，此龙有翼。为应龙；爪有五，这是周朝时期的应龙龙纹。”

“我要提问。”苗安乖乖地举起手，说，“你刚才不是说，清代也是五爪龙居多么？为什么肯定这个是周朝的？”

“因为造型上的区别。我就不说清朝龙纹的样子了，太麻烦，咱就说周朝吧。在周代的礼器上，比较突出凤的形象。龙纹也多带凤形，其角多有模仿凤冠，颈部弯曲上扬，头部多见回顾式，龙口平张，上下唇常有卷曲，尾部亦多旋卷。周朝龙纹主要分为：爬行龙纹、双体龙纹、卷龙纹和夔纹。蒋兵还原的这条龙就是卷龙纹，如果为没看错的话，这样的龙纹应该是周朝时期皇家在祭祀时候所用的礼器。”

话说太多了，口干。他也没客气，直接抢过公孙锦手里的茶杯一饮而尽！公孙锦看着被还回来的空杯子，微微一笑：“还喝吗？”

“等会儿。”洛毅森没察觉出什么异样，自顾自地说，“我们可以根据这条线索改变调查方向。首先，凶手为什么选中了周朝时期的应龙？为什么不是明朝时期的蛟龙？为什么不是宋朝时期的螭？被害人不可能都跟应龙有关系，至少我可以保证嘉良绝对没有，那么，换位思考的话，应龙就是跟凶手就有关系。我们姑且不去想两者之间究竟是怎么回事，但这是凶手给我们留下的唯一的线索。也就是说，应龙是凶手的标志。所谓的标志，是特殊的，有其不可取代的价值。具体些说，我们可以去博物馆还有捣腾古董古玩的地方去打听打听，半年前有没有人专门找应龙的龙纹。”

不知不觉中，洛毅森分析得入了神，完全没注意到身边苗安目瞪口呆的样子。

等他缓过神来才发觉，公孙锦的表情也有些古怪？

苗安第一个惊呼："讨厌啊，比老大说的那些外星语言好懂多了，就像专业的一样了。"

洛毅森扶额："我就是警察，分析案情是本职。"

针对案件的线索分析暂时被公孙锦打断，他拍了拍洛毅森的肩膀，下令："蒋兵，马上联系考古专家来看看这张图，最好能够把应龙的整个外貌还原；小安，通知晓晟，用伤口的数据做凶器模拟，明天开会我要看。毅森，你跟我出去吃点东西，吃完了我送你回家。"

说实在的，洛毅森真是饿了，见公孙锦给倒了一杯水，也不客气的一口干，放下杯子就跟着公孙锦离开了办公室。

一科办公的地方位处偏郊外的开发区内，很普通的一个小院，红砖围墙栅着一栋四层高的小楼。门口就有一个五十来岁的大爷看门，看上去就像个清水衙门似的冷冷凄凄。洛毅森走出门口的时候，公孙锦特意跟大爷介绍了几句，算是口头上的通行证。大爷没什么特别的表示，满是皱纹的脸毫无表情，木讷地看了洛毅森一眼，这就算是打了招呼。对于大爷的冷漠，洛毅森没想那么多，就算莫名其妙地被一科暂时借调，他也只想着尽早破案而已。

忽然想起，从自己睁开眼睛到现在，公孙锦一直没问那一晚他究竟隐瞒了什么，是在等他主动交代吗？他转头瞥了眼公孙锦，对方还是那个似笑非笑的样子，没来由的，洛毅森觉得这人城府太深，在他的脸上你永远看不出任何信息。

一路无话，走进一家小饭店的时候，老板热情的迎上前来，看样子跟公孙锦很熟了。他们要了两笼灌汤包一大碗酸辣汤和几个小菜，洛毅森真是饿坏了，抄起筷子大快朵颐。

豪迈的吃相跟公孙锦的斯斯文文形成了鲜明的对比，洛毅森吃了个七分饱才得了空抬头看一眼。公孙锦吃得慢，这会才消灭掉两个包子半碗汤，见他吃得少，洛毅森也不好意思开口说话。

"想说什么？"公孙锦说，"没事，你说你的，我吃我的。"

洛毅森抹了把嘴，说："昨天晚上，你们是跟踪我还是跟踪江蕙？"

"双管齐下。"公孙锦笑道，"江蕙我们已经监控了三个月。也不是说我们针对她，跟死者唐康丽有点关系的人我们排查了一遍，最后只剩下江蕙和死者公司的一个人。嘉良案之后你首先接触了江蕙，我们当然会跟踪调查。"说着说着，他不禁失笑，“我没想到你能跟小苏打个平手，她可是我们一科最能打的人。”

一提这事洛毅森就来气！感情那大姐当他是活靶子，招招要命，逮着了就往死里捶？特别是最后一招，他怎么昏的都不知道。说来也是奇怪，她到底怎么做到的？

“毅森，如果你能正式进入一科，有大把的时间了解同事们。”

公孙锦这几句话在他听来并不是那么和善。这位一科的科长是在警告自己，再没进入一科之前，不要打听其他人的事。这算什么？护犊子？洛毅森在心里冷笑。

第三章 透过谁的眼睛在看

在江蕙所在的幼稚园门口下了车，他见公孙锦似乎没有下来的意思，就问：“你不跟我一起去？”

“不了。”公孙锦摇摇头，“我还有别的事，你这一天都可以自行安排，但是必须回一科休息。对了，你的手机号其他人包括我都知道，我们的号码也都存进了你的手机里，有什么情况可以随时联系。”

他说得倒是痛快，一脚油门踩下去就走了。洛毅森站在小区门口都点发懵，心说，有这么没谱的科长吗？调查案情都不跟着，他是不是想当撒手掌柜的啊？

一科，从公孙锦到那个娃娃脸的苗安，估计真没有正常的。

再见江蕙，这女孩明显比昨晚紧张了很多。许是因为当时的情况复杂，这个看上去似乎毫不知情的女孩面对他的时候，眼睛里不但有疑惑还有些许的担忧。洛毅森抬眼看了看她，又低下头去摆弄手里的电话，心想：以嘉良选择女友的标准来看，江蕙入不了他的眼。他与她之间，究竟有什么关系？昨晚，江蕙又在隐瞒着什么？

“你，还好吗？”江蕙犹豫了一会，才怯生生地问，“昨晚是怎么回事？我看见，你和一个女人打起来了。”

哦，估计是在窗后面看见的吧。洛毅森随口扯谎：“没事，那个是冲我来的，跟你没关系。”

“哦。”江蕙微微笑着，并没有多嘴问。

洛毅森也跟着笑。其实，他笑起来的时候还是很帅的，没有当下年轻人的浮躁，温温和和让人打从心里愿意相信他。面对这样的笑容，江蕙的脸色微微红了起来，也不由自主地被感染了一般，眼睛里多了一些亲近。

“江蕙，昨晚那种情况是第一次吗？”

“没有没有。”江蕙一个劲摆手，“我以前可没见过有谁像你们那样打架。”

闻言，洛毅森笑得很大声，说：“我是说被人在跟踪，不是看我打架那事。”

被他说得更加不好意思，江蕙摸摸光滑的额头，偷着抬眼看着洛毅森。有些尴尬的、不知所措的目光，让洛毅森心里一紧，脸上发烫，赶忙接着问：“以前有人跟踪你吗？”

面前的江蕙眨着眼睛，没吭声。看上去很犹豫，想说什么却又有所顾忌。洛毅森探着身子靠近了一些，尽量让声音听起来轻柔一点。他问：“怎么了？”

“我，我不知道该怎么说。”她还是犹豫着。

“慢慢说，想到什么说什么。”

也许是洛毅森的温和缓解了她紧张的情绪，江蕙咬了咬下唇，端起茶杯来小口的抿着，看他喝水，洛毅森也觉得口渴，可又不意思去找杯子接水，这毕竟是在幼稚园园长的办公室里。坐在他面前的江蕙终于抿完了水，开口道：“有个人，是我班上小朋友的家长。他，他跟妻子离婚了，一个人带着孩子生活。因为孩子是单亲家庭，所以我格外关注那个孩子，一来二去的，跟他也多了些接触。然后，他……”

“他追求你了？”

过于直白的话让江蕙面红过耳，羞涩间尽显女人的柔美。洛毅森轻轻笑了一声，说：“然后呢？”

“我，我对他没有那种感觉，所以也就拒绝了。从那之后，总会在下班或者是上班的时候遇到他。虽然他说是巧合，可我觉得他是故意在路上等着我的。有几次我绕远路上下班，然后，他就索性在幼稚园门口等着，不是送花就是送小礼物。”

“他在门口等你，不接孩子回家吗？”

“接的。我知道他在一家外贸公司上班，职位不低，还有自己的司机。通常，他都是让司机先带孩子走，他留在外面等我。”

听到这里，洛毅森多了个心眼儿，就问：“你跟唐康丽女儿发生争执那事，他知道吗？”

“知道的。”江蕙点点头，“唐康丽来闹的那天，我下班就在门口看到他。当时他的心情很不好，还问我唐康丽是不是动手打我了什么的。看他那样子我有点害怕，再加上那时候我的情绪也不好，跟他吵了几句，说我的事不用他过问，以后也不要再来找我。”

“他什么态度？”

“挺生气的吧，然后就走了。我也觉得当时那几句话说重了，我以为他不会再找我了。但是接连几天他都在门口等着，还送我回家。说是担心唐康丽再来找我麻烦。”

窗外的阳光倾洒进来，照映在江蕙的脸上，白皙的脸颊被淡粉色的毛衣衬托着，方才那抹娇媚的红晕褪去，徒留困扰的神情。一时间，洛毅森竟被这个并不算漂亮的女孩吸引住，忘记移开目光。

离开幼稚园的时候，他一口气喝光了两瓶矿泉水终于觉得自己活过来了。今天也没吃什么咸的东西，怎么就这么渴呢？喝了两瓶水，肚子凉着了，很不舒服，连带着，脑子里也有点乱。当下，只能专心想着那个追求江蕙的男人，葛洪。为了尽早查到这个人的情况，他急忙回了家收拾了几件换洗的衣服，把自己的笔记本打包，带去自己新的宿舍。

苗安给他安排的是两人一间的房间，据说其他房间都住满了，他只能住在这里。洛毅森对住宿的条件并不挑剔，简单收拾了一下，就问蒋兵在哪个房间。

“上午十点前，你可以去301找他。晚上八点之后没什么大事尽量不要打扰他。其他时间可以去办公室找人。”苗安站在门口说完了这些，咬着嘴唇，犹犹豫豫地问，“你觉得，真是龙吗？”

洛毅森失笑：“我哪知道啊，我只知道，这案子到了你们一科，就不是普通的刑事案了。”

站在门口的苗安看上去欲言又止，最后对他说声再见，关上了房门。洛毅森也没耽搁，洗了澡换了身衣服，也离开了宿舍。走到二楼的时候，他的脚步停了下来，最终也没去找蒋兵。

他又去了一趟幼稚园，没见江蕙，而是通过葛洪的女儿查到了他的所在公司的地址和名称。调查这些他还是很得心应手的，所以，这一天他几乎都耗在了葛洪身上。

按照他一贯的办事风格，葛洪本人是要留在最后才能见上一面的。他以为这个人的情况应该很好查到，但第一天他就吃了大亏。

葛洪身为工程公司的副总经理，涉及到不少公司业务上的隐秘事情，所以，想要查他，就算是警察也并不容易。结果，连续三四天，洛毅森都被耗在了这上面。

为什么要如此执著的调查葛洪呢？事实上，他在看似不起眼的线索中嗅到了不寻常的味道。从打追求江蕙之后，葛洪的公司可说是意外频发，状况不断。

洛毅森整理了一些他的情况资料：葛洪是本市人，父母健在都是普通的公务员。他大学念的是金融管理，毕业后在一家金融公司上班，二十七岁那一年娶了同事做老婆，三十岁有了个女儿。那家金融公司并不景气，葛洪辞职自己创业，在最难的那段时间里遭到妻子的白眼，两个人在女儿一岁半岁那一年离婚，话说也就是前年的事。葛洪在商场里摸爬滚打了几年，后来跟一个朋友合作做生意，才算是渐渐有了点成绩。

现在的生意人基本上没几个干净的，他和朋友合作开了家工程装修公司，里面的猫腻就不用仔细琢磨了，肯定是混汤里面煮乱麻，乌七八糟。在公司里，葛洪主要负责对外商洽这一块儿，他的那个朋友负责公司内部情况，两人算是分工明确，一直没红过脸。葛洪在感情方面是个规矩人，自从跟孩子她妈离婚之后，相隔两年半才追求了另外的女人，也就是江蕙。

根据几个好心人提供的消息以及各个时间段来分析，葛洪追求江蕙之后，公司发生了不少意外情况，但是详细情况他查不到。无奈之下，只好回去求助蒋兵。

他站在马路上看了看时间，已经是晚上的九点半了。记得苗安说过，晚上八点之后尽量不要找蒋兵。还是明天再说吧，反正还有点时间，干脆再去现场看看。

打定了主意，第二次赶到了嘉良的案发现场。

洛毅森赶到的时候，发现现场，不，整个一层都被封锁了。他不知道该不该吐槽一科的办事能力，哭笑不得地按响了大门上的门铃，不消多时，一个男人走了过来，洛毅森没想到会是蓝景阳。

蓝景阳给他开了门，但是却没让开进去的路，就站在跟前冷冰冰地问：“你来干什么？”

好浓厚的敌意啊。洛毅森也挺不高兴的，直言：“我好像也是来调查的，这么说满意吗？”

“随你。”蓝景阳不咸不淡地回了一句，又说，“不要乱动其他东西。”

去你大爷的！老子好歹也是刑侦队的头牌，你还真当我是新兵蛋子？洛毅森在心里埋怨着的时候，冷冷地白了一眼蓝景阳离开的背影，转身走进了小楼。

现场内的情况已经没什么收获了，他上了楼，转了几圈没发现什么异常。抱着随处看看的态度，又上了一层楼，刚走完楼梯，忽见里面走廊的尽头闪过一个人影。

因为里面的光线太暗了，他看不清一闪而过的影子是男是女，急忙追了进去，在走廊的尽头听到逃生楼梯那边传出急促的脚步声，不作他想，拔腿再追!

老旧的楼梯间充满了刺鼻的潮湿的霉味儿，脚步声在这里发出空旷的嗒嗒声，越是追得紧，前方的声音越是遥远，听得专注些，却有了种不真实的感觉。带着愈发不安的紧张感，他刚追到顶楼，已经冒了一身的冷汗。

顶楼比一楼还要黑暗，只有几缕惨淡的月光透过窗子映在地面上，散发着幽幽的清冷。整个走廊里异常的安静，连他的呼吸声都变得好像通过扩音器传出来一样，清晰而粗重。

不知为何，洛毅森总觉得在这黑暗中有一双眼睛紧盯着自己，也许是在头上，也许是被背后，也许就在他的面前。但他什么都看不到。

一滴冷汗顺着额头滑落下来，他抬起手摸了摸，擦掉脸上的汗水。谨慎起见，他打开了手机，接着微弱的光亮朝前走出第一步。

脚步声在走廊里显得格外清晰，一声接着一声，嗒，嗒……嗒，嗒……嗒嗒，嗒……嗒嗒，嗒嗒……

几步之后，戛然而止！不知道是不是听错了，从刚才起一个人的脚步声变成了两个人的，他走，那个声音也在走；他停，那个声音也停了下来。

他分辨不出另外的脚步声来自于哪个方向，装作系鞋带的样子蹲下去，顺手点开了手机的录像功能，把镜头朝后。屏幕上依然是昏暗的走廊，空无一人。慢慢地调转镜头的方向，朝着楼梯口和拐角的位置。

周遭的环境似乎起了些变化，前面不远的饮水机里发出咕隆咕隆的声音，他下意识地抬头看去，外面的月色忽然被乌云隐去了大半，黑暗就像一团有生命的黑云无声无息地潜入走廊，在地面上蜿蜒爬行着，眼看着连他也要一并吞没。

忽听到一阵悉悉索索的摩擦声。这声音很刺耳，却有点发闷。不等他明白过来，又是闷呼呼的一声。这一回好像是什么东西掉在了地上，他起了一身的鸡皮疙瘩！忍不住在心里咒骂：妈的，什么鬼东西?

听起来应该是在脚下，楼下吗？起了身急忙往回跑，刚跑过拐角，忽然眼前一片亮白!

瞬间，他想起了嘉良，想起了他脖子上那道狰狞的伤口，脑中一片空白，这一次，轮到自己了吗？

“你，你谁啊你？”

忽然而来的质问让他缓过神来，这才发现这束光亮只是手电筒而已。对面穿着保安服的男人拿着电筒，一脸惊悚地看着他：“你，你是谁？”

洛毅森出了一身的白毛汗，这才想起掏出证件。他的手刚伸进口袋里，对面的保安如临大敌般地后撤一步，紧张地问：“你，你干啥？小子，你，你混哪里的？老大是谁？”

直接给对方一记白眼，把证件拿出来，说：“我混警察局的，老大是刑侦队队长。”

保安这下找到安全感了，立刻献媚似地笑成一朵难看的花，急忙迎上去：“警察大哥啊，你怎么没穿警服啊？可吓死我了。”

“怎么看你都比我大了不下十岁，你跟我叫大哥？”

“对对对，是小哥，警察小哥。那什么，您忙着，我不打扰、不打扰。”

洛毅森一把抓住要落跑的保安，问他什么时候上来的？

“就刚才呗。”保安说，“这不是过了十二点么，最后一次巡楼。我刚上来就碰上你了。”

十二点？洛毅森赶紧看了眼手表，惊讶于竟然过了这么久。他又问说：“刚才，你听到什么奇怪的声音了吗？”

“没，没听见。”

很显然，保安在说谎。洛毅森冷眼瞪着他，到底是把保安瞪得心虚了，压低声音，说：“这里闹鬼啊。”

“闹什么？”

“闹鬼！”

一阵凉风吹过，拂过洛毅森冒了些汗的脖子，他打了激灵，不但没害怕反而兴奋了起来！保安大哥都有点诧异了，后退一步：“那什么，你，你激动了？”

“你看错了，我没激动。”洛毅森反倒是不着急了，决定下楼看看刚才那声音到底怎么回事。没想到，保安却说：“不用看了，那东西过去了。”

“什么东西？”

保安没直接回答这个问题，看上去他想尽快离开顶楼，便拉着洛毅森下去，到一楼的保安室详谈。

洛毅森拉着把椅子坐下，问：“跟我说说，闹鬼是怎么回事？”

保安吞了口唾沫，紧张兮兮的样子让洛毅森觉得可笑。他坐在了洛毅森的对面，手里捧着个大茶缸子，里面的茶水已经冷掉了，散发出清凉的茶香味，让洛毅森昏沉的脑袋清醒了不少。

这个四十来岁的保安自称姓李，在这栋老旧的写字楼工作了四年多。他没成家，一个人吃饱了全家不饿。别看这人表面上挺浑，其实是个热心的人，还经常替同事值夜班。据他所说，第一次发现闹鬼还不是他当班，而是新来的一个小保安在第二天早上跟他说这楼不干净，没等他多问几句小保安就跟逃命似地跑了，再也没回来。

这件事，老李也没放在心上。又过了一周，他替人值夜班，当晚过了十二点，他最后一次巡夜，走到三楼的时候听见脑袋上面有簌簌啦啦的声音。起先，也没觉得害怕，以为是耗子。可没过多一会就觉得不对劲儿了，那个声音很规律，响响停停，如果真是耗子，从声音来听至少得有五六十只。当时他浑身冒出鸡皮疙瘩，心想，明天得多搞点耗子药了。就在这时，都头顶上忽然咚的一声！好像……

看到老李心有余悸的样子，洛毅森不禁追问："像是有点重量？"

"你，你怎么知道？"

他也是被直觉驱使着想到了"应龙"。但似乎又不对。不管怎么说，这一切是不是太玄幻了？那种生物，或者说那种神兽不可能真的存在，就算现今社会有了一科这样的组织，他的内心深处对这样的事始终有些抵触。但是，好吧，不管什么事，都有个"但是"。他明白，人类并不能以现有的知识面来判断所有的现象，虽说这种说法已经上升到哲学等理论层面，作为一个普通人，洛毅森还是懂得，看待事物，不能管中窥豹。

他抛开繁杂的思绪，对老李点点头："你继续说。"

"那动静就像有啥东西要出来，我当时就傻了。而且，走廊里的灯本来挺好的，就在那时候啪嚓啪嚓闪个没完，我操，太应景儿了。我就听着脑袋上面的动静越来越刺耳，你听过用小刀刮玻璃那动静没？比那个还瘆人。听上去像有好几个人同时用指甲挠玻璃，我吓得转身就跑了。"

"这是哪天的事儿？"

"话说啊，这都过了十天了。"言罢，他小声地说，"不过啊，闹鬼的事可是有半拉多月了，都是每周的星期六，今天也是周六，你说悬不悬？"

"你不害怕吗？"洛毅森问道。

"咋不怕！"老李苦了脸，"可有啥办法啊，这栋楼的老板是我亲戚，人家平时也挺照顾我的。别的保安不敢值夜班，可不就是我来嘛。不过吧，经过两次之后我也发现没啥危险，就是听上去瘆人了点。我怀疑，是那个东西借个道，路过而已。”

这说法倒是有趣，类似于阴兵借道吗？还没听说有哪个品种的阴兵借楼板走道儿的。滑稽的念头一闪而过，他想起案发当晚，蓝景阳也说过在配音室的屋顶有通道，这绝对是一个可能性，就问老李：“你们这楼有没有管道？能爬进去的那种。”

“有啊。”老李点点头，“几年前做了中央空调，可电费吧，几家公司都吵吵着不愿意分摊。老板就把中央空调的通道封死了，让那几家公司自己安装空调。

坐不住的洛毅森起身就说要爬进去看看，吓的老李一把抓住他，直喊爷爷。洛毅森安慰他两句，说既然那东西都走了，也不会有什么危险。言下之意就是，你去也得去，不去也得去！

老李欲哭无泪，只能拿着工具带着他去三楼，那个唯一留下来的入口。

爬楼梯的时候，洛毅森忍不住笑了出来，说：“这些情况你怎么没告诉我那些同事？”

“我说了。”老李睁大了眼睛，一个劲坦白，“我可是详详细细地都说了，没敢瞒着。”

为什么公孙锦和蒋兵从来没提到过这些情况？疑惑之余，洛毅森觉得心里堵得慌。老李见他不吭声，还以为自己说错话，紧跟着问是怎么了，他笑道：“没什么。对了，你听见什么呼吸声没有？很沉重的呼吸声。”

老李摇着头，只说当时吓坏了，现在想起来还觉得浑身发冷。他见老李也没什么可说的了，这个话题暂时告一段落。他们又找了梯子，推开了洗手间的房门。

俩人刚把门推开，就见在对面已经架了一个梯子，墙面上的入口已经被打开，一个男人上半身悬在通道口外面，正往外钻呢。

“你他妈的是谁？下来！”身边有洛毅森这个警察在，老李的胆子也大了，底气也足了，不由分说地冲过去，把里面的男人拉了下来。结果，男人跟洛毅森打了个照面，俩人都有点惊讶。

“赵航！？”

“洛毅森！？”

这个赵航是谁呢？是洛毅森在警校的同学，同期的。虽然在警校那时候俩人没什么交往，但还是知道彼此的。赵航非常能干，还没毕业就有人看上他了，据说这小子连实习期都是被人抢着要的，可说是个风云人物。不过，毕业之后他们再也没见过面，听说他被调入临市的警察局了，怎么会出现在这里？

“你，你怎么在这儿？”洛毅森走过去，看着比他高出一头的赵航，“刚才的声音是你搞出来的？”

赵航长得帅，蹙着眉的样子估计能迷倒一大片的异性生物。可惜，洛毅森是个爷们，就算赵航再怎么帅，在他眼里除了可疑没啥意义。这时候，赵航从头到脚对他打量了一番，笑道：“哦，原来你就是另一个。”

“什么另一个？”

“没什么。”赵航随意摆摆手，就朝着外面走，还说着，“既然不知道我也不能多嘴，慢慢查吧。有机会再见。”

这是什么意思？洛毅森反手抓住了赵航，面色不善地问：“你怎么会在这里？这案子不归你们局管吧？”

“我说你啊。”赵航冷笑一声，“我不是私家侦探，遇上警察还要被盘问一番。咱俩都是警察，我好像也没义务跟你汇报什么。”说着，很不客气地甩开了洛毅森的手，扬长而去。

按理说，多年不见的同学就算不熟悉，也会客套寒暄几句。可赵航的态度似乎把他当成了对手，又似乎当成了昨天才分手今天又见面的老朋友。总之，这家伙给洛毅森的感觉不但奇怪，而且别扭。

管不了赵航到底为什么会出现在这里，他转回身直接上了梯子。通道不算大，至多能容得下一个成年人爬进去，而且背脊紧贴着上面的管壁。他用手摸了摸身下，发现一点灰尘都没有，眉头一皱，伸长了手臂去摸里面，还是很干净。一股火气冲头，跳下梯子直接跑了出去。

“赵航，你站住！”在楼梯口追上了赵航，质问，“你是不是爬进去了？”

“是啊，怎么了？”

“怎么了？你说怎么了？里面被你破坏了！”说着，他看了眼赵航的衣服。

赵航穿着一件深绿色的鸡心领羊绒衫，手臂上还搭着浅灰色的半大衣。但从他身上的衣服来看没发现大量灰尘。洛毅森在心里痛骂一声，该死！

“赵航，我不问你为什么来这儿，但是你必须告诉我刚才在里面发现什么了。”

闻言，赵航扯着嘴角给了洛毅森一个并不友好的冷笑，说：“我为什么要告你？你不会自己去查。”

“OK。”洛毅森放开了抓着他的手，“别的我不问了，你告诉几点来的吧。”

“我傻啊？”赵航夸张地瞪起眼睛，“成与不成都各凭本事，我不问你，你也别来问我。”

最后一句话让洛毅森嗅到一股子猫腻味儿，再看赵航的神情心里大概明白了七八分。他耸耸肩，无所谓地笑笑，转身朝着公用卫生间去了。八成是他最后那一笑有点尽在此言中的味道，赵航摸摸下巴，嘀咕：“这小子越来越精了。”

吭哧吭哧地趴在管道里，洛毅森几乎以为自己有空间密集恐惧症！狭窄闷热的通道，几乎被他塞得满满登登，向前爬行的时候不是碰过到头就是擦着脊骨，爬进去大约有三五米的距离，他已经大汗淋漓。

费了九牛二虎之力脑袋上撞了无数个大包，总算是爬到了配音室的天花板上面。可怎么出去呢？洛毅森发现位于嘉良被杀的位置上方，并没有出口，或者说这间屋子上面就没有出口。难道说，凶手并不是通过管道进出现场的？但是，合理的解释只有这个了。

洛毅森不甘心！他的手上都是汗水，还有些赵航没蹭干净的灰尘。他在裤子上抹了一把，仔细去触摸管道间每一条连接缝隙。

能摸到的缝隙只有两处。这应该是当初用来清理维修管道的出入口，因为被使用过所以已经有些凹凸不平了。他掀开其中一个铝铁板，看到下面是两块连接在一起的天花板内部。用手去摸摸，严丝合缝，用拳头捶捶，跟焊上了一样的结实。

纳闷，管道真的没有被凶手利用吗？

正在他反复思索的时候，忽觉脚下吹来一阵凉风。在闷热的管道里这阵凉风真是太爽快了，吹得他舒服了少。可转念一想，瞬时冒了一身的冷汗！

管道内四通八达，距离入口他已经爬了二十多分钟，这股风哪吹进来的？他想回头看看，可能看到的只有自己的肩膀和管道壁。又一阵风吹来，他才意识到，风是阴冷的，带着一股令人屏息的霉味儿。渐渐地，风越来越大，越来越阴冷，那股子霉味也愈发的浓了。他卷缩身体试图避过这阵诡异的风。风在狭窄的管道里呼啸着，扬起特有的呼呼声，令人毛骨悚然。他好像被挤在沙丁鱼罐头里的一小块碎骨头，除了紧紧贴着墙壁之外什么都做不了。

他睁不开眼睛，脑袋埋在双臂之间，紧贴着管壁下面的天花板上。肆虐的风掀开他的衣摆，钻进他的身子，如冰冷滑腻的蛇顺着腰际纠缠而来……

一声接着一声的叫唤让他恢复了神智，洛毅森揉揉还有些钝痛的脑袋睁开眼睛，这才看清楚自己躺在保安室的沙发上。身边，坐着一脸焦急的老李，还在叫着“警察小哥，醒醒啊”。

“我怎么了？”洛毅森坐了起来，想起在通道里遇到一阵阴风，然后好像就昏过去了，“是你把我拉出来的？”

见他并无大碍，老李这才放心地长吁一声，感慨道：“你快吓死我了。我在厕所里等了快半个小时也没见你出来，实在没办法我只好爬进去找你。唉呀妈呀，把你弄出来太不容易了。这把老子累的。”

老李见他还有迷迷糊糊，就说喝点水可能会好些。拿着茶缸子出去接水的时候，洛毅森也起了身，晃晃头，用手捏了捏僵硬的脖子。不知道什么东西硌了一下，抓了一把看看，是几个小米粒大小的半透明物体。正在纳闷的琢磨着这是什么玩意儿，老李拿着热水回来，他拍拍手，把小东西抖落干净，接过水杯喝了一口。

老李站在门口，有点担心地看着他，说：“你脸色很不好啊，回去休息休息吧。啊，对了，刚才我拉你的时候，把你那鞋跟拽掉了。你这什么鞋？也太不结实了。正好我这有胶，你粘上吧。”

低头看了看鞋子，右脚的鞋跟还真的变成了摇摇欲垂，可见当时老李是使出了吃奶的劲。他又坐回了沙发上，用强力胶粘好了鞋底，也就是一分钟左右的事，确定不会再掉下来，谢过了老李，离开了写字楼。

回到一科的时候天色都已经亮了，他还是忍不住敲醒了蒋兵，并请求他帮忙调查葛洪公司的情况。蒋兵迷迷糊糊地应了下来，洛毅森直担心这小子到底有没有把他的话听进耳朵里。

实在熬不住困倦，洛毅森回到自己的房间倒头就睡。这一睡，到了下午四点才醒。忽然想起，该去幼稚园门口看看葛洪会不会去追求江蕙，草草地洗了澡，拿了房门钥匙离开。

路过二楼办公室的时候，他特意看了一眼，里面没人。他有点纳闷，在一科住了快一个礼拜了，怎么平时都看不到其他人？除了苗安像阿飘似的，时不时突然出现以外，就连留守的蒋兵也很难看到他，要说公孙锦，那更是连影子都摸不着。

算了算了，新地方新规矩，哪来这么多为什么。

等他赶往幼稚园的时候已经错过了下班的正点，为了早一步赶到，他抄近路走了一条小巷子，没想到无巧不成书，居然遇到葛洪和另外一个男人站在江蕙的身边。

看上去，江蕙怒气冲冲，另外一个男人拦着她，不知道在急急躁躁地说些什么。洛毅森急忙跑了过去，喊着：“江蕙，出什么事了？”

闻声，两个男人都是一怔。江蕙指着对面手捧鲜花的葛洪说：“他跟踪我！”

葛洪看上去人五人六儿的，居然能把好脾气的江蕙惹毛了，这小子到底干了什么？话说，那边拦着江蕙的高个子男人有点眼熟，想起来曾经看过这人的照片，是跟葛洪一起开公司的同伴，叫姬涵斌。他来干什么？洛毅森在猜测的时候掏出了证件，正色对葛洪说：“我是警察。”

“警察？”葛洪的面色一紧，“我只是想请江蕙吃顿晚饭而已。是她误会了。警察先生，你看，我是跟同事一起来的，怎么可能是跟踪狂。”

这时候，姬涵斌跟着说：“真是江蕙误会了。今天小美的生日，我们想请江蕙去参加生日宴会。我们赶到幼稚园门口的时候她已经走了，我和阿洪就在后面追。人多，我们也不好大声叫她，就一直跟在后面。结果，吓着了江蕙。”

对于姬涵斌的解释，洛毅森不予置评。故作第一次见面的生疏，问：“请问，你是谁？”

“我是阿洪的同事，我叫姬涵斌。”

追求女孩子还带着同事，不是葛洪缺心眼就是江蕙认识这个姬涵斌，葛洪拉着他来热场。想罢，他略过姬涵斌，对葛洪说：“葛先生，能不能单独聊几句？”

“你什么意思？”葛洪像炸了毛的哈奇士，立刻对洛毅森怒目相视，并反问，“你跟小蕙是什么关系？咳咳。”

看上去葛洪的身体不怎么样，蜡黄的脸色，还一个劲咳嗽。但是他这句话问得实在很弱智，结果，身后的江蕙恼火地说：“你不要胡说八道，洛警官是来调查案件的！”

闻言，葛洪跟姬涵斌都愣住了，尤其是姬涵斌，在洛毅森和葛洪的脸上来回打量着，最后还是先葛洪一句，问道：“调查案件为什么找阿洪？等等，洛警官，你是因为唐康丽的案子来找小蕙的吧？为什么要扯上阿洪？”

这位倒是挺聪明的，洛毅森瞥了姬涵斌一眼，笑道：“姬先生知道得这么清楚，能不能跟我说说。”

不等姬涵斌回答，葛洪上前一步，说：“唐康丽的事我们都知道，咳咳，因为她到幼稚园大吵大闹的时候差不多所有人都听见了，我也是听我女儿小美说的。”

洛毅森在心中冷笑几声，正要开口说话，忽听身后有人叫了一声：“毅森，找你半天了。”

第四章 一科不是那么好混的

公孙锦？洛毅森惊讶不已地回了身，看着公孙锦那张似笑非笑的脸距离自己不超过一米！这家伙什么时候走过来的？怎么一点声音没听见。

正在洛毅森惊讶的这点空当里，公孙锦朝着对面那三个人点头示意，笑道：“抱歉，打扰你们了。”言罢，拍拍洛毅森的肩膀，“走吧，还有很多事。”

虽然不知道公孙锦到底搞什么鬼，事实上，洛毅森也没打算继续跟葛洪冲突下去。他揣着一肚子的疑问跟上了公孙锦的脚步。江蕙推开了姬涵斌，紧紧地跟在洛毅森的后面。

虽然江蕙赶了上来，但是却没有走在洛毅森的身边。她就跟在他们的后面，低着头。洛毅森看了眼公孙锦，这人还是那个样子，似乎完全不在意后面跟着个“拖油瓶”。等到三人走出了小巷，到了大路。公孙锦这才停下来，转了身很礼貌地对江蕙说：“需要送你回家吗？”

江蕙的脸居然红了！

不是吧？就算公孙锦长得好看了点，说话的声音轻柔了点，这姑娘也不至于第一次见面就脸红啊。不知道为什么，洛毅森的心里有点酸，有点不高兴，还有点别扭。

压根没有理会洛毅森，公孙锦微微低下头，告诉江蕙：“路上多加小心，有什么需要可以找毅森帮忙。”

江蕙跟他说再见的时候，他只是随便“嗯”了一声，看着她走过了马路，这才转头白了一眼公孙锦。

“怎么了？”公孙锦问道，“你又查到了什么，男人是谁？”

“矮个子的叫葛洪，高个子的叫姬涵斌。”接下来，洛毅森把那两个男人跟江蕙的关系详细说了一遍，主要也是说葛洪那点事儿。

公孙锦边走边听，拉着洛毅森拐进了停车场，上了车他才说：“为什么没有及时向我汇报？”

“汇报什么？”洛毅森冷静地反问，“八字还没一撇，我没有什么可汇报的。”

也许是他的声音过于冷静，听起来含了点怨气。公孙锦摘掉眼镜，揉了揉眉心，语气平和地开口道：“毅森，如果这案子是你们队里负责，葛洪的事你还会到现在还不汇报吗？”

几句话触到了洛毅森的逆鳞！他扭过头去盯着公孙锦，直言：“对，我是不相信你们，你们也没相信我！不要急着跟我解释现场天花板那点事为什么没告诉我，我又不是小心眼儿。”

“那是因为什么？”公孙锦一副洗耳恭听的样子，说，“说说看，是什么事。”

这话说起来可麻烦了。事实上，从一开始洛毅森就觉得奇怪，一科那些人明显都不是普通的，就算那个看上去纯良可爱的苗安估计也有什么他还不知道的恐怖能力。所以，一科为什么要选中自己这个平凡人？这个疑问始终被他压在心里，只想着能参与调查嘉良的案子就好，其他的以后再说。后来，他遇上了赵航，才意识到，一科准备选择的人不止自己一个。也许不止他和赵航两个。这到底算什么呢？要他们这些候补相互竞争？利用一起诡异的案子来证明“我”比“他”还强？

这不公平，对嘉良不公平，对他们这些被蒙在鼓里的人也不公平。这事，真是，真是他妈的操蛋！

洛毅森也知道自己过于较真儿了，若是换个别的案子说不定他会忽略这事儿。但死的是他哥们，是他发小，他很难不去介意。

在心里骂了句脏话，这些情况跟脏话一样，都是说不出口的。至于原因，洛毅森不想跟公孙锦闹僵，因为他还要继续调查下去，直到查明案件的真相！

打着哈欠下了车，上了台阶走到楼门口察觉到公孙锦还没过来，回了头看一眼，见他正站在车旁低头看着什么，便问：“喂，看什么呢？”

“毅森，你今天都去过那里？脚上沾了什么？”

他一愣，也跟着低头看。就发现，自己走过来这几步在地面上留下了微微发光的东西，最后一个就在脚下。他蹲下身去捡起来，在手里晃了几下。

像小米粒那个大，半透明，在昏暗的灯光下微微发光。这是什么？他一边看着一边说：“昨晚我爬进中央空调的管道里了，八成是在那里面沾到的，我记得当时出来之后我手上也有。”

公孙锦走过来，从他手中拿过小小的发光体，跟变戏法似的又掏出来一个证物袋。洛毅森忍不住问："你随身携带证物袋？"

"还有手套跟指纹刷。"公孙锦笑道，"好了，这个东西我会拿去化验，先进去开会吧。"

这个小小的插曲并没有引起洛毅森过多的在意。两个人上了三楼主体会议室，一进门，就看到一张令他不爽的脸。

赵航坐在苗安的身边，笑眯眯地对他摆摆手："又见面了，洛毅森。"

苗安眨着大眼睛，问道："你们认识？"

不等赵航回答，公孙锦走过苗安的身边，轻轻拍打了她的脑袋，笑着说："你也看过他们的资料，在警校是同期，当然是认识的。好了，都坐好，准备开会。"

洛毅森自认不是小气的人，拉开赵航对面的椅子坐下，对他微微点了头。对方的反应很寻常，没有敌意，也没有好意。

会议室里的人不多，苗安、公孙锦、赵航和洛毅森，还有那个压根没看见过他眼睛的电脑专家蒋兵。

公孙锦左右打量一番，转头问苗安："苏洁和晓晟呢？"

"苏姐去查应龙的事了，晓晟……"苗安望天，嘀咕着说，"八成还在工作室摆弄尸体吧。我不要去找哦，那个工作室太恐怖啦！"

"算了，就我们这几个人开会。"

这时候，蓝景阳推门走了进来，低着头走到公孙锦的身边坐下。洛毅森打量了几眼，看他的脸色比昨晚好了很多。刚好对方的眼神也瞥过来，洛毅森明显看到被蓝景阳瞪了，估计是因为昨晚的事，他讪讪地转回头，不再去看。

主持会议的公孙锦让大家畅所欲言，说是这么说，但他单独点了洛毅森的名字。

洛毅森咳嗽两声，没觉得紧张，说："目前为止，我还是坚持从'人为性'这方面着手调查。"

"我不同意。"蓝景阳反驳道，"单一的调查方向会让案情阻滞不前，我们没那么多的时间用来消耗。再者说，这两起案件已经被定为'非人为性案件'。"

被反驳了，洛毅森也不着急，对着蓝景阳说："景阳，你这样考虑太主观了。"

"我没有主观。"蓝景阳漠然地瞥了一眼，"我和你也没熟悉到可以直接叫对方的名字。"

肯并不是自己的错觉，蓝景阳这小子一直对自己抱有敌意！这家伙吃错药了是怎么的？洛毅森懒散地靠在椅子上，貌似疲惫地说："我之所以这么说是因为两个案发现场虽然诡异，但以人力来说并不是做不到。就拿魔术举例子吧，老人家叫做戏法儿，都说'戏法灵不灵，全都毯子蒙'。如果把两个案发现场比喻成'戏法'的话，那个刺眼的白光就是遮羞布。"

"换句话说，凶手真的是龙，它还用得着切断电源吗？你们觉得一条龙有多大？一个龙爪子的爪指有多大？真要一爪子挠下去，那人脑袋还不得飞了？你们就没想过有被做成爪子状的刀具？"

"你这是谬论。"蓝景阳不痛不痒地说，顺便还白了一眼洛毅森。

这回，洛毅森不想继续无视他的敌意了。身子转过去正对着蓝景阳，责问："我不知道你侦办过多少起普通的刑事案件，估计你也不会告诉我你积累了多少经验。但是既然你身在一科，想必肯定比我牛逼。当今社会，高智商犯罪也很多，你能给我拿出多少证据来否定这是人为性案件？"

蓝景阳似乎也火了，把手里的香烟盒狠狠地拍在桌子上，反击："你侦办过多少起'非人为性案件'？你遇到过多少次诡异事件？估计你也不会告诉我你积累了多少经验，但你既然现在身在一科，就要按照一科的套路办案！高智商犯罪也是犯罪，也同样会留下蛛丝马迹，你能拿出什么证据说明两个案发现场有蛛丝马迹？"

"电源被切断就是线索！"

"问题是，你根本搞不明白电源是怎么被切的！"蓝景阳越说越激动，直接站了起来，"有些高智商犯罪，你可以通过勘察现场、调查死者关系，或者是心理学侧写来判断凶手的情况。但是这些都要有个前提，就是线索！有据可查的线索！"

不止蓝景阳一个人激动起来，洛毅森也离开了座椅，抢断了对方的反驳，说："你只想着电源被切没有留下痕迹，为什么不去想想断电也是一种物理现象。物理现象就有无限的可能性，你扩大了勘察范围吗？你调查过那栋楼的周围五十米之内的情况吗？"

也许是话说得太急了点，洛毅森干咳了几声，等着蓝景阳再出招。蓝景阳一改平日里沉默寡言的态度，跟洛毅森扛上了！周围的人目瞪口呆地看着他们俩唇枪舌剑来回拆招，谁也不肯让谁一步，最后，蓝景阳大声说："不要用你那点有限的知识判断所有的奇怪现场，我们需要的是特殊人手，不是你的直觉！"

"照你这么说，不要从其他警局找候补了，直接去警校招几个白丁不是更合适？"

"你以为你不是白丁？"

"跟你相比，这一点倒是值得我偷着笑半个月了。"

“胡搅蛮缠！”

“不好意思，我没蓝警官这么纤细。老子就是个粗人。”

一直瞪大了眼睛看热闹的苗安好像发现新大陆一样，惊呼：“你们俩感情真是好啊。”

两人一愣，同时翻了白眼。

“好了好了，到此为止。”公孙锦终于开口。他一手把蓝景阳拉回座位上，顺便看了洛毅森一眼，对方乖乖坐下的表现他很满意，这才说：“分头调查吧。你们想要从哪方面着手调查我不管，七天后，我要看见这两起案件的结案报告。散会。”

散会？洛毅森愣住了，心说：这叫什么作战会议？什么事都没讨论，什么线索都没交流，就跟蓝景阳那孙子吵了一架！这就散会了？

在他惊讶的时候，蒋兵和蓝景阳已经率先一步离开了会议室，公孙锦接了一个电话，一直在座位上嗯嗯啊啊，对面的苗安朝他摆摆手，低声说：“别去吵老大。你和赵航跟我上楼。”

无奈之下，洛毅森只好起身跟着苗安离开会议室。

洛毅森没想到苗安把赵航安排进自己的寝室，不过一想，这也没什么。但是赵航可苦了脸，问苗安：“你不是让我们俩住这儿吧？”

“只有这里了啊。”苗安说，“你要是不愿意，就去选景阳哥、蒋兵和老大跟他们其中一个人。”

赵航衡量了一下，说：“得，还是住这儿吧，那几位，一个比一个不正常。”牢骚话刚说完，他猛地转回身，眯起眼睛，“我说洛毅森，你别像个背后灵似地着我行不行？看什么呢？我背后有什么吗？”

从楼下的走廊里洛毅森就一直闷着头紧跟在赵航身后，终于把前面的人盯毛了。洛毅森却是头也不抬地问：“你从案发现场回来之后，换过鞋和衣服吗？”

“没啊。我衣服都在车里，还没拿上来呢，怎么了？”

“去过其他地方吗？”

“直接开车回这儿了。白天在会议室里睡了一天。我说你干嘛啊？”

对赵航的质问，洛毅森置若罔闻。他的眼睛死死地盯着赵航的下肢，心说：为什么这么干净？

他看了眼赵航，发现对方和苗安一样古怪地盯着自己，一时间竟有些尴尬了。他咳嗽两声，说：“咳咳，赵航，你知道江蕙吧？”

"当然知道，早三个月前就被监控了，怎么了？"

"跟她有关系的那个葛洪好像有点问题。"

闻言，赵航脸上那两道剑眉一挑，试问："你这算是互通友好？"

其实，洛毅森也搞不懂为什么要把这事告诉赵航。也许是因为他跟自己一样，有异于一科那些人；也许他跟自己一样，也是候补人员。反正，在他的心里，赵航这个才刚刚见过面的旧日同学，比一科那些人可信了一些。

洛毅森别扭地挠挠脑袋，只说既然是办案，线索就该共享。苗安站在一边笑眯眯地点头，好像一点不惊讶洛毅森口中的新线索和他唐突的行为。倒是赵航，似乎比洛毅森还别扭，不过，也没说什么，丢下句"我还有事"就朝外面走。

刚走了两步，赵航犹犹豫豫地停了下来，转回头扫了洛毅森一眼，说："关于应龙。在两年前S市博物馆发生一起盗窃案，丢失了七八件藏品，其中一个就是周朝时期的有应龙龙纹的礼器。虽然三天后就破案了，但是那件应龙藏品始终没有追回。我看过图片，跟蒋兵做出来的那个至少有七八分的相像。"

洛毅森面色如常地看了赵航一眼，随即淡淡一笑，后者摆摆手离开了。洛毅森看着苗安的眼睛里闪烁着危险的兴奋的光芒，下意识地往旁边挪了挪，问她："你干嘛这么看着我？"

"你们俩应该相互握手说些激动人心的话嘛。"

他不耐烦地说："老爷们哪来那么多的废话。"嗓子发干，他捂着嘴咳了咳。半开玩笑似地说，"出去出去，我要洗澡了，你个丫头片子跟这干嘛？偷窥啊？"

苗安挑眉瞪眼，对他做了个恶犬咬人的口势，转头出去了。

把苗安打发走，洛毅森也准备重新整理一下案件线索，刚巧蒋兵的电话打进来，说是找到些关于江蕙一些的情况。他急得连口水都没喝，直接冲出去。

走廊的角落里，公孙锦看着洛毅森走进了蒋兵的房间，转回头对身边的蓝景阳笑了笑，说："你啊，难得能找到个合适的，别吓跑了。"

"是他的问题，你跟我说这些有什么用？"蓝景阳已经听够了对方关于洛毅森的话题，不耐烦地打断了他。

公孙锦知道蓝景阳的脾气，被他反驳了几句也没怎么着急。反而还笑道："我只是觉得难得，你一向不爱说话，今天居然能跟别人吵架，是个好现象。"

在蓝景阳的嘴里发出"嘁"的声音，随即又变成了闷葫芦，死活不吭声了。公孙锦也是拿他没办法，只好说："不说这些了。我后天要去S市走一趟，查查两年前的盗窃案。你明天仔细调查江蕙，在两年前有没有去过S市。"

“为什么针对两年前的案子调查江蕙？”蓝景阳问道。

公孙锦的眉心微微蹙起，说：“也许没人记得了，当年的追捕发生了枪击案，我凑巧就在现场。如果我没有记错的话，有个年轻的女孩成了犯人手里的人质。”

“江蕙？”

“不，我不敢肯定。毕竟过了两年，而且当时我没在现场逗留过久，只看了一眼就走了。这事，如果不是赵航查出来，我还真忘得一干二净。”言罢，他摊开了手中的资料，在上面贴着江蕙的近照。看上去是那么纯净，美好。

房间里只亮着一盏台灯，蒋兵说到线索之前，提起了公孙锦。调查葛洪和江蕙的事，公孙锦是知道的，而且还先一步筛选了一些线索，并叮嘱他必须把这些情况转达给洛毅森。

洛毅森觉得很纳闷，为什么公孙锦之前没跟自己提到过呢？算了，暂时不想。

蒋兵的能力是可怕的，至少在洛毅森看来仅仅几个小时内就把葛洪查得滴水不漏，甚至连人家喜欢穿什么颜色的底裤都知道，这不是可怕就是惊悚！同时，也是令人兴奋的。

用蒋兵偶尔穿插学术性语言的讲述中，洛毅森了解到，葛洪公司的生意一直很好，所以根本查不到什么猫腻，要说也是巧了，没查出葛洪的问题，倒是查到了江蕙的事。

根据葛洪的秘书说，在几个月前葛洪的女儿小美无缘无故感染了病毒性疟疾，折腾了将近有一个月才好。

“等等。”洛毅森问道，“为什么秘书知道得这么详细？”

“因为葛洪平时比较忙，他父母没时间照顾孩子的时候，都是由秘书接送的。”

那位秘书是个喜欢孩子的大龄女青年，也是小美可爱又招人喜欢，所以秘书觉得孩子病了应该多加照顾才对。那段时间葛洪很忙，秘书帮忙在医院看护，很凑巧地碰见了跟小美同园同班的孩子也住院了，一聊才知道，江蕙那个班上的孩子大部分都病了。秘书觉得是幼稚园的卫生条件差，第二天就找上门去。

这事闹出了不小的动静，但是一番折腾检查后证明幼稚园各个指标都是达标的，无异常。说来也怪，只有江蕙那一班的孩子病了，其他班的小朋友就没事。

“应该不是人为性的。”洛毅森说，“真有什么问题卫生部门会检查出来个结果。”

“那你说是这么回事？”蒋兵貌似无聊地随便点击着网页，洛毅森见他不专心，就去抢他手里的鼠标，一个不留神，点开了另外一个最小化的网页。

暂停的视频上，那位故作清纯的女优正在……

洛毅森顺手就给蒋兵一巴掌：“你居然浏览色情网站！”

蒋兵赶紧关闭了播放器，没理找理：“现在是下班班时间，你管我看什么呢？”可惜，底气不足，“那个什么，别跟老大说啊，回头我给你刻张盘。”

洛毅森脸上一热，挠挠鼻子：“咳咳，偷摸给我啊。”

“那是，干这事哪有明目张胆的，是吧，道友？”

“一般先死的都是道友。”吐槽一句网络技术帝，洛毅森起身要走。

蒋兵好不容易找到一个志同道合的哥们，还有点不舍得了。他问：“这么晚了你干吗去？”

洛毅森挥挥手：“查案。”

说是查案，但是到了今天案子已经走进了迷宫，太多无法解释的现象层出不穷，他不知道该从哪里着手比较好。上了计程车随口报了的地址，车子走了一半才发觉，原来说出了爷爷家的住址。

就像以前一样，有什么想不通的事，他还是喜欢找那个老顽童似的爷爷。唯一不同的是，现在，爷爷已经不在了。

推开木质的大门，他庆幸着自己都有按时来做清理工作。这个已经没有了主人的公寓，还保持着原有的清洁。他直接走进了爷爷的书房，在里面有着想象不到的丰富藏书，五花八门，应有尽有。

他找了好半天才找到一本繁体版的中国神话史卷，坐在爷爷最喜欢的摇椅上，一页一页翻看起来。大约过了一个多小时，才找到有关“应龙”的那一部分。

从头看到尾，基本上跟他了解的差不多，这是个有些悲剧色彩的神话人物。从天上下来为了帮助黄帝大战蚩尤，后因蓄水太多而无法回到天上，和同样留在人间的女魃一个在南方盘踞，一个在人间游荡。

这些资料他小时候都看过，只是印象不深。但是最后一段话引起了他的注意，应龙虽然骁勇善战，但他的结局并不好，似乎牵扯到一段爱情故事。可惜的是，这段传说似乎只是村野杜撰，只是被一语带过。他只能继续寻找其他有关资料。最后，在书柜的角落里找到了一本手札，因为不是正规出版物，他很怀疑里面的内容是否属实。但话又说回来，所谓的神话史本身不就是杜撰出来的吗？谁又能证明它的真实性呢？

带着就当看本故事书的心态，他翻开了手札写着“神话爱情故事传说”的第一页。

女魃与应龙之间简直就像是相爱相杀的故事。最后，应龙忘记了曾经深爱的女魃，并与她决战于黄泉海之上。女魃死在了应龙的手下，那一刻，应龙终于想起了女魃是谁，只可惜一切晚矣。

应龙痴痴地在黄泉海边等待着女魃，为了记住她的模样，他一遍又一遍地刻着那张脸。

这只是一个被流传下来的爱情故事，就像七仙女和董永，白素贞和许仙一样。

当旭日升起，洛毅森放下了手里的书。他精神显然已经有些恍惚了，但是公孙锦的一个电话让他立刻清醒。

“马上到河海路柳巷街38号来，葛洪被杀了。”

第五章 死三名死者

急忙赶往现场的时候，洛毅森觉得自己八成是感冒了。他很晕，嗓子又干，一个劲地咳着。路过药店的时候还是没让司机停车，他不想浪费哪怕是一点点的时间。

宽敞的居室内葛洪的尸体显得那么刺眼，特别是他脖子上的那道伤口，狰狞得让人几乎不忍目睹。普通的现场勘查工作已经结束，他看到蓝景阳在几间屋子里来回地走走停停；公孙锦站在一边跟报案人说话；赵航蹲在尸体跟前仔细地观察着。他选择了公孙锦，细听他询问报案人当时的情况。

报案的这位是住宅小区的保安人员，根据他所说，今天快天亮的时候是和同事交换班的时间，他要走过小区到最后面的物业所去休息。当时的时间大约是差几分钟四点，他走到三号楼的时候，忽然看到四楼一家窗户闪出一片耀眼的白光，白得不正常、不合理。他纳闷地往上看了一眼，觉得不放心决定上楼去看看。

二楼B座的房门紧闭，耳朵贴在上面也听不到什么。保安敲敲门，试想就刚才那道白光肯定是业主搞的，这人八成还没睡，别是偷电吧，万一出点什么事可就糟了。故此，他使劲地按门铃，半天也不见有人应声。他想，里面的人是聋子否则一定会听见铃声。除非……

他跑出去找到管理员汇报情况，为了以防万一，两个人带着业主留下的备用钥匙去打开了2B的房门，看到的，就是横躺在床上的尸体。

听到这里，洛毅森终于按捺不住了，他轻轻拍了一下公孙锦的肩膀，说："葛洪的女儿呢？"

"昨天就去奶奶家住了。"

"那我问报案人几件事。"

公孙锦点着头，把位子让给了他。洛毅森尽量对保安露出一点笑容，问："你在楼下站了多久才上来的？"

"不到两分钟。"保安说。

"上楼的时候有没有遇到什么人，或者是听见什么声音？"

保安摇摇头，表示当时没有任何异常情况。洛毅森也不拿笔做记录，紧跟着又问："你在门口逗留了多久？离开多长时间返回来的？"

"大约按了七八分钟的门铃吧。"保安想着说，"这么长时间都没人回声，我就有点担心了。我们物业所在小区的最后面，跑个来回少说也得五分钟，再加上我跟主管说话的时间，大约是十二三分钟。"

"最后一个问题。"洛毅森说，"我发现这栋楼除了电梯以外，还有楼梯。楼梯间的门平时上锁吗？"

"不上锁。万一电梯出了故障，或者是停电，业主就会走楼梯，所以平时都不上锁的。"言罢，这位心有余悸的保安又说，"你要是怀疑有人走楼梯不大可能，因为我从楼下跑上来就是走的楼梯，那人肯定得跟我走个对头碰啊。"

闻言，公孙锦也问洛毅森："你怎么看？"

"这个很好解释。"他说，"凶手作案之后可以先到三楼躲着，等保安走出楼梯间到了案发现场门口，再从三楼下来。如果怕被听见脚步声，还可以脱掉鞋子光着脚走路。这样一来，未必会有人遇到凶手。"

说完，他顺眼看了看卧室里的床，看到一盏台灯还亮着。

嗓子越来越难受了，他捂着嘴急忙起身走过去，公孙锦好奇地跟在身边，看着他绕着尸体来回打转。这时候，被他转得有点眼花的赵航忍不住说："洛毅森，你吃了陀螺是怎么的？转什么转！"

"咳咳。你不觉得奇怪吗？"洛毅森指着台灯，"为什么台灯亮着？"

“台灯亮着很奇怪吗？”不知道从哪里冒出来的苏洁忽然出现在洛毅森背后，还真把他吓了一跳。苏洁顺手搭上他的肩膀，说，“小子，你又想到什么稀奇古怪的东西了？说来给姐姐听听。”

抓着苏洁的手甩下去，洛毅森面无表情地说：“姐你饶了我吧。”

像团火一般的苏洁毫不气馁地凑到洛毅森身边，故作出好奇宝宝的模样等着听下文。洛毅森哭笑不得地摇摇头，只好说：“唐康丽和嘉良案中，都是白光先亮起来，死者在白光中被杀。但是，葛洪的床头灯却亮着。”

“这有什么不对吗？”苏洁问道。

“我来做了逻辑上的分析。首先，葛洪一个大男人不会害怕黑暗而开着台灯睡觉。那么，这盏灯为什么亮着？”

“半夜醒来才会开灯。”苏洁说，“比如说上厕所，或者是听见了声音。嘉良案发的时候，你不是也听见了。”

洛毅森摇摇头，说：“人在凌晨三四点左右的时候睡眠是最沉的，一般不是特别大的声音很难吵醒，当然了，这要排除那些精神衰弱的人。我们可以忽略声音，因为在嘉良案发的时候那声音很弱，如果不是聚精会神地听，很难听见，所以沉睡中的葛洪不会被声音吵醒。或者说，凶手应该像杀害唐康丽和嘉良那样杀了葛洪。因为葛洪还在沉睡，屋子里没有灯光，也不存在什么切断电源，应该直接就是一道白光亮起，葛洪在白光中被割喉。这样一来，台灯亮就完全不符合逻辑。”

“我同意毅森的看法。”公孙锦走到床尾，看了眼尸体，看了看床头灯，“从前两件命案来分析，这个台灯的确不合情理。我们刻意假设葛洪在被杀前是清醒的，不知道因为什么而打开了台灯。”

公孙锦的看法跟洛毅森是一致的，但还有不少疑问摆在他的面前。假设，在被杀前葛洪真的清醒着，为什么没有挣扎、呼救的过程？

他仰面躺在床上，四肢成大字型。他的双眼紧闭，脸上的表情没有异常。就在洛毅森注视着尸体的时候，站在一边的赵航忽然做了一个让大家感到意外的动作！

他戴着手套，轻轻扶着尸体坐了起来。然后，那张满是死气的脸只对着洛毅森，赵航半跪在尸体后面，右手从头顶绕过去，两指按在眼皮上，忽然把两只眼皮都拉了上去。

倏然间！那双充满了惊恐的眼睛直勾勾地看着自己，洛毅森猛地倒吸了一口凉气，面色煞白。众人转头看着面色凝重的赵航，忽听他说：“临死前，葛洪看到了很恐怖的东西。当时的表情，就像洛毅森这样。”

苏洁正要说点什么，就见赵航和洛毅森同时快步走出了葛洪的家，她纳闷地看着公孙锦："老大，这俩人什么毛病？"

公孙锦微微一笑："他们想到了关键，自然是出去查案。"

"哟，这么快啊。不行，我要跟过去看看。"

看着苏洁跑了出去，公孙锦也没提醒她那两个人不可能去做同一件事。微笑不语的时候，蓝景阳走到他身边，说："这个现场的确很奇怪，我在门锁上发现了一些东西，如果没弄错的话，好像是……"

不等他的话说完，公孙锦竖起一根手指"嘘"了一声，随即拍拍蓝景阳的肩头，笑道："你该休息休息了，让毅森和赵航忙吧。"

再说风风火火跑出来的苏洁，追到楼门口的时候发现赵航和洛毅森居然朝着不同的方向跑着。她一时间不知道跟着谁才好，就大声问："你们俩去哪啊？"

洛毅森头也不回地说："幼稚园。"

赵航摆摆手："我去死者公司。"

苏洁气得直跺脚："你们俩谁查的事有意思啊？"

闻言，洛毅森跑得更快了，赵航停下脚步，笑道："跟着我吧，姐姐。"

"嗯，还是我航弟好。"说完，苏洁朝着洛毅森消失的方向看了一眼。

"苏姐，看什么呢？"赵航问道。

"看毅森呗，他总咳嗽。"苏洁的表情有些严肃，"希望是感冒了。"

再见江蕙，洛毅森没了前两次的和颜悦色。他直接就问："我刚问过你们院长，她告诉我你今天早上是六点过五分来上班的。那今天凌晨三点到五点之间，你在哪里？"

"在家啊。"江蕙不知所措地说。

"有没有人可以给你做证明？"

"我一个人住，没人证明。"江蕙不适应这样严肃的洛毅森，犹豫了一下，才问，"怎么了？"

"葛洪被杀了。"

面前的江蕙瞬间的呆愣后，瞪大了眼睛！洛毅森忽然剧烈的咳嗽声扰乱了她惊恐的心情，她跑到一边在马路上摆摊卖水的地方，给洛毅森买了一瓶水，伸手递给他的时候，那只手还发抖。她捂着嘴巴，好半天才说："难怪，难怪今天小美是奶奶送来的。"

"江蕙，你真的不认识良子吗？"

“当然不认识。”江蕙急了些，态度上还算是好的。可洛毅森却觉得越是这样，越说明她有问题。

嘉良这个名字，他只在她面前提过一次，也没说是被人杀了。按理说，她不应该知道“良子”是谁，直接反应给自己的究竟是谎言，还是不安？但至少有一点可以确认，江蕙在说谎！

洛毅森长长地叹了一口气，喝了几口水压压咳嗽劲儿，才说：“唐康丽死了，死前跟你发生过争执；葛洪死了，他跟你也有关系。就算我不愿意这么想，你现在也有不少问题。我不想让我那几个同事请你进警察局了解情况，我希望咱们有什么事还是就在这里说的好。我的这些话，你认真想想，我不愿意看到还有什么跟你有关系的人被杀。”说完这些，他准备起身离开。忽然被江蕙抓住了衣袖。

这女孩究竟在想什么呢？他看着拉住自己的江蕙紧咬着嘴唇始终不肯开口，不由得揣摩起她的心态。尽管洛毅森不愿意看到她这样，尽管他对她有了些好感，但公私一定要分明！

他和她就这样僵持着，一个面色苍白有口不言；一个神色漠然耐心等待。不知道过了多久，江蕙才慢慢地抬起头，看着洛毅森：“我，我说的话你能相信吗？”

“你不说我怎么相信？”

“我没杀人。”她使劲晃着头，表白。

“我没说你杀人。冷静点，好吗？”

她难以冷静下来，被洛毅森抓住的手冰冷冰冷的，还在微微地发抖。洛毅森没有放开，轻轻地把这只手握在掌心里，给予温暖，并放慢了语速，说：“我能帮你的地方一定会帮忙，你也是，有什么事就说出来，不要等到来不及的时候才说。”

许是因为他的口气很温柔，许是因为他的手过于温暖。江蕙的脸色缓解了一点，紧张不已的情绪也渐渐好了不少。她的眼神中充满了不安和渴望，似乎在寻求着谁的帮助。在这种时候，洛毅森反倒不会说什么了，安安静静地等着她愿意开口。

良久，江蕙动听的声音缓缓地萦绕在他的耳边。

“唐康丽虽然让我很难堪，但我没想过要报复她。当晚，葛洪就问我关于唐康丽的事，我不愿意谈，对葛洪的态度也有些不礼貌，那天，他走的时候很生气。过了三四天，我就听说唐康丽死了，但是我绝对没有往葛洪身上去想。但是，从那之后，我就觉得有个我看不到的人在跟踪我。每天下班都提心吊胆的，不敢走夜路，不敢去人少的地方，我能察觉到，不管我走到哪里，那个人都在身边，不知道隐藏在什么地方，看着我。”

“我把这件事讲给一个很要好的朋友听，她是我的大学同学，毕业后一直有来往。她也很担心我，就约好找个机会帮我调查一下。那天下班我故意走在小巷子里，那种被人偷窥的感觉又来了，我很害怕，但是忍耐着走出那条小巷。后来，我的朋友告诉我，她的确看到一个很可疑的男人，不过，没看到他的正脸，只是看到一个背面。听她的描述，真的太像葛洪了。”

“所以，你一直以为跟踪你的人是葛洪？”洛毅森问道。

江蕙点点头，又说：“我不知道是不是葛洪杀了唐康丽，所以，我就去问涵斌。涵斌说前一阵子葛洪的确是打听过唐康丽，我想了想涵斌说的那个日子，刚好是唐康丽来幼稚园闹的第二天。”言罢，江蕙微颤着吸了口气，“如果，我是说如果，跟踪我和杀了唐康丽的都是葛洪，那，那是谁杀了他？”

所以，她才觉得如此恐惧吗？

最后，他没再问什么，安慰了江蕙几句，就告辞了。

联系了一下葛洪案发现场那边的情况，公孙锦说大家都各自散开去查案了。不过，倒是叫洛毅森尽快返回一科，说是苏洁来的电话，有事需要碰头商量一下。

洛毅森心里的谜团渐渐地少了很多，但是最主要的几个仍然不得而解。首先，他想不通，现在已经知道的葛洪、唐康丽跟江蕙有关系，但嘉良跟她到底有什么牵扯？为什么至今为止都查不出来？再者，就是江蕙这个人，你说她城府深吧，几次接触后没觉得是这样；你说她是呆吧，但她还察觉到有人跟踪。反正，江蕙跟案子是脱不了干系，肯定是未知线索的突破口。

回到了一科，一进门就看到苏洁气哄哄地坐在一边喝茶消暑，赵航手里拿着什么东西一个劲地皱眉看着。洛毅森打了声招呼，问道：“叫我回来干吗？”

“关于葛洪的事呗。”苏洁放下杯子，又在饮水机里接了一杯凉的给洛毅森。看着他喝水的功夫，说，“我们发现葛洪的钥匙就在他的公文包里，就是说，案发现场是间密室。但是景阳在门锁里找到了一些粉末，经过化验证明是配用钥匙留下的。”

“有人配了葛洪的家门钥匙？”洛毅森问道。

“对，这一点毋庸置疑。”一边的赵航开口道，“所以，我们在葛洪的公司找到他的秘书，询问了相关情况。”

这一趟他们的调查可说是非常顺利，不但秘书知无不言言无不尽，就连公司的总经理姬涵斌也单独跟他们谈了一个多小时。但是，让苏洁感到气恼的是葛洪的时间问题。

昨天下午，也就是洛毅森在幼稚园旁边的小巷子里遇到葛洪之后，他们公司正在洽谈的一个工程项目忽然出了问题。葛洪在女儿的生日会餐上匆忙离开，去了外地处理情况，直到今天凌晨两点才回来。

听过这些情况，洛毅森不禁想起，自从葛洪开始追求江蕙之后，他们公司的生意一直处于一种非常诡异的状态中，昨天又是那么巧，外地的工程项目出了问题。

不过，既然已经知道有人配了葛洪家的门钥匙，那么，凶手必定掌握了葛洪所有的时间以及动向。洛毅森看了眼正在电脑前挥舞手指的蒋兵，问道："你是不是在查葛洪的通话记录？"

"对。赵航说这事急，再等一分钟，马上就好。"蒋兵说话快，手上的活干得更快，"出来了。我看看啊，葛洪在昨天晚上七点十六分给江蕙打过电话，通话时间是三分五十七秒。"

苏洁马上跟着说："根据姬涵斌说，葛洪是在七点十分离开的酒店，也就是说，他在去往机场的路上联系了江蕙。"

说道这里，洛毅森终于明白苏洁为什么生气了。明知道两个死者都跟江蕙有关系，但是却没有半点证据！现在就请人来喝咖啡很容易打草惊蛇，所以，只能继续调查，继续分析。

洛毅森没多想苏洁那脾气什么时候才能平息下来，他坐在蒋兵的身边，仔仔细细看着通话记录。发现在今天凌晨两点五十分有一个座机电话号码打入了葛洪的手机。他指着座机号码问："这个号码，能查出来吗？"

"当然。"蒋兵对这些工作从来没说过不字。很快，就把地址给了洛毅森。

赵航也凑过去看，纳闷嘀咕着："这是什么地方的？机主户名李海棠？谁啊？"

一条若隐若现的线索在洛毅森的脑子一闪而过，他沉声问赵航："查过姬涵斌的时间吗？他在案发时干什么呢？"

"在山顶。"一边的苏洁说，"话说，为什么那个高帅富的男人会住在山上那么昂贵的别墅里？我这样的好女人就要住在又冷又暗的老房子里？"

洛毅森没搭理苏洁的话茬儿，狐疑地说："到底有没有证明？"

"有吧，不确定。"苏洁拉过一把椅子坐在他身边，"姬涵斌每天早上都要晨跑，时间大概是六点到七点，根据别墅区的保安说，在早上差几分钟六点的时候看见过姬涵斌，正在小区里跑圈呢。我和小航算了一下，葛洪的死亡时间是凌晨四点多，姬涵斌就是坐飞机也不可能在六点左右出现在自家小区里。"

"但是咱们无法确定没有计程飞机。"洛毅森随口说，"姬涵斌没有作案时间，但是他是知道死者出差的人的其中一个。该查的还是要查。”

“需要帮忙吗？”咬着巨无霸的苗安走了过来，刚好听到了洛毅森的话，好奇地问着。

赵航一把抢过苗安手里的可乐，吸溜吸溜地喝了几口，无视了苗安鼓起腮帮子的敌视，接着说，“我和苏姐查姬涵斌，只是因为只有他和江蕙知道葛洪出差这事儿，你为什么要问他的情况？”

发现苗安看着自己的那杯可乐已经流露出对赵航的杀意了，洛毅森帮忙把可乐抢过来还给了苗安。苗安像只乖乖兔似的捧着喝，睁大了一双眼睛等洛毅森说明缘由。

他说：“差不多是一个原因。但是，我总觉得姬涵斌跟江蕙也有点关系。这么说吧，赵航，咳咳，如果你正在拼命追求一个女人，会把比自己帅比自己好的朋友带到女人面前吗？”

“打死也不要！”

“那为什么葛洪请江蕙吃饭，要带上姬涵斌？”

这话一说，其他几个人都品出滋味来了。赵航哼笑一声：“别说，这还真有点问题。我的天哪，姬涵斌不会是下一个被害人吧？”

话赶话说到这儿的时候，洛毅森的手机响了，短促的铃声代表有短信进来。他打开一看居然是江蕙的。

“今天下了班能见面吗？有些事情我想跟你谈谈。我在那个快餐店等你，晚上七点。”

在一边偷窥的苏洁嘿嘿地冷笑，说：“一个小丫头片子，也不见她长得怎么好看，怎么就招惹了这么多男人？床上功夫好？”

“苏姐！”洛毅森低喝了一声，结果却引来苏洁阴险的笑意。

苏洁拍着洛毅森的肩膀，大大咧咧地说：“你不是对她有好感了吧？姐姐可得劝你几句，那丫头不是好招惹的。”

“你怎么知道？”

“别问我原因，姐姐有的是秘家法门。小孩子不要瞎打听。”

不等洛毅森刨根问底儿，吃饱喝足的苗安上前来搀和着：“真的哦，苏姐看人特别准，比女人的第六感还准。”

“小安，我就是女人！”

苗安不去理会苏洁，往洛毅森的手塞了两盒感冒药，笑嘻嘻地说：“就知道你想不起来吃药，感谢我吧，粗心大意的男人。不过话又回来，苏姐看人真得很准啊，当时就是她告诉老大，小森森绝对是个人才，老大才注意到你哦。”

感情这个暴力毒舌的红衣性感女王还是自己的伯乐！洛毅森失笑之余，打趣苗安：“那你有什么本事？”

“我是造型师嘛，可以把你变成另外一个人，一模一样。”

说者无心，听者有意。洛毅森就问苗安真的能把他变成另外一个人？一模一样，半点不差？苗安愠怒地回应他：“差一丁点，我就回家服毒去！”

第六章 洛毅森的阴谋

晚上六点四十分，江蕙推开了快餐店的门找了个靠近窗口的位子坐下，招呼服务生上了一杯白水，安安静静地等着。她今天穿了一件深蓝色的高领毛衫，外面罩着奶白色的羽绒服，看上去纯净美好。她就那样安静地等待着，就像是多彩缤纷的世界中一抹浅淡的颜色，虽普通，却给周遭带来安逸的宁静。

店门打开了，随着服务生喊着“欢迎光临”的声音，她抬头看过去，不由得惊讶起来。来人也看到了她，同样流露了惊讶的神色，并疾步走了过去。

“你怎么在这里？”姬涵斌问道。

江蕙明显有些慌乱，脸上渲染出淡淡的红晕，低着头，说：“我，我约人，约了那天的洛警官见面。你呢？”

“我也是被警察约来的，约我的人姓赵。”姬涵斌说话的声音轻柔了几分，坐在江蕙的对面，有意无意地打量着这个干干净净的女孩子，“你，知道了吧，阿洪他……”

江蕙点点头，隐去脸上了一点悲哀，扯开了这个话题，问道：“你为什么不给我打电话？”

“最近太忙了，脑子里也乱。好多事想起来转眼就忘了，整天迷迷糊糊的。”含笑说完了自己的近况，姬涵斌长吁一声，“你还好吧？”

“你说呢？”她的口气里有几分怨恼，说这话的时候，故意扭过脸，秀气的眉微微蹙起，任谁看了都会觉得心中一紧。姬涵斌苦恼地犹豫了片刻，终究还是不忍心地伸出了手，握着江蕙的。

他说：“小蕙，现在是多事之秋，你要保护好自己。”

“为什么你……”江蕙的话戛然而止！

姬涵斌发现，江蕙的脸上满是惊愕恐怖的表情，他顺着她的视线回头看去，这一看竟也有了同样的表情。

在店门口缓缓走来的青年男人，脸上带着一点笑意，那双不大的眼睛；那张微微上翘的嘴。青年走到他们的桌前，随便似地看了眼江蕙，随便似地说了一句：“这么巧啊。”

江蕙的脸色苍白，整个人都在发抖。她的眼睛瞪得浑圆，指着青年的手不停的发抖，无意识地说着：“你，你是谁？”

“不是这么薄情吧，这才多久没见就不认识了？”青年开着玩笑，“干嘛，见鬼啊？”

“鬼？你，你是鬼！”江蕙猛地站起身来，不等推开青年，对面的姬涵斌一把青年推搡到一边，急忙走到江蕙的前面，护着她，防着他。

江蕙紧紧抓着姬涵斌的衣服，吓得面无血色，嘴里不停地嘀咕着：“不可能，不可能，不可能。你不可能，你到底是什么东西？你不是嘉良！”

不错，站在她面前的就是已经死去的嘉良！一模一样的脸，一模一样的声音，就连那吊儿郎当的表情都是一模一样。

嘉良掸了掸被姬涵斌推到的地方，横了一眼对方。玩世不恭地说：“看来我不受欢迎，得，我走就是了。”

看着嘉良朝着店门走去，江蕙忽然大喊了一声：“洛警官！”

嘉良没什么反应，而就当江蕙准备追上去的时候，店门开了，洛毅森一本正经地走进来，刚好跟嘉良打了个对面，一时间愣住了。

嘉良自然地走过洛毅森的身边，顺手拍了拍他的肩膀，在他惊呆的时候离开了这家快餐店。

一切发生的那么仓促，江蕙刚刚才想着这个嘉良会不会是洛毅森假扮的，但洛毅森竟然出现在她的眼前。那么，那个嘉良到底是谁？真的是……

这时候，站在门口的洛毅森忽然打了个激灵，不顾江蕙的叫喊声，直接转身追了出去。这时候，姬涵斌拦住了江蕙，说：“你留下，我去看看。”

但是当姬涵斌跑到门口的时候，正好遇上了赵航！

“赵警官？”姬涵斌停下来，面色极差，“你，你看见了吗？”

“我正想问呢，毅森干嘛疯跑着出去？我叫他都不搭理，你们谈什么了？”

他没看见吗？姬涵斌忍不住打了一个冷颤，哆哆嗦嗦地指着他身后：“我，我们看到一个，一个死人刚跑出去。”

闻言，赵航也瞬间变了脸色，脱口问道：“你，看见谁了？”

“小蕙叫……叫他嘉良。”

赵航骂一声“该死”，急忙转身跑了出去。

江蕙呆愣地站在原地，看着姬涵斌走过来，一时间怀着各自的心事，两两相望。片刻后，她说：“我是不是……”

“别乱想，警察会处理的。走吧，我送你回家。”

看着他伸过来的手，江蕙咬咬嘴唇，把自己交给他的时候，脸红浮出淡淡的红晕。他们离开之后，一名服务生走到桌边，将黏在桌子底部的窃听器拿了下来。

他与她手牵着手走在人流湍急的马路上，擦肩而过的人步履匆匆，就像整个世界只剩下两个人，相互为伴。

在他们消失的街口，停着一辆车，坐在里面的苗安托着下巴，很不解地说：“这俩人看着怎么那么悲凉啊，好像相爱又不能在一起似的。”

一边的苏洁翘着二郎腿，冷笑着：“偷情吧。”

“不是。”苗安说：“姬涵斌可是未婚，标准的钻石王老五，钻石得不能再钻石了。人家江蕙也是个女孩家，一个未娶，一个未嫁，哪里算是偷情？”

苗安想不透，为什么看到那两个人的背影就觉得心里酸酸的？不过，话又说回来，洛毅森这个办法还真管用，至少他们知道不止江蕙认识嘉良，姬涵斌似乎也认识嘉良。剩下的，就看谁先上钩了。不过呢，这种死人复活的事，他们会信吗？

正要跟苏洁讨论一下“信与不信”之间的区别，一转头，看到苏洁一向带着阴险笑的脸上尽是疑惑和戒备，苗安忽觉不安，忍不住去扯了扯苏洁的衣襟，问道：“苏姐，你怎么了？”

苏洁没吱声，只是一直看着那两个人消失的方向。

与此同时。

蓝景阳站在候机大厅里，不耐烦地看着手表，等听着从外面慢悠悠走进来的公孙锦打招呼时，直数落他：“你再慢点就坐下一班飞机吧。”

“来得及。”公孙锦笑道，“毅森那边进行的怎么样了？”

“我听蒋兵说很顺利。”蓝景阳把机票给了公孙锦，说，“我查过了，两年前江蕙的确去过S市，时间上也跟抢劫案相吻合。”

说着话的时候，公孙锦朝着里面走，靠近蓝景阳低声说，“暂时不要惊动嫌疑人，等我回来再说。”

送走了公孙锦蓝景阳走出候机大厅的时候联系了苏洁，没等他开口说话，就听电话那边的苏洁一声尖叫，他忙问：“怎么了？出什么事了？”

“景阳救命啊！”

一听这话，蓝景阳拔腿就跑，大声问她：“你在哪里？出什么事了？”

“救命啊！我分不清谁才是毅森了。”

闻言，蓝景阳满脑门黑线，磨着牙说了一句：“都宰了！”

放下电话，一身火红的御姐没啥形象地笑个不停。距离他们的车子约有十几米左右的距离，洛毅森正迎面而来。苗安白了苏洁一眼，帮着打开了车门。

站在车门外，洛毅森坦然地笑了起来，问道：“蓝景阳呢？”

“他说宰了你。哈哈哈哈！”

打量一眼笑出眼泪的苏洁，他转头问苗安：“我很可笑吗？”对方耸耸肩，不予置评。他只好坐下来，略显疲惫地说，“告诉蓝景阳让他准备好，指不定什么时候就开始了。”

他越是一本正经苏洁越是笑得厉害，抱着肚子说：“别用这张脸对着我！太诡异了，受不了了，肚子好疼。”

这人就是来看热闹的吧？洛毅森白了她一眼，又咳嗽了两声。苗安在哪买的药，过期了吧，一点没管用啊。

车上的苏洁迷眼看着洛毅森，后者看上去打算走了，苗安还有点不放心地抓住他，上下打量几眼，问：“你到底吃药了没有啊？不舒服就上来歇会，还急着出去干嘛啊？”

“有事呗，等我联系吧。”

不等他走下出去多远，爆笑的苏洁忽然跳下车追了上来，一脸严肃地说：“如果条件允许的话多往北面走走，对你有好处。”

“哈？”洛毅森丈二和尚摸不着头脑，哪儿明白苏洁到底说的是什么。苏洁刚刚还一本正经的脸顿时一变，阴险了，阴险了，正经阴险了。她说：“虽然你的身手不错，但别忘了对手不是普通人。需要叫救命的时候，可以喊姐姐哦。”

前面几句话倒是很中听，可惜，越说越下道儿了。洛毅森无精打采地摆摆手，说：“行，你等着吧。”

看着洛毅森渐行渐远，苏洁脸上的笑意也逐渐隐去了。她回头看了看不远处的车子，就这样对里面的苗安摆摆手，也消失在人流之中。独自留守在车里的苗安眨眨眼，忽然意识到，她不会开车。

这一天似乎很平静，到了晚上十点多的时候，赵航的电话打到了洛毅森的手机里，告诉他关于葛洪凌晨两点左右那个通话的座机号码已经查到地址了，但是那是一间空屋子，邻居说已经三年多没住过人了。至于以前是谁住在里面，已经无据可查，只知道户主的名字叫李海棠。

“得了，不用查了。其实这人你也见过。”洛毅森说。

“我也见过？”赵航一瞬间的静默后，忽然说，“是他！？”

“对，所以不用费事再查了。”

挂断了赵航的电话，洛毅森又打量几眼被他搞得乱七八糟的房间，最后，发了一条短信出去，关上房门趁黑离开。

时钟发出规律的滴答声，使得整个屋子里显得更加安静。一身居家服的江蕙坐在餐桌前，手中捧着杯子，一小口一小口地啜着。对面的姬涵斌低着头看报纸，时不时的瞄一眼江蕙，视线相交之际，两个人都别扭地回避开。

桌子上的手机嗡嗡了两声，江蕙拿起来看一眼，遂站起身来朝着浴室走去。姬涵斌有些紧张，有些尴尬，忙问：“你，要休息了？”

“嗯，不早了，明天还要上班呢。”说着，她的视线飘忽起来，平淡无奇的脸上竟也有了羞涩的娇媚。她低着头，试问，“你，你要不要留下来？”

姬涵斌的双眉微蹙，一点苦涩的笑意在脸上划过，说：“不了，不方便。你早点休息吧。”

在她的脸上可以看到很明显的失落，但也仅是如此而已。她放下了手机，进了浴室，很快在磨砂门的背后影影绰绰显出纤美的曲线，姬涵斌下意识地吞咽了一口唾沫，赶紧收回视线。

当江蕙走出浴室的时候，姬涵斌已经离开了。她叹了口气，拿起放在一旁的手机再次确认了一下短信。

“今晚十二点，老地方见面。”

她看了眼时钟，十点二十分。

与此同时。

赵航坐在自己的车里打着瞌睡，这几天他一直没有好好休息过，现在更是觉得困倦。打了几个哈欠，正想出去买包香烟提提神，口袋里的电话忽然响了。上面显示着姬涵斌的手机号码，他不由得一愣。

“喂，姬先生么？”他问道。

“是我。赵警官，我们能见面谈谈吗？”

赵航心里一乐，就问：“谈什么？”

“嘉良。”姬涵斌开门见山地说，“我认识嘉良，其实小蕙也认识他。我不知道你们为什么盯上小蕙，如果是因为嘉良，我需要跟你详细地谈谈。你看现在方便吗？”

现在？这人够急的，大半夜的还要见面。赵航不像洛毅森那样，办起案子来不分黑天白天，有时候他甚至愿意拖上一那么几个小时。所以，他说：“明天怎么样，上午九点我去找你。”

“不，最好是现在。”姬涵斌说，“你听那位洛警官说起了吧，嘉良，他，他突然就……”

“好吧。”

赵航跟姬涵斌约好了一个小时后，在姬涵斌公司的办公室见面。洛毅森觉得见面地点有点问题，赵航也是这么说，但当时姬涵斌表示要回家拿些重要的东西，估计是跟嘉良有关。这样一来，洛赵两人也只能耐心等待。

连挂断电话前，赵航多了句嘴，问：“你那边怎么样了？”

“还在等。”洛毅森说。

放下了电话的洛毅森寻思起来，如果说这剂猛药还没奏效，那就只能让蒋兵那个变态给嫌疑人做催眠了，话说，就算是在一科催眠也是不被允许的吧？

鱼饵是放下去了，哪一个先上钩呢？

正琢磨的时候，远在外地的公孙锦打来电话，也许是惊讶于对方的行动速度太快，也许是第一次听见一向稳重的人急三火四的声音，洛毅森急忙在车里坐直了身体，问他：“慢点说，怎么回事？”

这时候，公孙锦坐在S市局的办公室里，脸上出了一层的薄汗。他说：“去年的抢劫案资料我查到了。虽然案子破了，犯人也抓了，但是丢失的文物少了两件。一个是周朝时期王家祭祀时使用的礼器玉璜，上面就是应龙的龙纹；另外一件是也是周朝时期的东西，专家一直没弄明白那东西是干什么用的，只能鉴定出也属于王家用品。我看过两样文物的图片，应龙的那个跟蒋兵画的几乎一模一样。”

“好了，先不说这个，等会我去蒋兵那边看图片。关于江蕙你还查到什么？”

公孙锦看了眼手中的照片，缓口气，说：“在抓捕过程中，警方把犯人逼到一家健身俱乐部里，犯人劫持了两名人质，其中一个就是江蕙。当时的情况很混乱，警方击毙了一名歹徒的时候，装有赃物的背包掉在地上。等抓了人，救了人质再收拾赃物，其中少里两件东西。”

说完这些，旁边帮忙查资料的警员拍拍公孙锦的肩膀，他点点头，告诉洛毅森：“我让当时负责此案的刑警跟你说。”

很快，洛易森听见一个浑厚的男人声音，他说：“你好，就不说些废话了，我告诉你当时的情况。”

洛毅森也客气地问了声好。听对方说：“事后，我们对剩下的三个犯人进行突审，根据他们所说，做了案之后一起把赃物藏在背包里，没拿出来过。被我们追到的时候，其中一个还查看过一遍里面的赃物，当时应龙玉璜和那个古怪的东西都还在。就是说，有人趁着我们对犯人进行围捕解救人质的时候，拿走了这两件文物。”

听到这里，洛毅森想象了一下当时的情况。满是健身器材的大厅内，人们惊慌失措地躲着，四名歹徒挟持了两个人质，警方的狙击手在死角开枪击毙其中一个，接着整个大厅混乱起来……

也不是没有可能被趁乱拿走了什么东西，关键在于，是谁拿走的。

洛毅森问道：“你们发现少了两件文物没有针对人质调查吗？”

“当然查了。”刑警说，“但是他们都是外地人，我们调查的结果也很干净，也就让他们走了。到现在，那两件文物也没有下落。”

说到这里也没什么值得关注的情况了，可洛毅森总觉得还差点什么，也是随口那么一问：“当时在掉背包的位置上都有谁？”

“一个叫江蕙的，另外那个男的叫姬涵斌。”

不知道是对方语速快了，还是他没听清，又问了一句：“谁？”

“姬涵斌。挺少见的姓。”

这时候，公孙锦一把抢过电话：“毅森！”

“我知道，先挂了，等我联系。”

公孙锦看着手里已经被挂断的电话，脸上露出了淡淡的满意的笑容。

第七章 灭口

深夜十一点五十分。整个小楼安静如常，他坐在休息室里，把台灯移动到收音机前面，调了频道，听着沙沙声，忽然声音就清晰了起来，他满意地靠回椅子上，听着老早年的流行歌曲。甜美的歌声飘飘荡荡萦绕在他的耳边，唱着：美酒加咖啡，我只想喝一杯，想起那过去，又喝了第二杯。明知道爱情像流水，管他去爱谁，我要美酒加咖啡，一杯再一杯……

他跟着甜美的歌声哼唱着，唱出来的调子却变了味儿，走了调儿，活像被掐着脖子的老鸭。不知怎的，台灯忽明忽暗起来，把他的脸照得好像是癞皮狗身上的秃斑，片黑片黄。

他正听得兴起，被闹着故障的台灯搞得心烦意乱，起了身拍了两巴掌，可怜巴巴的老旧台灯闪了闪，彻底熄灭。休息间里一下子陷入了伸手不见五指的黑暗中。

“美酒加咖啡，我只要喝一杯，想起了过去，又喝了第二杯……”

他的冷汗顺着脖子流下来，因为他看到窗外也没了灯光，整个小楼都停电了，但是，手边的收音机为什么还在唱？

哆哆嗦嗦地往桌子下面摸去，那里面有个工具箱，可以找到锤子板子或者是大号的螺丝刀。当他的手摸到一样东西的时候，外面传来缓慢而清晰的脚步声。

嗒嗒……嗒嗒……嗒嗒……

怎么办？出去？还是留在这里？他僵硬着身体，在黑暗中的眼睛瞪得浑圆！他摸到的东西是个手电筒，但是却没有勇气打开它，仿佛这黑暗不但吞了他，也是在保护他。

也许该出去看看，他想。但是他不敢，因为他做过亏心事。他不过就是个小人物，在仅仅糊口的日子里希望得到一笔小钱，可以再去赌一把，喝个小酒什么的。所以，他没想过会出人命，也没想过什么可怕的事会落在自己头上。但是现在，他想起一句话“善恶有报”。

走廊里的脚步声越来越近，最后停在了他的房门外面。开门时发出的吱嘎声格外明显，一束昏暗的光顺着门缝爬进了房间里，他张张嘴，发现无法发出一点声音。

他下意识地打开了手电筒，一束强光照在门外那个人的脸上，他先是惊讶，再是安心。长长吐了口气，埋怨着："你他妈的想吓死老子？"

对方不说话，慢慢地走了进来。他也撑着地面站起身，不耐烦地白了对方一眼，问："你又来干什么？"

对方还是不言语，这时候，他本能地察觉到从未有过的恐怖感。下意识地朝着门口那边蹭，挤出一个难看到极点的笑容来，说："怎么晚了你有事啊？我正要上厕所呢，今天吃坏肚子了一直拉稀。那什么，你等我一会。"

不等说完，他冲过对方就要跑出去，谁料，忽然被抓住了衣服猛地向后倒去。他也不是吃素的主儿，使劲朝着后面的人踹过去一脚，趁着对方闪躲的时候拼命往外边跑！才刚踏出去一只脚，那人从后面掐住了他的脖子，力气大得几乎不像个人类。他被迫张开嘴，舌头渐渐吐了出来，眼珠子向外凸着，一张脸涨成了猪肝色。

他死命地胡乱挥舞着双手，手里还拿着的手电筒无意间打着了那人的什么地方，只听闷哼一声，脖子上的钳制忽然消失，他猛地摔了出去！

生死就是着一瞬之间，他知道再不跑绝对不可能活下来。但是，他呆住了，呆呆的看着第二个人站在自己面前，那张脸……

"啊——！鬼、鬼、鬼啊！！"

屋子里的人也追了出来，看到走廊里站着的嘉良不免一怔。就在这仅有一秒钟的时间内，嘉良沉声道："该结束了。"

一样的声音，一样的脸！李海棠噗通一声跪在地上，对着嘉良磕头，语无伦次地说："我不是真心要害你啊，我不是人，我贪财，我把电闸拉了，但我真的不是有心要害你啊。"

对李海棠的忏悔，嘉良置若罔闻，他定睛看着李海棠身后的人，沉声道："放下手里的东西，江蕙。"

此时，江蕙完全不像是那个纯净美好的女孩，一身黑色的运动装衬着她的脸色煞青。一双眼睛阴狠地盯着跪在地上的李海棠。她手里握着的匕首闪着寒光，对嘉良的劝告毫无反应，把匕首越握越紧。眼看着就要刺向李海棠的时候，嘉良大喊一声："别逼我掏枪！"

忽然，江蕙嘻嘻地冷笑起来，垂着脸，抬着眼："洛警官，你不是约我到老地方见面吗？怎么会来这里？你不去做演员真可惜了。”

“这句话应该是我对你说。”易容成嘉良的时候，蒋兵做的变声合成器就在他的喉结上，所以他暂时没办法用自己的声音说话。但口气却仍是属于洛毅森的。他说：“杀了他并不能解决你的问题，如果你想灭口，该杀的也不是他。”

闻言，江蕙的脸色更加阴冷，反问：“这么说，你都知道了？”

“并不多。”洛毅森说，“至少，我不知道你为什么有力气能制住一个四十多岁的男人。”

“因为我是女魃。”

女魃和应龙！？

千想万想，也没想到这一层。对，这样一来，一切的古怪情况都能解释的通了。为什么每次跟她接触的时候都会觉得头疼，燥热、咳嗽。为什么幼稚园的孩子会无故生病；为什么姬涵斌对她若即若离。

“洛警官，你相信记忆传承吗？”江蕙突然问，“在我摸到应龙的时候，属于女魃，不，应该说我前世的记忆就像潮水一样涌到我脑子里。”

洛毅森听的浑身直冒冷汗，他极力地保持着镇定，说：“大千世界无奇不有。你是江蕙也好，是女魃也罢，杀了人同样要被审判。所以，我劝你马上放下刀！”

江蕙不屑地冷笑着：“就凭你？”

他开始后悔今天没有携带配枪出来，事实上，他没想到事态发展的这么快，如果不是公孙锦察觉到两年前姬涵斌也在那起抢劫案中，他还是会按计划行事，跟踪江蕙。但江蕙虽然出了家门，也来到了这里，想必她从一开始就没打算去赴约，而是来杀人灭口。

李海棠在嘉良的案子里起到了关键性的作用，属于同犯了。但是，不管怎么看，江蕙跟李海棠之间都不是这么简单。

相互对持的时候，洛毅森在脑子里整理了一遍线索的关联性，但江蕙不可能留他更多的时间，他也不能让对方继续错下去。他的手伸进了衣服里面，装作握住枪的姿势，说：“把刀放下，现在就……”

不等把话说完，忽觉身后一阵恶风袭来，猛地转回头的时候已经来不及躲闪，脖子上被重重砍了一掌，顿时失去了直觉。

昏厥过去的洛毅森出现了很奇怪的现象，就像是做了一个很久远很久远的梦。梦中，有一对男女，男的站在大海边上，与远处高山上的女人遥遥相望。男人张张嘴，不知道再说些什么，他想听的仔细些，就把注意力都集中男人的脸上。

“醒醒，洛毅森，醒醒！”

蓝景阳摇晃着洛毅森的肩膀，好歹算是被他叫醒了。洛毅森苏醒过来的第一件事，就是看前面的方向，还有没有江蕙。他看到的，只有李海棠的尸体。

到底还是被杀了。

洛毅森扶着酸痛的脖子起了身，走到李海棠尸体跟前，摸了摸。尸体还有余温，说明江蕙和打昏自己的人并没有走远。

“看见是谁打你吗？”蓝景阳问道。

“看见了，是姬涵斌。”他问蓝景阳：“你来的时候看见别人了吗？”

“没有。”说完，蓝景阳拿出耳朵里的耳塞，几秒钟过后，一把拉起洛毅森，“走，他们在顶楼。”

洛毅森不免诧异。顶楼，蓝景阳是怎么知道的？见他摘掉耳机的样子，难不成是听见的？

来不及想得太多，洛毅森跟着蓝景阳朝着楼上跑去。

他们不能惊动楼上的人，一路上小心翼翼。洛毅森压低声音问蓝景阳有没有带枪，蓝景阳白了他一眼，没吭声，估计也是没带。他苦笑一声，自己的功夫是不错，但对方好像已经超出了正常人的范围，能不能打得过还得另说。

蹑手蹑脚的爬上了顶楼，这时候看到通往楼外阳台的玻璃门外面闪过两个人影，蓝景阳朝着洛毅森点点头，两人贴着墙根摸索过去。

当洛毅森的手摸到阳台门的把手时，忽见对面闪出一个人来，正是江蕙！她一脚踢开了玻璃门，破碎的玻璃刮过洛毅森的脸，险些打中眼睛。他和蓝景阳一样在这时候下意识地闭上了眼睛，但洛毅森在闭眼的同时，起腿就是一脚踢过去，不料，却一脚落空！这时候，蓝景阳已经冲了出去，洛毅森跟在后面，上了阳台才发现江蕙正抓着姬涵斌的脖子，另一手高高举起匕首，朝着他的胸口刺去。

洛毅森急了，顺手捡起一块碎玻璃就扔了过去！江蕙闻风躲避，那块玻璃竟被姬涵斌接到手里。

不知怎的，江蕙举着匕首的手没有及时落下，姬涵斌握住碎玻璃对准她的背脊用力一刺！

蓝景阳和洛毅森同时大喊了一声：“住手！”疾跑过去，但反手把匕首飞过来，就像一枚炸弹似的直奔洛毅森，蓝景阳猛地推了他一把，匕首竟然穿透了蓝景阳的手臂，直接刺入了身后的墙壁上。洛毅森顾不得蓝景阳捂着胳膊踉跄摔倒，他弯着腰直冲江蕙。

在这剑拔弩张的一刻，江蕙把一脸惊恐地姬涵斌推开，转回身来看着已经冲过来的洛毅森，忽然，笑了。

嘴角已经留下一条血迹，她站在月光下笑的那么心满意足。洛毅森不由得看的呆了。

“你，为什么？”洛毅森诧异地问。

江蕙没有回答他，倒是最后面的姬涵斌吵嚷着：“她要杀我！”

“闭嘴！”洛毅森愤怒地吼叫着，“你以为我们不知道你才是三起命案的凶手？现在唯一知情的李海棠也死了，只要江蕙在我们面前攻击你，她就是连环杀人案的真凶。明白了吗？江蕙不是要杀你，是要救你！”

傻站着的姬涵斌忽然哆嗦起来，他说着：“不，不是这样。”

“什么不是这样？”洛毅森大声喊着，“两年前，你跟江蕙遇到文物盗窃案的劫匪，无意间碰到了应龙龙纹的文物，她有了女魃的记忆，而你，有了应龙的记忆。”

这时候，强忍着疼痛的蓝景阳走到江蕙身边，看着她虚弱地躺在地上。蓝景阳说：“女魃和应龙，你们终究还是重演了悲剧。”

此时的江蕙已经陷入迷茫的状态中，她转头看着震惊的姬涵斌，吃力地说：“千年守望，不曾有悔。怎奈，你仍是不记得我了，你我也逃不得天命去。罢了，只可惜，现在，我，我不能再为你，为你歌唱……”

不可能！不过是背后被刺了一块碎玻璃，怎么可能会死？洛毅森看到江蕙咽下最后一口气，不免万分惊讶，仔细一看才发现，在江蕙的胸口上，插着一个青铜色的东西。那东西造型古怪，不知道全长多少，但露在外面的不足五厘米。

蓝景阳探了探江蕙的鼻息，最终朝着洛毅森摇摇头。

明知道她也是知情者，但洛毅森却无法去痛恨这个可怜的女孩。他转头看着惊愕不已的姬涵斌，说：“你跟赵航约了见面时间，其实是想调开他来杀李海棠。”

姬涵斌失去了往日的温文儒雅，好像一个冰人似的站立着。蓝景阳忽然觉得有点不对劲，急忙走过去站在距离他三步以外的距离。举手在他眼前晃晃，没反应；叫了他几声，没反应；这人，傻了。

洛毅森慢慢地走过去，在姬涵斌身边轻轻叫了一声：“应龙。”

猛地打了个激灵，姬涵斌缓过神来……

地上的江蕙依旧是那个普普通通的女孩，丝毫不漂亮的脸上安详的仿佛刚刚入睡。他看着她，慢慢走向她。一滴泪落在她的脸上，他温柔地笑了起来，笑得那么苦涩。他说："我又杀了你一次。"

一听这话，蓝景阳担心姬涵斌会自杀，但洛毅森拦住了他要过去的脚步。低声道："传说中，应龙杀了女魃后才想起她是自己所爱的人。我想，姬涵斌也是才想起来这个情节。"

蓝景阳一怔："你是说，在他的脑子里属于应龙的记忆不完整？"

"本来就不是完整的。"

神话中，应龙于女魃相爱，他们一个是水，一个是火、相斥相克。女魃受天命下界征战，却因为沾染了太多人间的晦气不能返回天庭。当应龙将女魃遗忘之后，接受了一项下界诛杀女魃的命令。他已经不记得她，她却依旧深爱着他。最后，女魃死在应龙的手里，临死那一刻，女魃如天籁的声音唤醒了应龙的记忆。他终于想起，女魃是自己深爱的人。但一切晚矣。最后，应龙坐在黄泉边一遍又一遍地刻着女魃的脸，思念，等待，轮回……

洛毅森长叹了一口气，说："即使在传说里，应龙的记忆也是不完整的。他既爱过女魃，也恨过女魃。所以，姬涵斌对江蕙既有好感，又有敌意。"

姬涵斌究竟为什么杀了唐康丽和葛洪，洛毅森能够明白，但是为什么要杀嘉良，他始终想不透。也许，这个怀着极度矛盾心情的转世应龙，也不明白江蕙对他来说，究竟意味着什么。

姬涵斌小心翼翼地抱起了江蕙的尸体，修长的手指一点一点去抚摸着冰冷的脸颊，不精致的五官，就像是在用这样笨拙的方式把触摸到的一切深深烙印在心中，永世不会忘记。

忽然间，他仰天长啸，凄厉的呼喊，狂兽般的浑重。龙的悲鸣打破寂静的夜晚，引来雷声滚滚。

洛毅森捂着耳朵心中诧异，原来这就是他听过的心惊胆战的声音。一转头，忽见蓝景阳脸色苍白，捂着耳朵重重地倒在地上。来不及多想，赶紧先把他转移到安全地带。

天上打了几个闷雷，忽然就下起了瓢泼大雨。雨中，姬涵斌仍旧紧抱着江蕙，还在轻抚着她满是雨水的脸。那些雨水落在她安详的脸上，像是流不尽的泪水，无声的表达着满腔的爱恋。

十分钟后，赵航和苏洁等人来了，姬涵斌抱起江蕙的尸体，没有半点反抗跟着洛毅森走出小楼。神色坦然的就像是回家一样。

苏洁蹲下身子看着倚墙而坐还在昏迷中的蓝景阳，对百思不得其解的洛毅森说："景阳的听力比我们寻常人要敏感很多。刚才姬涵斌那一声叫喊，等于直接在他头上打一棍子。"

惊愕之余，洛毅森不禁自问，蓝景阳的听力到底敏感到什么程度？

看到洛毅森的表情，苏洁无奈地摇摇头，说道："以后再发生这种情况马上捂住他的耳朵，十分钟后他自己会醒过来。"

"他这样，平时怎么办？"

"他有特质的耳塞。"苏洁笑道，"来，背他回去吧。"

"咱俩一起扶着不就得了。"洛毅森看着蓝景阳那大个头，估量着他的体重，觉得两个人一起搬运这个重物比较合适。

已经走到门口的苏洁头也不回地摆摆手："他是你的责任。"

嘁，直接说你懒不就得了。洛毅森无奈，只好背起蓝景阳离开。

半路上，苏洁和赵航去姬涵斌的家中搜查丢失的文物。其余的人回到了一科，在审讯室里，姬涵斌很冷静的交代了作案经过以及动机。就像洛毅森猜测的那样，杀了唐康丽是因为他羞辱了江蕙；杀了葛洪是因为他纠缠江蕙。但是嘉良呢？

"为什么杀嘉良？"洛毅森问道。

对此，姬涵斌闭口不谈。洛毅森本想继续追问，但事实上，要一个案子一个案子的审。关于唐康丽被杀的情况，洛毅森推断出是姬涵斌掌握了酒吧间控制LED灯光的电脑程序。超大的电量负荷使得总闸跳闸，他换了装束混在人群中，早早盯上可以下手的位置，趁黑割开了唐康丽的脖子。

姬涵斌没有抵赖，说："我在策划杀了唐康丽的时候就找好了退路，老板去推上电闸的时候我已经离开了。至于那些强烈的白光，就算我告诉你，你也未必相信。"

洛毅森摇摇头："我相信你拥有了应龙的记忆，还有什么不能相信的？说说吧。"

说起这些，姬涵斌的话题打从两年前开始。那一次的确是个意外，他去S市谈生意，休息期间去酒店的健身房做运动，结果却遇上了劫匪。那时候，他不知道江蕙为什么也在场，他们被劫匪当成了人质，在混乱中，两个人同时摸到了那个祭祀时的礼器——应龙。

那一刻，脑袋好像炸开一样的剧痛，他失去了知觉。等醒过来之后，警察似乎怀疑他拿走了什么东西，他并没有那样做。后来，允许他离开的时候，回到酒店房间整理行李，竟然在背包里发现了那个东西。但是他完全不记得自己是怎么拿回去的。从那之后，脑子里总会出现一些久远并古老的记忆，他想起了那个在事件中同样被劫持的女孩，那个有着熟悉的声音的女孩。

再见江蕙已经是半年后的事了，葛洪因为有事不能去幼稚园接孩子，拜托他去接美美。在幼稚园的走廊里，他看到，江蕙以同样惊呆、喜悦的神情看着他。就这样，他有了一种难以解释清楚的感情，想要靠近江蕙。

也许他与她之间生性相克，接触了几次之后，姬涵斌就觉得江蕙总有一天会毁了自己。他抗拒想要靠近她的感情，却又时时刻刻思念着她。两种矛盾的心情让他开始焦躁起来，不管是谁靠近江蕙，他都会觉得碍眼，可恨！

为什么那些人就可以无所顾忌的靠近她？为什么那些人就可以站在她面前有说有笑？

他的心情越是愤怒，在行为上越是压抑自己。渐渐地，他发现当愤怒到了一定的沸点的时候，身体就会发生某些奇怪的变化。他的声音浑厚粗重；他的身体可以放射出刺眼的白光；他的力气巨大无比。

“别害怕，只有在我最生气的时候才会出现这种情况。而且，我必须拿着刻有我形态的神器，”姬涵斌淡漠地说，“现在，我的心情很平静。”

这时候，洛毅森才发觉自己憋了一口气，差点眼花了。他把气吐出来，好像解脱了不少似的。他问：“你收买了李海棠，让他在案发时间内拉掉电源。你从老旧的管道里进入配音室。那个管道我也进去过。”

说着，洛毅森拿出早些时候公孙锦送去化验的那些半透明物质，说：“出来之后，我发现脚下和袖子上粘了不少这样的东西。但是同样进去过的同事身上却没有，后来我想了一下，当时我的鞋跟掉了。李海棠给了我一管强力胶，这些就是强力胶的凝结物质。但是我的袖子里为什么会有？我想是我在摸天花板缝隙的时候粘上的。如果我没猜错的话，你事先打开了配音室屋顶上的一块天花板，你的身体倒吊在上面，勒住嘉良的脖子杀了他。趁着我眼睛睁不开的时候返回管道，隐藏在里面。等我检查完嘉良的尸体后，去走廊查看情况，那时候你用强力胶把那块天花板粘死，顺着管道爬上二楼。在李海棠的帮助下，跳窗离开。”

“不。”姬涵斌第一次否定了洛毅森的推论，说：“前面的经过你说得都对，但是少了些细节。我知道警察迟早会发现老旧的中央空调管道，就早早编了一套闹鬼的谎话教给李海棠。而且，那块天花板不是我粘上的，也是他干的。我没时间做那个工作，因为你返回来的时候太快了。我只能趁你出去的时候赶紧爬上二楼。

“后来，李海棠告诉我。你们撤走了很多人，只留下三个人在配音室。你走了之后，那两个人逗留了不到三十分钟也走了。我就是在那时候让他粘死了天花板。”言罢，他苦笑一声，“没想到，你仅凭一管强力胶就怀疑李海棠。”

审讯室的房门被推开了，洛毅森没想到公孙锦回来得这么快。对方好像很疲惫的样子，对他招手的同时，蓝景阳走了进来。

“换人，你出去。”蓝景阳回到一科就醒了，刚刚处理完伤口。这会儿，面色不善地把洛毅森赶出了审讯室。

第八章 死亡不是结束

在公孙锦的办公室里，他摘掉眼镜，揉了揉酸涩的眼睛，说：“我连夜坐车赶回来的。估计你们这边也该有个结果了。说说吧，你对记忆传承有什么看法？”

许是没料到公孙锦会问这个，洛毅森只能说：“不知道。这种事没法用科学解释。”

公孙锦笑了，说：“世界上有很多科学无法解释的现象。国内外也有不少说自己有前世记忆的人，但是究竟有多少是真的呢？我们不能把所有的问题一概而论。”

“我知道。”洛毅森呐呐地说，“我就是觉得这种记忆传世的事儿离我太远，虽然发生在姬涵斌和江蕙身上的事这么逼真，但我还是觉得有点虚幻了。我不是科学家，也不是神学家，这事轮不到我费脑细胞去研究。我只想抓住凶手破案而已。”

公孙锦终于笑了，就像是忽然松个口气。他说：“这样就好。”

“一点不好。”洛毅森有些疲惫地靠在椅子上，“我还不知道嘉良为什么被杀。”

其实，他已经察觉出来公孙锦知道嘉良被杀的原因，却不知道他为什么不肯说出来。洛毅森抓了抓略长的头发，很认真地琢磨了说辞：“不管是谁，总要有个明确的说法。”

公孙锦正要开口，办公室房门外面的几个人鱼贯而入。苏洁像是一阵红色的旋风，啃着红色的苹果大大咧咧地走了进来，后面跟着气喘吁吁的苗安和一脸抑郁的赵航。

洛毅森纳闷地看着苗安，问她：“你干什么了，累成这样？”

苗安咬牙切齿地说：“你试试把一辆车从市中心推回来！”

闻言，洛毅森不禁捧腹大笑，拍着苗安瘦弱的肩膀，说：“不会找个计程车的司机代驾吗？”

好像忽然瘦了十斤的苗安无言以对，小脸上尽是囧然的表情。

郁闷了好久的赵航老大不乐意地开口：“到底怎么回事？那姬涵斌说要跟我见面，原来只是想把我引开。我就纳闷了啊，他是怎么知道江蕙要去小楼的？”

对此，洛毅森说：“我以嘉良的名义约江蕙出来见面，我怀疑那条短信姬涵斌也看见了。而且，我冒充嘉良那时候他已经知道我是谁，所以就想着，既然我被江蕙牵制住，那如果你也被引开，就没人可以跟踪他，他正好有时间去杀了李海棠灭口。只可惜，江蕙也知道嘉良不可能复活，她也怀疑是我假扮，既然我在老地方等着她，那她也有机会去帮着姬涵斌杀人灭口。”

苏洁啃完最后一口苹果，冷声道：“就是说，从头到尾，江蕙都在给姬涵斌擦屁股。”

“苏姐，斯文斯文。”苗安提醒道。说，“我一直想问你和小航，怎么知道葛洪是熟人作案的？”

“这还不简单？”赵航笑道，“姬涵斌在就找机会配了葛洪的家门钥匙。案发前一晚，葛洪去外地办事，临走前跟江蕙纠缠不清，而且洛毅森和公孙都出面了，这就让姬涵斌没耐心等下去。他在李海棠的老房子里给葛洪打电话以关心工作为由，其实是想知道他几点到家，好计算时间去作案。他用配用钥匙打开房门，进入卧室，但还是惊动了葛洪。那时候，葛洪打开了台灯发现进来的人姬涵斌，一时间少一点警戒性。但毕竟还是熟人，而却关系很好，葛洪就在那个一丁点松懈的时候被杀。所以，现场的台灯开着却没有打斗挣扎痕迹，换句话说，如果是陌生人潜入，葛洪在打开台灯的时候就炸毛了，现场哪会那么干净。”

给苗安解释完这一切，他走到频频点头的苏洁身边，笑嘻嘻地说：“苏姐，你什么看法？”

苏洁无所谓地耸耸肩，只说：“那两件文物回收的时候，谁都不要用手直接去拿。我回家睡美容觉了。明天见。”

苗安不想走，她还有不少疑问想要打听清楚。因为这案子一旦结了，所有的证据和资料都会归档，她也没机会再看到什么。对于她这个内勤来说，不了解真相是非常悲剧的。

赵航似乎看出了苗安的企图，一点不见外地勾着她的肩膀，笑道：“想知道什么，问哥哥。”

好吧，暂时不收拾这个家伙。苗安白了赵航一眼，拍掉他搭在肩上的手，问道：“你们是什么时候怀疑姬涵斌的呢？”

“应该是最后吧。”赵航望望天花板，转而看了看洛毅森，“我怀疑姬涵斌是因为他看到洛毅森假扮的嘉良后反应很奇怪，至于洛毅森什么时候怀疑他，我就不知道了。”

“稍微比你晚点。”洛毅森说，“晚上公孙告诉我两年前抢劫案中的人质有姬涵斌，那时候我才确定应该是他。因为葛洪死的时候江蕙在家睡觉，虽然没有证人，但是时间上来算，江蕙不是凶手。”

“时间？不懂。”苗安好奇地问。

洛毅森拿过纸笔，边写边解释：“葛洪的死亡时间是早上04：20；江蕙的幼稚园最近在搞活动，她连续几天六点上班做准备。案发当天，她的上班时间是早上06：00。从江蕙家到葛洪家就算开车也需要两个半小时，就是说，她杀了葛洪之后马上离开现场，赶到幼稚园的时间也是超过上班时间了。我去问过江蕙在当天早上的情况，她是06：05分到的幼稚园。所以，她不是凶手。那么，跟她、葛洪都有关系的人只剩下姬涵斌，当晚公孙又告诉我两年前的事件里姬涵斌也在，排除江蕙之后，就他了呗。”

苗安听是听明白了，但是信息量太大，一时间消化不了。赵航充当解说员的角色，告诉她，江蕙和姬涵斌其实都打着同样的主意。已经死亡的嘉良忽然出现，他们都不相信死人会复活，也能察觉到是警方在试探他们，也能分析出他们已经被怀疑。按理说，那种情况下最明智的选择就是按兵不动，但是姬涵斌还有个后患，就是李海棠。而且，江蕙也知道李海棠的事。

说道这里，洛毅森插了几句话：“李海棠见到江蕙的时候反应很怪，她问江蕙怎么又来了。我推测，嘉良死后，江蕙曾经到现场做过一些调查，跟李海棠打过交道，也许是因为她了解应龙，或者是跟姬涵斌有一种特殊的感应，江蕙能够肯定是李海棠帮着姬涵斌杀了嘉良。所以，为了救姬涵斌，江蕙去杀人灭口。”

一直做着听客的公孙锦已经喝掉了一整杯的咖啡，他说：“嘉良被杀后看，江蕙才确定姬涵斌是凶手。否则，我们前三个月的监控早就会发现她调查的痕迹。”

洛毅森一拍脑门，心说：原来这人什么都知道，就是闷在肚子里不说。

讨论才刚刚说到点子上，蒋兵气冲冲地杀进来，抓着苗安，急说：“赶紧的，把我这张脸弄回去，我可不想戴着‘洛毅森’去洗澡！”

洛毅森忍俊不禁。苗安给他们换的脸自己是没办法拿下来的，想必，这一天蒋兵都没敢照镜子。

与此同时。

审讯室内的蓝景阳放下手中的笔，面无表情地看着姬涵斌。对方过于镇定，他还是第一次见到这样的犯人。

“就是说，你杀了嘉良之后，江蕙才开始怀疑你？但是却没有正面问过，是吗？”

姬涵斌点点头，没再说话。事实上，换了蓝景阳审讯之后他就很少开口了。蓝景阳也不在意这一点，又问：“为什么杀嘉良？”

“知道嘉良这人的存在还是三个月前的事。小蕙有一个大学女同学，这个人很爱慕虚荣，喜欢攀权富贵。她为了结交一些有权有势的男人，就把自己的一些女同学叫出去喝酒玩乐。有一次，她把小蕙骗出去，到了地方小蕙才知道怎么回事。当时，她给我打了电话，要我去接她离开。等我赶到酒店的时候，嘉良正拉着她纠缠不清。小蕙很恼火地骂了人。”

说到这里，姬涵斌淡淡地笑了起来：“她哪会骂人啊，不过就是说嘉良不知羞耻，没有德行。嘉良喝多了，打了小蕙，侮辱她是出来卖的，还装清高。当时，如果不是周围人多，我会立刻弄死他。不知道是怎么搞的，第二天，嘉良竟然知道了江蕙的住址，跑去道歉，说他是喝多了，平时也不那样，希望江蕙能原谅他。为了弥补过失，他主动要求给幼稚园的孩子们做一套儿歌专辑，免费的。从那之后，江蕙开始跟他有了几次的接触，后来跟我说，嘉良不是坏人，人品不错。”说罢，他冷声一笑，“在我看来，嘉良不过就是玩了个小把戏，想要诱惑小蕙而已。这种人，不能留。”

在蓝景阳看来，姬涵斌已经失去了正确的道德准则观念，对于人的评断、观察以及衡量，大部分都被属于应龙的价值观念左右着。但是因为属于应龙的记忆不够完整，导致他混乱不堪的思想观念。

杀人不算什么；接近江蕙的人都该死；我可以掌握所有人的生杀大权。

当天色已是大亮，蓝景阳在审讯室度过了四个多小时才出来。他回头看了一眼闭目养神的姬涵斌，又回头对赵航点点头，示意他可以带走里面的犯人。案子，即将完结。

也许，除了觉得美容觉比案子更重要的苏洁之外，其余人都想知道嘉良为什么被杀。关于这一点，被赵航带到门口的姬涵斌，忽然看着洛毅森，说："我们能单独谈谈吗？"

除了公孙锦没人知道姬涵斌跟洛毅森谈了什么。一小时后，洛毅森亲自送姬涵斌离开一科，前往看守所。他没有对姬涵斌发怒，也没有谴责他的行为，只是安安静静地坐在姬涵斌的身边，神色黯然。

有时候，洛毅森很想问问姬涵斌现在是什么心情，转头一眼看过去，发现这人还是那么镇定，就像在等着判决一样。或许他等待的是下一世的轮回吧。

"我记得一些事。"姬涵斌淡淡地说，"我用木头雕刻她的脸，一张一张数不清的脸。我怕忘记她的脸。"

"需要我跟看守所的兄弟打个招呼，给你一张江蕙的照片吗？"

这个英俊的男人笑了笑，闭上了眼睛："谢谢，但是不用麻烦你了。我已经刻完了她的脸。"

在心里……

案子好歹算是结了，洛毅森觉得终于有脸去见嘉良的父母。面对两位痛失爱子的老人，他没有把真实情况说出来，不知道为什么，他不想说。

三天之后，他终于写好了报告，送到公孙锦的办公桌上。这三天，没见公孙锦来上班，想必是还在处理案子的一些问题，也不知道姬涵斌怎么样了。听苏洁说，国家的特殊研究部门把姬涵斌接走了，顺带着还带走了那两件文物，想必是有深入研究的价值吧，那么，姬涵斌会因此逃脱死刑吗？

正胡思乱想着，火红的身影忽闪一下！苏洁神不知鬼不觉地站在他面前，严肃地说："姬涵斌自杀了。"

闻言，洛毅森呆愣当场，久久无法释怀。苏洁转身的时候，一身红的颜色刺着洛毅森的眼睛有有些微痛，他忽然想起了什么，低声问道：“苏洁，你那时候要我往北方走，是不是已经知道江蕙是女魃了？”

闻言，苏洁停下了脚步，却没有回头，反问：“为什么这么说？”

“五行中北方属水，水有克制女魃的功效。应龙是应该属水，所以他和女魃相斥相克。”

苏洁听过洛毅森的话还是没有正面回答，她性感的背影渐渐地在洛毅森的眼中走远，快到了办公室的尽头，才笑道：“小屁孩不要想那么多，赶紧回家睡觉去吧。”

小屁孩！？洛毅森嘴角抽抽，忽然觉得能回家睡个好觉，当个小屁孩也挺不错的。

秘密档案二
双影杀
GUIANYIKE

第一章 奇怪的孩子苦命爷爷

老话都说“春寒料峭”，尽管树上已经露出了脆生生的绿，到了晚上还是如冬季一般的寒冷。刚刚过了九点，王平久从建筑工地出来，浑身酸痛得要命。他今年已经有五十六岁了，还在拼命赚钱养家，伺候老婆孙子过活，实在很辛苦。

工地在县城外的一块空地上，离家还有很远的一段路。他连坐公车的两元钱都舍不得，每晚下了班都是骑自行车回去。

今晚的天气不好，看上去要下雨了。王平久使劲蹬着脚下的车，希望能在下雨前赶到家里。

工地附近都是拆迁区和大片的庄稼地儿，荒凉得让人心有戚戚。在昏暗的路灯下，他就像老迈的蜗牛，一点一点朝家的方向爬行着。路灯很暗，之间相隔的距离也很远，他的眼睛不好，骑过一盏路灯后就要格外小心这条坑坑洼洼的田埂路。

悠长的小路上只有他车轮声吱吱嘎嘎。

身后的路灯没办法再为他照明，前面一片昏黑，影影绰绰地看到前面站着两个人，女孩子吗？瘦瘦小小的。王平久慢了下来，生怕撞了人还要赔钱，他已经很穷了。

又骑了十来米，忽听前面的人说话：“看，爷爷来了。”

“嗯，是爷爷。”

自己的孙子？王平久一愣，立刻捏了车闸，喊了一声：“是小健和小康吗？”

王健和王康是他的两个双胞胎孙子。因为他们的妈妈把孩子生下来就走了，自己那个混账儿子也不知道在哪个城市混日子，三年五载的都没个联系，所以，这两个孩子打从一出生就是他和老伴养活着。

孩子很乖，从来不会像其他孩子那样要这要那，学习成绩也好，眼看着就要上初三了，这阵子王平久一直为高中学费的事发愁。实在没法子，才又拖着老身子骨出来打工赚钱。

他总是对孩子们说："别担心学费的事，爷爷有钱。"

"爷爷，是你吗？"不远处，传来孩子的叫声。

声音听起来有点飘忽，王平久也没多想，推着车小跑着迎上去。在月光下，站着两个一模一样的孩子。左边的王健眨眨单眼皮，八字眉蹙着，抿着嘴，好像受了什么委屈。他忙问："咋了？你们怎么跑这来了？"

右边的王康先开口说："爷爷，我们来接你。小健胆小，我胆子大。"

王平久乐了，心里热乎乎的。把车立好走过去，摸了摸小康的脑袋："是，咱家就数你胆子最大，你要照顾好小健，知道吗？"

小康看了眼身边心有戚戚的小健，回头朝着爷爷嘻嘻嘿嘿地笑，说："我当然会照顾他，除了我还有谁会照顾他呢？"

"还有我啊。"王平久说。

小康似乎很喜欢独占哥哥，一听爷爷这么说就扁了嘴，嘀咕着："不会的，可以照顾他的只有我。爷爷，你根本不会照顾小健。"

"傻孩子，说什么呢？"

本是一句宠溺的玩笑，小康却忽然变了脸色，握紧不大的拳头在毫无预警的情况下，狠狠打在王平久的脸上，愤怒地叫喊着："不要跟我狡辩，我说什么就是什么！"

王平久完全懵了，被孙子一拳打倒在地，惊愣不已地看着王康冲了过来。他惊愣于小孙子什么时候有了这么大的力气，但现实已没有多余的时间让他胡思乱想。王康提起一脚就朝他的肚子踹过去，王平久避过，一手抓住了孙子的手腕："小康，你疯了！？"

忽然，一直站在原地没动的王健嚎啕大哭起来，顺手捡了一块石头冲到王平久身边，狠狠地砸在他的头上，哭喊着："不准说小康是疯子，你才是疯子！"

这两个孩子到底怎么了？还是他孙子吗？王平久来不及多问就被两个孩子拳打脚踢得滚落到垃圾堆里。两个孩子的力气极大，他连还手的机会都没有。一边听着王康的谩骂声，一边听着王健的痛哭声，他只能抱着头躲躲闪闪。

王康的表情愤怒至极，这个仅有十几岁的孩子似乎承受着连成年人都无法忍耐的愤怒；一直拿着石头打着王平久的王健，哭得越来越痛苦，越来越悲伤，好像他所作的一切都是被逼的。

两个孩子太不正常了。今天临出门前，他们还说晚上等爷爷回来一起吃晚饭，怎么过了几个小时就变成这样了？中邪了还是怎么的？

这时候，他忽然想起，自己在这里打工连他那个刻薄的老婆都不知道，两个孩子是怎么知道的？

他想，应该去找人帮忙，哪怕丢了这张老脸，也先要把失常的孩子控制住。

他起身就跑，孩子们在后面追着。王康在骂他，王健在大哭，他的心越来越害怕。

眼看着就跑到建筑工地了，那里还有三四个工友，应该可以帮忙。王平久心里急，脚下也快了些，但还是被王康抓住了。孙子抓着他的头发用力扯到后面，又是一顿拳脚！他受不了了，闷着头胡乱推了一把，忽听头顶上袭来一阵劲风，下意识地抬头一看。黑色的钢筋至少有五六十根都在往下掉，最后掉在两个孩子的头上……

是自己的错吗？失手害死了两个孙子？

他疯了一般地爬过去，扒拉着压在孩子身上的钢筋。这时候，建筑工地里传过来几声大笑，那是外地来打工的工友小郑的笑声。不知为什么，王平久害怕了。看着黑色的地面流淌着浓浓的鲜血，惊惧感冲昏了他的头脑。

他要找回家找老婆，对，老婆一直都很强硬，她肯定会知道这事该什么办。他像一个得了失心疯的老人，连滚带爬的朝着远出而去。

车子骑到半路他就后悔了，不该把两个孩子留在那里。他犹豫着要不要回去，犹豫着该不该找警察来。就这样一路犹豫地到了家外的小巷子口。

出来倒垃圾的邻居一眼看着了推着车东倒西歪的老王，忍不住问着：“老王，这是怎么了，喝多了？”

王平久没搭腔，急忙低下头跨上车子朝家骑去。小巷子里各家各户灯火通明，夏天的闷热把整个小巷弄得更加潮湿，里面还参杂了不知道哪家炒菜爆锅的刺啦声和女人数落男人的抱怨声，一声叠着一声，吵得王平久头疼欲裂。到了家门口的时候，直接把自行车扔在一旁，推着房门叫喊着：“老伴，老伴，出事了，出事了。”

“爷爷，出什么事了？”

王平久呆愣在那里，眼前狭小的屋子里两个孙子正在写作业，一样的笑脸，一样的快乐。

通往里间的门帘一掀，王平久的老婆顾美云走了出来。她横了一眼王平久气急败坏地说：“吼个啥！老爷们家家的没啥个能耐，整天就知道鬼叫。”

王平久终于在老婆的吼声中清醒过来，看都不敢看孙子一眼，推着老伴就进了里间。

顾美云嫌烦地甩开他的手，抱着两只粗粗的膀子看着他。换做平时，王平久早就缩成一团不敢跟老伴对视，但是今天，他觉得有老伴在，自己就安全了许多。他问：“小建和小康，他们俩，他们俩什么时候回，回来的？”

“你傻了你？”顾美云白了一眼，“不是你去学校接回来的么，问我做什么？”

“他，他俩晚上没，没出去过？”

“一直在家写作业。院子都没去过。”说完，她才发现王平久的脸色不对，“我说你这是咋了，跟谁打架了？哎呦你个作死的呦，打坏了人还要赔钱的啊！”

身后的门帘刮在门边上，掀开了一点缝隙，可以看到外面的两个孩子认认真真地写着作业。

“爷爷，快来吃饭啊。我们一直在等你呢。”

“小康今天给你做了最喜欢的油炸花生，爷爷，出来吃饭啊。”

王平久已经听不到老伴的谩骂声，身子很沉，死沉死沉。

繁华的都市里最不缺少的就是噪音，尤其是当你想要睡个懒觉的时候，就会有各种噪音把你从美梦中硬生生拉到现实世界。所以，当洛毅森被吵醒之后，几乎有种杀了所有人的冲动。

睁开眼睛，才想起该准备去上班了。几个月前，嘉良案的告破之后，他休息了几天又回到刑警队，一科那边没有半点联系。

他不知道一科会不会正式接纳自己，就连赵航似乎也没有多少可能性。把姬涵斌送进看守所的当天下午，他就打了包袱卷回到自己的家。临走前，公孙锦也没说什么，只是让他好好休息而已。

掐着指头算一算，到了今天已经正好两个月了。

算了，暂时不去想这个，今天天气不错，早点起床也好。

收拾了一下东西正准备出门，口袋里的手机响了起来，他看也没看就接听，耳边传来公孙锦的声音：“差不多歇够了吧？马上下来，我在楼下等你。”

洛毅森呆愣了半晌，随即脸上乐开了花，嗷地一嗓子跳起来直接冲出门去。

楼下的停车位上，公孙锦倚着车门还是斯文儒雅的模样。看到洛毅森有点兴奋地跑过来，似乎很满意他这样的表现。打开车门，说：“先上车，今天会很忙。啊，你从前天起就已经正式调入一科，手续已经办完了，有时间你去跟队里的人告个别吧。”

洛毅森觉得这事有点不可思议，转念一想，一科办事效率一向是变态的又快又高，这倒也不稀奇了。只不过，公孙锦说很忙，这是什么意思？

车子驶过几条大路，行到市中心的时候遇上了塞车。公孙锦这才得空跟他说：“等一会你回科里以后跟苗安去邻县走一趟，那边有个案子转到我们科了。你们俩去看看，有没有接手的价值。”

闻言，洛毅森忽觉自己沸腾了一腔热血。但是他不会在公孙锦面前表现出来，而是故作镇地问：“先说点情况。”

看着前面犹如长龙的车流，公孙锦索性拉下手刹，一本正经地说：“报案人叫王平久，据他所说，连续两晚在回家的路上被孙子殴打，回到家之后孩子们就像没事人一样。”

“等等。你这么说谁能听得明白？”

公孙锦一笑，随手把放在后车座上的资料夹给他，让他慢慢看。

没看多一会儿，洛毅森的脸上浮现出古古怪怪的神情。这个名叫王平久的男人有两个孙子，孙子在他回家的路上围追堵截，殴打谩骂。第一晚，他不小心把孩子推倒在正在搭建的大楼底下，上面掉下来的钢筋砸死了孩子，但是回到家之后，竟发现孩子好端端的在家写作业；第二晚，又是在那条路上，又是遇到了两个孩子。孩子们像头一天晚上那样对他殴打谩骂，他知道这事肯定有古怪，就想抓着两个孩子去医院看看，别是得了啥病。说来也巧，孩子是抓住了，可带着他一起滚落到一边的垃圾堆里，不知道是谁在垃圾堆里扔了一麻袋的大长钉子，正好扎进两个孩子的眼睛里。据王平久说，孩子当场死亡，他吓坏了，跑回家找老婆准备报警。一进门，又见俩孩子在家写作业。而且，警方也没在垃圾堆里发现什么孩子的尸体。

当地警方以为老头精神上有毛病，安慰了几句就没再管这事。五天后，这老头居然跑到县公安局死活不走了。

洛毅森习惯性地挠挠头发，说：“这事是怎么到你手里的？”

“很巧，那个局长是我朋友。他跟王平久谈过以后，觉得这人不是精神失常，说话很有逻辑，觉得这个事很蹊跷，所以才直接给我打了电话。”

这时候，前面的车缓缓移动起来，公孙锦放下手刹，跟着车流向前走。他说：“按理说，这种没什么决定性感觉的案子咱们不会接，我也是以防万一，让你跟小安去看看。”

“为什么是小安？她是内勤吧？”

公孙锦点点头，说：“如果报案人所说的事情属实，就不能排除有人易容成两个孩子的模样袭击他，小安是这方面的权威，所以我安排她过去看看。”说到这里，他话锋一转，“这一次一科一共调进来两个人，另外那个你也认识。”

“赵航？”

“就是他。”公孙锦笑道，“赵航从外地调过来，很多事要办，我给他放了半个月的假期。以后大家是同事了，好好相处。”

新的环境，新的同事，这对刚刚过完二十六岁生日的洛毅森来说的确是个崭新的开始。不得不承认，他非常兴奋。尽管表现得淡定又从容，正式踏入一科的时候，因为激动忽略了透明的玻璃门，脑门上撞红了一块，彻底毁了他镇定哥的形象。

赵航坐在一边哈哈大笑，说他就是个闷骚的性格，别看脸上再怎么淡漠，其实心里还真藏了一把燃烧着的火。洛毅森红了脸白了赵航一眼，装模作样地咳嗽两声：“小安呢？”

“我在这里。”苗安背着大包，提着小包，嘿咻嘿咻地从门口挤了进来。那一身的包看得洛毅森眼皮子只抽。

“我说你这是干嘛？咱是去县城，不是去海边度假。”洛毅森恰到好处地吐槽她。

苗安嘟着嘴巴很不乐意地反驳：“不要对专业人士的行李指手画脚，你们男人永远不懂女人的秘密。”

“你只算是女孩，还女人。羞不羞啊你。”

这话是蒋兵说的，虽然从进门到现在他都没看见蒋兵的，可声音还是听得到的。原来，蒋兵一直坐在他身后。这人的存在感太薄弱了，压根没注意到。洛毅森回头对他笑笑，后者咧着嘴也是一笑，可惜，效果惊悚了点，搞得洛毅森脱口便问：“你几天没洗脸了？”

“你该问我几天没睡觉了。”蒋兵面色死灰地在电脑前噼里啪啦地敲击着键盘，“江蕙那案子，老大要我整理出来一份详细的报告可以归档。老子从三天前开始就把你们每个人的报告都输入电脑，还要整理两年前的抢劫案。这样那样、那样这样，啊，我简直就是战士！”

洛毅森笑道：“我看你马上就是烈士了。”

在蒋兵脑袋那堆“杂草”下面隐藏的眼睛露出凶光，苗安无奈地把大包小包塞进洛毅森手里，牵着走了。

苗安告诉洛毅森在蒋兵严重缺乏睡眠的时候不要靠近他，后果是很可怕的。他倒是能够了解这一点，有时候自己也那样。但是这点事明说就好，飞什么眼神啊，害他以为苗安的眼睛抽筋了。

“你才眼睛抽筋！”苗安不客气地损他一句，又顺手扔给他一把车钥匙，“科里的车，你开。”

这待遇好！洛毅森看到院子那黑色的帕萨特，觉得还挺不错的，是公孙锦低调的风格。

赶到那个县开车需要经过三个多小时，为什么这么远呢？因为城市与县城之间隔着一座大山。几年前，那座山被列为自然风景保护区，不允许机动车上山，你只能绕着走。

就是因为这一山之隔，县的经济情况很落后，人均收入比照其他同级县来说也是差了很多。这经济情况差了，其他方面自然也好不到哪里去。

洛毅森的车开得快，三个小时后就进入了下河首县的地界，苗安本想打电话给县警察局联系一下，洛毅森想到她那个Loli口气，还是决定自己来联系好了。

第二章 后来的事

公孙锦那位朋友大大出乎洛毅森意料，是个四十多岁的黑脸壮汉！那黑，真可谓黑得俊俏，他要是不笑，你都看不着这人。

黑脸局长姓洪，知道洛毅森和小安是一科派来的人也不见多热情。不过，这人说话办事倒是很利索。他说那位王平久自从知道自己的案子被接手之后，就赖在警察局不走了。洪局长也有招对付他，把人往食堂里一扔，让个老师傅陪着照顾着，这两天过去了，估计王平久也冷静了不少。

县警察局的条件不怎么好，一个小食堂也没多大，食堂只有两个做饭的师傅。照顾王平久的老头是个老绝户，吃住都在这个小院子里，两天下来还真跟王平久处出点感情来。他一见局长亲自带人过来，急忙朝里面喊着："老兄弟啊，赶紧出来，俺们局长来了。"

说着，一手挑起门帘，嗓门大得连刚走进门的洛毅森都听着了。

"我就说局长是好人，肯定给你讨个说法。你还磨蹭个啥，快出来。"

随着老师傅的催促声，从后厨走出来一个瘦瘦矮矮的小老头。他的背有些驼，浑浊的小眼睛四下打量着，冷不丁地和洛毅森对上视线，惊慌失措地低下头，站在窗边紧靠着台沿儿。外面的阳光照射进来，映亮了他一半的脸。洛毅森怀疑这人至少有七十多岁了。

王平久很紧张，说起话来语无伦次。洪局长坐在一旁听着，频频点头。小安实在有些不耐烦了，就偷偷问洛毅森："他说什么呢？"

洛毅森听着也很吃力，但至少可以明白一些。面前的王平久似乎根本不在意对方能不能听得懂，自顾自地闷头嘀咕着。最后，还是洪局长发现了小安犹听天书般的怔愣表情，才插口道："老王啊，你慢点说。这两位同志不了解情况，说得详细些。"

这时候，洛毅森发现王平久被洪局长的话音吓得打了激灵，心说：这老头到底有多害怕？他凑过去，露出一点笑容："大爷，别着急。这样吧，您跟洪局长说过的情况我们都知道了，现在呢，我来问，您回答。好不好？"

虽然认识洛毅森不长时间，但苗安觉得他的笑容很神奇，看到的人会有种莫名的安心感。在一科里洛毅森没什么特殊的能力，甚至和赵航相比都略显沉闷了些，但这人好就好在让你安心。当然了，小安还特别喜欢洛毅森犀利的吐槽方式。

暖和的日光倾洒在洛毅森的脸上，让他的笑容看上去更加温暖。王平久觉得好过了很多，眼中只剩下这个小伙子和善的笑容，才说："行，你问吧。"

"您第一次在回家的路上遇到两个孙子，失手推倒他们造成孩子被钢筋打中。您当时确定孩子们已经死亡了吗？"

王平久摇摇头："我没敢看。但是血，流了很多很多的血，都那样了不可能还活着。"

洛毅森不禁有些疑惑，又问："您从案发现场回到家里用了多久的时间？"

"差不多一个半小时。"

这时候，洛毅森转头低声问一旁的洪局长："从那个建筑工地到老大爷的家都有哪些交通工具？"

"公交车和出租车，还有三轮蹦子。"洪局长说，"我们这是小地方，公交车到了晚上八点半就停了；还有些个体户做电动三轮车的拉脚生意，虽然没有公交车快，也比骑自行车快很多。但是出租车那边可就少了，除非是有人打车从县里往村子里跑。"

"那麻烦您等一会给我个时间表，我想看看这三种交通工具到王大爷家都需要多久时间。"

洪局长立刻点头应承下来，起了身去做个详细的时间表。

餐厅只剩下他们三人。洛毅森又问道："当时您回到家发现两个孩子还在家里写作业，您看没看清他们的身上有伤？"

下一秒，王平久的脸色变得毫无血色，他战战兢兢地看着洛毅森。一边的苗安赶忙把自己的一杯热茶塞进他的手里，轻声说："王大爷，您别怕，有什么说什么。"

说什么？对，说孩子。王平久深深吸了口气，回想起几天前，也就是第一次出事的那天晚上。

"你傻了！？"顾美云气哼哼地瞥了眼窝在床上不肯起来的老伴，再也不愿意看见这个窝囊货，转身出去催着两个孩子赶紧吃饭睡觉。

留在里间的老王扯起被子蒙着头，耳边还能听见老伴瓮声瓮气的叫骂声。她数落着孩子们一天到晚也不知道帮忙做些家务，自己辛辛苦苦卖点鸡蛋赚钱供他们上学啥时候是个头儿？孩子们就像以往那么乖巧，也不跟奶奶顶嘴，收拾了书本吃了晚饭，回到自己的屋子睡觉去了。

顾美云在外间收拾东西，叮叮当当的声音反而让王平久觉得安心。也许是累了一天再加上晚上经历了那么可怕的事，他闷在被子里不知不觉地睡着了。大约到了半夜的时候，也不知道怎么忽然醒了过来。他看了看睡在身边的顾美云，觉得生活还是跟以前一样。但是，说什么都不放心两个孩子。

他蹑手蹑脚地下了床，披了件外衣悄悄推开了孙子们的房门。

床上，两个孩子头挨着头正睡得香甜，他借着微弱的月光走到床边，仔细端详孩子们的脸。跟他想象的完全不一样，这两张不算可爱漂亮的脸蛋上没有伤痕。他纳闷，继而轻轻地掀开了被子。

忽然，窗户外面闪过一个影子吓了他一跳，他险些叫出声来！那个影子只是一闪而过，他几乎以为自己看花眼了，但这时候多一个心眼比少一个心眼要好。经过了夜路上的一幕，他也镇定了一些，绝对不能让什么人伤害到两个宝贝孙子！他壮起胆子，走到窗边拉开了窗帘，朝外面左右看了看，并无异常。但他还是不放心，觉着出去看看才稳妥些。回了身，朝门口走，随便那么看了一眼床上，一双波澜不惊的小眼睛似乎从他到了窗边就这样看着他。

"小，小康？！"王平久瞬间冒了一身冷汗，说话的声音都变调儿了。王康，挺着脖子歪着头，眼睛一眨不眨地看着他，那模样哪里像是半夜里睡醒的？分明是一直就没睡。

王平久拼了老命保持冷静，说："咋，咋醒了？要尿尿啊？"

"爷爷怎么也醒了？"王康没起身，保持着原来的姿势。说话的时候打着哈欠，"半夜的，您干什么啊？"

见王康的样子挺正常的，王平久再次怀疑是不是自己老糊涂了。就说："起夜，顺便过来看看你们俩蹬没蹬被子。快睡吧。"说完，他逃也似地回到了自己的屋子。

说道这里，苗安插了一句："王大爷，您仔细想想。在半路上遇到的孩子们表情有什么不对劲的地方吗？比方说，笑起来的时候面部肌肉很僵硬，或者是总是挤眉弄眼的。"

王平久琢磨了一下："没有。在他们俩动手打我之前，我看着都挺正常的。"

这一回，苗安可爱的小脸皱成了一团，洛毅森看着有趣，就问她是不是想到了什么。苗安一反常态地没有说话，只是摇摇头。

既然苗安不愿意说，他也不好在王平久面前追问。把话题转到正路上，说："王大爷，第二天晚上又是怎么回事？"

"别提了，提起这个我就后怕。"王平久的手哆嗦起来，说，"第二天，早早的就去工地看了一眼。前一天晚上太害怕了，一直不敢回去，大白天的估计就没事了吧，所以我五点多钟的时候就去工地了。就在我俩孙子被砸死的地方，那些钢筋还在，可孩子不在了。"

"地面上有血吗？"

“没有，没有，啥都没有。”

“别急。您慢慢说。”

那天，老王几乎没干什么活，就在工地前后绕来绕去的。到了晚上他本想早走。那时候有个工友出了点事，他被工头抓住临时多干了一会，等他准备回家的时候一看表，还是昨晚下班的时间，九点四十五分。

“等一下。”洛毅森说，“工地正常的下工时间是几点？”

“七点半到八点。但是那个工地赶活儿，愿意赚点加班费的就留下继续干，按天算钱。有时候我要是觉得身子上还过得去，就赚点加班费。”

“就是说，您加班并不是定时的？”

王平久点点头，接着说：“我也觉得是赶巧了，怎么跟前一天一个时间。我没多想这个事，急着回家看俩孙子。”

当晚，他还是骑着那辆老旧的自行车在回家的小路上急行着，大约快走了一半的时候，两个孩子迎面而来。当时他吓坏了，赶紧往后倒了一段距离，扯着嗓子喊：“你俩咋来了？”

这一回，昨晚还挺腼腆的王健大声说道：“爷爷，奶奶让我们来接你的。”

不说这话还好些，王平久一听又是一身的冷汗。昨晚的事他没跟老伴说，也没告诉她自己在这个工地上干活，所以，也不可能是老伴让两个孩子来接自己。他警惕起来，小心翼翼地往后退，可两个孩子像在眨眼的功夫就走到了他的面前，他吓得不敢动了。

王康似乎害怕什么，仅仅抓着哥哥的衣袖，仰着小脸说：“爷爷，快回去吧。这里好黑。”

昨晚还说自己胆子大，会照顾哥哥的王康怎么像变了个人？但看他们的意思，对自己好像没什么威胁。王平久壮起胆子，说：“行，你们头里走，爷爷在后面跟着。”

王健有点不乐意了，就跟弟弟说：“胆小鬼！不就是被奶奶骂了一句么，有什么好怕的？”

“我，我是怕黑。”王康委委屈屈地说。

也许是王康可怜兮兮的表情使得王平久紧张的情绪缓解了一些，一听老伴又骂孩子了，心里别提多难受。他把车停好，走过去拉着孙子的小手，问：“奶奶又骂你了？”

这时候，王健嘻嘻哈哈地说：“没事啊爷爷。奶奶哪天不骂人，我们早都习惯了。不过这次她有点过分了，把我和小康锁在小仓房里，不给我们吃的。”

锁上？闻言，王平久纳闷地问了句：“你们怎么出来的？”

王健哈哈大笑起来，说：“想出来就出来喽。”

云缓缓飘过了月亮，皎洁的月光映照在祖孙三人的身上。王平久发现，两个孩子的头发上一块又一块的黏糊着，好像沾了什么东西。他伸手在王健的脑袋上撸了一把，低头一看，满手的血！再看被自己拉着的王健，孩子略黑的小脸上脏污不堪，被头发遮挡着的额头上一大片已经半干的血迹。

他不愿意承认脑子里的臆想就是现实，他宁肯相信是老伴动手打了孩子。但事实上，顾美云虽然嘴损了点经常骂孩子，但从来没有打过他们。自欺的心理作祟，他问：“奶奶，奶奶打，打你们了？”

话音还没落地，就听王健爽朗的笑声：“不是奶奶啊。爷爷，你忘了，昨天晚上是你把我们推倒的，要不然我和小康哪会被砸到。”

王健的脸上洋溢着开心的笑容，那么的单纯，那么的天真；王康似乎更加害怕了，用力地抓着爷爷的手，浑身发抖。

这一切在王平久眼中看来，都是惊悚恐怖得足以致命！他大力地推开了王康，转回身没命地跑。

“好了，王大爷，冷静一点。”洛毅森坐过去，搂着王平久剧烈颤抖的肩膀，“您现在很安全。跟我说说后来的事吧。”

“后来？”王平久强迫自己回想着，“他们开始追我，说我跟老伴一样嫌弃他们。他们俩跑得很快，不像十几岁的孩子。我被他们追上之后，又挨了打。小康，我的意思是那个‘小康’打我的时候一直吵吵着说很害怕，那个‘小健’可是打得很开心，越打越开心。后来我也不知道咋整的，我们就摔到田埂下面的垃圾堆里，没啥动静了。我扒拉着俩孙子看，发现，发现，一大堆的长钉子，好些个钉子都插在他们的，他们的眼睛里和脑袋上。我吓坏了，就往回跑，车也不敢骑了。找个了三轮蹦子回了家。”

不用问，回到家之后，两个孩子还跟那晚一样，坐在外间写作业。老王顾不得多看一眼，拉着老伴就进了厨房，问她是不是把孩子们关进小仓房了。

顾美云有点吃惊，问他：“你咋知道的？”

“别问我了，你就说有没有这事吧。”

见王平久也不是责备自己，顾美云就说，今晚孩子的老师来家访了，说这俩个孩子在班级上偷拿了其他同学的东西，她一生气，就把孩子关进了仓房，罚他们不准吃晚饭。

王平久在极度惊恐中把两个晚上的经历告诉了顾美云，顾美云也是有点害怕了。就借着给孩子们端饭菜的机会，他们俩偷偷观察起来，结果还是没有任何异常。

听过王平久两个晚上的经历，洛毅森暂时放下诸多的疑问，说："既然是这样，为什么在五天后才想起报警？"

"哎呀，警察同志啊，你是不知道这几天我是咋过来的。我不敢去工地上班了，整天呆在家里。白天孩子们去上学还好点，到了晚上我都不敢出屋。第四天晚上，我就听着孩子那屋有人说话，半夜三更的你说吓人不吓人？我把老伴也叫起来了，我们俩就去门口听动静。结果，里面啥声都没有。看我和老伴一回屋躺床上，那屋又有人在说话。说啥我们也听不真楚，就像很多人在里面唠嗑。"

第三章 初步调查

带着老王离开餐厅的时候已经到了下午三点多，估计孩子放学还有点时间，洛毅森说想去家里看看。老王犹豫了半晌，才点头答应下来。

苗安跟着洛毅森去取车，路上就问他对这件事有什么看法。洛毅森一笑："这话该我问你吧，要不公孙然让你来干吗？"

身材娇小的苗安挺挺胸抱着胳膊，故作蹙眉撇嘴的模样，说："姑奶奶又不是神仙，这点线索哪知道有没有猫腻儿？"

又好气又好笑地抬手给了苗安一记手刀，砍在她的额头上。小丫头立刻瘪了嘴。他数落道："不要学苏洁那个口气说话。"

"我很崇拜苏姐啊。"苗安开始表白，"她很强大的。从小就没有妈妈，爷爷和爸爸还有几个叔叔都是道士呢，很牛逼吧？"

本来还惊讶于苏洁的家世，结果被苗安最后一句话打破了所有的好感觉。他苦笑不得地说："女孩儿家不准说脏话。"

"哦哦，原来是这样啊。"苗安古灵精怪地眨着眼，"你喜欢斯斯文文的女孩，不会说脏话的。"

"知道了又怎么样？"洛毅森觉得好笑。

看着含笑望着自己的洛毅森，苗安大大方方地握拳："嗯，我会努力的。"

真是搞不懂这个女孩儿脑子里都塞满了什么东西。洛毅森笑着摇头，帮她打开了车门。苗安似乎还有些不甘心，睁大了眼睛问他："你都不接话吗？"

"我接什么？"

"问我为什么努力呗。"

无可奈何的耸耸肩，有点安慰小孩子的心态。他钻进车里，随口那么一问："好吧，说说你为什么努力？"

苗安笑得眉眼弯弯，说："我很喜欢你啊。"

这一回，洛毅森被打个措手不及，满脸通红，张张嘴却不知道说什么才好。苗安一见他这样子弯下腰哈哈大笑起来，银铃般的笑声让车内闷热的空间变得凉爽。因为这一笑她的脸颊鼓了起来，像是香香嫩嫩的小包子，白皙中透着点粉红，诱人至极。

他也是个正常男人，看到可爱的女孩也是喜欢的。尤其是，苗安不像他接触过的那些女孩赶时髦，爱打扮。这人总是素面朝天，一身干净却不华丽的着装，纯真而又可爱。偶尔脱线的神经会做出令你哭笑不得的事。想起了女孩儿的好，忍不住就想去摸摸她白里透红的小脸。手还没伸出去，院外传来几声刺耳的车笛声，打破了洛毅森美妙的感觉。他很无奈地发现，自己竟然被一个小姑娘调戏了。白了一眼还在捧腹大笑的苗安，叹道："就算调戏我你跟苏洁也是相差十万八千里，省省吧。"

苗安不满地嘀咕着："笨蛋。"

"不要说别人是笨蛋。"

"笨蛋。"

"更不要笑着说别人是笨蛋。"

"喊！"

"不准咂嘴。哎！怎么动手啊？讲不讲理啊你？"

"你跟女人讲理？"

洛毅森决定投降了，他发动了车子，说："那么，女人，你到底对这案子有什么看法？"

说到了正事上，苗安也不再胡闹了。正色道："其实你也该有点察觉吧，王大爷家里那两个孩子不像使用过易容术。我帮你易容成嘉良的时候整整折腾了好几个小时，而且在卸脸的时候也很复杂。如果那俩孩子易容了，那前前后后至少需要四个小时。"

"没有什么可能性吗？"

苗安不屑地撇嘴，说："不要看过几本武侠小说就被里面的什么人皮面具忽悠了。那玩意能往脸上糊吗？死人皮啊，一股子怪味的，覆在脸上那是铁青色的啊。而且呢，决定一个人的五官如何不是一张皮说了算。"

这个有点深奥了，洛毅森扭过头看她："那是什么说了算？"

"骨骼啊骨骼！额骨、颧骨、鼻骨和下颚，巴拉巴拉好多呢。比方说，嘉良的鼻骨没有你的高，为了让你看上去就是他，我就需要垫高你的颧骨来让鼻骨显得矮一些。真正的易容术不是靠戴上皮，而是通过精妙的修改面部骨骼完成的高深艺术。"

听着有趣，洛毅森多问了一句："你哪学的这些？"

"家传的手艺呗。我和苏姐都是因为有家传的手艺才被老大招安的。"

说着话的功夫车子开到了院子大门，王平久一直站在旁边老老实实地等着。洛毅森回手帮他开了车门，他缩着身子坐进来，低着头一声不吭。

一路无话。当他们走进王平久家的院门时，顾美云气吼吼地出来骂人："你个老不死的啊，你出去躲清净了，让我一个人在家看着那两个小崽子。你怎么就这么没用啊？我跟着你真是倒了八辈子的霉了，你个窝囊废！"

这老娘们嘴够损的！洛毅森暗自想着。他身后的苗安跟着嘀咕了一句："嗯，是你最讨厌的类型。"

"说什么呢！"洛毅森回头白了一眼。苗安朝他一龇牙，率先走了过去。一口一个大姐叫得那个甜。洛毅森觉得差辈儿了，绝对是差辈儿了，可顾美云就是极为受用，被苗安拉到一边去说悄悄话。

"王大爷，带我去看看孩子的房间吧。"

房间不大，摆设也很简陋，一张床，一个书桌，两把椅子。一些课本整整齐齐码在书桌上，在地上还有两双球鞋，看上去已经穿了很久。洛毅森打量过屋子里的基本情况之后，蹲下身子往床底下看。

"王大爷，您那俩孙子是不是挺能跑的？"

“是啊，咋了？”

洛毅森的手在床底下摸了一把，起了身让王平久看自己的手心：“我没在你家附近发现这种土质，看上去好像是田间才有的吧？”奇怪，摸起来不大像纯土，什么玩意？

王平久也去床底下摸了一把，回过头来万分不解地说：“这是山上的土，两个孩子有时候会上山玩。八成是以前爬去玩的时候沾上的。”

以前？洛毅森可不这么想。手心这点土应该是两到三天粘上去的。今天是周五，也就说周一到周三这几天，两个孩子去过山上。想罢，他把手里的土收在袋子里准备拿回去化验一下。

院子里，苗安跟顾美云聊得越来越起劲儿，站在外间的洛毅森看了一眼，完全不想去打断她们。就坐下来问起了两个孩子父母的情况。

一提这事，王平久又是叹息不止。

两个孩子的父亲叫王金宝，高中都没读完就辍了学，外出打工。一年后领回来一个同年龄的女孩子，那女孩肚子都大了。俩人回来是讨要结婚的钱，女孩一开口就是八万八千八，吓得老两口险些被过气去。钱，肯定是没有那么多，王平久只能拿出两万来先给了女孩生孩子用。等孩子一生下来，这女孩月子都没做完就走了，儿子也跟着走了，留下两个嗷嗷待哺的孙子给他们照顾。

说起这事，王平久窝了一肚子的怨气。儿子儿媳不管孩子也就罢了，常年不回家看一眼，好不容易托人捎个信儿回来就是要钱。他们两口子养俩孩子已经是捉襟见肘，哪有钱给他们？这事一拖再拖，后来听说那个女人跟人跑了，孩子也不要了。

“王金宝没再回来过吗？”洛毅森问道。

“别提那个混账！就六年前回来一次，把家里的钱都拿走了，谁知道他在哪儿啊。”

这时候，院门开了，两个放了学的孩子一前一后走了进来。王平久顿时紧张起来，洛毅森先安慰他：“别怕，大白天的不会出什么事。有我们呢。你先去跟孩子们说说话。”

王平久强露出笑模样迎了出去。院子里，两个孩子乖乖地跟奶奶说话，苗安仔细地看着他们。果然是双胞胎，乍一看还真分不出谁是哥哥谁是弟弟，一模一样的脸，就连表情也很相似。天真无邪的笑脸，正是这个年纪该有的表情。苗安走过去，弯着腰笑道：“让我猜猜，谁是哥哥呢？”她左右看了看，指着其中一个，“嗯，你是哥哥。”

王康不好意思地挠挠头：“阿姨猜错了，我是弟弟王康，他才是哥哥，叫王健。”

“哎呀，我猜错了。”苗安调皮地吐吐舌头，余光看到洛毅森已经走了出来，站在一边观察孩子。她便继续吸引孩子的注意力。

在洛毅森看来，孩子是没什么问题的。虽然个子不算高，身材因为有点瘦，但是实在看不出哪里有问题。跟苗安说话的时候，弟弟王康还有点不好意思，哥哥王健就是低着头不吭声。

忽然，低着头的王健猛地转回头，眼睛盯上了洛毅森。洛毅森忽觉脑子一阵眩晕，眼前模糊了一下。不适感只持续了两三秒的时间就恢复了正常，但心里却是惊骇不已！

苗安也看到了洛毅森瞬间的恍惚，不免有些担心。他对她示意不要声张，随即自然地走到孩子们身边，说：“我们是你爸爸的朋友，路过这里过来看看。”

孩子们只是点点头，并没有因为听到爸爸两个字有任何反应。洛毅森继续保持着笑容，说：“今晚叔叔请你们吃饭好不好？让爷爷奶奶也一起来。”

“不了。”王健说，“我们还有很多作业要写，写不完老师要罚留校的。谢谢叔叔。”

还挺懂礼貌的。洛毅森伸出手本揉了揉王健的头发，笑着说：“那就等明天晚上吧，你们后天也不用上学对吧？”

“爷爷不行。”王康忽然说，“爷爷要出去工作，这几天都不在家。”说着，他转头看着王平久。

王平久下意识地避开了小孙子的眼光，缩在洛毅森的背后。那边的顾美云也躲在苗安的身后，洛毅森不禁在心中苦笑，这老两口说他们什么好呢？

八成是意识到洛毅森的目光了，顾美云勉强地笑着说：“还出去吃干啥，浪费。今晚就在家里吃吧，你们也尝尝我的手艺。”说着，就拉着苗安出去买菜了。

洛毅森本来还想跟两个孩子多聊几句，王健却没这意思，说他们还要做作业，就跟着弟弟回了他们的屋子，房门一关，看样子是不肯出来了。

洛毅森暂时稳住王平久让他稍安勿躁，随即悄悄地走到孩子房间的门口，仔细听着里面的动静。

听了好半天也没什么声音，洛毅森只好去院子里跟王平久说：“等会儿你要让他们知道，今晚还要去工地打工。我和小安会跟在你身后，看看情况。别怕，有我们在，不会再出什么事了。”

王平久本不想这么做的，但洛毅森表示说这是为了两个孩子，他也只能答应下来。大约等了半个多小时，苗安和顾美云也回来了。顾美云叫上王平久一起去厨房做饭，把苗安和洛毅森让进了里间休息。

这一天折腾下来，苗安多少有些疲惫。她斜靠在床边眉头深蹙。洛毅森也有很多想不通的事，一时间两人无话，沉默得半点声音没有。过了半晌，苗安才说：“你发现没有？那两个孩子好像不大对劲儿。”

“你指什么？”

“我也说不好。”苗安习惯性地摆弄着辫梢，“总觉得跟同龄的孩子比，他们俩似乎缺少点什么东西。怎么形容呢？是过于成熟了吧。”

“你这是肯定句，还是反问句？”

“我哪知道。”苗安烦躁地白了他一眼。转而有些忧心地问，“刚才在院子里我看你都打晃了，怎么回事？”

说到这个，洛毅森也是非常不解。他摇摇头，掏出电话联系公孙。说：“这事有点蹊跷，今天我跟小安八成是回不去了。明天我让洪局长安排人送点东西回去，你化验一下。啊，另外帮我找两个人，是孩子的父母。父亲叫王金宝，母亲叫徐玲，都是下落不明的人。”

电话那边的公孙锦说了声好，遂问道：“今天晚上要有个定论，这案子咱们能不能接，需要你们俩的判断。还有，注意安全，别搞得一身伤回来，发生什么意外要保护好小安。我可再也找不到第二个像她那样的人才了。”

闻言，洛毅森不禁失笑：“怎么不见你担心我？”

“你的身手好，我担心你干什么？”

好吧，他的确是不适合让别人担心的角色。不过这话倒是让他想到了一些事情，便问道：“能不能让那位我一直没机会见面的法医过来一趟？”

“你说廖晓晟？”

“你就说能不能吧？”

“好吧。我让晓晟马上赶过去。”

挂了电话，苗安也觉得纳闷，问他为什么要找廖晓晟。洛毅森坦言：“王平久两次误杀了孩子，但是第二天尸体不翼而飞，或者说是莫名其妙地消失了。我让王大爷今晚还去工地打工，如果真的再遇到两个古怪的孩子，万一再发生误杀的事件。到时候，我们可以在第一时间让法医检查尸体。”

在晚饭之前，王平久跟两个孩子说要去工作，孩子们还很乖巧地说让爷爷早点回家。王平久走了之后，餐桌上的气氛更加古怪了起来。两个孩子埋头大吃，不管洛毅森和苗安说什么，都没什么回应。只是在偶尔的时候，王康会嗯啊几声。

苗安给两个孩子夹菜，顺便找话题，说：“你们两个在一个班上课吗？老师和同学会不会也分不清你们啊？”

王康点点头，塞了一嘴的炒鸡蛋，说着：“同学们分得开，有的老师就不行。经常把我们认错了。”

王康第一次说了这么多话，苗安很高兴地摸了摸他的脑袋，说：“你们俩是不是整天都呆在一起，形影不离的？”

不等王康再说什么，王健把筷子一放，说了句“我吃饱了”，就拉着弟弟站了起来，转身前看了苗安一眼。苗安猛地晃悠了一下，洛毅森赶紧抱住她的腰，看也不去看王健。低声笑道：“让你减肥，看看，低血糖犯晕了吧。等会吃点巧克力补补。”

虽然是对怀里的苗安说话，但洛毅森的注意力都在两个孩子身上。他的余光看到被王健拉着手的王康在听过自己的话之后，嘴角闪过一丝冷笑。那绝对不是一个十二岁孩子该有的表情，别说孩子，就连他自己也未必能笑出令人胆寒的模样出来。

吃过了晚饭，顾美云坚持不让他们离开。苗安好说歹说才算是安抚了顾美云，离开了王家。

因为有了准备今晚回不去，洛毅森请洪局长在招待所开了两个房间，顺便也拿到了时间表。苗安那些大包小包也没心情打开了，坐在洛毅森的房间里，说：“我知道那时候你为什么打晃了。”

“是不是王健看你一眼，你也觉得头晕眼花了？”

不料，苗安却摇了头。说：“不是王健，而是王康。我摸到他脑袋的时候就觉得有点不舒服，他临起身的时候王健的确是看了我一眼，但那时候我是跟王康对视的。是他看了我那一眼，才让我险些摔倒。我的情况比你更严重，我眼前漆黑，连呼吸都卡住了。要不是你抱着我……”

本来是很严肃的话题，说着说着苗安的脸红了，羞涩地瞥了眼洛毅森，嘀咕着：“谢谢。”

“客气什么。公孙也说要我照顾好你。”

这个回答让苗安很不满意，她瞪了他一眼，说了句“讨厌”之后，往床上一倒，准备睡上一觉。洛毅森哭笑不得地“喂”了一声，然后说：“回你自己房间睡去。一个女孩家，怎么能在男人房间里睡觉。”

苗安张开眼睛很鄙视地看着他：“你到底有多保守？我是露大腿了还是露胸了？”

不是这个问题！洛毅森翻了个白眼，语重心长地说：“不合礼仪，不合礼仪。”

“我害怕行不行啊？”

“你还会害怕？”

“洛毅森！姑奶奶不是女人吗？”

“不要学苏洁说话！”

第四章 颠覆

苗安哼了一声全然不顾洛毅森的态度，转过身去扯了毯子盖好，呼呼大睡了。坐在沙发上的洛毅森也想睡，怎奈这房间就一张床。哭笑不得间，他只好研究手里的时间表。

洪局长调查得很清楚，从建筑工地到老王家乘坐电动三轮车需要四十五分钟；车费是十元；乘坐计程车的时间是二十分钟，车费是二十元。

假设，两个孩子在王平久慌乱离开之后，乘坐了电动三轮车就可以赶在老王之前回到家里。但是，按照老王描述的情况来分析，孩子们需要在车上洗掉脸上的装束和血迹，估计没有哪个司机敢拉两个满脑袋是血的孩子，就算拉了他们，也会留下深刻的印象。洪局长办事谨慎，估计肯定也调查过工地周边那些私营车主，有了情况自然会通知自己。既然他什么都没说，就表示没人见过两个孩子。

那两个孩子的确不正常，哪有看上一眼就能让一个成年人头晕眼花的道理？难道是催眠术？不可能啊，还没听说催眠能牛逼到一个眼神就撂倒一个成年女孩儿的，再者说，他们只是十几岁的孩子，也不可能掌握高端的催眠技术。

不过，比较之下，苗安的情况要比自己的严重。假设，这是两个孩子特殊的能力，王康的水平会低于哥哥王健？也不对，这似乎也跟苗安的体质有关系。自己常年修习武术调节内息，在体质方面要强过苗安，所以只是稍微头晕了一些。问题是，两个孩子的能力在什么状态下会发挥出来？

洛毅森想起了姬涵斌，那个拥有了应龙记忆的苦命男人。他在极度愤怒的时候身体就会发生一些变化，那么，那两个孩子会不会也是这样？看来，需要去学校调查一下了。

坐得久了，身体有点僵硬。他起身活动了几下，看了看呼呼大睡的苗安。这丫头的睡相实在不敢恭维，毯子踢到了一边，睡的四仰八叉，本来很安全的领子褶皱起来，露出了一点雪白。洛毅森顿时觉得脸上发烫，急忙移开视线，去拿起毯子重新给她盖好。也许是他不算温柔的动作惊动了苗安，她梦呓着："小森森，白痴。"

做梦都没耽误骂自己，洛毅森失笑之余刮了她的鼻子。她的脸皱的像个包子，往毯子里缩了缩，像是卷起来的小刺猬，很是可爱。

为了晚上的行动，洛毅森在沙发上也睡了一会。大约在晚上八点多的时候，听见苗安的手机响了，他打开台灯看了眼号码，上面居然显示"尸恋"的字样。

"小安，醒醒，你手机响了。"

苗安揉着眼睛接过电话，嗯嗯了两声就挂断了。随后迷迷糊糊地看着洛毅森："我要洗个澡，你去接晓晟吧。在公安局门口等着你呢。"

说完，也不管洛毅森愿意不愿意，就开门回了自己的房间去洗澡了。洛毅森只好认命地出去接人。

他赶到公安局门口的时候天色已经黑了下来，他四下看了看没见谁在等着。转念一想，自己也没见过廖晓晟长什么样，连他的电话都不知道。无奈之下，只好给苗安打电话。对方好久才接听，不耐烦地问："我正洗头呢，什么事？"

"廖法医电话号给我？我没见着他，你告诉我他电话号。"

电话那边的苗安还没调出号码，洛毅森就听身后有个人说："我在这。"

闻声，他猛地转回身，看着眼前的人。八成是被公孙锦赶来的时候还在工作，连白大褂都没脱，就这么穿着来了。细看之下，这人长得不是很好看，就是干净，干净得让人喜欢。但是……

洛毅森磕磕巴巴地说："你，你是？没人告诉我你是……"

"没人告诉你我是女的？"廖晓晟冷着脸。洛毅森本来脸皮就薄，不好意思地道歉。廖晓晟却不在乎，只说，"老大那个混蛋故意的，不是你的问题。说吧，尸体在哪呢？"

洛毅森满脑门黑线，说："人还没死呢。"

"哦，什么时候死？"

在心中，洛毅森悲苦的想，一科真没正常人了。

简单地跟廖晓晟说明情况，这位法医冷冰冰地不说话，连个反应都没有，几乎让洛毅森以为自己是对着空气唠叨了好半天。最后，廖晓晟狭长的凤眼瞥过来，问他："跟着你们俩谁能见到尸体？"

洛毅森望望天，说："应该是我吧。"

"嗯。"廖晓晟看了看时间，"现在是八点四十分。距离你说的九点四十五分也没多少时间，直接去工地。"

得，这位是实干派的。洛毅森本想回招待所取车，廖晓晟却说她就是开车来的，回去取车太麻烦，坐她的车就好。洛毅森有点担心苗安，又打了一通电话回去，说："你不要跟我去工地了，收拾收拾去老王家蹲点。看看那两个孩子有没有离开过。"

"OK，保证完成任务。"

"小安。"洛毅森低唤了一声，"多小心点，万一有什么事发生，别管其他的，使劲跑。知道吗？"

小安嘿嘿地笑，问："那你会不会驾着七彩祥云来救我啊？"

对方轻柔的嬉笑声像是一根羽毛搔到了心尖上，痒痒的。他的脸滚烫起来，赶忙一本正经地咳嗽几声，数落苗安："小丫头片子少看点港台片，赶紧干活去。"

已经打开车门的廖晓晟古怪地看了洛毅森一眼，意识到他也回看过来又无视了他。冷冷地说："上车。"

如果说洛毅森开车的速度算得上是飙车的话，那么廖晓晟就是飚王！启动就超过了二百！洛毅森故作镇定地保持着正确的坐姿，一直到下了车，他才敢看上这个不平凡的女性一眼，脱口就说："廖姐，好车技。"

"路不好，不尽兴。"

我的妈呀，你尽兴的时候是啥样？洛毅森不免万分好奇的想着。

步行到建筑工地后，很快就看到了王平久。洛毅森没去跟他打招呼，带着户外运动能力等于零的廖晓晟找了个隐蔽的地方等着，并及时跟苗安联系了一下。

“两个孩子还在家写作业，没出门。”苗安说，“保险起见，我没进去。在外面巷子里蹲着呢。小森森，蚊子好多哦。”

“我不管驱蚊的事儿。”洛毅森又好气又好笑地说，“你继续蹲着吧，有情况马上联系我。”

这时候，他看到工地上的王平久似乎要走了，但是时间不对，现在刚九点十几分啊。不等他准备出面拦住王平久，就见工地上还有人叫了几声，王平久停下来站了半天，磨磨蹭蹭地又回去了。洛毅森看得出来，工地那边似乎临时有事又留住了王平久。也许是习惯使然，他自语着：“不管王平久准备几点提前离开工地，肯定会有一些突发事件拖住他。一次是巧合，连续三次的话就不可能是巧合了。”

“都是九点四十五分，很难有人故意把时间掐得这么精准。”廖晓晟坐在一堆废木堆上，跟着说，“你们说的那条田埂路离这里远不远？”

“不远。就在南边。因为无法确定孩子会在哪个地段出现，我们只能跟在老王后面。”

等待的时间并不长，期间苗安也没有再打电话过来。洛毅森认为，孩子们还在家。这时候，廖晓晟说：“老王出来了。现在的时间正好是……”

看了眼手表，九点四十五分。

夜晚的田埂路上，老旧自行车发出吱嘎吱嘎的声音，让人听了心里发紧。要跟上骑着车的王平久并不容易，洛毅森倒是没问题，可苦了平时不做运动的廖晓晟。洛毅森见她跑得上气不接下气，壮着胆子拉住她的手。入了手的，是冰冷的柔荑，冷面冷眼的人看了眼洛毅森，没有抽回自己的手。

大约跑了二十来分钟，田埂路上的老王忽然停了下来。

跑在后面廖晓晟猛地撞在了洛毅森的背上，不等她站稳，洛毅森拉着她蹲下身子，上手就去扒她身上的白大褂，低声说：“来了！这衣服太扎眼，快脱了。”

廖晓晟面无表情好像个呆瓜一样任由洛毅森脱掉了白大褂，待他们回了头时，只见前几秒还空旷的田埂路上竟然站着两个手牵手的孩子！洛毅森浑身的汗毛都炸起来了，大口咽了咽唾沫，仔细观察。

两个孩子好像凭空出现，王平久心惊胆战。他勉强地笑着，四下顾盼希望能看到洛毅森的身影。这时候，忽听王健说：“爷爷，你在找什么？”

“没，没什么。”王平久磕磕巴巴地说，“你，你们怎么，怎么来了？”

王健长叹一声，说："这么晚了爷爷都不回家，我们很担心啊。万一遇上坏人怎么办？就算遇不上坏人，爷爷的车要是在半路坏了也很麻烦的。我和小康商量了好久，觉得还是过来接爷爷回家比较安全。虽然我们也很害怕，这一路上都担心死了。但是爷爷更重要，我们想接爷爷回家。"

越来越奇怪……

这不是王健……

王平久哆哆嗦嗦地把自行车停好，壮起胆慢慢朝两个孙子走过去。远处的工地忽然传来一声巨响，沉闷的并不刺耳。王平久忽见站在王健身边的王康紧紧抱住了哥哥，小脸惨白地叫喊着："什么，什么声音？哥，这里太可怕了，我们快回家吧。"

蹲在草堆里的洛毅森心说，这是十二岁男孩吗？胆子也太小了，兔子胆啊！他转头看了看廖晓晟，法医大人眯着眼盯着田埂路上的情况，完全忽略了他的存在。洛毅森心中笑笑，估计廖法医是那种工作上特别精明，但生活中极度废柴的类型。这个有点喜感的想法瞬间被打破了，洛毅森一不留神看到廖晓晟抱在怀里的工作服，她的手插在工作服的口袋里，好像拿着什么东西，从口袋被撑起的形状来看，应该是某种手术刀。

谁会随身携带手术刀？当洛毅森顿时欲哭无泪之时，忽听王康惊叫一声，他赶忙转回头去看，王康正挂在王健的身上，一个劲吵嚷着："回家回家，赶紧回家吧。"

"你不要一惊一乍的好不好。"王健说，"你这样我会很担心的。我们不是说好了才来接爷爷回家吗？"

王康似乎害怕得很，一点风吹草动都能让他惊叫几声。王平久越看越纳闷，稍微又靠近了几步，听王康说："对，对，接爷爷回家。都是爷爷不好，为什么这么晚了还要出来上班？"

"对哦，都是爷爷不好。"

有了前两次的经验，这一次王平久早早有了提防，一听两个孩子的话茬儿不对劲，转回身拔腿就跑！只是，他的腿快不过王健手里的砖头。被一下子打中了背脊，踉跄着摔到在地。他惊讶不已，就连躲在暗处的两个人也惊讶不已，那么大一块砖头，王健刚才藏哪了？

廖晓晟忽然抓住洛毅森："按照你说的情况，很快老王头就会失手杀了孩子，你真想我验尸？"

最后一句话点醒了洛毅森，不管这两个孩子是不是真的，只是现在看来都是活生生的人，不能等到命案发生了再出去，那岂不是万事休矣！想罢，他缩紧了身子，一跳一跃，竟然窜出去十来米远！

距离他七八米开外的地方，两个孩子已经追上了王平久上去脚踢拳打，洛毅森一直属于行动派，这时候想得更多的是冲过去，后面那位体力不佳的直接喊了一嗓子："小健小康！"

正在奋力殴打爷爷的两个孩子闻声一怔，同时抬头看去，正看到洛毅森朝这边跑过来。他们呆呆地站在原地，就这样毫无所惧地看着疾奔过来的洛毅森。田埂路下面的廖晓晟也顺着路边赶过来，当洛毅森几步跑到孩子们面前，一手抓住一个，入了手的是真实的感觉，他不禁倒吸一口凉气！

地上的王平久疼得直哼哼，往前爬了几步狼狈地起身藏在洛毅森后面。一旁的廖晓晟也总算气喘吁吁地赶了过来，二话不说，抽出手里的刀在孩子的手腕上各割了一下！

啊——！

王康再次发出惊叫声，拼命地挣扎着想要逃开洛毅森的钳制；王健一脸的忧虑，懵懂地看着廖晓晟："你为什么伤害我们？我们有伤害你吗？"

廖晓晟不说话，眼睛紧紧地盯着孩子们手腕上的伤口。但是洛毅森却于心不忍了，看着王健可怜兮兮的小脸，听着王康声嘶力竭的哭声，想到他们毕竟只是孩子。可转念一想，又觉得不对，白天是见过两个孩子的。不管是哥哥王健，还是弟弟王康，都不是这个性格。难道说，他们有双重人格？

正寻思着，忽听廖晓晟说："手铐呢？"

"不好吧。"洛毅森可不想铐上两个孩子，他下意识的向右侧了一下身体。这样一个简单的身体动作，廖晓晟立刻意识到手铐在他身体右侧，不由分说走过去撩起他的衣襟，从腰带上取了手铐，利索地把两个孩子铐在一起。

没办法了，既然已经这样，还是先联系苗安再说。洛毅森把一直紧贴着自己的王平久推开，然后又对廖晓晟说："你看着孩子，我打电话联系小安。"

不知为什么，他始终觉得不安，所以打电话的时候稍微走远了几步，背对着那几个人拨通了苗安的电话。很快，传来她轻柔的声音："怎么样了？你们是不是已经接着王大爷往家走了？"

一听这话，洛毅森的心猛地揪紧："小安，别告诉我孩子们一直在家。"

“就是一直在家啊。”

“别，别开玩笑。”

“谁跟你……你，你也别说在路上遇到，遇到……”

“啊，遇到了。”

“不可，不可能。那我看到正在院子里打水的两个是什么？木偶吗？”苗安站在院子矮墙外面，真真切切看到王健和王康正在院子里打水洗脸。

洛毅森正在等着苗安的下文，忽听身后的廖晓晟喊着：“洛毅森！”

闻了声回了头，视线所及昏暗的路灯，纤瘦的廖晓晟、瑟瑟发抖的老王、只剩下不见尽头的田埂路。孩子呢？

“该死！”洛毅森咒骂一句急忙往回跑，拉住面色苍白的廖晓晟就问，“孩子呢？跑了？”

“不。”廖晓晟肯定地说，“不是跑，是消失。在我眼前突然消失了。”

田埂路上，三个人面面相觑，恐惧感顺着他们的背脊一路爬到了头顶。

当晚十二点整，正准备休息的公孙锦接到了洛毅森的电话。他们足足说了一个多小时，才把情况说明。最后，公孙锦道：“足够立案了。接下来，你打算怎么办？”

电话那端的洛毅森早就想好了步骤，便说：“我想去学校调查情况。”

公孙锦沉思片刻，问：“你确定是跟孩子对视后头晕的？”

“肯定。”

“我怀疑这是脑电波方面的问题。这样，你继续留在县里调查，有什么需要尽管跟老洪说。让小安和晓晟带孩子回来。”

洛毅森完全没有想到脑电波方面的问题，这时候不免对公孙锦有些钦佩。但是说到带孩子回去，他说：“我不放心。孩子有攻击力。”

“我让景阳和赵航去接人。这边的事你不用管了，专心调查。”说完，他直接挂断电话，换了外出的衣服拿了车钥匙。先去敲开了蒋兵的房门，告诉他，“通知赵航假期提前结束，早上六点前必须来报道。告诉景阳准备一下，和赵航去毅森那边接两个孩子。”

蒋兵知道又有案子来了，见公孙锦一副要外出模样，就问：“你干嘛去？”

“我去研究所找几个专家，六点之前能回来。让景阳和赵航等我回来再走。”

早上五点左右，廖晓晟敲响了洛毅森的房门。洛毅森彻夜未眠，打开房门的时候看到廖晓晟也是通红的眼睛，想必跟自己一样，一夜没睡。他笑出来，早安什么的索性也就免了。让开路让廖晓晟进了房间，问道：“小安呢？”

“还在睡。”

那丫头心真够大的，这样的情况居然还能睡得着。他苦笑几声，给廖晓晟冲了一杯速溶咖啡，说道：“你也想不通吧？”

坦率地点点头，廖晓晟说出纠结一个晚上的疑问：“我为了确定是不是人，所以才割伤他们。我看见血了，而且他们有体温有脉搏，我不明白两个活生生的孩子怎么会在我眼前忽然消失。假设，公孙怀疑是脑电波有问题，那也是针对你和小安来说才会有作用，我没跟王健或者是王康见过面，更谈不上对视。为什么我也能看到他们？摸到他们？”

虽然有点乱，但还能听得明白。廖晓晟的这番话不能说没有道理。暂时按照公孙锦的怀疑方向去分析案情，那么就是两个孩子拥有异常的脑电波从而可以影响别人，让“别人”以为自己看到了什么。这种情况与鬼魂有些相似。

科学上的解释，鬼魂是一种带有记忆的磁场，可以影响人的脑电波。但这个解释究竟对不对，没人知道。就像在两个孩子身上发生的怪异情况一样，没人了解，没人明白。

如果说，两个孩子脑电波磁场有异于常人，可以影响到他人的视觉、触觉造成某种假象，那么，廖晓晟的出现就彻底颠覆了这个猜测。她没有接触过孩子们，既没有看见他们，也没有跟他们对视过。想到这里，他忽然问：“廖姐，你跟孩子们对视过吗？”

廖晓晟似乎知道他在想什么，说：“没有。听过你头晕的事后，我特别在意，抓着他们的时候刻意不去看他们的眼睛。”言罢，她习惯性地捏着下颚，深思片刻。说，“我看未必是脑子有问题。这两个孩子肯定有我们还不了解的东西，现在几点了？”

“啊，五点二十五。”

“联系下景阳，问他们到哪里了，直接去老王家接孩子。”

看得出来，廖晓晟好像在担心什么，不等他问个明白，就接到了赵航的电话。电话里赵航不断打着哈欠，告诉他：“我们直接去接孩子，公孙说必须抓紧时间。”

公孙锦又在担心什么？洛毅森琢磨的空档，忽听耳边传来蓝景阳的声音，似乎跟赵航要了电话。紧跟着，听到他的声音，说：“公孙很担心，你去接孩子，半路会合。”

“等一下。”洛毅森急了，“公孙担心什么？为什么这么着急？”

“你说吧。”

洛毅森反应过来了，这三字是跟赵航说的。蓝景阳，到底有多不愿意跟自己说话？这小子跟定跟自己气场不和，磁场相斥！他有点窝火地问赵航，公孙锦那边到底什么意思？赵航只好事无巨细的说了。

离开了一科的公孙锦跟研究部门的专家说明了孩子的情况，专家的意思是这很特殊，以前从没遇到过。公孙锦担心这不是什么好现象。孩子们不断袭击家人，却没有杀意反而是不断地被误杀。他怀疑这是孩子们潜藏在心里的一种恐惧性，担心着自己迟早有一天会被爷爷杀死。如果他们的办案速度不快一些，不是孩子死就是王平久死。

下午接到洛毅森的联系后，公孙锦和蒋兵开始调查孩子父母的问题。因为公孙锦手里强大的权限和关系网，很快就找到了母亲“徐玲”的下落，但却并不乐观。徐玲在十三年前离家，至今未归，家人也早就报了案，现在的徐玲被列入失踪人口中；王金宝在早几年因盗窃罪入狱，这件事王平久应该知道，为什么没有告诉洛毅森呢？也许，王家并不像表面的那么寻常。所以，公孙锦才会格外担心。

听过了赵航的转述，洛毅森觉得自己还是嫩了点。至少他就没有想到孩子们的心理状态。而公孙锦却在短短的几小时里分析的头头是道，不得不说，一科科长不是白给的。

挂断了电话后，廖晓晟去叫苗安起床。洛毅森穿了衣服，帮着苗安把那些包包放进廖晓晟的车里，三人直奔王家。

早上还不到六点的时候，王家人都起来了。看着两个一切如常的孩子站在院子里洗脸，洛毅森竟然不敢跟他们对视。苗安拉着老两口去一边说明情况，廖晓晟却是大大方方走到孩子们面前，说：“今天叔叔阿姨要带你们去市里检查身体，你们想让爷爷跟着，还是让奶奶跟着？”

王健看了看远处正在跟苗安说话的爷爷奶奶，又转回头看了看廖晓晟，他纯真无垢的眼神中丝毫找不到咋晚忧虑的痕迹，就连一旁傻乎乎的王康也不再是一惊一乍的样子，只是呆呆的看着她而已。

王健问道：“为什么要检查身体？我们有病了吗？”

“不是。是为了知道你们的身体有多健康。阿姨是医生，又是你们爷爷的朋友，所以可以免费哦。”

洛毅森心想，廖晓晟不是面瘫就是缺乏正确表达感情的能力，面对俩孩子居然也能毫无表情的说话。这几句话换做是苗安来说，一定会“有声有色”的。

虽然洛毅森觉得廖晓晟的面部变化实在少的可怜，可王健似乎很愿意相信她。并说：“如果阿姨和叔叔带我们去，还会送我们回来吗？需要很久的时间吗？学校怎么办？”

廖晓晟点点头，说：“我们会去学校帮你们请假，检查完了阿姨会亲自送你们回来。”

那边，王平久想都没想就点头答应下来，只是他受到太多的惊吓，已经不敢再接近孩子，顾美云狠狠瞪了他一眼，只好拉着苗安去叮嘱孩子几句，算是尽到做奶奶的责任。

就这样，廖晓晟把孩子们送上了蓝景阳的车，自己的车让赵航开着载苗安，她坐在蓝景阳的车内，两个孩子的中间。洛毅森看着他们的车渐渐远去，心里愈发的沉重起来。

他转回头看着战战兢兢的老两口，也露出点笑容出来。说：“才六点半，去学校早了点。王大爷，您知道这附近哪有卖早点的吗？”

因为送走了两个孩子，顾美云明显轻松了不少，他拉着洛毅森走进里屋，不一会就弄出很丰盛的早餐出来。而王平久，一直蹲在院子里抽烟，一根接一根，好像他抽的不是烟，而是淤积在心里的惊惧感。洛毅森没去打扰他，端着空了的粥碗进了厨房，挺客气的一边洗碗一边跟顾美云聊天。

“王大娘，我听王大爷提起过您的儿子跟儿媳妇。这么多年了，一点消息没有吗？”

正在收拾东西的顾美云一把将手里的抹布扔进水盆里，气哼哼地说：“别提我家那个败家子！从小就跟他爸一样没出息，就知道要钱要钱，不把我气死是不甘心啊。出去两年也不给家里寄钱，倒是领回来一个狐狸精。呸！不要脸，没结婚就大了肚子，我要是她妈早就把这丢人现眼的东西打死了。”

老两口没有正式的工作，收入自然也不稳定，年纪这么大还要养两个孙子，也难怪顾美云会抱怨多多。但是，话说到这份上，是不是有点过火了？洛毅森从一开始就不喜欢顾美云，对王平久也没什么好感，这倒不是他的直觉问题，只是一种对事论事的态度而已。至少，如果他是王平久，绝对不会只把老伴留在家里自己跑到警察局躲起来。

“王大娘，您最后一次见着王金宝和徐玲是什么时候了？”

“啥时候？”顾美云咧嘴冷笑，“那个狐狸精生下孩子就走了，再也没回来过。”

洛毅森又跟顾美云聊了几句，对方不是骂骂咧咧就是在埋怨王平久没能耐，嫁给他就没过过好日子什么的，洛毅森本来就听不得这些家长里短的闲碎话，这会儿硬着头皮听完了顾美云的种种抱怨，走出厨房对的时候已经耳鸣了。

离开王家的时候，蹲在院子里的王平久似乎有话要说，洛毅森并没有耐心等他，见他犹犹豫豫的样子，说了声稍后再见便去了学校。

第五章 双管齐下

他知道王平久有话想跟自己说，也知道他想说什么，只是他没法给王平久一个满意的回答。整个案子弥漫着怪异的谜团，在公孙锦那边没有个像样的检查结果前他保持自己的观点。

开着车，很快就到了两个孩子所在的学校。跟教导主任说明了情况之后，这位负责人首先把王健和王康的班主任找到了办公室。

班主任是个四十多岁的女人，对于洛毅森的提问好半天也没琢磨明白该怎么回答。洛毅森只好又问了一次：“王健和王康平时在班级里表现怎么样？”

“不错。”她只能这么说，“和其他同学一样，没什么特别的。”

“那有没有，我是说，在他们身边偶尔有人会出现头晕的现象？”

这可难住老师了，她想了半天，说：“没有吧，至少我没发现。”

“那您想想，最近这一个月两个孩子有没有什么反常的地方？”

这一次，老师的沉默的时间更久，似乎想起了什么却又不确定的样子。洛毅森很有耐心地等着。过了片刻，老师终于说：“本月初，学校组织了一次爬山的比赛，是为了让孩子们有团结合作的意识。学生们被打乱编成小组，全组的人跑到终点才算是赢了，当时王健和王康在一个小组，他们那一组跑得快，本来该是第一个跑到终点的，结果却是最后一名。”

“为什么？”洛毅森问道。

“半路上出了点乱子。”老师说，“具体的情况我也不大清楚，也是听学生回来后说的。”

那天，阳光明媚，初二的所有学生都在学校门口站好。校长手中的发令枪一响，少年少女们嘻嘻哈哈地朝着山脚下跑去。按照老师们的预计，这一个来回至少需要两个多小时。所以，为了确保学生们的安全，半路上每隔一段距离都有老师看着。老师们都用手机相互联系，随时了解各个路段学生们的情况。

一直到山脚下，老师们传回来的消息都是王家兄弟那一组一直领先，她心里很高兴，毕竟是自己的学生，她觉得脸上有光。可不知怎的，到了山顶的冠军组却是另外的班级。她倒是没觉得失望，只是担心自己的学生别是半路上受了伤什么的，因为山上有一段路很崎岖，老师人手不够，要来回地跑，万一疏漏了可怎么办？

后来，从山上传来消息，说王家兄弟那一组没出什么意外，只是跑错了路，得了最后一名。当时她还挺纳闷的。这些孩子几乎都是跑山长大的，哪有认错路的道理？不过，这只是个小念头，很快她就忘记了。等孩子们安全回来，王家兄弟那一组的一名同学偷偷找到她，觉得比赛很不公平，他们那一组如果不是王健捣乱，应该是第一名的。

为了安抚这个同学，老师对当时的经过进行了详细的询问。同学说，他们都快跑到终点的时候，其中一个同学说要小便，因为组里还有女生，他就决定让其他同学先走，等他处理完了再去追赶他们。其他同学也都同意了，继续往前跑，忽然王健就调了头往回跑，别人叫也叫不住他。只能放慢速度等着，结果等了好半天也不见两个人追上来。因为少了两个人，他们就算到了终点也会输掉比赛，没办法的情况下只好整组人回去找人。

“然后呢？”洛毅森问道。

“找不到了。”老师说，“那个女同学告诉我，他们去分手的地方找人，喊了半天也没听见王健和另外一名同学的回音，周围又没有老师在，他们只好散开去找。后来，在偏远一点的地方找到了王健两个人，那时候，说要小便的男同学很不对劲，一个劲地瞪着王健。等他们重新回到赛道，已经晚了。”

看来，问题出在山路上。洛毅森谢过老师之后，找到那位男同学谈谈。

在跟校方商量之后，他带着男孩上了山。他们走走停停，大约花费十多分钟才找到当初那孩子小便的地方。男孩有点胖，走了半天气喘吁吁的，洛毅森给他瓶水，等他歇够了才问：“当时王健是在这里找到你的？”

胖孩摇摇头，说：“不是。我小便完了之后，就想去追他们。我怕他们跑得太快追不上，就抄了旁边的一条小路。王健是在小路上追上我的。”

洛毅森转头四下看了看，他们脚下的算是修整过的山路了，旁边的草丛里有七八条弯弯曲曲坑洼不平的小路，看上去是挺危险。洛毅森问胖孩后来发生了什么。

“我不知道啊。王健追上我就往回拽，不让我走小路。”

“小胖，带我过去看看。”

跟着小胖子走上了几乎看不出来的小路，大约有五六分钟的时间就停下了。胖同学说就是这里，但洛毅森并没有发现什么异常。看了看时间，已经到了中午，他只好先把胖同学送下山，还请他吃了顿午饭。

下午，他单独上山。走到那条小路之后，仔细地检查周围的环境。这里的确不安全，到处都是半人多高的杂草，杂草里面还有些石头，对孩子来说是危险的。但据说这里的孩子从小就往山上跑着玩，应该很熟悉周围的环境。那么，王健到底为什么不肯让小胖走这条路呢？

他一边想一边往前走，又走了十来分钟，发现几簇荆棘盘绕在山壁之上，一阵风吹来透出了阴冷。荆棘后面好像有个洞，阴风是在洞里吹出来的。他走过去，把外衣脱下来垫着手，小心翼翼地拨开荆棘，果然看到了大约容得下一个成年人进出的洞口。他没急着进去，蹲下来观察山洞入口的地面。

洞口的地面没有脚印，就算有什么人来过现在也看不出了。他有点失望地把外衣搭在肩上，猫着腰避开荆棘进了山洞。

外面明明是烈日当空，山洞里却是阴暗的又黑又冷。他打开了手里的电话借着微弱的光亮照明，发现这个山洞并不大，大约深有三十来米，宽三四米。看了看周围，确定应该是个天然形成的山洞，而不是人工开凿。他继续往里走，一直走到尽头也没有任何异常。

王健在乎的不是这个山洞吗？纳闷之余他习惯性的挠挠头，露在外面的手臂碰到了衣服上的荆棘刺，手一抖，电话掉在了地上，咧着嘴把衣服从肩上拿下来，再去捡手机，微弱的光亮在地面上映照出一点不该属于山洞内的东西，黑色的，一小堆一小堆的，灰烬？

这东西他见过，不止见过，还做过。每逢清明他都会给爷爷扫墓，烧些冥币纸钱什么的。

下了山之后，洛毅森在王平久家门外徘徊了很久，最终也没进去。上了车准备回一科看看孩子的情况。光是通电话，还是让他难以放心。

回到一科的时候已经当天晚上七点多了，一科的办公室里只有蒋兵和苏洁在。他们见洛毅森回来都有点吃惊，问到调查结果，他也只能摇摇头，说不出什么来。苏洁看着纳闷，就问他：“毅森，你是不是查到什么了？”

“一言难尽。”他疲惫地说，“我去洗个澡换身衣服。对了，公孙他们呢？”

蒋兵耸耸肩，说：“老大带着孩子还在研究所那边，估计今天回不来，景阳跟着去了。赵航去外地调查孩子母亲的下落，估计没有个三五天也见不着人。”

这时，苏洁阴险一笑：“小安在房间呢。”

“我又不找她。”

“是吗？”苏洁煞有介事地瞥了一眼门口。洛毅森顺势看去，见廖晓晟顶着那张面瘫脸走了进来，再度忽略了他的存在，只跟苏洁点点头。

“廖姐。”洛毅森说，“我让你带回来的那些东西出结果了么？”

“出来了。简单点说，就是土和纸灰。”

果然么？洛毅森没觉得意外，跟着说：“烧纸的灰吧，清明节烧的那种黄纸。”

廖晓晟的眼睛里难得地有了点内容，略诧异地看了洛毅森一眼，便没了下文。洛毅森也没多想，离开办公室准备回房好好休息。

他刚转身，办公室门口迎面而来的苗安急三火四地喊着：“你怎么回来了？正想给你打电话呢，快跟我走。”

被拉住的洛毅森搞不懂身穿睡衣的苗安咋就这么急，问她一句：“你穿着睡衣要带我去哪？”结果，被苗安狠狠白了一眼，叱道：“当然是我房间啊，不然你以为呢？”

这俩人前脚刚走，苏洁嘿嘿地笑着从口袋里掏出钱包，拿了一张钞票：“我赌一百，小安拿不下毅森。”

蒋兵拿出一百：“我赌洛毅森没定力。”言罢，他和苏洁一起看着廖晓晟。

法医大人木讷着毫无表情的脸，竟然也掏出二百来押在桌子上：“第三种，意外。”

三人买定离手，四百元压在蒋兵电脑的键盘底下，不知谁输谁赢。

上了楼才看到，苗安连房门都没关。想不出她到底什么事急成这样。看着丫头也没什么反常之处啊，难不成……

“快，先把外衣脱了。”苗安急着说。

“你，你想干什么？”

苗安真是很急，一见洛毅森磨磨蹭蹭的样子，很不满意地说：“现在是天时地利人和都全了。刚才我还想着你是第一人选，实在找不到的话，蒋兵那厮也凑合了。天公作美啊，你回来得正是时候。别废话，先脱衣服。”

洛毅森哭笑不得地摇着头。他可不认为这丫头会有什么歪念头，八成跟那俩孩子有关。于是，便问：“你先说清楚到底要干什么？”

说得也是，如果要洛毅森好好配合，是得把话说明白。苗安一边打开从县里带回来的大包，一边说：“我跟老大讨论过了，为了以防万一吧，我们假设带回来的孩子不是王健和王康，这就需要极为高超的变装易容手艺，所以……”

“等等。”洛毅森一把抓住苗安正在摆弄稀奇古怪工具的手，正色问道，“你的意思是，公孙怀疑两个孩子已经被掉包了？”

“只是怀疑而已。”苗安说，“首先，啊，这个观点是景阳提出来的。”

她的话音刚落，还没关好的房门发出咚咚声，二人回头一看，公孙锦和蓝景阳居然站在门口。洛毅森之前的疲惫一扫而光，急忙蓝景阳：“你想到了什么？那两个孩子……”

话还没说完，就见公孙锦的手里还拉着一只小手，他急忙侧头看后面，果然发现了王健和王康！洛毅森有些尴尬，正要走过去说声几句，衣服后摆被苗安抓住。

回头看了看身后的丫头，见她神情紧张的低着头，紧紧抓着自己的衣襟，像是在寻求保护似的。他知道苗安不可能惧怕蓝景阳和公孙锦，会让她如此紧张的必定是两个孩子了。

不知道这一天两个孩子都经历了什么，王健推开被公孙锦拉着的弟弟，走到最前面看着洛毅森和苗安。他的眼神很单纯，或者说是过于单纯几乎是空洞的模样。王健微低着头，抬着眼看了几眼，才说：“我们要睡觉了，来跟苗阿姨说晚安。”

听罢，他的目光落在了苗安的脸上。他明显感觉到身后的苗安紧张起来，抓着衣襟的手似乎更加用力了。他对王健保持着温和的笑容。手绕到背后轻轻拍了拍苗安，顺势握住她的手。温暖让苗安镇定了下来，看了看洛毅森挺直的背脊，心中说不出的踏实，不由得也紧了紧被他拉着的手。对王健一笑：“要乖乖睡哦。”

“嗯。”王健应着，“我们会乖乖睡，苗阿姨也要乖乖睡。”

不管怎么听这都是一句孩子的话，但不知为何，洛毅森打从心里泛出一股寒意。公孙锦一直站在门口拉着王康的手，并说：“好了，已经说过晚安了，小健，跟叔叔去房间休息吧。”

就这样，公孙锦带走了两个孩子。看着他们在门口消失，洛毅森忽然担心起公孙锦来，想都没想就冲到门口，准备追上去，但是蓝景阳拦住了他，只说：“你当他是谁？他是公孙，不是普通人。不要去坏事。”

洛毅森也觉得自己多虑了，但是他越发不喜欢蓝景阳的口气和眼神，这人天生跟自己不对盘。洛毅森后退了一步，没想跟蓝景阳就案子以外的话题而展开交流，他问：“检查有结果了吗？”

“还有几项结果要等一周后才能出来。”说着，蓝景阳关了房门，坐在椅子上，“脑电波的结果出来了。基础知识就不说了，你们也都要知道人类的脑电波分为几个波段。其中的α波的频率是每秒八到十三次，平均数在十左右，是我们的精神状态最佳也是最集中的时候；β波的频率是每秒十四到三十，当我们亢奋、激动的时候就会产生这中波段。而θ波和δ波……”

“Stop！”苗安很明智地打断了蓝景阳如念经般的声音，“说人话！”

“好样的，小安！”洛毅森竖起大拇指，他在蓝景阳说出波段那时候就想这么干了！

正在蓝景阳鄙视两个不虚心的家伙时，相隔不远的房间里公孙锦抖开被子给两个孩子盖好。他低着头，带着笑，摸着他们的发顶。挤在哥哥身边的王康一直看着他，本该是天真无邪的眼睛里满是忧心忡忡，公孙锦坐在床边，轻声问道：“怎么了？想家吗？”

王康摇摇头，问道：“爷爷，是不是不要我们了？”

孩子虽然只有十来岁，已经懂得很多了。公孙锦的笑容很温柔，虽然这种笑容已经变成了模式，偶尔还是会这样坦然地流露出来。他会想，现在自己的模样若是被其他人看到一定会觉得惊讶吧。

有的时候，他笑不出来，一科接触的案子都是另类中的另类。记得苗安刚刚进到一科后曾经问过他很多为什么。他无法回答苗安的问题，他只能说当一个人的心大悲大恶了，当一个人的欲望无限地膨胀起来，也许就会发生一些我们意料不到的事情。不管是哪一种，都因一个“心”字。

面对姬涵斌的时候。他看到了爱和自私，还有被无限放大的“恶意”，所以他可以不在乎姬涵斌自杀的结果，也不会在乎研究所失去一个宝贵的研究资料。他什么都不去想，不去回头，只有坚持着往前走，朝前看，才能带着一科的人坚持下去。但是，面对王康天真的眼神，他还是感觉到感情上的波动。这事若是被说出去恐怕没几个人会相信，这就是为什么当初一众领导在讨论过后一致认为他才是最适合领导一科的人吧。

公孙锦，是公认缺少感情的一种人。

“我想不是这样的。”公孙锦微笑说，“明天就会送你们回家，好好睡吧。如果不习惯，我可以开着台灯。”

“不用。”王健始终有些排斥其他人，只跟弟弟王康黏在一起。他都没看公孙锦，转过身紧靠着弟弟闭上了眼睛。公孙锦在临走前没有关灯，关上房门的时候最后看了眼床上的孩子。

房门关上了，橘黄色的灯光把王康的脸照应的暖暖洋洋的，他推了推王健，悄声地说：“哥，你害怕不？”

“怕啥？”王健也不睁眼，说，“我就是讨厌他，那眼睛瘆人，比奶奶的还瘆人。”

“哥……”王康犹犹豫豫地靠近了哥哥的耳边，“我看那个公孙挺好的，要不，咱们……”

“不要！大人都撒谎，没一个好人。你要听我的，知道吗？”

“凭啥？你不就比我早生了十来分钟么，凭啥我就得一直听你的？”

“因为我你哥，只有咱俩才能一直在一起。你不听我的听谁的？”

王康嘟起嘴吧，瞪了哥哥一眼，但最后还是依着他睡了。

在公孙锦的办公室里，几个人听着监控，公孙锦推门进来后在众人脸上扫视一圈，最后选择了洛毅森，问道：“你曾经怀疑过孩子们有双重人格，我也让专家就这方面进行了测试。结果证明他们很正常。”

许是连洛毅森自己也觉得这疑点立不住脚，他摇摇头：“我也就是假设一下，没什么根据。但是王健和王康的情况，我是说在性格方面实在很奇怪。至少，我在工地附近看到他们的时候，可不是这样。”

公孙锦在思索的时候嗒嗒的敲着桌面，其他人仔细听监听两个孩子房间的声音。没过五六分钟，房间里安静了下来，估计小哥俩是睡着了。公孙看了看手表，已经快十一点了，他说：“抓紧时间吧。毅森，你调查得怎么样了？”

“明天回去跟洪局长商量一下，我可能要借用几个人。”

“你还需要什么特殊的东西吗？”

洛毅森一直觉得公孙锦挺有意思的，这人永远都是不温不火地站在大家身后，偶尔说那么两句话，绝对是画龙点睛、雪中送炭。有时候甚至是你还没说出口的话，他都能想着提早给你做了准备，真是不可思议的人。所以说，他不讨厌公孙，甚至还有点喜欢，反正这种感觉很奇怪。

“毅森？”苏洁见洛毅森看着公孙锦发呆，刻意提醒他一声。老大发话的时候，还没人敢不吭声。

洛毅森缓过神来，纳闷干嘛琢磨公孙锦琢磨得这么入神。他咳嗽两声，说：“暂时不需要什么特殊的东西，不过……”

公孙锦看着有趣：“你怎么还吞吞吐吐的？想要什么就说，但是，想要小安的话你可得加把劲。”

“喂！干嘛扯上小安？我要她能干吗？”

众人偷笑，小安在一边红了脸嘟着嘴，狠瞪着公孙锦：“老大，不准拿我开玩笑。我跟小森森是纯洁的同志友谊。”

公孙锦摆出一副颇为惊讶的态度出来，说道：“我听说，毅森很关心你，非常关心。”

正在喝茶的苏洁跟着起哄：“对！非常关心。”

正在处理音频的蒋兵跟着起哄：“对，非常关心。”

“这很正常。”洛毅森可不是被调侃几句就脸红结巴的人，“外出办案，关心同事有什么反常的？”

“但是你说话很暧昧吧。”蒋兵呲牙一笑，一脸欠抽的表情。

洛毅森这个郁闷，问他：“这都谁说的啊？”

众人异口同声：“晓晟。”

囧死得了，罪魁祸首居然是那个面瘫法医！这种事太不符合她的形象了，颠覆性的打击。洛毅森很无奈地拍拍苗安的肩膀：“看开点吧，人们总是需要有些茶余饭后的话题。他们不会在乎真实性的，咱就当哄几个孩子玩儿了。”

苗安得意洋洋地看着其他人，好像在说，看，小森森根本不惧你们，哼！

公孙锦还是那张面具式的笑脸，拍拍手，说：“好了。说笑归说笑，两个孩子的情况的确不正常。景阳，你跟他们说明情况没有？”

“他们听不懂，你说吧。”蓝景阳还是不爱说话，窝在公孙锦身后的椅子里一副昏昏欲睡的样子。

说到孩子的情况大家也收起了玩闹之心，细听公孙锦说：“专家对此也束手无策，甚至不知道从何下手。他们无法肯定孩子们是不是异常的。但是你们都亲眼目睹了异常现象，这就否定了专家们的判断。我们没有更有力的证据来进一步证明什么，所以暂时不能把他们留在研究所里。而且，孩子们的身体更让人担忧。检查将结果表明，他们的肝、肾以及心脏都有功能衰竭的征兆，奇怪的是查不出病因。等案子完结之后，研究所那边会有专人跟他们接触一段时间，再带回去。我们需要做的就是保护好孩子，尽快结案。”

这些话说的有些含糊不清，至少研究所那边的态度洛毅森非常失望。但这也是没办法的事，他叹着气摇着头，活像个快退休的老头子。不止是他，其他几个人也都变得沮丧了。公孙锦看不得手下的兵个个垂头丧气的，拍着巴掌引起大家的注意，朗声道：“小安，你先说，晚上找毅森干什么？”

被公孙锦点了名她才怏怏地说：“你不是怀疑两个孩子被掉包了么。但是这种情况很罕见。就是说呢，不只是换张脸那么简单。洗澡的时候万一被别人看到怎么办？身体的骨骼、肤色等等稍有不对就会被发现。所以，如果真的是你怀疑的那样，那个被易容者就是全身性的。虽然我也会，但只是跟爸爸做过那么一次，理论上没问题，实践上我不知道行不行。只有我完全了解这种全身性的易身术，才能找到孩子们身上的破绽，所以想先找个人试验一下。”

“很好。”

公孙锦很满意苗安的工作态度，也能从洛毅森衣衫不整的状态上分析出他们的实验失败了。他不觉得失望，反而有些兴庆，至少这两个人没有消耗太多的时间。言罢，他让大家都回去休息，明天早起送孩子们回家。

苏洁抢先一步推着还想说话的洛毅森往外走，里面的公孙锦回头看了眼蓝景阳，低声道：“你怎么了？”

蓝景阳皱着眉头，说：“没什么。”

最后一个离开的蒋兵关上了办公室的门，公孙锦拿起一杯水塞进蓝景阳的手里，笑道：“你知道你和毅森一样很担心孩子，研究所那边的事我会抓紧时间催催。你要是不放心，明天跟着去吧。”

单独跟公孙锦在一起的时候，蓝景阳才会放松下来。他又在想，两个孩子的异常是洛毅森和廖晓晟亲眼所见，仪器的检查结果和数据不能代表一切，研究所的那些专家不该用这个跟他们说话。但有些事有些人，往往不会根据你希望的那样发展下去。他没有立场责备研究所那边的态度，他也知道公孙锦的看法几乎跟洛毅森的一样，孩子们不适合回家，但毕竟他们只是警方的下属部门，而不是福利机构研究机构，他们能做的只有尽快破案。

这案子不能再拖了，拖得越久孩子们越危险。可至今为止，甚是找不到一点令人振奋的线索，而两个孩子在晚上的异常也许还会再度发生。是不是遗漏了什么，才让案子走进了迷宫？

蓝景阳发呆的时候通常有两种情况，一，是他在思考问题；二，是他什么都没想。在一科只有公孙锦能分出他处于哪种模式。走过去拍拍的肩："跟毅森谈谈，不要瞪我！这是命令。"

"去跟景阳谈谈。"苏洁站在洛毅森房间的门口，不达目的誓不罢休，"景阳是我们这里最冷静的一个，当然了，除了冷静的几乎麻木的老大之外。景阳只是不擅长跟你交流，他没有恶意，如果我们想早点破案，你们俩个最好相互交换一下看法。"

"是他不愿意跟我谈。"洛毅森闷呼呼地说。

"天呐，毅森！"这位永远都热辣辣的美女夸张地瞪起眼睛，"你这样子哪像二十六岁的大人，完全就是小孩子！还是很固执的小孩子。"

他们俩正纠葛着，忽见蓝景阳从楼梯那边走了过来。途经洛毅森面前的时候，完全无视是了他，走进自己的房间。

苏洁无奈地抱着胳膊，有些搞不懂这两个有能力的家伙干嘛从一开始就瞧对方不顺眼。好吧，她根本不了解男人，否则的话早就嫁出去了，也不至于做个剩女。有时候，男人真的很矫情啊，就像洛毅森，明明对别人都很开朗，怎么一对上蓝景阳就成了刺猬？

她有些气恼地咂咂舌，说："懒得管你们了。我只是希望你们能相处得愉快些，你要是把我这话放进心里了，就找机会跟景阳谈谈。"

洛毅森嘿嘿一笑："苏姐，你也别怪我多嘴。你是不是察觉出什么了？就像那时候你告诉我要朝着属水的北方走一样。"

挑眉瞪眼！苏洁用她那涂着艳红色指甲油的手指狠狠戳中了洛毅森的脑门，叱道："你以为姑奶奶是指北针吗？"

"别生气别生气，我去找他谈总行了吧？"

"是'谈'不是'吵架'！"

"不会不会，我又不是鹅，逮着谁撵谁。"

打发走了苏洁，洛毅森觉得时间很晚了，要谈什么也不急于一时。回了房间洗了澡，躺在床上很快就睡着了。睁开眼的时候，是被外面的敲门声吵醒的，蒋兵的喊声震天响，催着他赶紧起来，别耽误了大家出发的时间。

第六章　回到最开始的地方

一行人总共五个人，洛毅森开车，蓝景阳坐在旁边。这回，廖晓晟也跟着回去。说起她，洛毅森再次认识到公孙锦的可怕之处。昨天晚上因为被打断了，他忘记说想让廖法医也跟着回去的事，结果今天一早就见面瘫法医站在车前等着他们，并说昨晚公孙锦通知她，今早跟洛毅森等人一起送孩子回家。洛毅森纳闷，是自己的想法跟公孙锦的不谋而合，还是那家伙会什么窥心术了？

他看一眼车镜里，廖晓晟坐在两个孩子中间，给他们剥香蕉，真是极度违和的画面啊。忽然，坐在右边的王健抬起头来，正好跟他的眼光对上，少年那冷冷的目光让他心中一紧。那不是一个十二岁孩子该有的眼神，怀疑、戒备、警告甚至是仇视！

这时，坐在后面的廖晓晟开口道："毅森，还有多久能到？"

"早着呢，你们要是困了就眯一会吧。"

廖晓晟低下头把剥好的香蕉放进王康的手里，问他："困吗？"

"不困。"王康说，"阿姨，到了家你们就走吗？"

"不会吧。前面的叔叔还有些事情要办，估计会在你们家那边呆上两三天。"

王康嗯了一声没再说话，洛毅森看到他偷偷瞄了一眼哥哥，却被对方无视了。这小哥俩怎么看都觉得奇怪。

他们又行驶了十来分钟，王康吵吵着要去厕所，洛毅森把车停在加油站边上。让蓝景阳带着王康去里面解决。廖晓晟坐进了驾驶席，鼓鼓捣捣地不知道弄什么东西呢。洛毅森走到距离加油站稍远一些的地方，抽支烟提提神。

他并不经常抽烟，在困倦乏累的时候偶尔会抽上一根，香烟他是戒不掉，但烟瘾也不重。开了一个多小时的车，眼睛发涩困得要死，一想到后面还有三个小时的路程，他哭的心都有了。实在熬不住，就让蓝景阳开会。

不知何时，王健走到了洛毅森的身后，仰着头看他抽烟的样子，看了好一会。

洛毅森也没回头，不温不火地问了句："你学这个还早了点。"

"我没想学。"

好，既然愿意开口说话就是好现象。洛毅森把香烟咬在嘴里，转回身，坐在台阶上。他还是没去看王健，只是很平常地问："你们不愿意回家吗？"

没有正面回答洛毅森的问题，王健反而是问他："你们到底为什么去我家？奶奶说你是他们的朋友，我才不信。"

这话倒是挺像他这个年纪人说的。洛毅森笑道："你才多大，想那么多干嘛？"

"问问不行啊？反正我看你们都挺可疑的。"

当一个孩子问你为什么的时候，很少有人会在第一时间想着去如何欺骗他。洛毅森也是这样，面对单纯的王健，或者说是至少现在很单纯的一个孩子，他第一个念头想的是如何让他相信自己，哪怕是说谎。这样的想法，让他感到不愉快。他吸了最后一口烟，把烟蒂扔在地上用脚踝了踝，冷静地说："其实，我们是在找你们的爸爸妈妈。"

孩子的眼睛就这样直视着他，敌意毫不掩饰地让洛毅森感到头晕眼花！那种奇怪的感觉又来了，洛毅森没有像第一次那样立刻避开王健的视线，他咬着牙忍耐不适感，尽量跟王健对视着，勉强挤出一个笑容，问："怎么了？"

事实上，他连王健的脸都看不清，但这一次说什么都不能退缩。他甚至试图伸出手去抓住王健，却被这孩子狠狠地推开。眼神一错开，那种不适感立刻消失，他心跳如鼓，而他面前的王健，低声咒着："他们早死了。"

王健跑开的身影不知怎的让他想起了十岁那一年的自己。他的童年并不有趣，至多也只能说不那么无聊而已。当同龄的孩子们在阅读《小王子》《伊索童话》那样书的时候，爷爷塞给他的却是《搜神记》《太平广记》这样晦涩难懂的东西。他不喜欢，甚至有些排斥，有时候他会问爷爷为什么要看这些书？爷爷只是笑着打趣说这是家学渊源。

明明是研究周易的老头子，还说什么家学渊源？在洛毅森看来爷爷让自己阅读的那些书籍，都是些神神怪怪的玩意，这跟家学有半毛关系吗？父母早逝的洛毅森从小跟爷爷相依为命，他极少会反对爷爷的安排。在十岁那一年，他第一次把爷爷放在面前的一本手记扔进了远远的垃圾桶里，然后揣上所有的零用钱，去跟小朋友们在游乐园玩了一整天。晚上回家的时候已经是八点多了，爷爷把饭菜热好放在他面前，什么都没说转身去擦拭那本被垃圾弄脏的手记。一直到洛毅森半夜起床，见着爷爷还在书房里用一块干净的棉布，小心翼翼地擦着。

爷爷说，手记不像是出版印刷物可以有几千本，几万本，甚至是几十万本。手记这东西这是先人们一笔一笔写下来的，流传后世。小毅森可以不喜欢它，但要懂得尊重它。那从之后，爷爷再也没有勉强他看过什么书，年幼时这段小故事也很快沉淀在他的记忆中。随着一年一年的时光流逝，他越发喜欢呆在爷爷的书房里，当他再碰到那本手记的时候，脑海中浮现出深夜灯下，爷爷小心翼翼的模样。心里又暖又酸，遂翻开了第一页，便是不想放手了。

王健和王康会不会也同自己一样，在若干年后因为某个东西或是某件事，而想起王平久呢？

远处，蓝景阳招呼他赶紧上车，那边的廖晓晟自顾自地关上了驾驶座的车门，洛毅森吓得半条命都飞了，一边喊着不能让廖晓晟碰方向盘一边急跑过去。只可惜，没人听他的，蓝景阳抓着他塞进后座里，直接让廖晓晟开车。

就这样，公孙锦给他们的这辆普通的帕萨特变成了一道黑色的闪电！洛毅森回头看着被超过的几辆车，司机们瞪着眼睛嘴巴张张合合，估计是在骂人。当然了，一瞬间的事儿，那些愤怒的脸已经消失。

廖晓晟顶着面瘫脸把车开到急速，后面的王康忧心忡忡的看着廖晓晟，王健则是一副小大人模样似的思索着，这两孩子居然一点不害怕！

洛毅森紧张不已地偷瞄了一眼前面的蓝景阳，这货居然连看都不看前面，低着头摆弄手机。感情这车里就自己是个胆小鬼？

正在他哭笑不得的时候，车体猛地东摇西摆了几下，洛毅森急忙抬起手臂护住两个孩子，蓝景阳一手帮着廖晓晟稳住方向盘，一手伸到后面，摸到一个脑袋就按了下去！

车子发出刺耳的刹车声，打了横停在路中间。洛毅森喘着粗气看了看廖晓晟，只见她虽然没什么表情变化，但是那双波澜不惊的眼睛却在看着镜子中的王健。

气氛在短短的十几秒钟变的古怪异常，蓝景阳率先打破了这种感觉，说：“晓晟，我开。”

换了司机，车子平稳的在道路上行驶着。出了一身冷汗的洛毅森随口抱怨着：“我说廖姐，你是不是开飞车上瘾啊？”

“我想早点送他们回去。昨晚没睡好，手生了。”

对方的回答让洛毅森哭笑不得，他放开了怀里的两个孩子。身边的王康很担心的看了看廖晓晟的后脑勺，好像下一秒这位阿姨就会又做出什么可怕的事，王健还跟刚才一样，一脸思考者的模样，看着窗外，对廖晓晟没什么兴趣。

也许是早上起得太早，又经历了一段飞车，孩子们的一旦放松下来就打起了瞌睡，王健靠着弟弟，王康靠着洛毅森，睡得香甜。洛毅森低头看了看他们的脸，确定是真的睡熟了，才轻轻拍了拍廖晓晟的肩头，低声问：“刚才，没事吧？”

廖晓晟紧锁着眉头，只是摆摆手，不作回答。她从背包里拿出一个多格的小药盒，吃了一个白色的药片。

她吃了什么洛毅森不知道，车内的情况也不方便询问，但看到蓝景阳凝重的表情，也能猜到几分。

三个小时后，把孩子安全送到了学校。校方早接到安排通知，像以往那样让两个孩子去上课，变现得很正常。洛毅森站在楼门口看着王康回头跟自己说了声再见，他笑着摆摆手，没说什么。

跟校方不好做过多的接触，担心会被那哥俩发现什么端倪。就王健表现出来的那种城府颇深的感觉，洛毅森还真没信心瞒得过他什么，所以当务之急尽快离开。

三个人并没有去招待所休息，而是直接上了山。洛毅森带路走到之前的那个山洞里，把铁锹分给蓝景阳一把，说：“就咱俩来吧，廖姐一边歇会。”

廖晓晟也不跟他们客气，找了个平坦的地方坐下，问洛毅森说：“你怎么确定是在这里？这个山洞说大不大，但是也算小吧？”

“说句不好听的话，你给别人烧过纸吗？”洛毅森下了第一铲，问道。

“烧过，怎么了？”

“通常的情况都是在墓园里烧的吧？其实老早年在乡下给先人烧纸，是要在坟头前面烧的。我说的是土葬的坟。”

蓝景阳一直不说话，跟着他一起开始挖地。就在这时候，手机响了起来。廖晓晟抱着他们俩的衣服翻来翻去，把蓝景阳的电话拿出来，问：“景阳，是老大的电话，你接吗？”

“你接吧，我没空。”

廖晓晟帮忙接听电话，嗯嗯了几声后，说：“毅森料到了，正在和景阳找，有结果会告诉你。”

简单的通话结束后，廖晓晟说：“赵航来消息了。”

“他是去调查哥俩的母亲了吧？赶紧说，要是我估计错了，咱就省得继续挖了。”

有些昏暗的山洞内，廖晓晟的轻笑声非常得毛骨悚然。洛毅森无奈地白了她一眼，催着：“别笑了，快说。”

“廖晓晟说：徐玲是在十三年前失踪的。”

蓝景阳和洛毅森顿时停下了手里的动作，相互看了一眼。下一秒，卯足了劲挖了起来！廖晓晟看着有趣，又觉得至少等待的时间里该说点什么，比方说讨论案情什么的。

“案情？”洛毅森挥洒着汗水，“基本上是明朗了，就差那哥俩的事儿。对了，廖姐，在车里你吃了什么药？”

“眩晕停。”廖晓晟说，“你要吃吗？我还有止痛片和薄荷叶。”

“谢了，那小哥俩对我没什么敌意，至少在车上没有。”

听他这种吐槽式的回答，廖晓晟更觉洛毅森这人有意思。就问：“你知道了？”

“猜的。在那种情况下不说我吧，就蓝景阳也不可能随便让你开飞车，我估计是不是在出发前公孙交代过你这么做，为了刺激孩子。”

“是我的主意。”蓝景阳卖力地挖着，口气平淡。

洛毅森没想到蓝景阳会主动跟他说这些，不免有了更多的兴趣，手下的活儿也停了，杵着铁锨仔仔细细看着蓝景阳。这样极为尊敬对方的态度，反而让蓝景阳有些局促。他压了压帽檐，继续说：“我想看看那两个孩子在面对危险的时候什么反应。”

“也挺有道理。”洛毅森微微低头，在跟蓝景阳对视的时候笑了笑，“结果呢？我看王健和王康压根就不知道什么叫害怕。”

“这就是反常的地方。”言罢，蓝景阳放下铁锨，走到一边拿起水喝了两口，又给了洛毅森，才说，“当时你都觉得害怕，为什么两个十二岁的孩子却不害怕？”

“你是在说我还不如两个孩子胆子大？别瞪我，开玩笑的。还有你廖姐，不要笑了，瘆人不知道吗？”

廖晓晟继续面瘫着，问道：“这说明什么？”

“不知道。”蓝景阳耸耸肩，“我说不上来，只能确定他们俩越来越不正常。就像，像是缺少同龄人该有的情绪一样。”

这几句话倒是提醒了廖晓晟，她跟着说：“我也觉得他们缺少感情。比方说，前天我们回去的路上，我跟两个孩子聊过几句，当时我还分不清谁是哥哥谁是弟弟，当我拿出游戏机和小食品的时候，他们都不怎么兴奋。可是玩的时候倒是挺投入的。”

这也是蓝景阳为什么安排廖晓晟开车的原因。他说："按照前两次的案发情况分析，我觉得公孙怀疑的并没有错。首先，第一晚的两个孩子，一个表现得很悲伤，一个表现得喜怒无常；第二天晚上，却变成了一个恐惧，一个嘻嘻哈哈。等到毅森和你目击的第三次，一个胆小，一个成熟。这已经是典型的多重人格了。相比前几次出现，今天上午的两个孩子明显缺少恐惧的感觉。"

廖晓晟随口说："也许他们把这些感情弄丢了。"

"你刚才说什么？"洛毅森忽然打断了她。

廖晓晟摘掉脸上的眼睛，说："说到丢了感情？"

"不是不是，我是问景阳，前面说的。"

蓝景阳能察觉到洛毅森八成是想到了什么，他说："典型的多重人格？"

"不是这句，再往前点。"

廖蓝二人面面相觑，后者想了想，重复了刚才最后一句话："相比前几次出现，今天上午的两个孩子明显缺少恐惧的感觉。"

不会高兴，不会恐惧。肾脏、心脏、肝脏出现了功能衰退现象……

洛毅森的脑子飞快地运转着，廖晓晟正要问他什么，蓝景阳却摆摆手，示意不要去打扰他。洛毅森好像进入了一种自我封闭的状态足有十多分钟之久，忽然就这样用力搓着露在外面的胳膊，自顾自地说："鸡皮疙瘩都起来了，这，这不可能吧？"

"别管可能不可能，你先说说看。"蓝景阳不温不火地追问。

洛毅森蹲下身子，抬起头犹豫了半响，才说："你们姑且一听就是了。我这也是听爷爷说的。人都有七情六欲，这个你们知道吧？"

"当然知道。"廖晓晟应了一句。

"好，我继续说。所谓的七情，就是喜、怒、忧、思、悲、恐、惊，这七情与人体的内脏息息相关。中医学上说'怒则气上''喜则气缓''恐则气下'。"

"这个我知道，好歹我也是医生。"

"你是法医。"

"法医也是医。"

"你们俩不要斗嘴！"蓝景阳果断的制止了他们，"洛毅森，你接着说。"

"好吧。"他抹了把脸上的汗水，说，"简单点说吧，'恐伤肾''喜伤心''怒伤肝'，明白了吧？"

蓝景阳真想给他一铁锹！但是似乎又明白他什么意思，当时在研究所的时候，检查出来孩子的心脏、肝脏、肾脏出现了功能衰退的现象，可这跟案情有什么关系？

洛毅森随手捡起一个石头，在地上边写边说："喜伤心、怒伤肝、思伤脾、忧悲伤肺、恐惊伤肾。第一次出现的两个孩子一个悲、一个怒；第二次出现的孩子一个恐、一个喜。这四种情关系到的内脏是，心脏、肝脏、肺脏。而检查结果也是这几个脏器出了问题，所以，我怀疑……"

"你到底在怀疑什么？"廖晓晟完全不明白。

"等等，晓晟。"蓝景阳忽然意识到了洛毅森要说的话，不禁也是起了一身的鸡皮疙瘩。他走过去蹲在洛毅森的身边，看着他写下来的东西，久久无法移开视线。

最后，他终于忍不住问道："你，你是不是怀疑……"

"对。我怀疑是孩子们的七情作祟。"

"七情？"廖晓晟猛地站了起来，自语着，"不对，如果是七情作祟，那么他们的恐惧感和喜悦感怎么没了？"

洛毅森张张嘴，没办法回答廖晓晟这个问题。苦笑几声，说："得了，先挖吧。"

他拿起铁锹继续挖，对面的蓝景阳也只好继续卖苦力。时不时地偶尔抬头看他一眼，眼神中多了一点钦佩，少了一些冷漠。坐在一边的廖晓晟始终看着洛毅森在地面上写的那些东西，久久无法释怀。

山洞里的土质还算好挖，两个人合力又挖了十来分钟，大约有一米五到一米八左右的深度时，蓝景阳的铁锹碰到了什么东西，无法深入。洛毅森急忙扔掉手里的工具，说："坑小，我下去。你在上面接着，把我衣服拿过来吧，总得找一个包着的东西。"

言罢，洛毅森跳进了坑底。小心翼翼地用手拨开些土，下面露出一截白色的东西，他招呼着："找到了。廖姐，你看看。"

一边喊着廖晓晟一边拨开土层，很快一截肋骨显露出来。站在坑沿儿上的廖晓晟几乎不用下去看明就知道，这是人的骸骨。

把骸骨小心的取出来，放在衣服上。廖晓晟说这是一个女人，死亡时间已经超过了十年之久，年龄大约在二十岁到三十岁之间。头部颅骨有明显裂痕，看来这就是致命伤了。

三个人带着骸骨下山，廖晓晟决定先回一科对骸骨做进一步的检查化验，洛毅森本来还有些不放心她一个人回去，但廖晓晟很坚持让蓝景阳留下来。言谈之间，似乎在担心会有未知的危险发生。

等廖晓晟开车消失在他们视线中的时候，已经是下午四点多了。蓝景阳干一下午的力气活，肚子很饿，洛毅森挠挠头，说："虽然我也很饿，但时间不等人啊。咱得先去老王家看看。"

蓝景阳也跟着点点头，又问道："你对孩子的事还有什么看法？"

"我想今晚跟老王好好谈谈，孩子已经不能留下来了。不管是他们的身体状况，还是我们没想明白的'七情'问题，都需要尽快解决。在这里什么都做不了，我还是想把孩子们带回去。"

这个想法倒是跟蓝景阳不谋而合。他首先联系了公孙锦，把洛毅森的推论结果事无巨细的说个明白，接着又说了他们的打算。电话那边的公孙锦沉思了很久，才说："我没想到'七情'作怪的可能性。毅森这个大胆的推测虽然没有证据，但非常符合几次事件的情况。"

办公室里，公孙锦把半敞开的房门关好，谨慎地说："景阳，事情还没结束，也许还会发生什么你们意料不到的事情。你和毅森要提高警惕。把电话给毅森。"

洛毅森结接过电话，没想到一个问题就让他难以回答。

公孙锦问道："你怀疑王平久杀了徐玲？"

"这个……"

"不要这个那个的，想什么说什么。"

洛毅森只好说："对，我是怀疑他杀了徐玲。他曾经告诉我徐玲生完孩子后就走了，按理说这是十二年前的事。当时他还说，徐玲在后来又回来过一次，我以为是徐玲跟王金宝一起回来的，但是我问过顾美云，她却说王金宝在孩子出生后只回来过一次，大约在六年前。也就是说，当年徐玲第二次回来的时候孩子们的父亲王金宝并没有同行。赵航在徐玲家乡查到情况是，徐玲失踪于十三年前，这刚好跟王平久说的情况吻合。所以，我怀疑，十三年前徐玲回来，顾美云并没有见到她，只有王平久跟徐玲见过面。也许，徐玲是回来跟王家要钱，又或者是什么其他问题，导致王平久杀了她，把尸体藏在山洞里。"

"好，这些都是你的猜测，我们姑且当做一种可能性吧。那你想过没有，王健为什么不让同学靠近山洞？"

这时候的蓝景阳紧靠在洛毅森身边，听着公孙锦的声音。他也纳闷地看着洛毅森，期待他的回答。洛毅森说："还记得我让人带回去的那些土质吗？化验结果是一般的土和一些烧纸灰，这些东西我是在孩子们的鞋底上发现的。我推测，王平久杀了徐玲后心中有愧，所以每年的忌日都回到山洞里祭拜她。最后一次，也就是今年，近期，他去山洞祭拜徐玲的时候，被孩子们发现了。我想，在祭拜的时候王平久自说自话了不少内情，刚好被跟踪他的孩子们听见。孩子们得知是爷爷杀了妈妈，也知道妈妈被埋在山洞里，所以，王健才不让同学接近山洞。”

坐在沙发上的公孙锦面露疑惑，说：“这些你都没有证据，仅是猜测。”

果然有点离谱了吧？洛毅森对自己的推论没有多少自信，所以公孙锦问他的时候才支支吾吾。不知道听过这些后的公孙锦会怎么反驳自己的推论，又或者直接被全盘否定。

忐忑的时候，忽听公孙锦说：“去找证据！证明你推论最好的办法就是证据。如果那具尸骨是徐玲，王平久就有很大的杀人嫌疑，我不管你怎么做，必须在24小时之内找到证据。”

“24小时？”洛毅森不由得惊呼一声，“你当我是超人爷爷吗？这么点时间怎么够？”

狠狠白了一眼抱怨连连的洛毅森，蓝景阳抢过他的电话，说：“公孙，我们会在限定时间内解决问题。”

洛毅森要抢过电话争取些更多的时间，蓝景阳一手推开他，俩人打上了拉锯战。公孙锦轻轻笑了一声：“毅森对自己没什么信心，你负责督促一下吧。好材料需要打磨才行。”

“我不管。洛毅森，你离我远一点。公孙，别光是笑，还有什么要说的？洛毅森！你聋了？别贴着我。”

洛毅森恼火蓝景阳不跟自己商量就擅自决定，他几乎压在他的背上，只可惜胳膊没人家的长，就是够不到那个电话。在办公室里的公孙锦听着他们很认真的“嬉戏”声，心情莫名其妙地愉快起来，所以，慢吞吞地说：“老王那边让毅森去办，你去孩子们的学校问问，给孩子们办停学需要哪些手续，尽快办好。我估计……”

蓝景阳一脚踹出去，直奔洛毅森的膝盖，见对方很灵活地避开后，他咬着牙说：“给我离远点！还有你公孙，别磨磨蹭蹭的。”

“你们相处得很愉快。”

“愉快个屁！”蓝景阳抱怨着。

“好了，说正事。你们两个争取明天一早，最晚明天下午就要往回赶。”

电话在洛毅森完全没机会插嘴的情况下挂断了，蓝景阳转了身，冷着脸看他，大有准备打上一架的样子。洛毅森忽然觉得俩人有点喜感。可不是么，两个身高接近一米八的老爷们当街为了抢个电话撕扒得兴致勃勃，也亏着这条街上人少，这要是在都市的马路上估计会有大批群众围观。他讪讪地笑了几声，蓝景阳白了一眼，收好电话朝着孩子们学校的方向走去。

唯一的一辆车被廖晓晟开走了，他们只能开动11号交通工具。可老王家和学校是相反的方向，接下来一起行动的话会耽误很多时间。洛毅森还惦记着赶在孩子们放学前跟王平久谈谈，这样下去估计是来不及了。

他追上蓝景阳的脚步，跟他商量着分开行动比较合适。对方也不吭声，只是停下来漠然地看着他，看着他……

看屁啊？他脸上又没开花，有什么好看的？洛毅森无奈地说："我说，你看够了没有？倒是说句话啊。"

"你都知道一起行动耽误时间，还跟我废什么话？"

是可忍孰不可忍！洛毅森一句粗口爆出："我操，就剩咱俩了，你闷头闷脑的就走，倒是跟我吱个声啊！"

蓝景阳不耐烦得挥挥手，把洛毅森气得直翻白眼！

第七章 失踪

分开之后，洛毅森叫了一辆计程车去了王平久家里，结果没找到一个人。按理说，王平久知道今天孩子们回来，怎么也不在家等着啊？转念一想，想起了顾美云曾经跟苗安抱怨过孩子们学费的事。老王的意思其实挺简单的，趁着还有把子力气，就多赚点钱，只要孩子们能考上高中就一直供着，最好能考上大学，走出这个小县城。老王没想过得着孩子什么济，只盼着俩孙子多念点书，有个养活自己的本事就行。至少不能像他，连个小学都没念完，啥出息没有，窝囊了一辈子。

都说可怜天下父母心，这隔辈人也不容易，老王那么大年纪了也没享着清福，还要替儿子抚养孙子，这么说来，王平久也是挺可怜的。

想着，他只好去工地试试运气。

赶到工地的时候已经是下午五点多了，估计孩子们再有一个多小时就要回家。这边要是再找不到王平久，只能回去堵家门。幸好，他的猜测没有错，一走进工地，就见王平久戴着安全帽，在一边弄水泥呢。他招呼了一声，王平久见到他先是一怔，随后跑去跟工头说了几句，就带着去临时搭建的休息工棚说话。

工地四周很嘈杂，机器和车辆的轰隆声吵得人耳朵发疼。简易的屋门把噪音隔绝了一些，洛毅森才有心情跟他细说孩子们的状况。关于王健和王康的身体情况，洛毅森没说，也不是故意隐瞒什么，只是多了个心眼，担心王平久知道了这事会跟着回去。所以，孩子们的情况他只能说点不疼不痒的，却不料，活了五十多年的王平久还是起疑了。追问无果的情况下，他噗通一声给洛毅森跪下了！

王平久的行为着实吓了洛毅森一跳，急急忙忙去扶他，他死活不肯起来。拉着洛毅森的衣服声泪俱下："警察同志，求求你啊，救救我那俩孙子吧。照这么下去，还不得被关进疯人院啊。"

"不至于、不至于。"洛毅森急忙解释，"您想多了，孩子们的情况到现在我们也没查清，您别这样，快起来。"

王平久哪肯起来，继续央求："你们前脚走，我老伴后脚去她姐家了，还说不回来了，孩子出啥事她也不管。我知道，从我倒插门到她们家她就一直瞧不起我。我也是没能耐，能娶个老婆就乐得不行了，更没想过这辈子还能一下子有俩孙子。我那个儿子是个败家子，我就当没生过他，可俩孙子是我的命根子啊。警察同志，我求求您了，您跟我说实话，我那俩孙子到底咋回事？"

他的行为在洛毅森眼中愈发的古怪，就算两个孩子奇怪了些，也不至于急得在工地里就给人下跪吧？肯定还有内情！洛毅森蹲下身子，认真地看着王平久，问："王大爷，您为什么觉得孩子会被关进疯人院？"

老王狠狠地拍着大腿，嘿了一声，说："我们老王家也不知道造了什么孽，总有那么几个会发疯。我大爷，还有我叔伯哥哥都是这么死的。"

家族遗传？这算找着根儿了？洛毅森压抑着心中的激动，又问道："他们也出现过孩子们的情况吗？"

"那倒没有。"老王一把鼻涕一把泪地说，"我二爷爷死的时候我还小，不知道啥情况。我那叔伯哥哥，在临死的那些日子里整天神神叨叨的，说啥看着了狐大仙，黄大仙，这可不就是疯了呗。我们乡下那种地方哪来的钱治病，我叔儿就把他关进小柴房里锁着，一直锁到死。"

"您好好想想，从您那位哥哥出现幻觉到死亡，一共多久？"

"好像是三四个月吧。"

如果根据王平久那位哥哥的情况来看，从发病到死亡是三四个月的时间。孩子们的状况至今是半个月的时间。现在，他们的心脏、肝脏等几个器官已经出现功能衰退现象，这么下去，恐怕不到三个月就会死亡。

想到这里，洛毅森问道："您那位哥哥发病的时候出了幻觉之外，有没有情绪特别激动的时候？比方说大悲大喜。"

"这个我可记不清了。"被问了几个古怪的问题，王平久也狐疑起来。他往前蹭了蹭，说，"警察同志，你，你问这个是啥意思？我那俩孙子是不是也？"

"不，我只是想核实一下情况。"说道这里，洛毅森没办法继续隐瞒下去。只好说，"您先起来，有些情况我们需要好好谈谈。"

他知道所谓的"七情"作祟，简直是一个蹩脚的笑话，还是尽量用简单明了的话跟王平久说明情况。甚至是含沙射影地问到徐玲的问题。

王平久的神色从惊呆渐渐的变成了恐惧，听到徐玲这个名字的时候，下意识的缩紧了身子。

他就这样缩在小板凳上久久没有说话，洛毅森急是急，却没去催促他。虽然冒了风险把没有证据的猜测说了出来，但绝对不能透露那具还没有证实身份的骸骨的事情。又或者，他希望王平久能争取自首。

不知道过了多久，王平久的情绪稳定了下来。他的双眼失神，呐呐地说："是不是没了那个啥'情'的，我的孙子就没事了？"

"目前来看应该是这样。"洛毅森说道。

"警察同志，你们要带走我孙子，啥时候能送回来？"

看到王平久乞求般的眼神，洛毅森没办法回答他，只能说："明天就走了，今晚好好陪陪他们。"

在王平久呜咽哭泣的时候，洛毅森的电话响了，他看到蓝景阳的号码。

跟洛毅森在路上分开之后，蓝景阳赶到学校跟校长谈了一会。关于孩子们的情况他不能说得太多，但是要办理停学手续，还是需要孩子们的监护人，也就是王平久出面的。洛毅森只能暂时给孩子们请了一周的假期，并询问了办理停学都需要的手续和时间。

王健和王康的成绩在学校里是很不错的，再加上他们的家庭情况，校方格外关注。所以，校长啰啰嗦嗦拖着蓝景阳询问了很多情况，甚至还打电话去县公安局核实他的身份。等忙完了这些，也放学了。蓝景阳跑到两个孩子的班级，老师气恼地说，最后一节课上到一半的时候，王健就说弟弟病了，她看王康的情况也的确不好。脸色苍白，整个人都坐不住了。不等她想找个老师送孩子们去医院，王健就带着弟弟离开了教室，老师拦都拦不住。

距离孩子们离开的时间和已经过去了三十多分钟，蓝景阳只好先联系洛毅森，然后沿着回家的路去追赶两个孩子。

洛毅森没再让王平久留在工地上，两个人急急忙忙找了两电动三轮车往家走。

两个孩子为什么要提早离开学校？是发现了什么，还是王康真的病了？洛毅森担心王康功能衰退的内脏情况，祈祷着这一次宁肯是他们说谎，而非真的发生了器官衰竭。一路上他安慰着老王，这位年过半百的爷爷，一直发着呆，满是老茧的手用力地绞在一起，粗大的骨结凸起，泛着青白色。

乡间的田埂路凹凸不平，电动车就谈不上什么减震功能了。这一路，颠得洛毅森屁股生疼。好不容易熬到了柏油马路上，他一个紧催着司机开点开，小小的电动三轮车在马路上简直快飞了起来。

当洛毅森看到蓝景阳站在王家大门口的时候，心里咯噔一下。他知道，孩子们根本没有回家。老王的手一直在发抖，哆嗦着打开了大门，三个人跑进院子后。老王低头看着地上的簸箕，说："他们，回来过。"

蓝洛二人相看一眼，同时拔腿跑进了孩子的屋子。屋子里很乱，柜门打开着，里面有几件衣服零散地挂在柜门上，本来摆在床底下的两双鞋也没了。

"离家出走？"蓝景阳不解地猜测着。

"不像。"洛毅森拿起床上的一个布包，里面装着二十多元的零钱，"离家出走怎么没带上这个？"

老王也跟着跑进来，蓝景阳问道："会不会去找奶奶了？"

"不可能。"老王说，"他们还不知道我老伴走了。哎呀，是不是见我没在家，去工地找我了？"

闻言，蓝景阳冷笑一声："你什么时候跟他们说过在工地打工了？"

老王被说得哑口无言。蓝景阳转过头狠狠瞪了洛毅森一眼，似乎已经察觉到他将实情说给王平久的事。洛毅森尴尬地挠挠头，没敢吭声。

蓝景阳说："分头找吧。我去街上转转；王大爷你去工地看看，以防万一；毅森，你也出去找找。"

洛毅森明白蓝景阳的意思，他是想让自己上山到山洞里找找。

三个人商量完了，准备立刻出门找人。洛毅森多了个心眼，把自己的手机电话给了老王。老王有点不好意思接手，就问洛毅森把电话给我了自己，那他用什么？一边的蓝景阳说："这小子身上永远都带着两个电话，你放心用吧。找到孩子马上联系我们。"

洛毅森教老王如何接听、拨打电话，这时候，蓝景阳已经离开了王家。

三个人在小巷子口分开，时间已经到了七点。洛毅森坐计程车到了山下，几乎使出吃奶的力气爬到了山洞口，累得一屁股坐在地上，直喘粗气。

与此同时。

蓝景阳包了一辆计程车在县里的大街小巷里寻找着孩子们的踪影，到火车站、汽车站打听有没有人看到一对双胞胎兄弟出现过。他甚至跟孩子们的老师联系，询问了平时几个跟孩子们较好的同学，结果，到了晚上八点还没有什么消息。他联络了在山上的洛毅森，说："你找到没有？"

"没有。"洛毅森站在山洞里，说，"没有脚印，也没有什么异常。"

"不行，人手太少了。我联系当地警方，让他们多派点人手。你回来吧，我去山下接你。一起到工地那边看看。"

二十分钟后，两个人在山脚下会合。蓝景阳想不明白孩子们到底为什么突然离家，离了家又会去哪里？想了很多种可能性，绕来绕去的又想到了最初的两个案子上面。他问洛毅森："你说，为什么前几次老王都是九点四十五分离开工地？"

"也许这个时间对孩子们很重要。"

晦涩难懂的疑点，除了孩子们本人以外谁也想不出正确的答案。或许老王知道，但是估计他不会说吧。蓝景阳摘掉棒球帽，插在了裤子后口袋里。看上去还想非常犹豫地问："你有多少把握？"

"什么把握？"

"七情。"

洛毅森苦笑几声，说："不知道。但是爷爷跟我说过，妖魅鬼祟皆由心生。虽然这世上没有什么妖怪鬼魂，但很多现象我们都无法解释。引发这些神秘现象的原因，归根结底还是人心。"

"就是说，两个孩子的心结还是在王平久身上。他们没见过父母，王平久对他们来说既是爷爷也是父亲。可能像你推测的那样，当孩子们发现爷爷杀了母亲，他们头上唯一的一片天塌了，爱与恨在心里拉锯着。因为异常的能力而激发了七种感情。幻化出一模一样的自己。”

听到这里，洛毅森不禁哑然失笑，问道：“幻化人形这种事我自己都不相信，你还当真了？”

“为什么不当真？”蓝景阳理所当然地问，“大千世界无奇不有。你自己也说过，很多现象是我们无法解释的。无法解释不代表无法接受，至少我见过比这个还离奇的案子。”

说到这里，洛毅森好奇地问：“你跟公孙的关系很好？”

“为什么这么问？”

他笑了笑，说这是一种感觉，从嘉良案中第一次见到他们的感觉。他说：“你跟公孙说话不像小安他们那样，怎么说呢，虽然他们也会开点玩笑，但是我听得出来，他们很尊重公孙。”

“我也很尊重他。”言罢，又补充道，“他值得尊重。”

“但是没人敢对公孙说‘愉快个屁’这种话。”

蓝景阳不禁莞尔。相视一笑，抹掉了之前多有的不愉快。蓝景阳说：“我跟公孙认识了七年，没有一科那时候就是朋友。我没把他当做上司，他也没当我是下属。”

总之，就是一种很微妙的关系。洛毅森想着。

说到公孙，蓝景阳就拨了一个电话过去，说明现在的情况。电话那边的公孙显然很忙，没怎么客套，直接说：“尽快找到孩子，不要耽误了，找到之后马上带回来。还有，盯紧老王，只要跟着他，就能找到孩子。”

“等等。”洛毅森紧贴着蓝景阳，听到公孙锦的声音。一着急，抓着蓝景阳的手把电话扯到嘴边，问，“研究所那边你商量好了？”

“还没有。先不管他们，孩子们的安全最重要，带回来，我们看着至少不会发生意外。”

果然值得尊重啊。洛毅森放开了蓝景阳的手，刚好看到一辆警车迎面而来，停在他们面前。洪局长走下来，说已经调集很多人去寻找孩子。洛毅森要了他的车，和蓝景阳直奔工地。

在路上，洛毅森拨打自己留给王平久的电话，却久久无人接听。他纳闷地说：“不对劲啊。按理说，如果没在工地找到孩子，老王应该在第一时间联系我们，怎么到现在都没电话？我打过去也没接。”

“不是还没学会接听吧？”

对于蓝景阳的这个不靠谱的猜测，洛毅森回赠白眼一枚。并说：“不对，这事不大对头。俩孩子没了，老王肯定着急是吧？为什么两个多小时都不给咱俩打电话？”

闻言，蓝景阳狠踩了一脚油门，并说：“你都跟他说什么了？”

没敢多说啊。洛毅森讲起下午在工地跟老王谈话的经过，以及老王家里的情况。蓝景阳也跟着琢磨，洛毅森说的那些事儿其实都没有重要的，唯一算的上值得关注的就是孩子的“七情”，但普通人会相信这些吗？

这也不好说吧。洛毅森的态度是，王平久的家族似乎有遗传病史，所以他对孩子们的异常完全接受了，或者说，一段时间来的紧张、恐惧、猜疑让他急需一个理由，哪怕这个理由不那么真实。但奇怪的是老王在得到理由之后的态度。

“当时，他好像问我，是不是没了什么情的孩子们就没事了。”说着说着，他忽然想到了什么，“你还记得咱们说过孩子们缺乏感情的事么？晓晟也问过我，既然是七情作祟，为什么孩子们的喜和恐都没了？现在我明白了，那几个‘情’被杀了。”

“什么？”蓝景阳惊呼一声。

“没错。被杀了。”洛毅森紧跟着说，“你想想看，第一天晚上，老王失手杀了两个孩子，两种感情就等于死了，所以跟我们接触的王健和王康，没有悲伤和怒气；第二天晚上，他又失手杀了两个孩子，所以孩子们没有恐惧和喜悦。”

蓝景阳下意识地紧张起来，随着洛毅森的想法分析下去：“第三天晚上因为你和晓晟的忽然介入，两个孩子没死。所以，他们还有‘思’和‘惊’这两情。”

令人惊讶并无法接受的分析结果，让蓝景阳惊愕地看着面色凝重的洛毅森，忽然想起了上午在车里的两个孩子，当车速达到极限的时候，他们一个沉思，一个忧心。

孩子们被杀了两次，失去了四种情。那么，剩下的就是‘思’、‘忧’、‘惊’！但是……

“虽然我们一科接手的都是非比寻常的案子，但是七情作祟这种现场会发生有第二个相同的人出现吗？”

面对他的问题，洛毅森沉声道：“这就是无法解释的事。孩子的脑电波有问题，或者说他们拥有现代化仪器和科学不能发现的能力。这种能力导致他们的七情激发，从而幻化出跟自己一模一样的人来。就像老王那个叔伯哥哥，发病后说看到了狐仙，因为他的脑子一直想着狐仙，所以，狐仙出现了。这有点像冥想。”

“这跟孩子的情况也不是特别贴切。”蓝景阳同意他观点的同时，补充道，“你看到的那两个孩子，包括王平久遇到的那两次，应该就是他们本人，代表着一种情而出现。但是在他们的潜意识里不想杀了王平久，所以不管他们的‘情’如何痛骂殴打王平久，最后都是死在王平久的手里。”

异常的问题终于找到了因果，但这也意味着他们错过了什么。洛毅森急三火四地说：“孩子们幻化出来的人形被杀一次，他们的一样内脏器官就会衰退。如果剩下的三情也被杀……”

“王健和王康就彻底没救了。”

话音落地，他跟蓝景阳面面相觑。后者皱皱眉：“老王问你那句话的意思，不会是……”

洛毅森一拍脑门，说：“我操，事大了。老王打算引出孩子们剩下的三情，杀了他们。赶紧的，快开。”

蓝景阳把车速提高，仍不满意。他咂舌：“这时候我特别想念晓晟。”

“同感。”

第八章 不该发生的悲剧

警笛声声划过小城的大街小巷，时间一点一滴的流逝着。洛毅森看着手表上的九点三十八分，恨不得直接飞到工地。蓝景阳几乎把油门踩到底，却仍觉得太慢太慢。

他们的车直接停在那条田埂路，却没有发现老王和孩子们，索性冲进了工地里。看守工地的几个人慌里慌张地跑出来询问出了什么事，洛毅森问到老王是否来过。他们说，不止来过，走了也就十分钟的事。

走了不到十分钟？为什么没遇到？其中一个工人指着与田埂路相反的方向，说：“他朝那边走了。”

那不是通往山后的路吗？真他妈的该死，那条路没法跑车。两人来不及谢过几个工人，急急忙忙追上那条小路。

没到五六分钟，蓝景阳渐渐落在了洛毅森的后面，他简直不敢相信，洛毅森跑起来简直像只猎豹，估计鼎盛时期的苏洁也很难追得上他。蓝景阳咬咬牙，把耳塞拿了下来。惊得洛毅森赶紧把声音压低，说："别开玩笑，你昏了怎么办？快戴上。"

蓝景阳的脸色很差，他忍耐着如雷鸣般的虫鸣声，几秒钟过后迅速的戴好耳塞，说："前面，还有一点三公里的地方，老王跟孩子都在。快，快去。"

现在，蓝景阳的情况显然已经不能继续追踪了，洛毅森扶着他找了个平坦的地方坐好："休息一会，我会随时保持联系。"言罢，转身继续追赶，马力全开。

一点三公里开外，王平久拎着破旧的帆布书包站在两个孩子面前。笑眯眯地说："回来了。"

王健还是那么沉思着，不肯多说。王康有些忧虑地看着爷爷，说："爷爷，你今天怎么走了这条路？"

"没啥，上山看看。"王平久笑道。

"上山看什么？"王健紧紧拉着弟弟的手，没再往前走，"我们，能不能，跟爷爷一起去？"

"能啊。"王平久笑着，笑着走向两个孩子，"走，爷爷带你们一起去。"

两个孩子转了身，等着爷爷与他们并肩而行。曾经温暖的牵着孩子们的手，握紧了冰冷的刀柄，尖利的刀刺进孩子单薄的胸膛，滚烫的血喷薄而出……

两个孩子空洞的眼神落在爷爷悲苦的脸上，像是在问他，为什么？

王平久跪在孩子们跟前，哭诉着："对不起，对不起。杀了你们，你们才能正常。是爷爷不好，但是，你们的妈要的钱太多了，爷爷拿不出来。拿不出来，她就要告你们的爸。爷爷没钱打官司，爷爷啥也不懂啊。对不起，对不起。"

王康的眼睛里溢满了泪水，倒在地上的时候，那只手无力的伸向哥哥。终于，手指勾住了手指，他满足地笑了，又似在对哥哥说，舍不得。

王健握着弟弟的手，看了看穿透胸膛的刀尖，吃力地说："爷爷，快，回，回家吧。"

对，回家！两个真正的孙子还在家等着自己。这么晚了，他们还没吃饭，别饿坏了。今天狠了心花了八十多块钱买了两只烧鸡，小健和小康一定很高兴。好了，没事了，一切又像以前那样。那个该死的婆娘不回来更好，他带着两个孙子过日子。一切都好，都会好。

双手沾满了鲜血的王平久疯跑着，把孩子的尸体抛在身后。他从口袋里拿出一张皱皱巴巴的百元钞票，生平第一次坐上了计程车。开车的一瞬间，他好像听见一个男人悲伤的叫喊，他觉得自己幻听了。

看着孩子们在眼前渐渐消失，愤怒、悲伤、懊恼、自悔，诸多的负面情绪挤压在洛毅森的胸口，他只能大喊着，朝着漆黑的夜空大喊着——为什么！？

王平久兴冲冲地推开家门，昏暗的屋子里谁都不在。他愉快的声音喊着两个孩子的名字，小健……小康……看爷爷买什么回来了。

昏暗中，只有老式的闹钟发出的嗒嗒声回应了王平久的呼唤。他脸上的笑容逐渐僵硬，最后凝固成一幅龟裂的黑白画。黑的，无神采的眼睛；白的，如死人般的脸色。

脑海中浮现出小康那一抹悲苦的微笑；小健难过的声音催着自己赶紧回家。那时候，他不断告诉自己，这是假象，他们的尸体很快就会消失，就像前几次一样。

他明明杀了它们，为什么不把孙子还给他？

哦，对了，还有一个。警察同志说，还剩下三个，哪一个在哪里？他冷静地走进了厨房，找到一把菜刀，拎在手里走到院子。他等着最后那一个出现，杀了它，孙子们才会高兴，才肯回家。

所以，它出来了，站在面前，不知道是小健还是小康，也不知道在说些什么。不管这些，不要管它说了什么，杀了它，杀了它！他走向它，安抚似地说："你别动啊，乖乖地不要动。让我杀了你，小健和小康就能回家了。让我杀了你，别动啊。"

当洛毅森冲进王家院子的时候，老王拿着把刀胡言乱语着朝自己砍过来。他单手抓住老王的肩头，直接甩了出去！老王像是丧尸一样，不顾一切地爬起来再去砍，他只能抓住他握着刀的手反扭到背后，单手去夺菜刀。

天上的月亮飘过的层层乌云，皎洁的光落在院子里，映出一个瘦瘦小小的人影，带着悲悯的感情看着疯狂的王平久。模糊的人影几乎透明，洛毅森一怔，王平久也在看到的同时拼命的挣脱了洛毅森的钳制，挥起手中的刀砍向那个模糊的人。

洛毅森眼睁睁地看着王平久闯过了孩子的身体，撞在了墙上。刀刃砍在了墙上，反弹回去……

他伸出手，想要抓住老王避开刀刃。他的手已经抓住了他的衣服，大力向后一扯，低下头看，菜刀嵌进了老王的脸，殷红的血流如注。

月亮飘进了云层里，隐去了院子里的光亮。那模糊的人影在消失前，好像留给洛毅森一点解脱似的微笑。

他什么都没做到，没有改变任何事情。王平久杀的是真正的孩子，他发现他们的时候，孩子们还活着。他努力地回忆着所有关于急救的知识，却只能看着两个生命渐渐在消失在眼前。他从来没那么拼命地跑过，即便不愿去想，脑子也强迫地猜测着当老王得知亲手杀的是什么之后，会有怎么的结果。他挽救不了两个孩子，至少要救下那个窝囊了一辈子的王平久。

一切因果似乎在冥冥之中早有注定。孩子死了，王平久也因为三条人命而付出了代价。

旭日东升。蓝景阳打开车门，将一杯温热的咖啡递给坐在里面已经自责了四个小时的洛毅森。他知道这个人在想什么，事实上，懊悔的不止洛毅森一个。自己又何尝不是如此？如果他们的脑袋再机灵点；如果他们的行动力再快点；如果……

现实中没有如果给你选择，死亡中，也没有如果让你重头再来。

这一仗，他们输得一败涂地，但还是要坚持着继续走下去。他坐进驾驶席，看了眼后面失神的洛毅森："睡会吧。两小时后，换你开车。"

"孩子的尸体呢？"洛毅森落寞地问道。

"送去研究所了。对了，在孩子们的背包里发现一块手表，是他们在山洞里找到的，应该是徐玲的手表。上面的时间停在十三年前的九点四十五分。"

也许是因为一夜没睡，他的眼睛又酸又涩。沉了口气，问："尸骨呢？"

"晓晟打来电话，证明那具尸骨就是徐玲的。公孙在想办法找到王金宝。你有机会狠揍那个王八蛋一顿。"

揍人有个屁用！这个念头还没消失，脑袋一沉，昏睡过去了。

秘密档案三
等价交换
GUIANYIKE

第一章 古怪的昏迷症

镜子中的青年模样只能说是中等，既谈不上帅气也谈不上俊朗，干干净净的脸透着性格中踏实的一面。他穿戴完毕，对着自己勾起一边的嘴角笑了笑，显得有些勉强。

在临出门前整理衣服是从小就被爷爷养成的习惯，确定自己可以出门见人了，拿了钥匙在早上七点三十分准时去上班。刚走到楼下，遇到邻居。当老爸的男人领着儿子的小手，爷俩儿美滋滋地往家走。洛毅森迎面打了招呼，拎着小水桶的孩子朝他露出笑容，这又让他想起了那对双胞胎，心情一落千丈。

到了一科，发现苗安和蒋兵已经坐在各自的办公桌前，埋首工作，也不知道他们在忙些什么。蓝景阳好像已经来了，他万年不离身的棒球帽还在桌子上，却不见人，估计是去卫生间了吧。苏洁好像还没来，在那位女皇陛下的概念里，永远找不到正常的上下班时间，这一点就连公孙锦也放弃了教导她。

正式成为密案一科的人不过才一个月而已，洛毅森觉得比在刑警队呆了一年还紧张。小的时候，经常听爷爷讲稀奇古怪的故事，在洛毅森的世界中那些仅仅是故事而已。经历过姬涵斌和王家兄弟的案子后，彻底颠覆了他二十六年的世界观。

在爷爷过世的时候，说他二十五岁那一年有个大坎儿，当时他还不信。事实证明，去年，他遇上了嘉良案，堪堪避过一次危险。现在，也万分庆幸已经过了二十五岁。自己是闯过了一次劫难，但是那两个孩子却只有十二岁就死了。如果当天自己没有告诉王平久关于七情的事，也许……

不知道多少次叹息落在桌面上，洛毅森顺手打开了自己的笔记本电脑准备开始搜索一下有关脑电波方面的知识。关于王家的案子，他始终无法释怀，虽然研究所方面已经派人去调查老王的家人，但短时间内是不可能有什么结果的。

“嗨，一大早就愁眉苦脸的可不好。”赵航的办公桌紧挨着洛毅森，他坐下来笑呵呵地说，“还想着上个案子？”

他摇摇头，无话可说。这时候，就听蒋兵忽然大喊了一声：“老子要休假，老子要约会，老子要去钓鱼！”

在办公室里的人全部自动无视了这位技术帝的惨嚎，只有蓝景阳走进来时打开门的声音好像应景儿似的，给了他微薄的回应。蒋兵也就是闲着没事叫唤两声，得不到他人的回应也没耽误这厮亢奋的情绪，他从桌子底下拿出一个脏兮兮的小盒子，阴冷地哼笑几声。洛毅森顿时起了一身的鸡皮疙瘩，忍不住数落他：“蒋兵，你能不能正常点？”

“不能。”蒋兵笑嘻嘻地走过去，靠着洛毅森的桌子，“这日子太苦逼了。”

“说人话！”

“无聊。”蒋兵抓了抓乱糟糟的头发，开始抱怨，“你们出外勤游山玩水的，我只能窝在家里摆弄电脑。我已经不知道多久没呼吸过新鲜空气了。今天准备翘班，去钓鱼。”

洛毅森翻了个白眼，心说，不就是钓个鱼么，你至于这么兴奋吗？推开了实在很碍眼的蒋兵，他打开杯子盖，喝点水开始查资料。温热的液体滑进他的嘴里，带着细细长长的剧烈蠕动着的感觉。

噗——！洛毅森一口把水喷了出去，看着在桌子上拼命蠕动的，蚯蚓！用脚后脚根想也知道是谁干的好事。

“蒋兵！你他妈的还是不是人？”

始作俑者拍着桌子哈哈大笑，刚走进来的苏洁一见这架势和着赵航、苗安一起鼓掌，做落井下石的龌蹉勾当。蒋兵摊开双手，炫耀地享受着他们俩的掌声，这把洛毅森气得直接一脚踹出去。

苏洁看了眼躲在自己身后的蒋兵，笑道：“毅森，你要知道，每隔一段时间都会有人像你这样怒骂蒋兵不是人、变态、去死或者是欠抽。习惯就好了。”

看着洛毅森纠结的表情，就连一向寡言的蓝景阳都忍不住笑了出来。

不知何时，廖晓晟穿着白色褂子走到了洛毅森身后，闷声不吭地拿起桌子上的蚯蚓，面瘫着她那张素净的脸，自顾自地说：“中午可以加餐。”

洛毅森感到很无力：“廖姐，如果你想吃它，请不要在我面前。”

廖晓晟直接把蚯蚓举到他面前，说：“你也没多少时间闲着了。”

一边上捡笑的苗安机灵鬼儿似地凑过来，扒着廖晓晟的肩膀问：“廖姐，有什么八卦了吗？”

“嗯。我刚看见卓春燕来了。”

话音落地，除了他和赵航以外，其余的那三个人顿时一怔！三秒钟后，以苗安为首，四股旋风秒杀了出去！

洛毅森满脑门黑线，嘀咕着：“小安和蒋兵那俩玩意凑个热闹也就算了，为什么连蓝景阳都跑出去了？卓春燕是谁？”

不等赵航耸肩说不知道，廖晓晟那张面瘫脸又出现在门口，毫无表情地说：“是公孙的妻子，前妻。”

信息量太大，消化不了。

不知道那几个人有没有八卦到公孙锦和前妻的事，但是半小时后，公孙锦一个电话过来，直接把洛毅森和赵航叫到了办公室去。

敲了门之后，看到是苏洁开了门。往里面一看，还真见着一个美丽贤淑的女人。嗯，看上去是公孙锦喜欢的类型，但是为什么会离婚呢？洛毅森被传染了，也开始八卦起来。

公孙锦对几个下属没有什么架子，让他们随便坐。卓春燕拢了拢耳旁的发，对着洛赵二人点点头，含蓄的笑容显出她良好的素养。

她坐在公孙锦面前的那把椅子上，腰板挺得很直，白净的脸上没有粉饰过的痕迹，看不出是个已经过了三十的女人。只是，洛毅森发现她的眉间似乎隐藏这一股焦虑，让人看了不禁有些心疼。

公孙锦说：“小航，等一会你去市局找刑侦队的李队长，拿一份资料回来。我已经联系过了，你直接找他就行。毅森，你和苏洁跟我去一趟市中心医院。”

“什么事？”洛毅森问到。

公孙锦刚要说话，卓春燕微微抬手，轻声道：“锦，让我说吧。”

哎呦，叫“锦”啊，真的离婚了？洛毅森忍着笑，严肃地看着卓春燕。几分钟后，半点八卦的心都没有了。

卓春燕是市中心医院内科的护士长，工作已经有八年的时间了。近期，也就是从两个月前开始，市中心医院连续发生原因不明的昏迷事件。患者都是二十来岁的年轻人，忽然在家中昏倒，送到医院后做了全面检查，得不出任何结论，甚至找不到病因。这些患者昏迷期间也没有出现并发症，却在一周后莫名其妙的死亡，死因是突发性呼吸衰竭。媒体方面发表了很多负面评论和报道，死者的家属纷纷找上门去讨要个说法，更有甚者说要去法院打官司。

按理说，这事根本轮不到卓春燕一个护士长操心，关键在于，就在昨天下午，卓春燕的妹妹卓秋燕忽然昏倒在大学校园里。所以，她在毫无办法的情况下求助前夫，公孙锦。

卓春燕抿着嘴唇，显得很忐忑。公孙锦把水杯推倒她手边，说："我去看看，别急了。"

她勉强地笑了笑，对洛毅森和苏洁说："我知道这点问题可能不足以让你们一科立案，但是我，我实在没办法了。院里请来了两位国外专家检查患者的病情，那两位专家在国际上都是权威，连他们都束手无策，我真担心秋燕会……"

苏洁放下一直翘着的二郎腿，起身的时候一把揪住洛毅森的肩头，朝着门口走。顺便说："走吧老大，这事我有兴趣。"

苏洁家里有钱这事洛毅森早就听说了，可女王陛下开着火红色跑车上下班什么的，真不会被廉政部门请去喝咖啡吗？看着苏洁的车，洛毅森偷偷地往公孙锦那辆帕萨特蹭去。

"坐我的车，别去打扰他们。"苏洁豪迈地把洛毅森抓住塞进了车里，关好门发动，车子发出嚣张的声音窜出了一科的院子。洛毅森悲苦地想，自己还是低调的，这是被迫的。

一路上，苏洁不顾洛毅森的意愿，自顾自地说起了公孙锦和卓春燕的事。那俩人应该说早就认识了，结婚是四年前的事。公孙锦好像对家庭啊感情什么的比较淡薄，一年三百多天有一大半的时间都在案发现场，剩下的一小半在办公室，这样的生活方式当然无法守护一个家庭的幸福，所以当卓春燕提出离婚的时候，公孙锦马上点头同意。并将所有的一切留给了她，净身出户。

"我看公孙还是很在乎她的吧？"洛毅森说。

"当然。卓春燕是个好女人，只是老大不懂得珍惜。有时候，我觉得老大对朋友和同事都比对他的老婆好。他不适合有家庭，这是公认的。"

"公认的？"

听到洛毅森的疑问，苏洁哈哈大笑起来，说："你不知道吗？一科还没成立之前，老大在警局里是出了名的冷酷无情。除了对景阳，啊，该死，没停车位了。"

没说完的话因为苏洁的抱怨而打住，洛毅森也没想刨根问底儿，在苏洁野蛮的把一辆车挤到一边，抢到车位后，他急忙下了车，跟着已经走进医院大楼的公孙锦的脚步。

四个人坐电梯到了住院楼的第七层，电梯门刚打开，就听见走廊深处传来噪杂的吵嚷声。卓春燕急忙说了声抱歉，加快脚步跑着去了。

他们三人料想到八成是死者家属前来闹事，可怎么闹到了住院部来？等他们拐过走廊另一边，看到卓春燕已经把闹事的家属请进了医生办公室，并让其他护士赶紧散开，不要围着看热闹。几个医生急匆匆走进办公室，卓春燕没再跟着，站在走廊里等公孙锦等人过来。这时候，洛毅森看到在这条走廊的尽头，楼梯间的门后闪过一个人，刚刚扑捉到的那股阴冷的眼神，让他提高了警惕。从那个人体态和动作速度来看，应该是个上了年纪的老头。老头干嘛呢？鬼鬼祟祟的。

公孙锦拍拍洛毅森的肩头，朝着楼梯间那边示意了一个眼神。洛毅森心领神会地快走过去，推开楼梯间的门，却没找到老头的影子。

走廊里，苏洁站在病房门口招呼他快点回来。洛毅森关上了楼梯间的门，脑子里始终挥不去老人那双冰冷的眼睛。

推开病房门，第一个看到的就是病床上带着呼吸罩的女孩苍白的脸。看上去太年轻了，最多也就有二十一二岁，这么年轻的女孩不该躺在这里依赖仪器呼吸着。

他抬起头，看到床边坐着另外一个女孩，年纪也不大，略黑的皮肤，普通的容貌，唯一让人重视到的，就是一双哭得通红的眼睛。她拉着卓秋燕的手，轻轻按抚着，下意识抬起眼睛的时候，刚好也看到了洛毅森。看上去，她是想要笑笑表示礼貌，结果只是抽动了两下嘴角，便急忙低下头去。

“这是秋燕的同学，杨彩芝，昨天是彩芝送秋燕来的。彩芝，他们是我的朋友，来，来帮助照顾秋燕。”卓春燕很婉转地介绍了几个人的身份。杨彩芝站起来，双手揪着衣襟，明显拘谨得很。

洛毅森朝着里面走了几步，捏了捏鼻子，问道：“杨小姐……”

“叫我彩芝吧。”女孩怯生地说。

“彩芝。”洛毅森微微笑着，“昨天都发生了什么，跟我们说说。”

“下午，秋燕和我回到寝室，那时候一切都还好。”杨彩芝哽咽着说，“忽然她就倒下了，就像你们现在看到的这样，我怎么叫都叫不醒，我就给春燕姐打电话，送她来医院。”

这女孩不是被吓着了，就是在自责，这让她本来就有些营养不良的脸色更糟糕。洛毅森都不敢大声说话，只能尽量压低声音，问她：“你们回到寝室后，她都做过什么？”

“没什么啊。”杨彩芝尽力回忆着，“我们放下书本，她换了衣服准备出去吃饭。然后，坐在床上等我，拿了一本书乱翻着，还问我，是去食堂还是到校外的小饭馆。话都没说完，她就……”

就是说，在寝室并没有发生什么。洛毅森边想着又捏自己的鼻子，走到床边仔细观察着卓秋燕的情况。那边的公孙锦问卓春燕，他说：“检查过身体没有？有外伤吗？”

卓春燕摇摇头：“没发现外伤，也做了脑部CT扫描，结果也没问题。”许是顾忌杨彩芝在场，卓春燕打住了关于其他死者的话题。

站在床边，洛毅森一个劲吞咽唾液，不断地揪着鼻子。苏洁的脸色则是越来越难看，她问：“毅森，你鼻子要掉了。”

“不是。”洛毅森谨慎的选择措辞，生怕触犯了卓春燕，“卓姐，秋燕用的什么药？味道这么重。”

终于有人说出来，杨彩芝也跟说：“从刚才我就闻到了，好臭。”

公孙锦不动声色地看了一眼苏洁，对方的神色更加凝重。这时，卓春燕已经开始在病房里寻找起来，还说：“不可能啊，这件病房每天消毒三次，不应该有这种臭味。我还想再去找护士过来找找呢。”

这回可好，五个人一起找味道的来源，找来找去，洛毅森说：“得了，别找了。我看这股味道是从病床上来的。”

他没好意思说味道来自于卓秋燕的身上，更没好意思动手检查。苏洁似乎不在乎这个，直接走过去慢慢地抓住了秋燕的肩头，冷眼看着他和公孙锦：“男士回避。”

两个老爷们去面壁了，苏洁动手检查秋燕的身体。摸过每个地方都无异常，她的神情却是更加的凝重。把手插进了秋燕的背部和闯入之间，从肩头一直摸到腰部，猛地瞪起了眼睛。吓得杨彩芝也跟着瞪眼。

苏洁说：“卓姐，你跟小姑娘最好也回避。”

“不。”卓春燕坚定地说，“我是护士，什么样的病人没见过，更何况她是我妹妹。”

“我，我也不，不怕。”话虽这么说，杨彩芝还是下意识地抓住了卓春燕的衣摆，万分紧张。

苏洁叹了口气，只好让卓春燕帮忙把秋燕扶坐起来，让她靠在春燕的怀里。随后，慢慢的掀起病服。

还在面壁的洛毅森只听杨彩芝一声岔了音的惊呼：“啊！这是什么？”

洛毅森刚要转身，公孙锦一把抓住他的手腕：“不要动。”

身后，已经传来卓春燕呜呜的抽噎声，洛毅森急得直挠头，可公孙锦还是稳重得几乎麻木的状态。直到，他们听见苏洁说：“老大，别讲究什么避讳了，你们必须看看这个。”

终于可以回头，洛毅森没想自己会看到什么，他只是急着知道在秋燕的身上究竟发现了什么。

光滑的背上隐约可见脊骨凸出来的骨节，在中间赫然出现一张人脸！丑陋的，狰狞的人脸。

“人面疮！？”洛毅森惊呼道。

人面疮眉眼清晰，嘴巴很大。整个脸就像被用泥巴随便捏出来的一样，还散发出阵阵臭气。洛毅森也是第一次见到人面疮，一时间呆愣得不知反应。

公孙锦走到病床前，把秋燕的衣服拉了下去，轻轻地将人放在床上躺好。一连串的动作稳定而从容。他看了一眼捂着嘴哭泣的卓春燕，转过头对洛毅森说：“毅森，带彩芝出去坐一会。”

扶着浑身都在发抖的小姑娘离开了病房，关上门的时候，他听见公孙锦问道：“其他死者身上没有这个，对不对？”

卓春燕点点头：“没有，我，我都看过那些死者的身体，他们的身体很干净的。为什么只有秋燕？”

在秋燕的身下散发出阵阵臭气，苏洁一个劲地朝着公孙锦使眼色。对方苦笑一记，扶起卓春燕，说：“走吧，我们需要好好谈谈。”

公孙锦不仅带走了卓春燕，也带走了杨彩芝，洛毅森这才得空回到病房。刚走进去，就听苏洁不耐烦地咂舌声，数落他：“你回来干什么？”

“我还想问你在干什么？”看着苏洁手中比名片稍大一点的黄色薄纸，他纳闷地问，“你拿黄表纸干什么？”

苏洁抬起秀眉，狞坏地朝他笑笑：“你倒是很懂行。”

“好歹也跟着爷爷见识过几次。你干吗？拿着没有咒文的符纸给她擦身子？”

“当然不是。该死，我讨厌这种事。”苏洁抱怨着的时候，把黄表纸塞到秋燕背后的衣服里，停留了十来秒就拿了出来。她看着发黑的黄表纸不由得一声叹息，“我们的小姑娘中招了。”

“什么招数？”

“不知道。”苏洁的确无法判断，“以我这点能耐肯定是看不出来，估计我老爸能明白怎么回事。”

都说“信则有，不信则无”，但有些事还真没法儿肯定的说就没有。中华几千年的文化历史，究竟孕育出多少我们还不知道的神秘，谁敢断言它们是不存在的？至少洛毅森不敢。

看着苏洁又恢复了平日里桀骜的模样，周遭的人纷纷投来怪异的目光，他实在不想站在这大红包身边。他期望着公孙锦能从卓春燕的办公室早点出来，好去调查那位可怜的卓秋燕。

苏洁似乎也有些不耐烦，反正闲着也是闲着，她问道：“毅森，你对人面疮知道多少？”

“估计还没你多呢。我听爷爷说过，人面疮是孽病，得了这种病的人都是作恶太多遭了报应的。其他的就不知道了。你呢？”

“我知道的也就这些。”苏洁习惯性地翘起二郎腿，对路过她面前行注目礼的男子视而不见。自顾自地说，“在早些年吧，新加坡有个女人的脸上长了人面疮。四处投医无果，最后去了西藏求高僧每日教她念经诵佛。据说，她脸上的人面疮有眼有嘴有鼻子，那嘴还能吃东西，我就纳闷啊，吃完了怎么消化啊？”

“打住。”洛毅森一阵反胃，“说点好听的行不行？”

看到洛毅森那一脸菜色，苏洁非常开心地笑了起来，说道：“你想听什么？”

“玩笑，逗乐子的，别让我恶心的。比方说，如果蜈蚣得了脚气痒痒了，先挠哪只脚什么的。”

其实，这笑话挺冷的。可搭配上洛毅森认真朴实的表情那就可乐了，苏洁半点形象没有，捂着肚子在走廊里笑得震天响。洛毅森木讷地看着她，心说，你的生活到底有多贫瘠，才能被我逗乐了？

玩笑归玩笑，说到底还是正事重要。苏洁估摸着，这案子论公论私一科都会接手，就是不知道一向薄情的老大会不会亲自出马，她八卦地提议：“咱去偷听吧。”不管洛毅森愿意不愿意，她伸手抓住人就要走。

忽听另一侧的走廊那边传来吵闹声，两个人急忙朝着那边走。期间，听到一个沙哑苍老的声音怒骂着：“你们昧着良心就不怕遭报应？那是什么病？是冤孽病，你们懂不懂啊。”

不知道是哪个掌权的人也赶着吵嚷：“马上赶出去，别在这里吵到病人。”

“呸！”老头继续骂道，“你们心里还有病人？放屁，都是他妈的放屁！”

“你个老不休的，别给脸不要脸。你们还愣着干什么，赶紧把他弄走。”

不管这个发号施令的男人是谁，洛毅森都很反感。当他赶到的时候，只看到三四个保安拥着一个人急急忙忙进了电梯，他想追上去，忽见公孙锦从旁边的办公室走出来，跟刚才那个喊话的医生打了照面，顿时洋溢了温暖的笑容。但在洛毅森看来，他这笑很瘆得慌。

不顾周围环境的吵杂，公孙锦把手插在裤子口袋里，对着那位医生笑道：“好久不见了，陆医生。”

姓陆的医生面色发白，显然有些畏惧公孙锦。他整了整仪容，回道：“你们来干什么？”

“来看看秋燕。”公孙锦随口道，“不打扰你们工作了，回头见。”

“回头见？什么意思？”

从陆医生诧异又露骨的敌意来看，他和公孙锦之间的关系似乎很不好。洛毅森没多言，站在一边等着给自家老大撑腰，可公孙锦哪用得着别人帮忙，对陆医生眯眼笑着，说：“秋燕的病情正式立案，有我的部门接手调查。还希望陆医生能够配合我们的工作。”言罢，也不去看洛毅森，就说，“毅森，这位是内科主任，陆翔医生。有什么需要别客气，尽管找他帮忙。陆医生，我平时很忙，没时间亲自过来调查，有什么可以向警方提供的信息，找我的下属就可以。”

公孙锦几句话就把陆医生贬到了脚下的低位，可见陆医生那一脸的怒气不是没有道理的。一向锋芒不露的公孙锦竟然攻击模式全开，这让洛毅森大为吃惊。论起远近，这个没有好感的医生当然比不上公孙锦，在他准备要追上来理论三分的时候，洛毅森横插一步，挡住了他的脚步，让公孙锦带着苏洁大摇大摆地朝着远处走去，才对他说：“陆医生，有事的话跟我说，科长忙，估计没时间接待你。”

“毅森越来越上道了。”苏洁笑道，“比起小安那猫爪子，他可厉害多了。”

公孙锦闻言轻笑，只说：“好好查查陆翔，他是秋燕的主治医，我不信他没发现人面疮。”

“OK。”苏洁回头看了一眼，正在跟洛毅森没理辩三分的陆医生，“算上景阳那笔帐，我会好好跟他交流交流。”

如果秋燕的身上没有发现人面疮，也许公孙锦不会同意立案侦查，但这并不是重要的原因。就在他刚刚走出医院大门的时候，公安厅那边来了电话，说起了中心医院的这件事。

连续出现四名死者，院方也觉得蹊跷，所以，偷偷向警方请求支援。上头说的情况基本与卓春燕说的一样，从两个月前至今，陆续有四名患者患上了这种古怪的昏迷症，入院一周后因呼吸衰竭而死。如果说是医疗事故，也不可能连续出现四起；如果说是医院方面有什么猫腻儿，那请来的两位国际权威也会有所察觉。归根结底，媒体方面已经关注此事，不管怎样都要在一周内破案。

第二章 尸体与线索

基本情况并不多，线索也没都没开始调查。苏洁在半路上就被打发回家请老爷子出面，洛毅森坐上公孙锦的车，还琢磨着刚才在医院闹事的老头呢，那个背影总觉得有点熟悉。

回到一科后，公孙锦开了一个简单的会议，给大家做了一下分工。赵航和蓝景阳负责调查前几名死者的情况；洛毅森和苏洁专门负责调查卓秋燕的情况；蒋兵还是老活儿，尽量搜集关于古怪昏迷症和人面疮的资料。至于苗安，公孙锦面对她兴奋不已的模样哭笑不得地问："又丑又臭的，有什么好看？"

"让我去看看吧，求你了，老大。"苗安双手合十作揖，真像只可怜巴巴的小猫一样。

公孙锦只好答应她，但是："你跟着苏洁一起去，不能自己去，明白吗？"

"老大，我爱你一千年啊一千年。"表完了忠心，一转眼就问赵航，"要不要一起去看看？"

赵航抖了抖，说："看完了那玩意，我要看多少美女的脸洗眼睛？死都不去。"

苗安可逮着赵航的软肋了揪着他就要去找苏洁，廖晓晟面无表情地吸溜着杯子里的草莓奶昔，顺便说："替我割一刀，看看有没有脓液流出来，如果还有血的话，就像我这杯奶昔一样吧。"

"我靠！廖姐，你故意的是吧？我隔夜饭都要吐出来了。小安，别拉我，我不去，死都不去。"

洛毅森皱着眉头想了想，很正经地说："你不了解被害人病情怎么行。走走走，你还真得看看去。"

"我日你大爷洛毅森，你给我放手。"

这几个闹货不分火候在公孙锦的办公室拉拉扯扯，作为一科的掌舵人公孙锦竟然可以无视这几个人！几个人推挤到外面，正好遇到手捧笔记本电脑的蒋兵急匆匆走来，阴森森地一笑："各位，我刚查到最后一名死者明天早上出殡。遗体嘛，你们懂得。"

不用问，要走一趟殡仪馆了。

最方便的办法就是取得死者家属的同意，直接把尸体拉回一科放在廖晓晟的解剖台上。但是事实证明，一听他们的来意，家属们群起而攻之！

被指责怒斥的时候，洛毅森也听明白了他们愤怒的理由。死者才二十三岁，年轻力壮的小伙子说没就没了，家里人当然要跟医院讨个说法。院方请求他们同意解剖尸体查找病因，家属们在悲伤不已的情况下同意了，结果还是没有得到任何结论。小伙子的父亲一气之下去报了警，可这事怎么立案？警察登门安抚了父亲一番，就不再露面。所以，现在这家人看着医生和警察就想抽！

被赶出门来的洛毅森拉着气呼呼的赵航另做打算。赵航生气归生气，理智上还是冷静的，他说："既然医院解剖过尸体，肯定有解剖报告。我去医院找。"

"啊，找那个陆翔医生，我估计就在他手里。"洛毅森想了想，还是觉得不看尸体不甘心，"我晚上去看看。"

"哈？"赵航惊呼，"你不是要大半夜的去殡仪馆看尸体吧？我说，上学哪会儿你可没这么大胆子。"

洛毅森含笑不语，只是看着赵航。没多一会儿，赵航毛了，试问："你不是要我跟着一起去吧？"

阳光下，洛毅森笑得有点阴险，赵航一拍脑门，心说，完了，洛毅森也不正常了。

在半路上两人分开各自调查案情。赵航去医院找陆翔要解剖报告，洛毅森赶到秋燕的学校调查她的情况。他本来想找杨彩芝的，打听了同寝室的同学才知道，杨彩芝还在医院里，一直没回来。

洛毅森问到卓秋燕在昏迷的前几天，有没有什么异常。女孩们想了半天，只说了些不疼不痒的事，只是洛毅森比较注意一点，卓秋燕在昏迷前几天总说自己记性差了，丢三落四的。随后，他问到杨彩芝和卓秋燕的关系，寝室里的两个女孩都表示她们情同姐妹，好得不得了。

“秋燕为人很好，平时最大的爱好就是看书，彩芝也喜欢看书，她们俩兴趣相投，自然而然特别要好。不过呢，你问我秋燕跟什么人有过节，我倒是想不起来。”

“有吧。”另外一个女孩插嘴道，“跟学长那点事，她不就得罪人了。”

有意隐瞒此事的女孩立刻低声叱道：“别瞎说，都是没影儿的事。”

站在宿舍楼门口，洛毅森别别扭扭地装作看不到周围投来的好奇目光，礼貌的请两个女孩走到一边人较少的凉亭里说话。他问道：“不管多大的事儿，都说说吧。那个学长是谁？”

两个女孩相互看了看，那个不愿多说的叹息一声，说：“是学国际金融的大四学生，也是我们学校篮球队的队长。人长得帅，家里有钱，标准的富二代。学校里不少女孩都喜欢他，秋燕就是其中之一。其实，秋燕跟学长交往过一段时间，后来不知道因为什么就分手了，但秋燕一直想着跟他和好。这样一来，就跟其他追求者发生了矛盾，你懂吧？”

他心说，懂，这个当然懂！问题是，这些事情中秋燕做过什么，或者说她是伤害到谁了？对此，两个女孩纷纷摇头，表示，虽然那些女孩相互之间的关系很僵硬，也发生过一些争吵，但说到伤害，只能说是那个学长伤害了学妹们的心吧。

要到了那个大四男孩的名字，洛毅森马不停蹄地去找人。当他找到这个叫“李双林”的男孩的时候，也觉得这小子的确有让异性迷恋的资本。但是从他的穿着打扮来看，实在看不出是个富二代。问到了卓秋燕的事，李双林沉沉地叹了口气。

“其实，下个月我就要出国了。”李双林说，“我大哥在法国做生意，我去那边留学估计也不会回来了。所以我从来没想过在国内谈恋爱，至于坊间对我和卓秋燕的流言那都是假的。我们根本没有交往过。”

“但是，这件事很多人都可以证明。”洛毅森说道。

“很多人不知道，我跟卓秋燕的姐姐认识，她是我妈的学生。家里有人得了小毛病，春燕姐就到家里去送点药，打吊水。秋燕刚入学那时候我才知道她是春燕姐的妹妹，所以，我对她稍微好那么一点点，有时候她找我吃饭，去图书馆我也会陪着去，仅此而已。至于我们交往的事，是她自己说出去的，我从来没承认过。后来，寝室的哥们问我到底跟她什么关系，我才觉得这事不能继续发展下去了。”

“但是你没有完全否认，对吧？”他估计这里面八成另还有文章，“或者说，你跟卓秋燕私下里达到了某种共识？”

闻言，李双林尴尬不已，沉默了片刻，才说："她是春燕姐的妹妹，我不好意思撕破脸皮。再者说，我要是告诉大家交往的事是她一厢情愿编出来的假话，她一个女孩以后在学校还怎么混？所以，我私下找她谈了，我可以承认那段时间跟他交往，但是她必须马上告诉所有人我们分手了。"

合情合理，挑不出什么毛病。但洛毅森总觉得哪里别扭，说不出的别扭。他谢过了李双林，离开学校。想了好半天，才把电话打给公孙锦，试着要卓春燕的联系方式。

外勤们马不停蹄地寻找线索，对于内勤的蒋兵来说，他的战场就是网络的天地。但古怪的昏迷症和人面疮，显然让他踢到了铁板。他跟刚刚回到办公室的洛毅森抱怨着："没有任何值得兴奋的东西。算得上奇怪的，我就查到两个。05年在南京有个男的得了一种怪病，抽搐、昏迷、头疼、呼吸困难。但这人只是间歇性昏迷，在医院治疗一段时间后有所好转就回家了。隔了几天，这哥们忽然在家里裸奔，嘴里还说些胡话，把他老婆吓够呛。"

这位男子被送到医院的时候浑身抽搐，面色发紫，一看就是呼吸衰竭的症状。而且，还引起了很多并发症，院方一直找不到病根是什么。

另外一则消息，是一个二十三岁的女人，她在发病之前常常感到头晕，直至昏迷不醒。这个病人转了三家医院，各种检查都做了，就是查不出原因。这女人只能依靠呼吸机维持生命。后来有个老专家说，这种病可能是"呼吸肌无力"症。

"什么玩意？"洛毅森最头疼的就是听这种专业性术语。

蒋兵调出一份新闻报道，指着说："这种病应该是'重症肌无力'的一种症状，但是是又不大像，介乎于两者之间。而且，医生针对'呼吸肌无力'的症状治疗，效果也微乎其微，所以还是不能肯定病因。我不知道这个女人现在怎么样了，唯一肯定的是没有呼吸机，她就会窒息而死。这一点倒是跟我们的死者有些相似。"

只能说是"有些相似"而已，那四个人，就算有呼吸机也一样因为呼吸衰竭而死。

至于人面疮，蒋兵说他找到的多是些传说，或者是古籍中的一些典故。基本上和洛毅森了解的差不多。但是，这些典故中说，得了人面疮的人，未必就是今生作恶，也有累积的几世的冤孽，今生得了报应，还有说是前世的仇人来寻仇的。另外一些资料更是没谱儿了，人面疮能治吗？能！但是资料上显示出来的，都是些行脚僧、隐士或者在祖传的秘方。说到治疗，蒋兵告诉洛毅森，用贝母磨成粉也许有效。

洛毅森觉得也就这样了，起身准备去医院找卓春燕。回过头去继续忙起来的蒋兵阴森森地问："你是不是遇上陆翔了？"

对啊，还有这事呢。洛毅森反身坐在蒋兵身边，似笑非笑地问："公孙跟那个陆翔有过节？"

蒋兵冷冷地哼了一声，道："应该说他跟咱们一科有过节。"蒋兵打开了话匣子，"还是一年前的事呢。有一次景阳出现场追捕凶手，不小心着了道儿，昏迷不醒。当时刚好老大他前妻遇上了，就给送到了中心医院。那个陆翔给景阳做的检查，不知道他到底给景阳做了什么检查，居然发现了景阳异常的听力。真他妈的混蛋。那家伙居然用各种超频音刺激景阳，等我们赶到的时候景阳就剩半条命了。当时小安没跟他客气，直接甩了一巴掌。我告诉你毅森，陆翔那就是个欠抽的货，别客气，挤兑死他。"

原来还有这么一段故事。那陆翔也真够混蛋的!

蒋兵还在痛骂陆翔是个欠抽的货，赵航就打来电话说陆翔那厮竟然找借口溜了，好半天没找着人。他正在医院里到处抓呢，一时半会估计回不去了。洛毅森好歹还知道查案要紧，也顾不打听八卦了，拿了车钥匙急忙出门。

要说一科的待遇就是好，两个人一组查案，科里还给分配了车辆。虽然都是一水儿的黑色帕萨特，对于无车一族的洛毅森来说，可是天上掉下来的大馅饼，因为赵航自己有车，这辆帕萨特就归他一人使用了。

把车停在医院的院子里，一边往里走一边给卓春燕打电话，算是提前通知一声。走进住院楼，刚出电梯就见办公室门口围了一堆人，看样子都是护士医生。他走过去，也没见这些人议论什么，一个个聚精会神的偷听呢，这个专心!

他轻轻拍了拍一个小护士的肩膀，对方用心过度，没回头瞧他一眼就说："嘘，别搞乱。"

"不好意思，你们这是干嘛呢？"洛毅森人忍着笑问道。

听闻是个陌生的声音，小护士一回头就觉得这男的面熟，忽然想起来，就问："你是上午跟着那个帅哥一起来的警察吧？"

帅哥？上午同行的只有公孙锦和苏洁，估计小护士嘴里的帅哥说的是公孙锦。还别说，就公孙锦那模样，在女孩眼里真称得上帅哥了，就是年纪大了点，估计超过三十了吧。

他点点头，说："对，我是来找卓护士长的，她在里面？"

小护士立刻眼睛闪绿光，那眼神跟小安听见八卦那种一模一样。洛毅森继续点头，等着小护士回答。

小护士说：“在是在，不过不方便见你吧。上午你们走了之后，陆医生就跟护士长吵了一架。就刚才，不知道为什么把护士长的妹妹转到了普通病房，护士长肯定会生气啦，不等去找陆医生呢，人家自己杀上门了。这不，正在里面跟我们护士长掐架呢。”

发生了这种事，洛毅森不可能袖手旁观。他冷静地给赵航打了电话，说陆翔找到了，让他尽快赶到住院楼的医护办公室来。收好电话后，推开围在门口的众人，门也没敲直接杀了进去。

办公室内，卓春燕气得直发抖，指着一脸傲慢的陆翔说：“你无权这么做！”

陆翔似乎完全不在乎卓春燕的指责，他看到了闯进来的洛毅森，面色一寒，说：“这里是办公室，家属不能进来。”

洛毅森也没给他好脸儿，反手把门关上，严肃地说：“你知道我是谁。卓姐，我听说陆医生把秋燕转到普通病房了，有这事吗？”

这事不可能是无中生有，洛毅森这么问只是想给卓春燕一次当面对质的机会，只见她怒指着陆翔，说：“是他擅自做主给秋燕转了病房，我去找院方协商这件事，他居然说我滥用私权。”

“不是滥用私权吗？”陆翔说，“特护病房一天光是护理费就要两千多，你们家有这么多钱吗？我问过收款那边，你到现在还没交齐昨天的钱。现在，有市里的老领导要入住了，我为什么不能把卓秋燕转移到其他病房？”

“昨天是你安排秋燕住进特护病房的，怎么现在反过来诬陷我自作主张？我不过就是个护士长，就算想滥用私权，也没这个权啊！”

见他们俩越吵越凶，洛毅森走过去一手拦着一个，算是暂时平息了这场争执。按照洛毅森的处理方法，这事就不需要卓春燕费心了，他回去跟院方商量一下。可想而知，一家大型医院怎么可能只有一间特护病房。况且，卓秋燕的病情特殊，院方应给与一定程度的照顾。至于陆翔，洛毅森觉得这人还真不是个东西。

“陆医生，跟您打听个事。”洛毅森似笑非笑地问，“你知道人面疮吗？”

“卓秋燕身上的不是人面疮！那就是疮疡而已。”

听他这么回答，洛毅森抿着嘴捏捏鼻子，笑道：“我也没说卓秋燕身上长了人面疮，只是问你知道不知道这种病，你急什么呢？”

陆翔被噎得哑口无言，愤愤地瞪着洛毅森。磨着牙说：“抱歉，我还有病人，先告辞了。”

“别走啊陆医生。”洛毅森懒懒洋洋地横在门口，就像一堵不透风的墙，“你是卓秋燕的主治医，我得跟你好好谈谈。”

“真不巧，她的主治医不是我。”陆翔得意洋洋的说，“我也只是在她入院的时候帮忙做了些检查而已。”

混蛋，把责任都推出去了。洛毅森在心里问候了他的长辈一句，表面上却是还要保持冷静，他笑道：“陆医生，你是不是怕我？”

“怕？怕你？别开玩笑。我为什么要怕你？”

“那就是怕卓护士长？”

“我怕她干什么？”

“这样啊。”洛毅森故作思考状，“你既不怕我，也不怕她，那你怕什么怕得连跟我谈谈都不敢？”

陆翔正要推开洛毅森，忽然传来咚咚的敲门声。洛毅森微微一笑，侧身把门打开，赵航一脸阴气儿地看着面前的陆翔，说道：“陆医生，你这一趟厕所去了一个多小时，痔疮犯了吧？”

洛毅森拖住陆翔就是为了等赵航过来，现在好了，有人接班了。他靠边站着，对陆翔笑道：“陆医生请吧，不是要出去么，别客气。”

“对，别客气。”赵航跟着添油加醋，“我虽然没有洛警官那么和蔼，也算可亲了。陆医生，咱继续谈。”

陆翔无奈，只好跟着赵航走了。临走前，狠狠地白了一眼洛毅森！

虽然很想跟卓春燕谈谈，对方的状态似乎很难冷静下来。洛毅森只好前去找医院方面的负责人。也是巧了，那位入院治疗的某位领导听说了秋燕的情况，立刻搬出了特护病房。对此，洛毅森真想去拥抱一下那位领导同志。

重新安顿好了昏迷不醒的秋燕，洛毅森站在病床前，说起了关于贝母粉的事。

“我不知道贝母粉是不是真的药效，我只是个护士，从来么见过这种怪病。”卓春燕神情忧郁地说，“你们走了之后，我去找本院的中医了解了一下，他说人面疮是疮疡病名。多生在两膝或生两肘部位的一种疮疡，就是说那是一种细菌或者是病毒。”

说到这里，洛毅森发现卓春燕有些语无伦次了。她放下手里的东西，单手扶着额头，好像无力再撑。洛毅森安慰道：“先别急，现在医学这么发达肯定可以治愈。”

“我真的不知道该怎么办才好。”卓春燕说，“就算人面疮可以治愈，但是秋燕患上的那个昏迷症怎么办？如果没有医疗措施，一周后她可能就像前几位患者一样死去。”

这种时候，洛毅森也不知道该说些什么才好，也许公孙锦面对这种局面的时候有很多可以安慰对方的办法，但是他，无言以对。只能尽自己所能，尽快查清案情。他问道：“你认识李双林吗？”

“双林？你是说跟秋燕一个大学的双林吗？为什么提到他？”

洛毅森把卓秋燕和李双林的事告诉卓春燕，没料到她竟然毫不知情。

“还有这事？秋燕一句都没跟我提过，双林也没说过。上个月，老师的丈夫大病初愈，我去家里探望的时候还看见双林了，他也没跟我提起过啊。”

“跟我说说吧，你认识的李双林是个怎样的人？”

卓春燕想了想，才说：“很好的小伙子。不像其他那些有钱人的孩子就知道吃喝玩乐，他有理想有抱负，准备去国外发展。他的理想是超越李家的长子，也就是他哥哥。所以，他一直都很认真的读书。我只知道这些情况。”

跟自己了解到的差不多。可为什么那种说不出来的别扭感就是挥之不去呢？洛毅森多了几句嘴，问：“李双林的家庭情况怎么样？你听说过他的父亲非常反对他谈恋爱吗？”

卓春燕想了想，说：“这个我只了解一些。老师和她丈夫都反对孩子们在大学期间谈恋爱，尤其是像他们家的那种情况，对于子女的教育更加慎重。我记得，那时候我才大学毕业，老师跟我说过一次关于双林在高中交女朋友的事。那时候老师很生气，还去学校找过几次，后来那个女孩好像是转学了，具体的我也不清楚，这都多少年了。”

根据卓春燕提供的情况来做一个大胆的猜测，会不会是李双林和卓秋燕之间有了感情，李家的父母从中作梗，采取了一些过激手段呢？想到这里，他又问：“你说李双林的父亲上个月大病初愈，是什么时间？”

卓春燕拿出口袋里的电话，摆弄了几下，遂给了洛毅森指着上面一条短信说：“这是当天我去探望之前，给老师发的短信。上面有日期。”

这哪是上个月，分明是两月前的事了。卓春燕也发现了这一点，不好意思地苦笑一声，说这两天实在有些混乱，日子记错了。

说到李双林家，卓春燕感慨了一番。李双林的父亲奋斗了一辈子，创下了辉煌的成就，到老得了癌症，查出来的时候已经是晚期了。为了给他治病家里没少折腾，国内国外的名医不知道找了多少，最好的结果就是动手术，术后可能还能活个两三年的时间。本来，老李已经放弃了，能活多久是多久吧，也许是他这种毫无压力的心态和国际一流的医疗措施，两个月前忽然康复，几名医生说这简直就是奇迹。

他长吁一声，心想着有时间还得再去找李双林谈一次。

话及至此，有护士敲门找卓春燕去忙别的工作。洛毅森在病房里呆了一小会儿，也打算离开了。刚推开房门，迎面遇到拎着东西的杨彩芝，俩人险些撞在一起。杨彩芝的脸色还是很差，看上去好久没有休息了。洛毅森注意到她的袋子里装了不少书，她勉强笑了笑，塌陷下去的两腮扯出了几道皱纹，笑容也变得更苦涩了几分。她说，秋燕喜欢看书，她多念给她听，说不定就会有奇迹发生呢。

又是奇迹啊，洛毅森只笑不语，准备离开。走出病房的时候忽然想起，也许杨彩芝知道一些秋燕和李双林的事，就问了几句。

杨彩芝苦着脸，说："没有的事。秋燕是很喜欢他，但是绝对不会做散布谣言那种事。那些说他们交往的话，都是李双林自己说出去的。"

"他说的？"洛毅森诧异地问，"为什么？"

杨彩芝很不屑地冷笑一声："怕麻烦吧。他那人挺个性的，特别讨厌女孩缠着。有几次秋燕请他去吃饭，被人看见了，就有谣言说他们可能是在交往。李双林将错就错承认了这事，还跟秋燕说别拆穿了。李双林，挺自私一个人。"

这么看来的话的确自私。但是，李双林的说辞却完全相反，究竟谁在说谎？

离开了病房之后，他在医院门口等了大约有二十来分钟，赵航也出来了。两人商量一下还是决定先回一科，一前一后地开车离开了医院。

回到一科，才知道他刚离开医院苏洁和她父亲就进了秋燕的病房。洛毅森后悔怎么没多呆一会。他本来想问问蓝景阳有没有什么收获，见对方一脸愠怒地坐在椅子上，看样子也是被死者家属好好招待过一番。赵航过去跟他打趣，蓝景阳半点反应没有，洛毅森觉得这人到了某种气愤的程度就会自我封闭起来。眼下这种火候，显然不是蓝同学搞自闭的最佳时间。他先把从学校和医院方面的情况说清，紧跟着，赵航痛骂一顿陆翔，才说道他捞到的那点少的可怜的线索。

如果从正规角度出发，陆翔的确算不上秋燕的主治医。昨天下午秋燕被送到医院的时候，春燕还在外面，正在往回赶的路上。陆翔作为内科主任给秋燕开了所有检查项目的单子，检查结果也是他看的。因为实在跟前四个死者的昏迷情况太相似了，陆翔就把秋燕安排进了特护病房。

按照陆翔的说法，秋燕的主治医不是他可以定的，要由院方来指派。说完这些，赵航把秋燕检查结果单据和死者的解剖结果放在桌子上，说："我想老大应该会要来做下对比，就都复印了一份。”

蓝景阳也拿出几张纸来，放桌子上一扔，说：“这是前几名死者最后的检查结果还有死亡证明。我询问过其中两家，他们提供的情况并不多。昏迷前没有征兆，昏迷后无药可救。唯一算得上是线索的，就是这几个人曾经在一家体检各中心做过体检。”

这是个好线索！赵航和洛毅森的眼睛顿时亮了起来，后者在蓝景阳那几张纸里翻找出健康中心的地址和那几个人的体检结果，看仔细之后又递给赵航。

“这家体检中心我知道。”洛毅森说，“永康体检中心，我曾经送爷爷去做过检查，价格公道，服务水准也是一流。”

“那都多少年的事了？“赵航插嘴问道。

“三年前了。那次检查结果我还记得，爷爷身体很好。”言罢，他的神色黯淡下来，想起了太多的往事，心里不是个滋味儿。

蓝景阳微微抬眼看了看洛毅森。在他被调入一科之前，针对个人情况进行了很详细的调查。洛毅森的爷爷是在三年前过世的，或者说，三年前那场事故来得太突然，原本身体健朗的老爷子说没就没了，听刑侦队的人说，洛毅森消沉了好一段时间。

蓝景阳想些什么洛毅森自然不知道，他转回头对着趴在桌子上呼呼大睡的蒋兵吼了一嗓子，直接把人喊醒，又说：“查查永康体检中心的情况，现在就查。”

“靠，老子是百搭吗？谁逮着谁使唤？”虽然口中抱怨连连，蒋兵那手可是任劳任怨地开始干活。很快，那件体检中心的资料被他查个底朝天。

剩余几个人纷纷围在蒋兵办公桌旁边，细看他的调查结果。洛毅森忽然咦了一声：“永康体检中心的老板是李景泰？”

“你认识？”蓝景阳问道。

“我跟你们说过秋燕和李双林的事吧，这个李景泰就是李双林的父亲。”

几个人面面相觑，冒出来的苗安乖乖举手提问：“跟案子有关系吗？”

这个问题太微妙了，洛毅森没法回答她。这时候，赵航不知道哪根筋抽到了，就问：“不会是当爹的抢了儿子的女朋友吧？”

闻言，蓝景阳很鄙视地说：“龌龊。”几个人也跟着凑热闹。

“禽兽。”

“下流。”

“肮脏。”

赵航眼睛一瞪：“滚，你们就不龌龊？你们看看洛毅森那表情，看着李景泰名字的时候有，眼睛都绿了。怎么着，他眼睛冒绿光儿，就不是龌龊，换了我就龌龊了？”

苗安望天，嘀咕着：“人品问题吧？”

玩笑归玩笑，洛毅森把话题拉到正路上，说道：“我听卓春燕说，李景泰早些时候患上了癌症，在两个月前奇迹一般地康复了。”

几句话把大家嬉闹的心情打消。两月前正是第一名昏迷者死亡的时间，这其中似乎有什么关联性，可又找不到一丁半点的证据。虽然都在纠结这个疑点，但谁都没说跟公孙汇报一下情况，请示下一步的工作方向。

要说一科也是挺有意思，公孙锦只是在立案的时候分配一下工作，其余的任由你自由发挥。偶尔再给你些意见，剩下的，就是放羊吃草了。起先，洛毅森还不大习惯，这跟他在刑侦队的情况完全不同的原因吧。但一段时间下来，他发现，这种被放出去随便吃草的感觉很棒，可以放开手脚。想必，赵航也是这样想的。

前一分钟还嘻哈打趣的赵航一脸正色地说：“我去调查体检中心。”说完，就跑了出去。

蒋兵也不再啰嗦其他，启动了另一台电脑，说：“我查李景泰。”

洛毅森喜欢他们的行动能力，拍拍蒋兵的肩膀，说：“我再去跟死者家属商量商量，争取把尸体带回来。实在不行，晚上去殡仪馆看看。”

“我也去！”苗安立刻兴奋地举起手，并标榜自己，“我可是出了名的苗大胆。”

他低头看了看一脸兴奋的苗安，悲哀地发现对她甜美的笑容好像没什么抵抗力，只得无可奈何地叹了口气，说：“要听话，不准给我捣乱。”

苗安挺直腰板敬了个军礼，胸口轻轻碰到洛毅森的身上，他顿时觉得尴尬无比，红了脸侧过头，刻意地后退一步。旁边的蓝景阳压低帽檐，嘴角微微翘起，洛毅森就知道这小子准是在偷笑！

拎着异常兴奋的小白兔放在她自己的办公桌前，转回头见蓝景阳走了，也没说去干什么，看样子似乎还有很多要做。

他有心无力地叹了口气。这案子不像其他案子那样有据可循，说句不好听的，他都不知道如何下手。

上面还给了破案期限，一周啊一周，真当一科的人都是拼命三郎了。

第三章 夜探殡仪馆

在洛毅森奔波于几名被害者家庭之间的这点功夫里，医院方面也有些进展。

苏洁的父亲苏子文本来是个满面红光，笑一笑像个弥勒佛似的老头。一见秋燕身后的人面疮，面色顿时阴沉了下来，并不由分说地把几个人赶出病房。

卓春燕不肯离开，倒是杨彩芝安慰了她几句，和公孙锦一同劝她出去。病房门口，杨彩芝跟几个人道了别，临走前欲言又止，只可惜，大家的注意力都在病房里而忽略了她。

十来分钟后，苏子年走了出来，单独把公孙锦叫到一边去，说私话。

“这孩子的情况很不好。”苏子年说，“她背上那个东西不是重点。”

“苏老，您是说人面疮并没有威胁她的生命？”公孙锦问道。

“当然。人面疮不会要人命，虽然那玩意很难治，还不到要命的地步。那姑娘之所以昏迷不醒，是因为连我也看不出来的古怪原因。”苏子年皱皱眉，说，“虽然她看现在看起来只是昏迷，医院的各项检查也都正常。但事实上，她越来越虚弱，就像有什么东西在吞噬她的生命力一样。”

公孙锦长吁一声，一时间也犯了愁。苏子年误会了这一声叹息，还以为他不相信自己的判断，便压低声音说：“别人就不说了，你公孙还不信吗？”

知道这位老爷子是误会了自己，公孙锦赶忙解释了一番。最后，说道：“我要是不信您，当初也不会招揽苏洁进一科。我是担心，那种病因到底是什么，连您都看不出来。”

闻言，苏子年哈哈大笑起来，爽朗的笑声引起不远处几个小护士的鄙视目光。苏子年只好收敛一些，对公孙锦说：“如果没有这些超自然的事件发生，也不会有你们一科不是？话又说回来，民间的能人多去了，我算什么啊。这事我帮不上什么忙，最多只能告诉你，那小姑娘身上要命的不是人面疮，而是让她昏迷的原因。”

“是啊。”公孙锦叹道，“其他几名死者也是这样。”

苏子年早就有这想法，见公孙锦这么一说，顺杆往上爬：“我听说，今晚你们有人要去看死者的尸体？”见公孙锦点了头，他上前一步，很严肃地说，“我得跟着去看看，说不定能找到点什么。”

就这样，在洛毅森被几个家庭拒绝之后，夜探殡仪馆的队伍里又多了一位。

洛毅森对长辈是很尊敬的，跟着苏子年客气几句之后，就觉得老爷子坐在后面一个劲的打量自己，没多一会，就觉得浑身不自在了。这时候，长期处于兴奋状态的苗安也看出些端倪，就问苏子年：“苏伯伯，你干嘛总看着毅森？”

苏子年咂咂舌，试问：“小子，你爷爷是不是叫洛河？”

“是，您认识我爷爷？”

“哎呦！”苏子年一拍大腿，“你真是洛老的孙子啊，我跟你爷爷何止认识。你怎么进了一科？”

洛毅森也挺高兴遇到爷爷的旧识，对着苏子年也亲切了许多。他笑道：“说来话长。”

不知道这四个字被苏子年如何理解了，他看着洛毅森的目光深邃起来，自语地嘀咕了一句。洛毅森正在开车，没听清他说什么，可苗安听见了，诧异地看着苏子杰，又急忙低下头装作什么都没听见的样子。

殡仪馆位处郊外的山脚下，三个人下了车朝着大门走。苗安这时候才想起来问洛毅森，干吗晚上来呢？

其实，他也想在白天来，但是考虑到死者家属得知警方要再次检查尸体恐怕会来蹲守，为了不发生冲突，还是晚上来比较合适。

洛毅森的担心不是没有道理，值班人员说死者家属在白天还真来了两个人，看他们的样子气势汹汹的。工作人员劝了几次，他们执意不肯离开，一直到下了班才走。

他和苗安出示了证件说明来意，并表示绝对不会破坏尸体，只是看看而已。值班的人犹豫再三，终究还是给领导打了电话请示一下。大约过了几分钟，值班人员说：“我联系不上我们领导，尸体还是不能让你们看。你们等明天上了班再来吧。”

不管三个人怎么说，这位值班人员就是不肯点头。人家的理由很朴实，答应了你们，明天我就得下岗。

说到最后，值班的直接下了逐客令。警察了不起啊？一样赶你没商量。

三个人站在大门口哭笑不得，虽然这种情况也在意料之中，但洛毅森没想到会如此不顺利。正琢磨着怎么办才好的时候，苗安扯了扯他的衣袖，一脸阴险地说："你看围墙不高哦。"

"然后？"

"我们可以跳进去。"

"再然后？"

"我刚才看见，登记簿就在柜台上。我们可以偷偷溜进去，看看尸体，再偷偷溜出来。"

这死丫头一天到晚都想些什么啊？洛毅森无力教育她的功夫，苏子年却极力赞成苗安的提议，看那兴奋劲，整个一老不休！可这事已经有个应对的办法了，少数服从多数嘛。其实，他也想翻墙进去看看。

月黑杀人夜，风高放火天！话说，在一片漆黑的院子里，唰唰唰地闪出三道人影，说时迟那时快，其中一个低喝一声："哎呀，小森森你踩到我脚了。"

"不要这时候叫我外号。"言罢，躲在树后的洛毅森哀叹一声，"我有配枪，有手铐还有警官证，为什么要跟你们做贼？"

苗安很鄙视地看着他，问道："有本事在白天那时候你把死者家属一脚踹开，进去看尸体啊。"

"我说小安，人家刚死了儿子，你懂不懂体谅别人的心情？"

苏子年正在观察值班人员的动向，一听洛毅森的话忍不住感慨道："小洛不错啊，知道为别人着想。"

"得了，你们少说几句吧。现在怎么办？"

苗安不愧是古灵精怪的丫头，她提议："我学鬼叫吧，把那人引出来。"

话音未落，忽听一声好像老鸦叫似的声音不知道从哪个方向飘了过来。猛一听，还真挺渗人的。苗安咽了咽口水，趴在洛毅森的背上，问："不是真的闹鬼了吧？"

郊外的夜风要比城市里的更阴冷些，和着那沙哑的老鸦声，就像阴间的勾魂调子。他紧张起来，护着身后的苗安，顺手打开了配枪的皮袋搭扣。前面，院子尽头的门房已经缓缓开了门，那个值班的中年男人一手拿着手电，一手拿着好像板子似的东西站在门口四下观望。这时候，那种渗人的声音又来了，飘忽不定，一下像是在墙外，一下像是在院子里。

值班的人喊了一声："谁？"

周遭顿时安静了下来，但紧张感弥漫在身边，就像滑腻的蛇慢慢缠上了人的脖子。苏子年一把扣住洛毅森的肩膀，刚刚还嘻哈的模样已经变的严肃起来。他警惕地观察着四周，并低声说道："你们俩找机会进去。"

"你呢？"洛毅森问道。

"我不能走，快点，别错过了机会。"言罢，他捡起地上的一块石头，朝着远处的墙根下扔了过去。寂静的院子里石头的落地声格外清晰。

值班人紧了紧握着板子的手，朝着左侧墙根走了过去。趁着这个机会。洛毅森拉着苗安沿着墙根儿跑进了殡仪馆里。

殡仪馆内部要经过前台和值班人员的休息室才能进去，洛毅森飞快地查看登记记录，告诉苗安："二室三柜，走。"

趁着值班人员在外面查探情况，两个人抹黑溜进了暂放尸体的房间。刚一进门，就被刺骨的寒冷激的打了冷颤。

房间里寒冷阴暗，只有手机光亮可以照明，苗安本来红润的面色也变得苍白了。两个人站在冰柜前相互看了一眼，洛毅森放开苗安的手，说："站远点，把手机举高。"

随着一阵暗哑的拖拉声，冰冷的寒气先冒了出来。苗安下意识的往洛毅森身边靠了靠，低头一看，冰柜里的尸体被一张白布蒙着，只可见到五官的轮廓。

这么下去不是办法，光是他们俩估计看不出什么，要等苏老进来才行。估计那老头也快来了，毕竟值班人员不会离开太久。其实，洛毅森倒也不担心苏老被发现，他担心的是那个古怪的声音。

他想了想，还是觉得不应该让苗安看尸体，就想接过她的手机。但苗安显然比他想得要彪悍得多，察觉到他的意图后很不满地说："别小看我，我十岁那年就摸过死人脸。"

"家传手艺必修课？"洛毅森打趣着。

"想知道啊？俺爹说了，传内不传外，想知道就嫁给我吧。"

洛毅森被她的话逗笑了，刚刚的紧张感荡然无存。一手准备伸过去掀开蒙着尸体的白布，一边说："咱爹还说什么了？"

"咱爹说了，嫁汉嫁汉穿衣吃饭，找丈夫要找心眼好对人实在的。哎呀，不要碰他的嘴，里面有东西。"

洛毅森刚把白布掀开，就见死者的脸色发青。尽管他见过不少尸体，但是半夜殡仪馆这种地方看尸体，还是头一遭。看到嘴巴有些异样的时候，也没多想就要去摸个究竟。苗安及时拦住了他，说：“别告诉我你不知道，死者的嘴里会放着一枚铜钱什么的。”

他的确不知道啊。父母过世那时候他还小，什么都不记得了。至于爷爷，他苦笑道：“我爷爷在一起煤气爆炸事故中丧生，身子都被烧成灰了，没机会装殓。”

闻言，苗安偷偷暗骂了自己一句，乖乖地道歉。洛毅森当然不会生她气，把手缩回来，就问：“那怎么办？”

苗安把手机塞给了他，说：“我来吧，你靠边站。”

真看不出这个可爱的小丫头胆子这么大！她站在尸体头顶的位置上，戴好了手套，轻轻的用手指抵住尸体的下颚，微微用力向上一抬一按，尸体的嘴巴竟然自己张开了！

洛毅森没时间为苗安的胆量感慨几分，他凑上去才看清，死者口中喊着一枚一元钱的硬币，硬币被一根红色的丝线绑着，这根红线很长，一直顺到白布下面。他把尸体身上的白布往下顺了顺，看到那根红线绑在了第二颗扣子上。

“小安，这是怎么回事？”他问道。

苗安白了他一眼：“你确定要在这种阴气森森的地方听我说？”

“算了，还是别说了。”他觉得既然苗安没主动说，八成跟案子没什么关系。就去自习观察死者的嘴。

看了好一会，他又问：“你见过尸体吗？”

“见过啊，还经历过一次晓晟解剖尸体呢。干吗？”

洛毅森皱皱眉，抿抿嘴，把手机放低一些，指着死者的口腔：“你看这里，为什么是黑色的？而我所见过的死者口腔为什么暗红或者是暗紫色？”

苗安咦了一声，也凑过去看。还边看边分析：“其实也有黑色的啊，我听晓晟说过的。但是这个，这个黑的有点太离谱了吧。好像比煤炭还黑了。你看，硬币都是黑色的了。”

最后一句话点醒了洛毅森！如果这个人在死亡前，身体是正常的，那么硬币就不会变色；换句话说，如果死亡时身体是异常的，死后，这种异常还在尸体上持续着，就极可能把硬币染黑。这枚硬币绝对不会是在死者还没咽气的时候就塞进了嘴里，也就是说，这个人在死后他的尸体发生了异变。

拿出事先准备好的采集样本工具，在舌头上挂了几下收好。这些事做完之后，洛毅森还对着死者的口腔看个没完。苗安打趣他：“你好像对他‘情有独钟’？”

“我是想把这个硬币带回去。”

“小森森，你要是缺钱，我可以借给你的。”

实在受不了这个神经大条的丫头胡言乱语，洛毅森还是决定带走硬币。他掏出钥匙链，打开上面多用瑞士军刀，将红线隔断，把硬币装进了袋子里。身边的苗安还在嘀咕："小兄弟别见怪啊，我们也是为了查明你的死因。你别找小森森还钱哦。"

"行了，快走吧。"洛毅森急忙盖好白布，正想着要不要出去接应苏子年进来看看，那种古怪的老鸦声忽然在门外响起！这一次，太近了，近的仿佛一回头就能看见什么。

一向大胆的苗安也紧张起来，洛毅森赶紧把冰柜推回去，警惕地看着房门。那声音似有似无，随着好像是敲门的嗒嗒声顺着门缝飘进来！

"会不会是苏伯伯。"苗安低声说。

"白痴了你？他会敲门吗？"

说着话的功夫，门把手动了！

洛毅森赶忙拉着苗安躲在靠窗的推车下面，他的左手紧紧抱着苗安的腰，右手已经打开配枪的保险。

死一般的寂静中，门把手发出的吱吱声清晰刺耳，随着神经被吱吱声绷紧，冷冻室的房门慢慢地打开。

窗外投射进来一点惨淡的月光，把一小半的屋子染上了青白色，一个影子缓缓的爬了过来，被青白色的月光照着，异常清晰。

苗安被罗洛毅森搂在怀里，实在有些不舒服，如果换个其他的地点时间，也许会更好吧？丫头天马行空的乱想着，冷不丁被洛毅森在耳边吹了口气，顿时觉得面红耳热。她嗔怪地回头瞪了一眼，却发现自己误会了洛毅森的流氓行为。人家那是贴着他耳朵说："是人，有影子。"

这时候，那个偷偷摸摸进来的"人"已经走过了推车，站在冰柜前面，从容得像是来参观一样。洛毅森小心翼翼按着苗安在怀里的肩膀，想要探出头去看看，刚刚做个了探势，怀里的丫头就开始不老实的扭动起来。他急忙紧了紧手臂，圈在怀里的腰身纤细而柔软，从苗安身上散发出来的淡淡香气，缭绕在鼻端，神智就这么恍惚了一下，无意识地掐了一把她的腰，引来她抓住了他的指尖，相互碰触的瞬间，心头上好像被什么东西咬了一口，酥酥麻麻。

紧张与暧昧这两种极端的感觉打乱了洛毅森的镇定，他在心中暗骂自己不是个东西，这都什么时候了还有心情调戏小丫头？收敛了心神后，他放松了力气，拍拍苗安的背示意她不要乱动。

苗安也知道洛毅森不会有什么歪念头，至少在这种场合下不会。她也赶忙警惕起来，跟着他一起，慢慢地探出头去，刚好看到那个“人”打开了他们刚关上的冰柜。

他要干什么？从背影来看，应该是个男人。这个男人打开了冰柜也没想他们方才那样仔细观察，而是踮起脚几乎把整个脑袋塞了进去！有那么一瞬间，洛毅森还以为这哥们准备用餐了。

同样目睹这番场景的苗安朝着洛毅森做了一个咀嚼的动作，他摇摇头，估计不是在吃，而是在……

在什么他哪知道？洛毅森琢磨，没听见吃东西的声音，八成是干别的呢。可究竟要做什么需要把整个脑袋都塞进去？越想越是奇怪，就更加仔细的观察起来，很快，他发现这个“人”的背影有些熟悉，绝对的似曾相识！

就在这时，忽然从外面传来一阵轻微又急促的脚步声，脑袋还在冰柜的那人猛地哆嗦了一下，八成是被吓了一跳，抽回身的时候脑袋磕着了冰柜，只听一声沉闷的哎呦。洛毅森赶紧按着苗安缩回推车下面！

外面的脚步声越来越近，那人明显害怕了起来，慌不择路的情况下，一转头看到了靠近窗台的推车，急窜几步，一猫腰钻了进去！

里面这俩没想到外面那个居然会进来，外面那个也没想到里面还躲着两个。双方一照面，苗安吓得张嘴就要喊，新来这位吓得瞪着眼睛也要喊！洛毅森眼疾手快，一手捂着一张嘴。以杀人般的眼神警告他们，不准出声！

这时候。哪有心思打量新来的同学，而新来的这位也没多余的精力琢磨这两个人是谁。他们三个躲在推车下面，细听刚才那脚步声已经停在门外，随之，房门被推开，只听：“小洛，小安，在不？”

是苏子年！洛毅森真想爆句粗口！这老爷子也太会挑时候了，吓得小心肝差点从嗓子眼里蹦出来！

听到是苏子年的声音，苗安也松了口气，扒开洛毅森的手，探出头去，招呼着：“苏伯伯，我们在这呢。”

苏子年低头一看，好嘛，苗安就露出一个头，没身子。老爷子一嗓门喊出去：“呔，何方妖孽？”

苗安也是个没心没肺的，捏着莲花指回道：“青丘国紫云洞，狐仙是也。敢问道长如何称呼？”

洛毅森哭笑不得地推着身前的苗安，催她：“仙个屁，赶紧出去。”

估计那位不知名的男人也被苗安搞得没啥紧张感了，正准备出去的时候扫了一眼洛毅森，刚好跟他的视线相接。二人同时一愣，就差来句："原来是你。"

他们都认出了对方的脸，接下来自然是相互质问一番。可刚才苏子年那一嗓子动静大了，引来了刚刚巡查完毕的值班人员。一叠声的喊着"谁在里面"一步一步走近。

这时候，向外跑肯定跟值班的撞上了，也不知是苏子年做贼心虚，还是苗安等人喜欢上了推车，洛毅森伸出手，和苗安一起把苏子年抓住，扯到了推车下面！这回可逗乐子了，一个推车才多大？下面挤了四个成年人，连大气都不敢喘气。

洛毅森的想法很简单，等值班的进来看一圈，走了之后，他们几个从窗户跳出去，可谓是人不知鬼不觉。如意算盘还没想好路线呢，苗安就一个劲拉他的衣襟，并指着侧面的冰柜。

他扭头一看，气得想掐死外来户！这个人居然没把冰柜关上！

于是，当值班人员进来时候，冷冻室安静了三秒。紧跟着，一声凄厉的、惊悚的、声嘶力竭的叫喊声直冲云霄！连逃跑时的脚步声听起来都是那么富有恐怖的感染力。

洛毅森无奈地看了另外三人一眼，说："赶紧走吧。"

四个人顺着冷冻室的窗户跳出去，摸着黑离开了殡仪馆。走到安全地带之后，洛毅森一把扯住要溜走的外来户，冷笑道："老爷子，又见面了。您刚才干吗呢？"

这个人正是他在医院碰到的那位邋里邋遢，鬼鬼祟祟的老头。现在被抓个现行，洛毅森铁定他没办法抵赖了，可老头把眼睛一瞪，说："我梦游。"

一句话三个字，气的洛毅森眼皮子直抽筋！倒是人家苏子年有个稳当劲儿，拿出一个录音笔和巴掌大的小音箱，往老头跟前一放："梦游还带这么多东西？刚才院子里那点动静就是你用这个搞出来的吧？看您这样应该是我大几岁，老哥哥，你看你是去警察局说啊，还是跟这说啊？"

一边的苗安也跟着添油加醋，一会挤兑老头说他是变态；一会又数落老头说他是老不休。就苗安那个纯美的脸蛋配上恶毒的话，杀伤力极强！老头终于顶不住了，朝着洛毅森投去求救的眼神，洛毅森忍着笑把脸一扭，装作没看见。走投无路之余，老头只好坦白。

也许，谁都没又想到这么一个邋里邋遢的老头子居然是中心医院久负盛名的老教授。洛毅森上下打量了一番，颇有些怀疑的态度。老头急了，说自已姓霍，单名一个济字。祖上五代行医，到他这辈已经是第六代了。霍老怕这三个比他还不靠谱的人怀疑自己，吵着要上洛毅森的车，带几个人回家验明正身。

洛毅森拦在霍老的身前，正色问道："你为什么要看尸体？"

"你们不也是去看了么，咱们一个目的吧？"

面对这样一个人老顽童，洛毅森忽然想起了爷爷，不知怎的，就对霍老多了几分亲切感。他笑了笑，帮着打开了车门："霍老家里有好茶吗？"

"那当然。"霍老得意洋洋地说，"铁观音、普洱、大红袍，我有的是好茶。走走走，回家聊去。"

也不知道究竟是什么得了老爷子的眼缘，大半夜的，三个人跟着他回了家。一进门，苗安就呆了！太迷人了，一套三室两厅的居室干净整洁不说，随处可见古香古色的韵味，打死她也不相信是这个邋遢老头的住处！

霍老似乎已经习惯了客人们这种诧异的目光，他自顾自地走进厨房，接了一壶水放在炉盘上。返回客厅后，说："现在的饮用水不适合冲茶，多等等吧，好茶得用好水。"

喝茶倒是其次，洛毅森在意的是霍老一而再再而三的古怪行为。他第一次去医院的时候就觉得霍老眼熟，直到刚才才想起来，霍老就是那个在秋燕病房门口跟自己对视后慌乱落跑的老头，也就是说，这位老教授很可能是第一个发现秋燕异常的人。

但洛毅森只猜到了一半。霍老说："注意到小卓护士的妹妹还是因为前几名患者。"

话题起了个头，霍老插了几句话简单说明自己的事。他在中心医院就职已经有二十多年，历经了三任院长，院里一些老大夫老领导对他都是毕恭毕敬的。

前两个患有奇怪昏迷症的患者死亡之后，院方开始重视起来。等到第三名患者入院后，院方组织了中、西医联合会诊小组，陆翔是组长，霍老是副组长。

几天会诊下来也没能查清病因，当时，陆翔主张建议转院，那意思是死也别死在咱们医院。霍老在非常鄙视陆翔的同时，也有他自己的看法。他说："这话本不该跟你们当警察的说，可不说吧，我又憋不住。你们说我老不正经也好，说我变态也好，这话总得有人说。"

洛毅森忙安抚道："霍老，有什么话您就说。"

"说，怎么不说？难得有人愿意听。"霍老放下了杯子，抬起头严肃地看着洛毅森，"这种没来由没病根的，十有八九是孽病。"

什么是"孽病"？说白了，就是一些近乎于迷信的东西。这种事经常发生在乡下的农村，谁家的谁谁被哪个大仙迷了；谁家的谁谁招惹了邪祟什么的。坊间流传，不管是被迷了还是招惹了什么，这人本身就是有问题，要不然怎么偏偏就找上你呢？

当然了，这些都是封建迷信的产物，霍老活了六十来岁，也没见过真正被大仙迷了的人。但是，他听父亲讲过几个这样的小故事，据说都是真的，都是从上一辈那传下来的。可到底是真是假，现在也没办法验证。但霍老相信“孽病”真的存在。

连续几名患者离奇死亡，在医治无效的结论之后，霍老怀疑这几个人患上的都是“孽病”。他把这事跟院方反映了，当然的被婉转地训斥了一顿。不仅如此，当天他就被请回家中休长假，他正在负责的几个病人也都转到了其他医生手里。

霍老很生气。他想，你不信我也就算了，怎么能把我赶走呢？我走了，我的病人怎么办？万一再有患上昏迷症的人怎么办？你们还继续坚持没用的医疗手段岂不是误了人家孩子的命么。

老头越来越生气，越想越着急，就天天跑去医院理论。几天下来，院方领导吃不住了，毕竟他是院里的老宝贝，对他的处理也得有个底线，所以，院领导得了消息就溜出去避风头，把应付他的差事交给了陆翔。

说道陆翔，霍老满心的不待见，不过这是后话了，他暂且不提，主要还是针对几个死者的事，说：“前两个小伙子死的时候我没在场，也没看到尸体。第三人的尸体我看见了，但是没等我再琢磨琢磨，陆翔那小子就给解剖了。我也是没沉住气，就去找院领导反映，结果可好，下午就被打发回家。”

“就是说，你今晚去殡仪馆主要是去检查尸体？”苗安喝着香茶，问，“可我看您也没干什么啊，就把脑袋塞进去而已。”

洛毅森一想，霍老打开口冰柜的时候很能发现了被自己动过的死者口腔，所以才靠近过去仔细看看。说到底，为什么那枚硬币会发黑呢？想到这里，他问：“霍老，我在死者口腔里发现一枚一元钱的硬币，这可能是跟本地的一些习俗有关，对案情倒是没没多大牵连。问题是，硬币变黑了。”

霍老也同样注意到死者口腔内的古怪颜色，当下就让洛毅森把硬币拿出来看看。借着屋子里明亮的灯光，四个人围在桌旁，眼睛都盯着上面这枚小小的一元硬币。

霍老看了好半天，也没吭声。倒是苏子年越看脸色越不好，他先开口道：“这倒像是巫术了。”

“巫术？”洛毅森心中一紧，“巫师的那种巫术吗？”

苏子年点点头，说："我不大了解这方面，只知道巫术有分祭祀巫术、驱鬼巫术、招魂巫术、祈求巫术、诅咒巫术、辟邪巫术、禁忌巫术。其中，也有黑白巫术之分。"

瞧着苏子年一副说上瘾的样子，苗安适时打断了他。只问："为什么苏伯伯确定是巫术呢？"

"我没说确定。"言罢，他看着沉思不语的霍老，说，"那小伙子死了之后，你们院方有没有做过比较全面的检查？"

霍老没吭声，主要是看得太专心没听见苏子年的问题。洛毅森拍拍老头，这才问道，苏子年刚才说什么？苏子年哭笑不得地又重复了一遍，霍老点点头，表示当然做过全面检查，如果苏子年想问的是毒素，那是肯定没有的。

苏子年一拍大腿，说："既然生前和死亡后短期内没有发现毒素，那就不存在中毒身亡的可能性了吧？可这枚硬币和死者口腔内发黑，这明显是中毒现象。但是，现代医疗设备却没查出来，这就表示这种毒素非比寻常。民间有些掌握奇淫巧计的高手，我也大致了解一些，说到毒，可能没有哪门哪派比得过巫术。"讲完，苏子年竟凑到霍老眼前，憨厚一笑，"老哥哥，你说呢？"

霍老挑眉看了一眼苏子年，不冷不热地回道："你都说了，还让我说什么？"

苏子年碰了一鼻子灰，"这、这"了半天，也没这出个下文来。霍老也没想给他个台阶下，但却意识到了洛毅森急切的目光。他看得出来，这个小伙子相信了自己，并且真的在为案子着急。他咳嗽两声，道："要说到害人的巫术，那应该就是黑巫术。黑巫术以诅咒和巫蛊为主，但是施术者要以自己的生命为代价，为力量源头，如果施术失败，施术者会因反噬而死。在施术前还要做很多准备，要收集被施术者的指甲、毛发、液体等等东西，配上法事和咒语，才能成事。"

听过这些东西，洛毅森暂缺不去寻思它的真假，而是进一步问到，什么情况才算是施术失败？假设，这四名死者的死因都是巫术，有没有可能是巫师同时施过一次法？中了黑巫术而死的人还有哪些特征？

对洛毅森的几个问题，苏子年开口道："从开始做法事到被害人死亡，这个期间不能有差错，否则就算是施术失败；至于你说四个人同时被施法，那是不可能的。一般来说，中了黑巫术后都会留下些痕迹，只是外人看不出来罢了。"

洛毅森和两个老爷子谈到天色将明，熬不得夜的苗安早就趴在桌子上呼呼大睡起来。他们约定好下一步的工作。由苏子年写封信，让苏洁跑一趟苗疆找个朋友仔细打听打听；洛毅森想办法让霍老重新回到医院工作，主要负责秋燕的病情；而他自己，需要调查另外三名死者在火化前是否发现过口腔变黑的异样。

第四章 就在身边的危机

把苗安送回一科，这丫头睡了一路不说，到了地方叫都叫不醒。洛毅森只好抱着她走进楼内，正想着这么早应该不会遇到谁，迎面就走来了工作了一整晚打算出去吃早餐的廖晓晟。

廖法医看到洛毅森后止步不前，洛毅森疾走了两步，跟她说："累了，叫不醒。"

廖晓晟面无表情地打量一眼苗安，又抬起头看看洛毅森，没说什么，只是意味深长的拍拍他的肩膀，露出我能理解的一点笑容。洛毅森也不想解释，抱着苗安上楼，继续犹豫着是出去办案，还是补眠。

抱着一个人打开房门是件很辛苦的事，等把苗安放在床上之后，他胳膊都有些酸了。转身要走，却被拉住了衣角。睡的一塌糊涂的苗安也不知道做着什么梦，呓着："不准跟我抢。"

做梦吃东西呢吧？洛毅森觉得好笑，偷偷戳了戳苗安白嫩嫩的脸蛋儿。小丫头又接着说梦话："小森森是我的。"

"不要随便决定我的所属权。"不知何时，洛毅森接受了苗安时不时抽风的习惯，也知道她八成没多想，只是……

只是什么？洛毅森没有想得很透彻，总觉得这是人家女孩的事儿，他一个老爷们闲着没事总琢磨这个干吗？

安顿好了苗安，洛毅森不觉得困倦，回到自己房间后发现赵航不在，估计一晚上没回来。他洗了澡换了衣服，准备去医院看看秋燕的情况。

秋燕的病房里安静得令人压抑，杨彩芝把刚刚用过的洗漱用品收到柜子里，又打了一盆水，给秋燕擦身子洗脸。

距离秋燕昏迷已经过了两天，也许，这个妹妹的生命只有不到五天的时间了。春燕不敢回家，整日整夜留在医院里守着她。也幸亏有杨彩芝帮忙，她才没有累到昏过去。

杨彩芝拘谨地跟自己问了声好，随后，拎着水壶出去打水了。他帮忙关好了房门，问卓春燕："情况有好转吗？"

卓春燕摇摇头。他找不到什么可以用来安慰她的话，只好提到了李景泰的事，他问："昨天你说李景泰在两个月前突然康复了，他什么时候确诊的？"

许是没想到洛毅森又问到了李景泰，卓春燕犹豫了片刻，说："确诊的时间好像是一年前。其实，也不是说两个月前突然康复的，那时候是情况好转，从好转到康复的时间很短，所以一些医生才说不可思议。"

"你知道谁是他的主治医吗？"

卓春燕说："最开始是陆翔，在内科他也算是本市的一把手了。但是后来就换成了一位国外的权威，李先生自己聘请的。"

又是陆翔。这家伙还真是无孔不入啊。洛毅森已经打定主意一定要再找陆翔谈谈，当下还有不少事问卓春燕。

"卓姐，根据你对癌症晚期患者的了解，李景泰的病有可能康复吗？"

一时间，卓春燕没明白他这个问题本身的意义，说了些没什么用处的话。洛毅森正想问的直接一点，忽听门口传来杨彩芝不悦的声音："你来干什么？"

"我来看看她。"

是李双林！洛毅森几步走过去打开门，果然看见李双林拎着不少营养品站在外面，正跟杨彩芝大眼瞪小眼。卓春燕也走了过来，勉强笑了笑，说："双林，你怎么来了？进来吧。"

趁着李双林和卓春燕说话的时候，洛毅森拉着杨彩芝留在外面，低声问她："你确定那些谣言是李双林自己说出去的？"

杨彩芝肯定地点点头，甚至说愿意跟李双林当面对质。洛毅森觉得这就不可能是假的了，但当面对质还为时过早。他告诉杨彩芝："以后他再来探病，你尽量不要离开秋燕。也不要赶他走，观察他的一举一动。"说着，又掏出自己的电话，"我把号码给你，只要他来了，就给我打电话。"

看着自己手机上已经有了洛毅森的号码，杨彩芝又看了看病房。她咬咬嘴唇，终于忍不住问道："我刚才听见了，你，你跟春燕姐打听李景泰的事。其实，我也知道一点。"

"你知道什么？"洛毅森问道。

在学校里流传着秋燕和李双林交往的时候，秋燕曾经跟杨彩芝提起一起去李家的体检中心做体检。说是李双林为了表示谢意特意给她的免费招待，还特别提到了他的父亲李景泰。杨彩芝觉得这跟炫富没什么区别，有点反感，再加上她对李双林本来就有些抵触，也不想占这个便宜，就没有陪秋燕去。等着秋燕回来之后，就跟她说李双林的父亲得了重病，好像很严重的样子，所以她这几天准备好好“安慰”一下李双林。

至于怎么“安慰”杨彩芝就不知道了，她也没问。在杨彩芝看来，秋燕答应李双林做他名义上的女友是很傻的，而且李双林实在不该拖累一个女孩的名声。

“秋燕去做体检是什么时候的事？”洛毅森问道。

“好像有二十多天了吧。具体日子我记不清了，差不多过了二十天。”

“那体检中心是不是叫永康？”

“对，就是那家。”

洛毅森深呼吸着，他想，如果杨彩芝也去了那家体检中心，那么会不会和秋燕发生一样的情况呢？永康体检中心、突然康复的癌症患者、古怪的昏迷症、人面疮……

忽然，洛毅森眉间一紧。忙问道：“你有没有发现秋燕身上很奇怪？比方说，头发少了一点、十根手指的指甲只有一个或者两个短了一些？或者是类似的其他情况？”

杨彩芝平庸的脸上一片茫然，想得急了，不禁有些不知所措。洛毅森忙安慰道：“我也是随便问问，你没注意到无所谓。别急成这样。”

杨彩芝低下头，哽咽地说：“对不起。”

谈到这里，洛毅森的电话响了，打来电话的是苏洁。洛毅森走到走廊尽头接听电话，听苏洁的意思现在正准备登机，她说：“老大让我去苗疆一趟找老爸的那个朋友，秋燕的事就只能你自己负责了。别乱来，涉及到巫术的案子并不安全，你要事事小心。”

“我知道，你放心的去吧。”

“啊呸呸！还‘放心的去吧’，你当我是去送死吗？”言罢，苏洁话锋一转，“我听说，你把小安睡了？”

“哈？”洛毅森顿时出了一身冷汗，“我把谁睡了？”

“小安。”

“别听廖晓晟胡说，这都哪跟哪啊。”好气又好笑地挂了电话，一抬头看到陆翔居然站在病房门口，正跟李双林说话。意识到洛毅森的目光，陆翔急忙转身离开，而李双林回过头来看了一眼，那眼神可不像第一次见面的和气，几乎要把洛毅森冻死一样的冰冷。仅仅是这样一个注视，李双林便转回头离开了。

洛毅森觉得很可能是卓春燕问了一些关于他父亲的情况，这小子敏锐地发现这跟自己有关。不论怎样，李双林似乎有些不可告人的秘密。

随后，他问卓春燕，李双林都说了些什么，根据对方的反馈来分析，都是些不疼不痒的安慰话。随后，他们又聊了几句，洛毅森才离开七楼。

刚走出电梯，公孙锦打来电话让他马上下楼，听那意思公孙锦就在楼下。洛毅森疾步跑了出去，看到公孙锦站在自己的车旁，招着手。

上了车，准备赶回一科。公孙锦摘掉眼镜，揉了揉眉心，看上去有些疲惫。他说："赵航和景阳在外面查到很多线索。赵航的脑子灵活，是个难得的怪才。他想到了……"

洛毅森还纳闷公孙锦怎么不吭声了，转头一看险些惊叫出来。只见，在公孙锦的小腿上正盘着一条五彩斑斓的蛇！

大爷的，他的车里怎么会有这玩意？洛毅森瞬间冒了一身的冷汗，紧张地几乎抓不住方向盘。那条蛇一看就知道有剧毒，被它咬上一口估计连急救的机会都没了。但公孙锦却非常镇定，他说："别慌，保持车速。"

"你，你别动，我来想办法。"

这时候，毒蛇盘着公孙锦的小腿向上爬，七寸已经落在了他的大腿上。这种时候，公孙锦居然还能面不改色地开玩笑说："你怎么想？开好车吧。"

"叫你别动就别动！"洛毅森急得喊了一声！也不再顾忌公孙锦的态度，右手慢慢地放开了方向盘。他的眼睛紧紧地盯着毒蛇，忽然，蛇头一转，豆大的蛇眼竟好似盯着他一般。

都知道蛇的视力是很弱的，几乎就跟瞎子差不多。但被这条毒蛇盯着的感觉实在很惊骇！他的手不敢再往前探了，同时还要注意路况，一时间满手的冷汗。

公孙锦神态自若地看着洛毅森那苍白的脸，真的就不再动了。但是他们不动，不代表那条蛇也不动。它就像对洛毅森有感情似的，慢慢地从公孙锦的身上爬过，蛇头搭上了洛毅森的大腿。

你妈的，我跟你有亲戚啊？洛毅森在心中痛骂的时候，屏息静气，眼睛也半眯了起来。忽然，对面一辆车反道行驶，他急转一个弯，动作过大引起了毒蛇的注意。一呼一吸之间，那蛇昂起半条蛇身，张着血腥蛇口，直奔洛毅森的脖子！

当廖晓晟拎着死蛇的尾巴纳闷的时候，洛毅森还惊魂未定。廖晓晟百思不得其解，问道："这蛇怎么死的？"

"掐死的。公孙掐的时候有点用力过猛，你凑合着检查吧。"

廖法医心说，这是用力过猛吗？蛇头都没了。她忽然想到，蛇在发起攻击的时间最快可达到三分之一秒，估计比眨眼睛还要快。按照刚才洛毅森讲述的经过来看……

廖晓晟难以置信地看着洛毅森："老大的手比蛇的攻击还快？"

"别问我，我什么都没看见，太快了。"言罢，他苦笑道，"去研究研究这条蛇吧，我看它并不是普通的毒蛇。"

自己的车里为什么会出现一条毒蛇，洛毅森有些想不明白，但至少他有了一种已经威胁到凶手的感觉。但是，很难确定究竟是哪一条线索威胁到了凶手，让对方迫不及待地想要杀了自己。跟蒋兵分析了半天，也没找出什么头绪。这时候，洗完手的公孙锦也回来了，他暂时放下这个问题，讨论案情。

蒋兵说赵航和蓝景阳还在外面查案，一时半会也敢不回来。先把他们俩传回来的线索说说。

外面两个拼命三郎所得丰厚，他们查到四名死者非常详细的昏迷时间。蒋兵多了几个心眼，在网上搜了一下，想要看看在几个时间段里本市都发生过什么。结果，吓了一跳。

公孙锦催着蒋兵赶紧出结果，这位技术帝忙活起来的时候还抱怨："老子就纳闷了，那几个熊孩子咋就这么倒霉，好死不死得了什么怪病。这回好，摸着线头儿了，你们几个加把劲，赶紧破了案老子也能睡个囫囵觉。"

难得见到蒋兵对工作抱怨连连，洛毅森瞥了眼公孙锦，对方哭笑不得地摇着头，并不在乎蒋兵的抱怨。这时候，电脑里也显出是一张表格来。洛毅森弯下腰去仔细看，不由得倒吸了一口凉气！

蒋兵拿出来的都是本市，或者说在国内都有头有脸的商人，非富即贵的上流人士，这些人都在五十岁以上，且患有不同的严重疾病。其中，李双林的父亲李景泰打头阵，患病：晚期胃癌。但是接下来的资料让他百思不得其解。

蒋兵非常理解洛毅森纳闷的表情，刚刚查到这些的时候他也是如此。便说道："看到了吧？这几个人都有病，还是要命的病。奇怪的是，他们在这两个月内奇迹般地康复了，神吧？"

蒋兵又打开一个人的博客，说："这哥们八成只是想得瑟得瑟，所以写下了这博义。他是外地一名医生，也负责给李景泰的主治医做助手。他这博文里说'这简直就是奇迹，今天下午十五点三十六分，那位老先生奇迹般地康复了。忽然醒过来的时候，我仿佛看到了他脸上洋溢着被神眷顾的安详'。"念完了这段话，蒋兵笑道，"先不说这哥们幼稚的文笔，你们注意到李景泰的康复时间了吗？"

当然注意到！日期、时间完全跟第一名死者的死亡时间吻合！就是说，在李景泰康复的一瞬间，第一名昏迷患者宣告死亡。

公孙锦当下喝令："请李景泰来喝咖啡。"

第五章 医生之死

李景泰并不好请，至少洛毅森刚说明来意就吃了闭门羹，连李家的大门都没进去。公孙锦只好跟厅里请示，找个恰当的理由尽早接触到李景泰。在等待的这段时间里，洛毅森赶到医院，去见陆翔。

咖啡店里，陆翔摆出一副奚落的态度，说："你们一科也算有些能耐，居然能让霍老头回来上班。"

洛毅森也没给他什么好脸儿，冷声道："他一个老中医跟你有什么冲突吗？"

说到冲突，那肯定是有的，只是陆翔不可能说出来罢了。他索性把脸扭到一边看窗外的风景，也不再理会洛毅森提出的诸多问题。

距离立案那一天到现在所剩的时间不多了，洛毅森没心情跟他耗下去。干脆打了一个直球，问道："我知道在李景泰确诊了胃癌晚期那时候，你是他的主治医，这个工作你担任了多久？"

陆翔一怔，眼神开始飘忽起来。他勉强笑了笑，问："怎么还扯到李先生了？"

"我问你什么就说什么，真等我请你回一科可没这么好的咖啡招待你。"洛毅森本来就对他没好感，再加上整个一科的人都跟陆翔有仇似的，他骨子里那种护犊子的情结作祟，从一开始就没想跟陆翔进行什么有好的交流，他巴不得带这混蛋回一科。

许是察觉到了洛毅森的本意，陆翔也老实了一些。这人，典型的欺软怕硬。

陆翔说："李先生有能力给自己请到更好的医生，所以，在确诊一周后我就不再是他的主治医了。"

"据你所知，李景泰有没有请过民间的大夫看病？"

这个问题让陆翔犹豫了半天，他的眼神已经不是飘忽，而是不敢与洛毅森对视。洛毅森看得出这小子心里有鬼，就加了把劲儿，问："作为他第一个主治医，你不可能没有什么建议，推荐一些人或者是一些医院什么的。我估计，李家找到谁，也会跟你打听打听。把你知道的都说出来吧。"

"我不过就是个医术平平的小大夫，李家有什么决定怎么会征求我的意见？"

这明显是打上太极了，洛毅森知道这种人就要软硬兼施。他便说："你别紧张，我来找你只是询问些线索，也没说要你负什么刑事责任。如果你真有问题，也轮不到我来找你。苏洁和景阳都可以来，我想，你不愿意跟他们详谈吧？"

估计是苏洁这个名字让陆翔想起了什么，他眉间一紧，犹豫了半响。终于肯说："我向李先生推荐了两名国外的专家，是李先生的长子负责联系了他们。事后，李家好像又请了一些人，这些情况我就不清楚了。"

洛毅森知道陆翔的话至少有一半的水分，他拿出时间对照单放在对方的面前，说："看看吧，这是李景泰从昏迷状态到清醒的时间，也是他完全康复的时间。怎么样，眼熟吗？"

陆翔瞥了一眼，茫然地抬起头："你什么意思？"

"我的意思说简单也简单，说复杂也挺复杂了。"洛毅森意味深长的笑道，"你对这个时间应该有很深的印象。昏迷症第一名死者的死亡时间，刚好也是这个。我看过死亡证明，是你签的字。"

一滴汗水顺着陆翔的额头滑了下来，他去拿咖啡杯的手有些发抖，不等喝上一口，就听洛毅森再问："检查尸体的时候，死者口腔是什么颜色的？"

"没注意。"

"尸体表面没有异常吗？"

"没有。"

"几名死者都是如此吗？"

"当然。"

"我去过殡仪馆，看过第四名死者的尸体。他的口腔发黑，乌黑乌黑的。你怎么看？"

一句紧逼这一句的谈话方式终于把陆翔逼得爆发了，他拍案而起！怒视着洛毅森："你什么意思？把我当犯人审吗？我告诉你，我跟什么案子都没关系，有本事你就逮捕我。"

完全开始耍无赖了。洛毅森看着杯子里的咖啡慢慢流下来，他动了动身子免得脏了裤子。一番动作不温不火，更加刺激恼羞成怒的陆翔。他却很坦然地笑了出来，说："陆医生，你急什么呢？我好像没说你跟什么案子有关，不过是来跟你询问些情况罢了。看你这样好像巴不得跟案子有什么关系。"

陆翔的脸色越发得难看，从惨白变成了青葱般的嫩绿。这种脸色实为罕见，洛毅森忽然想到，这小子别是有什么病被自己气犯了吧？

还不等他琢磨完，忽见陆翔猛地开始抓脸，几道血痕顿时被抓了出来。洛毅森见状心说不好，起身就去抓他的手。不等碰到陆翔，这人的五官忽然开始流血，血红的眼镜里满是惊恐，脸上却露出一个狰狞的笑，阴冷地对着洛毅森一张嘴，满口的鲜血尽数喷在了他的脸上，气绝身亡。

一切发生得太突然了，洛毅森惊呆地看着陆翔的尸体，对周遭的惊叫声置若罔闻。

陆翔就这么不明不白地死了，洛毅森当然难辞其咎。公孙锦和蓝景阳赶到医院的时候，正有不少医护人员在责问他。公孙锦到底还是护着自己人的，这一回没再给院方任何机会，直接带走了陆翔的尸体和心情低落的洛毅森。

回到了一科，廖晓晟急急忙忙关上门开始解剖尸体。剩下的人，推着洛毅森回到办公室，让他把经过详细说明。最后，公孙锦分析："陆翔肯定知道李景泰的一些事，我们不能排除杀人灭口的可能性。问题是，陆翔的死因是什么，姑且假设为中毒，凶手会在哪里、何时下毒？又怎么会将时间掌握得这么准确？"

一边的蓝景阳说："既然涉及到了巫术，也有这种杀人手法的可能性存在。我们防不胜防。"

不，不是防不胜防。洛毅森冷静下来之后，也开始分析。

首先，凶手必定知道自己要找陆翔询问线索。他是在今天上午约陆翔见面的，距离死亡时间有八个小时。这八个小时内，陆翔只是在医院、饭店出现过，接触他的人，也只能在这两个地方下手。进一步分析，能知道陆翔跟自己见面的人可以肯定是他的熟人，也就是医院的医生或者是护士。再缩小分析范围，出了陆翔之外，跟本案有关，有在医院工作的人只有两个。到底是谁呢？又为什么杀了陆翔呢？

苗安看到洛毅森深思的模样还以为他很失落，就偷偷扯了扯公孙锦的衣袖，示意他安慰几句。但公孙锦却没说什么，只是告诉大家抓紧时间破案，随后，叫上了蓝景阳一同离开。

办公室里，苗安走到洛毅森身前，还没开口，就被一旁的赵航拉住了。赵航对她摇摇头，她不解地眨眨眼睛。无奈之下，赵航只好给蒋兵使了个眼色，让他把苗安带出去。

虽然两个人在警校的时候没有过什么接触，再见面也不过是个把月的时间。但作为男人，赵航觉得洛毅森现在需要的不是安慰，而是一股助力。

“只要我们尽快破案，谁杀了陆翔就知道了。”言罢，看到洛毅森露出我知道的神情，不免一笑，“你去找陆翔问什么？”

“关于李景泰的事。那个死亡时间和他的康复时间分秒不差，我几乎就要逼着陆翔说实话了。没想到他……”

“对，这就是关键。”赵航立刻跟上，说，“凶手很有可能就是要隐藏这个事实，所以杀了陆翔。我们现在不做别的，一定要查清为什么李景泰的康复时间和另一个人的死亡时间分秒不差。这可能涉及到巫术，我们去找苏洁的老爸吧。”

洛毅森的思维被赵航带动了起来，但是他却说：“苏子年对巫术了解的也不多。你跟我走吧，我估计，爷爷的藏书里会有这方面的资料。”

这才是韧性十足的洛毅森！赵航嘿嘿笑着，跟着他离开了一科。

乍一看整个书房，除了书还是书，赵航真是佩服洛毅森的爷爷。这么多的书要搜集多少年？洛毅森也觉得很自豪，说爷爷这些藏书差不多有八十年的历史，不少书是从太爷爷那一辈传下来的，可说是稀世孤本了。而且，爷爷还给藏书做了分类，方便查询。

洛家爷爷的分类标记赵航看不懂，洛毅森就告诉他，这些是根据天干地支来分的，不懂这个，等于两个眼一抹黑。

在赵航连连惊叹的时候，洛毅森已经走到丙寅柜前，打开了玻璃门，招呼赵航过来帮忙。为了保护这些孤本，两个人关了窗，把室内温度调节好，又戴上了手套，随后，才席地而坐，一本一本翻看起来。

与此同时。

从工作室走出来的廖晓晟拨通了公孙锦的电话，告诉他：“我在死者头颅里发现一只已经死掉的虫子。我不认得是什么虫子，准备去大学走一趟，找个专家看看。”

“死因呢？”公孙锦问道。

“那只虫子在死者的颅内，你想死因会是什么？”廖晓晟看着装在量杯里的虫子尸体，好奇地看了又看，只是抽空对公孙锦说，“我不知道虫子是怎么进入死者的头部，不管是口服还是从肛门塞入，都不可能爬到脑袋里去。”

“鼻孔呢？”不知道什么时候走过来苗安，踮着脚也在看虫子，还很好奇地跟着分析。

但廖晓晟却说："小安，这种虫子尸体表面有一种腐蚀性的细菌，不管从人体的什么部位进入，都会留下疮疡面。我检查过尸体，并没有发现这种现象。你的假设不成立。"

苗安也跟着严肃起来，低语着："你找昆虫学家也不会有结果。"

也许苗安的建议是对的。公孙锦挂断了电话，看着远处李家豪宅的大门，也是有些急躁了。他想，只是这样等着上面的决定并不是什么好主意，但李景泰的身份特殊，不得不走些麻烦的程序。希望李景泰能活到走进一科的时候。

坐在副驾驶位上的蓝景阳见公孙锦许久不曾开口，就把放在膝盖上的笔记本电脑合上，问他："真少见你有着急的时候。"

公孙锦微微一笑，说："上面给我压力，我也有不耐烦的权力啊。"

"为了毅森？"

"他只是其中一个原因，毕竟陆翔死的时候他也在场。但更重要的不是这个。"说到此，公孙锦扯开了话题，"你在跟蒋兵连线？"

"嗯。"蓝景阳意识到他不愿意多谈，也就没再说下去。回道，"蒋兵查了陆翔的情况，发现在一个月前有两百万汇入他的账号，汇款的对方是李景泰的私人秘书。"

"两百万？"公孙锦挺直了腰板，来了精神，"给一个毫无关系的医生？"

"所以蒋兵觉得奇怪，我怀疑陆翔知道李景泰什么事，进而勒索他。勒索的证据必须是实物，所以他去陆翔的家搜查了。"

闻言，公孙锦难得地大笑起来，也只有在蓝景阳面前，他才会这样毫不掩饰自己的心情。他说："蒋兵先斩后奏，我可不记得给他批过什么搜查令。"

"只要查出线索就是好的。"说着，蓝景阳把笔记本电脑打开，指着屏幕说，"蒋兵发现了这个加密文件，解开密码后里面是一段视频。现在看，还是等毅森和赵航回去一起看？"

公孙锦想了想，联系了洛毅森之后不想打断他们的调查工作，就让蓝景阳带着笔记本电脑去洛毅森的爷爷家。蓝景阳还觉得奇怪，公孙锦对这段加过密的视频没兴趣吗？虽然觉得奇怪，他也没问什么，临下车前却被一向老神在在的公孙锦一把抓住他的手腕，说："我先看看。"

估计赵航活了二十来年从这么认真地看过书，很多都是文言文他看得一知半解，只好递给洛毅森。两人在书房里查了三个多小时没什么收获。虽然关于巫术的资料有很多，却没有他们想要的东西。

很快，蓝景阳按照地址过来，两个人也暂时放下了书，集中在一起看视频。

看属性，视频很短。洛毅森谨慎地让蓝景阳先杀毒，然后才打开。显示屏上出来的先是一片昏暗，其中夹杂着几个人压抑的呼吸声，画面有些摇晃，画质还算可以，看上去像是使用像素很高的手机拍摄。

“偷拍的。”赵航肯定地说。

洛毅森坐不住了，他在画面上隐约看到一张桌子，上面摆满了稀奇古怪的东西，一看便知不是什么好玩意。

画面一闪，清晰了很多。可以看到在桌子后面是个小门，小门前挂着一个脏兮兮的帘子。帘子一挑开，走出一个男人。男人似乎受了伤，手住着拐杖，颤颤巍巍地走到偷拍者的身边坐下。有那么几秒钟拍到了他的脸，蓝景阳低声道：“是李景泰。”

所以他不是受伤，而是有病。看他的穿着，这段视频应该是不久前拍的。紧跟着，脏兮兮的门帘又被掀开，从里面传来一阵阵叽里呱啦的声音，听不清，也听不懂。

洛毅森想要听得更清楚些，就把音量放大，但仍是听不清楚。他确定，这是一种自己从未听过的语言。

随着奇怪的声音愈发清晰，从帘子后面走出一个人，顿时吸引住三个人的视线！这人身材不高，穿得鼓鼓囊囊，看不出原来的体型。这人的脑袋戴着类似花顶子似的帽子，帽檐部分垂下来一块布，遮住了这人的脸。

赵航抱怨着这连是男是女都分辨不出，不等他的抱怨声消失，画面中的蒙脸人跳起了古怪的舞蹈。

“这是什么民族的舞蹈？”赵航永远都能在紧张的时候打趣一番。

洛毅森冷笑几声，单指点了点屏幕：“这是巫术。”

蒙脸人又蹦又唱的，围着桌子绕圈，不知道拿到手中什么东西，转身的时候竟是一把锋利的匕首。蒙脸人拿着匕首走到了李景泰面前，抓着他的头发，举起匕首。视频忽然黑了下来，恢复了等待播放的界面。

洛毅森反反复复看了好几遍，也分辨不出蒙脸人的体态特征，声音听上去也是沙哑的。但是可以肯定，拍摄这段视频的人是陆翔，这也是他勒索李景泰的证据。虽然三个人想到李景泰利用巫术避开了死神，但他们仍然不知道谁是这个施法的巫师，唯一的突破口就是李景泰！

蓝景阳说：“公孙已经看过了。他说，仅凭这段视频并不能逮捕李景泰。一，他没有作奸犯科；二，他没有唆使他人犯罪。虽然这段视频对我们来说很重要，但无法成为证据。”

“那怎么办？”赵航抓着头发，心焦气躁起来。洛毅森始终没言语，看过视频之后，他还是返回书房，继续翻找爷爷的藏书。蓝景阳瞄了一眼，就问赵航他们是否有收获。

赵航苦笑着摇头，只能跟着洛毅森，继续寻找线索。

李家豪宅内，李双林站在一楼大厅叫了几声，从后面立刻走出帮佣，问他需要什么。他指了指后面的太阳房，说：“中午把泳池的水换了，这都一周没换了吧，下午我要游泳。”

帮佣连声应下来。李双林走上楼梯，又转回身问道：“我爸起来没有？”

“李先生早起了，这会儿估计在佛堂吧。”

闻言，李双林冷哼一声：“临时抱佛脚有什么用。告诉他，我出去了，下午再回来。”

这时候，李双林的母亲从三楼的楼梯上往下看着，一眼瞧着了儿子，不满地说：“双林，你爸爸不是说了么，最近这段时间少去外面玩。马上就要出国了，留在家里好好学学英语。”

李双林对母亲的话置若罔闻，上了二楼回到自己的房间。站在窗前慢慢掀开窗帘的一角，看着街口那辆黑色的帕萨特还在，嘴角勾起一抹冷笑。

六字大明咒的梵唱在佛堂里不知重复了多少时间，李景泰坐在太师椅上，手中捻着念珠，神情呆滞。他知道警方已经盯上了自己，也知道陆翔死了，死得好，死得太好了！

警方短时间内也不会有所作为，只要他留在佛堂里就是安全的。只要等到下个月带着儿子一起出国，一切都结束了。他闭上眼睛，随着唱起：“唵嘛呢叭咪吽。”

“佛经？”在秋燕的病房里，霍老听到了正在播放的佛经，不仅有些诧异。他叹了口气，能够理解卓春燕的心情，也不再多问。他轻轻扶起了昏迷中的秋雁，让杨彩芝帮忙把衣服撩起来，用配好的药敷在人面疮上。

不过才是三天的时间，人面疮居然已经凸显了那狰狞的五官。丑陋的大口像是饕餮一般的张合着，似乎准备吞噬寄宿者的生命。恶臭的味道越来越浓，霍老不得不吩咐护士每天多消几次毒。药敷好了，秋雁昏迷的脸上还是一片死寂。但霍老知道，这种药性很大，按理说秋雁应该疼得满头大汗，看着她毫无知觉的模样，老头也是心急。作为一名老医生，他不能最卓春燕面前流露出任何情绪，尽管他知道卓春燕也预感到妹妹的情况一天比一天糟糕。

乡间传言，人面疮的五官是活的，那张嘴会说话会吃东西。但事实上，并非如此，至少秋雁身上的人面疮只是人面清晰而已。霍老觉得纳闷，他的药可说是万无一失，为什么人面疮不见消退的迹象呢？

扶着秋燕的杨彩芝不知何时开始饮泣连连，她扭着脸再无勇气去看狰狞的背部。极度压抑的哭泣在病房里回荡，心力交瘁的卓春燕也难以再维持冷静，扑到床边，拉着妹妹的手，呜咽不止。

霍老欲言又止，只好扶着秋燕趴下，转回头拉着卓春燕走出病房，叮嘱她一些注意事项。等卓春燕再回到病房后，看到杨彩芝一脸的决绝。

“彩芝，你怎么了？”

杨彩芝用力的咬着下唇，豁出去似地说：“不能再等了春燕姐，不算今天，秋燕只有三天的时间了。那些警察一点动静没有，我担心秋燕她。”说到这里，杨彩芝猛地抬起头，“我去找李双林，他们父子一定知道什么。”

卓春燕也急了，拦着杨彩芝：“你别乱来。”只可惜，杨彩芝去意已决，甩开她的手疾跑了出去。

第六章 富商之死

在书房里翻找藏书的两个人眼睛都花了，洛毅森让赵航去睡一会休息休息，但这时候谁能睡得着？赵航摇摇头，喝了口水提神，继续翻书。放在桌子上的手机响起来，赵航顺手递给洛毅森：“你去休息休息吧。”

赵航留下来继续翻书，他看到一段关于汉朝时期对巫术的记载。巫术到了汉朝可说是闹腾得厉害，汉武帝甚至公开信奉巫师为神君，他相信“巫医无所不治，不愈”，重病时招上郡一位巫医人宫医病，还真就好了。打那之后，武帝对这位巫医宠信有加。

汉朝那会儿，巫师们真是没少折腾。武帝那媳妇陈皇后为跟卫子夫争宠，找到巫师作法控制汉武帝的喜好，被发现后死了不少人。

武帝的太子刘据被苏文、江充等人迷惑，“征和二年七月壬午，乃使客为使者收捕充等”，“斩江充以徇，灸胡巫上林中”。这一场战乱动用了数万民众与军队于长安城中，汉代最严重的政治动乱“巫蛊之祸”就此拉开序幕。

刘据不堪被捕受辱而自尽，等汉武帝得知刘据冤情为时已晚。可见，巫术、巫蛊并不是空穴来风。

在汉代流行的巫蛊形式，是将桐木制成仇人的模样，在桐木上插刺铁针再埋入地下，并使用恶毒的诅咒，企图使被诅咒的一方罹难。也有说，用纸人、草人、木偶、泥偶、铜像或者是玉人当做被诅咒一方的替身，刻上对方的姓名、生辰八字，取得对方身上的一点毛发，指甲乃至衣物，作法后深埋入地下。据说，被诅咒者必死无疑。

看到这里的时候，走出去的洛毅森忽然返回，跟他说：“我得去李家走一趟，秋燕那同学去李家找麻烦了。公孙在厅里，只能我过去看看。你别跟我去了，继续找吧。”

赵航正看到入迷，只问了句：“谁告诉你的？”

洛毅森已经打开了房门，回了一句：“卓春燕给我打的电话。”

赵航张着嘴到底还是没来记得在洛毅森出门之前说上什么，他咂咂嘴，嘀咕：“怎么一股子猫腻儿呢？”

单说急匆匆赶往李家的路上，洛毅森几次拨打杨彩芝的电话都不通。他担心杨彩芝会打草惊蛇，但又因为可以面对李景泰而兴奋。

半小时后，终于把车停在了李家大门外。令他感到诧异的是，偌大的院子里两个保镖模样的人正在拉扯着杨彩芝往外推，看样子并不是普通意义上的驱逐，两个男人按压着她的脑袋，把她瘦弱的双臂扭到后面，简直就像逮捕犯人一样。他急得大喝一声：“干什么！放开她。”

洛毅森不等有人来开门，一个纵身跃起跳上了大门，不顾警铃大响，跳了进去。这时候，主楼的大门打开，一个穿戴高雅的女人好像疯了一般冲出来，一边哭喊着：“你这个凶手！”一边扑向杨彩芝。

事态发展已经完全脱离了常轨，洛毅森只好冲过去，三下两下解决了保镖，把杨彩芝护在身后。并出示证件，大声说：“我是警察，发生什么事了？”

哭喊着的女人就是李景泰的妻子，她脸上的淡妆被泪水冲洗得模糊一片，打理整齐的头发也乱了模样，她的手颤抖的指着杨彩芝："是她，是她杀了老李！"

老李？李景泰？死了？洛毅森惊惧地回头看着杨彩芝，这个战战兢兢的女孩紧抓着他的衣服，也嚷嚷起来："我没有杀他。他叫我去佛堂说话，说着说着就忽然倒在地上，七窍流血。我根本没有杀他，不是我。"

该死！最重要的证人死了。洛毅森急忙警告众人："现在谁都不准乱动东西，到底是谁杀了李景泰还需要调查。现在，都回屋里去。"说完，他拉着杨彩芝直奔楼内，并拨通了公孙锦的电话，让他带着廖晓晟马上赶到。

李家的人忌讳洛毅森的身份，也不再为难杨彩芝。他们两个人走进佛堂后，洛毅森让杨彩芝站在一边，他蹲下身来仔细观察李景泰的尸体。

简直跟陆翔的死状一模一样，惊恐的眼睛，狰狞诡异的笑容，还有满是抓痕的面部。洛毅森知道他在现场是查不出什么了，便问一边还在哆嗦的杨彩芝："你来干什么？"

用杨彩芝的话来说，她是来找李双林父子质问的。但是很不巧，李双林不在家，她遇到了李景泰刚刚从佛堂出来，就气恼地指责他有个自私自利坑害别人的儿子。李景泰当时的反应很奇怪，不但没有发火，反而让杨彩芝劲佛堂私聊。

在佛堂里，杨彩芝说到了前几名死者都在他家的体检中心做过体检的事，也说到他们四个人的死亡原因。最后，终于说到李双林和卓秋燕之间的问题，当初是李双林怂恿卓秋燕去做体检的，这里面肯定有联系。现在秋燕命悬一线，李双林怎么能这样狠心害死她？

"李景泰怎么说？"洛毅森蹲在尸体跟前，面色阴沉地问。

"他先是沉默了很久，大约有十分钟左右才跟我说话。他问我这么怀疑是不是有证据，我没告诉他，我知道，他肯定是想替李双林套我的话。"杨彩芝愤愤地说，"他还问我谁知道死者和体检中心的事，我当然不会说，我不会告诉他任何事。"

"然后呢？"洛毅森叹了口气，再问。

"我告诉他，我要等李双林回来面对面的质问，他还没说同意不同意就突然开始抓脸，好多血，我看到他的眼镜还有嘴巴，流出好多血。还有他的，他的耳朵里也……"

洛毅森起了身走到她面前，轻轻把这个已经混乱的女孩拥入怀里。轻声安抚着："不要想了，没事，有我们警察在，你不会有事的。相信我，秋燕不会死，你也不会，我们都不会。"

也许，自从最好的朋友得病以来第一次有人这样温柔地安慰她，她哽咽了几声，继而窝在洛毅森的怀里放声大哭。

不知道公孙锦等人到底是怎么来得这么快，在杨彩芝放声大哭的时候，他们已经走进了内厅。给廖晓晟做助手的苗安一见洛毅森抱着一个女孩，顿时愣住了，随即撅着嘴巴把脸扭到一边。廖晓晟对里面的那对男女视而不见，径直走了过去。岂知，竟被公孙锦拉住。

他对廖晓晟示意了一下，她才看到，洛毅森抱着杨彩芝一个劲对他们使眼色，好像在说，暂时不要进来。

在众人不解的时候，洛毅森慢慢地关上了佛堂的门。

佛堂内昏暗的光线下，李景泰的尸体越发狰狞。洛毅森尽量挡在杨彩芝面前，不让她去看。随即把她拉出怀抱，指背轻轻抹去脸上的条条泪痕。他凝视着她泪水满溢的眼，郑重地说："彩芝，仔细听我说。从现在开始，李双林也好，李家人也好，你都不要再接触了。包括秋燕和春燕，你也不能接触，不要过问这案子的任何事。"

"我……"杨彩芝也知道自己太过鲁莽，闯了大祸似的不敢与洛毅森对视。

"你听好了，凡是与案件有关的人都发生了意外，如果不是我运气好，已经被毒蛇咬死了。"

闻言，杨彩芝惊恐地捂着嘴巴，瞪眼瞧着洛毅森。后者又叮嘱道："我会找个地方让你休息，你还是可以去看秋燕，但是不能在医院逗留过长的时间，也不能介入案件调查，懂了吗？"

这一次，杨彩芝乖乖点了头，洛毅森这才打开了房门，拉着她的手出去。

苗安的脸色不好，一直不去看洛毅森。对方也没顾忌到她的情绪，径直走到蓝景阳面前，把自家的钥匙给了过去，故意扬声说："送彩芝去我家住几天。"

旁边的公孙锦对蓝景阳点点头，蓝景阳这才接过钥匙，让杨彩芝走在前面。还没走出门口你，洛毅森又追了上去，低声告诉蓝景阳："不只杨彩芝，霍老你也要带他离开医院，至于其他人我会找地方安排。景阳，多加小心。"

蓝景阳的眼睛半眯了眼睛，隔了许久才点点头。他带着杨彩芝刚走到门口，遇到慌张往里跑的李双林，他一见杨彩芝顿时火了，张嘴便骂！蓝景阳横在李双林面前，把怒不敢言的杨彩芝护在身后，提醒他："你该进入看看你的父亲。"

李双林冲进了佛堂，悲恐的哭喊声传来过来，洛毅森冷冷地看了一眼跪在父亲尸体旁的李双林之后，就拉着公孙锦去一边说话。

在廖晓晟打电话通知协勤前来勘察现场的时候，苗安站在她身边，视线随着洛毅森不停地游走。她不知道洛毅森和公孙锦在谈什么，只能看到他们的表情越发地凝重。她忍不住跟廖晓晟说："毅森他们好像很担心。"

"专心做事，不要分心。"廖晓晟把李双林赶出去，开始检查尸体。

落日的余晖映照在洛毅森的脸上，勾勒出硬朗的线条，沉重的神情。他对公孙锦点点头，说："你不怪我就好。"

"我不在乎过程，只要结果。"公孙锦仍是似笑非笑的模样，"等一会，我会找机会让你带走李双林，你那两部手机都给我二十四小时开机，明白吗？"

就在他答应下来的时候，苏洁给公孙锦打来了电话。她急三火四地说："秋燕的情况和前四名死者一样，是中了巫蛊。但是巫蛊分很多种，我们一定要知道是什么巫蛊，才能'对症下药'。我在尽量争取老爸的朋友出山，没有他，我们很难搞清秋燕的情况。你们抓紧时间，尽快找到蛊师。"

说得容易，蛊师、巫蛊，要找出这两种真相谈何容易？而且，当务之急是要知道秋燕中了何种巫蛊。

与此同时。得知李景泰暴死的消息，赵航恨不得飞奔过去，但他完全被书中记载的情况抓住了全部的注意力，急切之下，只能事后再跟洛毅森道歉，抱着厚厚的书籍疾奔出门。

路上，赵航拨打电话的手几乎发抖，等洛毅森接听了，他不等对方说声"喂"就直接说："我找到了，这他妈的简直匪夷所思。你听好了，在汉高祖，楚汉之争的时候，皇内设有巫官，其中一种巫师叫做'秘祝'，他们主要负责的是'逢有灾祸，辄祝词移过于下'，真他妈的绕口。"

洛毅森正在等公孙锦摆平李双林，听到他的抱怨心情越发急切，催着说："下文呢？"

"这种巫术真够缺德，就是把本应该是皇帝承受的病痛、灾祸转移到别人身上。"

"转嫁？"

"对对对，就是这个词。'转嫁'。"言罢，赵航急忙打转方向盘避开迎面而来的车辆，车速不减，口说不停，"你想想看，在李景泰康复那一瞬间，第一个死了。就想是把李景泰的死亡转移到那个小伙子身上。剩下的三个富商的情况也一样，他们康复的那一瞬，都会有个年轻的小伙子死亡。这不就是'转嫁'么！"

不等洛毅森继续追问，忽听赵航痛骂一声："你大爷的，怎么开车呢？喂，毅森，你在听吗？"

"听着呢。你是怀疑也有人把重病转嫁到秋燕的身上？"

"你不这么想吗？"

好吧，他承认，这也是他的猜测。问题是，这个城市中有不计其数的重病患者，哪个才是等着转嫁的病人？

告诉赵航马上赶到李家跟公孙锦汇报情况，洛毅森挂断电话后，公孙锦也带着李双林走了过来。但是他的母亲却拦着不肯让儿子离开，看李双林的态度似乎也不是心甘情愿。

洛毅森单手勾着李双林的脖子，在他耳边说了几句话。李双林的面色顿时阴冷了下来，洛毅森的眼神犀利，只说："咱哥俩得好好聊聊。"

没想到，李双林居然点了头，转过去安抚母亲："没事，妈，我就出去一会。很快就回来，你别太伤心了。爸爸，我会给他讨个公道。"

在苗安眼中，李双林冷静得不像个人。她的心没来由地开始发慌，看着带着李双林走出去的洛毅森，忽然叫了一声："毅森，别去。"

那个人还是走了，甚至没有回头看她一眼。苗安急切的脚步被公孙锦绊住，她只能眼睁睁地看着洛毅森消失在自己的视线中。

第七章 堵不如疏

赵航既然已经离开了爷爷家，那么他就有地方跟李双林好好聊聊。车子的速度并不快，李双林阴沉着脸始终没有说话，洛毅森想起了什么，就给蓝景阳拨了电话。

在洛毅森自己的家，蓝景阳站在客厅，看了一眼书房里发呆的杨彩芝，告诉洛毅森："我不能总在这呆着。"

"你走吧，我也是为了以防万一才让你送她去我家。我现在跟李双林在一起。"

这一片儿的信号不好，通话断断续续的。蓝景阳没听清他说什么，便问："你在哪？跟谁在一起？”

“在路上，去爷爷家，李双林在我车里。”

“去你爷爷家干什么？一科没地方吗？”蓝景阳埋怨道，“你是不是太胡来了？现在跟案子有关的人就差他没死了，你居然跟他单独接触。喂？喂？你说让我去查什么？毅森，毅森？”

不知道什么原因，通话忽然断了，蓝景阳再回拨，对方不在服务区内。蓝景阳开始心慌，告诉在里面发呆的杨彩芝不要乱跑，一边联系公孙锦一边离开洛家。

把房门关好，洛毅森拉过一把椅子坐在李双林面前，硬生生掰断了手里的钥匙。这一手，镇住了对面的富家子弟，惊讶地问他这是干什么？不打算出去了？洛毅森也没正面回答，面无表情地看着他，许久之后，才说：“你好像并不悲伤。”

“疑问句，还是肯定句？”李双林不咸不淡地说。

除了在案发现场李双林见到父亲的尸体哭了几声之外，的确不见他有多悲伤，至少不像一个刚刚刚失去父亲的儿子。可见，这位亲友口中的三好学生也不是什么省油的灯。洛毅森知道他隐瞒了太多的事，也知道撬开他的嘴不容易，但该做的还是要做。或者说，不能再让事态继续发展下去了。

他问李双林渴不渴，饿不饿？对方反应冷淡，既没有追问他为何带自己来这里，也没有表现出什么激动的情绪。只是坐在沙发上沉思不语。洛毅森去厨房做了两碗面，放在他面前，说：“凑合吃吧，这里好久没开火了。”

“我不饿。”李双林冷漠地说，“你也快点吃，吃完了想问什么就问，家里还有不少事等我回去处理。”

洛毅森对他的话充耳不闻，呼噜呼噜大口吃面，很快一碗面见了底。他洗了碗，把炊具收好，重又坐回李双林面前，拿出手机玩起愤怒的小鸟。

二十分钟后，李双林终于按捺不住了。问道：“你到底想怎么样？”

他看了眼手表，是晚上的七点五十分。没吭声，继续发射小鸟轰炸猪头们。李双林被他的态度激怒，几次想要去把那该死的手机抢过来，一想到他掰断钥匙的手劲儿，还是忍了这口气。又过了半个小时，李双林忽然说：“不错，我是跟你说了谎。是我放出话说正在跟秋燕交往。”

“我知道。”洛毅森头不抬，眼不争地说，“你也别多心，事到如今我也不想再问你什么了。啊，也不能这么说，还是有个问题的。你是不是曾经介绍秋燕去你们家的体检中心做体检？”

“是吗？”李双林终于打开了洛毅森的嘴，采取反守为攻的战略，“我不记得了。”

“没关系，不记得也无所谓。去查查底单就知道了。现在呢，你安心坐着吧。”

“你什么意思？”

啊，又卡在这一关，最后一枚金蛋打不开了。洛毅森收起电话，抬了头瞥了眼面色不善的李双林，告诉他：“从现在开始，我会盯紧你，直到结案。”

完全没有想到洛毅森打着这样的主意，李双林立刻火冒三丈！站起身来吵嚷了几句，说了些什么，洛毅森也没往心里去。他只是继续玩游戏，对最后一枚金蛋格外执著。

李双林瞪着眼睛，大吼：“别以为你力气大我就怕你。”

洛毅森一抬头，说：“我还有枪。”

差点被他一句话气死的李双林直磨牙，恨恨地说：“我就不信你敢对我开枪。”

“我说你啊。”洛毅森慵懒地靠着椅子，仰着头，“你着什么急？家里又不缺你一个能干的。我看你们家随手一抓就能抓出一大把能人来。我估计你那位神通广大的母亲，这会恐怕正在忙着给警方施压，早点逮捕杨彩芝呢吧。你跟着搀和什么？还是说，你有其他事情，急着处理？”

“不关你事。”

“哦。”洛毅森简单地应了一声，又说，“那你走吧。”

突然的转变让李双林跟不上他跳跃性的思维，呆了五六秒钟的时间，反问：“你把钥匙掰断了，我怎么出去？”

“在里面开门，要钥匙干吗？”说完，打开手机继续玩小鸟，“那什么，我就不送你了，请吧。”

李双林的脸色阴沉了下来，也不像前一刻那么冲动了。他看着洛毅森的脑袋冷笑一声，居然真的转身走出了房间。很快，开门声传来了三次，只有开门声，没有脚步声。他不去留意，继续跟他的金蛋较劲儿。

忽然……

缓慢的脚步声渐渐靠近。洛毅森继续玩着游戏，似无聊地说：“走都走了，还回来干什么？”把最后一个猪头轰掉，他惋惜着这一次又没机会打开金蛋了。背后的人没有回答他的问题，高高扬起的拳头直奔他的头顶！

一阵疾风压顶而来，洛毅森抬起手臂横拦住他的拳头，不料，对方的力气竟是大得出奇。他的整条胳膊又痛又麻！起身的时候单脚将椅子勾起踢到后面，趁机上前一步，回身看去！

只见李双林满脸赤红，神情狰狞，一双拳头使着蛮力挥打过来。他灵活地避开第二次攻击，笑道：“怎么了，缓过味儿觉得我威胁到你，想杀人灭口？”

李双林根本不说话，甚至像没听见洛毅森的质问。他胡乱地挥舞着拳头，拳打脚踢，碰到什么毁掉什么，一步一步紧追着灵活躲闪的洛毅森。很快，这间小客房被他们搞得一片狼藉。

这么下去不是办法，这小子蛮力太大，虽然招数上跟小学生的车轮拳似的，一不留神真被他打中了，不吐血也得痛上半拉月。这时候，他忽然闻到一股淡淡的香味，纳闷这味道是从哪里来的，深吸了几口，才意识到势头不妙。头晕了！反应迟钝了！

该死，还有这招呢。洛毅森咬紧牙，开始调节呼吸，尽量少吸入这种古怪的香味。但是，他发现，要杀人的李双林好像不受香味的影响，真是卯足了劲追杀自己。他暗骂一声："非逼着老子东动真格的。"

跳上床头柜，将随手捞起的座机电话狠狠砸在李双林的肩膀上，对方竟然硬挺了下来，没有后退。这一砸只是拖延了这小子的攻击速度，对洛毅森来说足够了！他借力起跳，双手抓住吊灯，抬起双腿紧紧夹住了李双林的脖子，小腿插到对方的腋下用力勾住，封了这小子的动势，手放开吊灯，完全骑在肩上。

被钳制住的李双林像头蛮牛一样东撞西闯，想要把洛毅森摔下来。任凭他怎么折腾，洛毅森死都不放手。但很快，洛毅森便察觉到了生命危险，他的坐骑，准备跳楼了！不等他反应过来，李双林已经冲向窗户！

这可是十一楼啊！掉下去还能活吗？亏着有点功夫在身，眼看着就要被带出去的时候，单手死死抓住窗沿，碎玻璃割破了他的手，痛得直骂娘。被他抓着的李双林不知道是吓傻了，还是不想死了，忽然没了力气，没了反应。洛毅森气得破口大骂："我他妈摔死你得了，别这个时候昏啊！李双林，你给我老子醒醒！"

外间那边砰的一声，被踢开了房门。三四个人蜂拥而入，蓝景阳和赵航疾奔到窗口，拉着洛毅森的手，把两个人扯了回来。

洛毅森双脚沾地顾不得许多，先把手上的碎玻璃碴儿拔掉，继而看了眼翻了白眼，口吐白沫的李双林，冷笑一声："好一招借刀杀人，你最后这一步棋走得不错。要不是这样，我也逮不着你，你说是不是？杨彩芝。"

站在屋子中间的公孙锦只用单手控制着表情阴霾的杨彩芝，廖晓晟站在她的右边，手里还拿着一个注射器，好像已经给杨彩芝注射过什么了。

洛毅森发现，在杨彩芝的脖子上，挂着一个被折断的造型古怪的哨子。

经过一番恶斗，洛毅森觉得浑身脱力。他一屁股坐在桌子上，正眼打量着杨彩芝。这个平庸、腼腆的女孩早已变了模样。也许是因为廖晓晟注射过药物的原因，她的身体颓软着，脑袋摇摇晃晃的连挺都挺不起来，只有那一双阴冷的眼，森森地看着自己。这就是巫蛊的始作俑者，人称“草鬼婆”。

洛毅森没有立刻质问她，而是转回头看着正在给李双林急救的赵航，问他：“你什么时候知道的？”

赵航忍着恶心感，帮着蓝景阳按住李双林的脖子。在他的脖颈表皮下面，一个不足手指长的东西正在蠕动着，他们要把表皮挑开，拿出这个恶心的东西。听闻洛毅森的问题，便说：“听说李景泰死的那时候，只是怀疑。因为我知道，怀疑李家父子跟案子有关的就咱们一科的人，杨彩芝是怎么知道的？你又没跟她说过。”

这时候。蓝景阳也说：“蒋兵把陆翔那段视频发给苏洁，苏洁请那位苗疆的伯伯看过之后，可以确定，巫师是个女人。只有女人在作法的时候才会带着花布遮脸。我们排除所有涉案人之后，只剩下杨彩芝最可疑。所以，公孙调查了一下她的情况。发现她的养母就是个草鬼婆。”

原来就是这么简单的事。洛毅森无奈地笑笑，想起很多曾经发生过的事，其中一件，是他困扰并不好意思说出口的。

“我一直纳闷。”洛毅森说，“你跟秋燕无亲无故，不过就是同学而已。你怎么就那么紧张她？我还以为你是蕾丝边儿。”

不等他的话音落地，忽听蓝景阳说：“踩死！”

李双林脖子里的虫子已经被挑了出来，赵航眼疾手快，抄起手边一块碎玻璃，直接腰斩！看着虫子流出绿色的脓水，一阵干呕。

虫子死了，杨彩芝忽然剧烈咳嗽几声，嘴边流出一条血线。

巫蛊失败，反噬。

第八章　转嫁、反噬、等价交换

廖晓晟斜眼看了看杨彩芝，遂对洛毅森说：“有什么话快问，她时间不多了。”

虽然很想知道杨彩芝到底出了什么问题，但眼下明显不是时候。他面色一整，说："我想知道，你是怎么跟李景泰那帮富商联系上的？"

摇摇晃晃的杨彩芝闭口不言，似乎不打算回答任何问题。如果她不开口，那么案子永远不算完结。但凡事都会有转机，当李双林的母亲出现的时候，就是转机。

公孙锦知道她接到自己的电话肯定会赶来。她急忙奔到儿子的身边，发现他呼吸平稳的时候，险些瘫坐在地上。随后，她怨恨地瞪着杨彩芝，说起这个貌似平凡的女孩是如何进入李家。

李景泰身患胃癌晚期四处求医，其中不乏民间的能人异士。一个自称苗医的老人把杨彩芝带进了李家，李家的罪孽也而是从那一刻开始。买替身、转嫁、在生命面前，李景泰泯灭了人性和良知。为了找到足够强壮的替身，他看中了自家体检中心那些身体强壮的小伙子们。就这样，一个接着一个，跟李景泰相熟并同样身染重病的那些富商们，如附骨之蛆依附在杨彩芝的巫术上。

说到这里，李双林的母亲已经泣不成声。她一再声明，这一切儿子并不知情。对此，洛毅森没有发表任何观点，在他看来，不管是李景泰还是他的妻子，甚至是那些已经买过替身的人，都没办法把他们送上法庭。他看了看杨彩芝，说："是不是缺德事做多了，你也得了重病，所以你把秋燕当成了替身，把自己的人面疮转嫁到她的身上？"

杨彩芝摇晃着抬起头，对洛毅森冷哼一声："真该早早杀了你。"

"可惜，你的那条蛇不够快，我还活蹦乱跳的。"

可能是正在施法巫术的时候被打断，杨彩芝的身体出现了奇怪的现象。无力，抖得像筛糠一样。所以，洛毅森也没想让她给大家解惑。他说："那天我还没有怀疑到她，只是就李双林的事多聊了几句，还问过她秋燕身上是不是发生过奇怪的现象。虽然那时候我还不懂巫术，但是她明白，我打听的那几个问题都是施巫时必要的条件。所以，她意识到我抓住了重点，在我接听廖晓晟电话的时候，她溜出住院楼，在我车里放了一条小宠物。"

末了，洛毅森还夸奖了一句杨彩芝："你杀了陆翔的手法够绝的，来，小巫女，也让我们长长见识，你是怎么把时间掐算的那么准？"

闻言，廖晓晟拉过一把椅子让杨彩芝坐下。公孙锦也没给她戴手铐，估计是没这个必要了。杨彩芝好像一个脱了线的木偶，听过洛毅森不冷不热的恭维话，居然流露些自豪的表情。她说："只要能靠近他，我就可以做到。"

剩下的估计就是关于巫术的秘密了，洛毅森知道她不会说。又问："是李景泰告诉你陆翔在勒索他吧。你也压根没把陆翔放在眼里，直到，你发现我开始注意他，不得不杀人灭口。"

陆翔的死源于他的贪念，但陆翔还不算笨到家，虽然勒索李景泰却没让他知道真正的证据在哪里，否则的话陆翔家早被翻个底朝天。正琢磨得投入，忽听杨彩芝说：“你问完了？我也有问题。”

“说说看。”

“你为什么怀疑我？”

说到这事，洛毅森还真觉得没什么值得炫耀的。其实过程很简单，不管你是神医还是草鬼婆，都有个前提，这个前提就是，你是——人。

只要是人，就会犯错。不是有那么句老话么“祸从口出”。当在李景泰案发现场的时候，杨彩芝说过，她知道了几名死者都在李家的体检中心做过体检的事，洛毅森当时就冒了一身的白毛汗。

他说：“这些情况都是一科的内部机密，你是怎么知道的？既然你知道了，只有一种可能性，你就是凶手。或者说，知道这件事的除了我们一科的人，就只有凶手和李景泰。李景泰死了，那么就剩下你这个凶手了。我把李双林、卓春燕、李双林以及霍老以分散方式隔离，为的就是等凶手自己送上门来。”

蹲在地上呕得上气不接下气，赵航可逮着机会举手提问了。他说：“抱歉，我插一句。前四名死者的尸体有变异现象，死后几天在发现有毒。杨彩芝，你所谓的转嫁或者是找替身，也会用到毒吧？我们还无法了解的某种毒素。我就纳闷，李景泰康复的时间，那小伙子怎么就死了。”

杨彩芝阴冷地笑了几声：“你想不想试试？”

洛毅森跳下桌子，拦在赵航身前，挡住了杨彩芝的视线。他很恼火，直到现在，杨彩芝仍不知悔改！

她阴霾邪恶；他不怒自威。可后面那个闹货赵航探出头来，拍拍洛毅森的腿：“你别挡着，我倒要看看，她怎么给我施巫。眼睛对眼睛就行吗？”说着话的时候，他笑嘻嘻地站了起来，走到杨彩芝面前，忽然冷了脸。

洛毅森看到赵航的手紧紧握成了拳头，还真有点担心他打过去。赵航的拳头终究还是没打在载杨彩芝的脸上，他愤恨地说：“四个大小伙子，最小的只有二十一岁，连恋爱都没谈过。你他妈的真是烂到骨子里了！要不是毅森设计引你出来，还不知道有多少人被你害死。”

杨彩芝根本不在乎赵航的责骂，她甚至无视了他，只对洛毅森有些兴趣。她急喘了几口气，抹掉嘴角的血，问道：“你在佛堂里怀疑我，那时候就想好这个计划了？”

灵感是种很微妙的东西，当他意识到杨彩芝就是凶手的时候，脑子里整个计划就像早就准备好了，直接跳跃出来。李景泰死了，陆翔死了，杨彩芝肯定会想，连续死了两个人，警方一定会加大力度。她必须找个替罪羊来顶罪，那么，最好的人选就是李双林。

洛毅森揣摩出杨彩芝的心理，随之布下一个陷阱。首先，他必须要让杨彩芝知道自己并没有怀疑她，并非常担心她的安危。接下来，就是通过蓝景阳的口，让她知道自己单独带着李双林离开李家，给她一个方便下手的机会。但是，杨彩芝比他想的要狠辣。她早早就给李双林下了蛊，并操控他跟自己同归于尽，来个死无对证。假设她最后这个计划成功了，那么就意味着李双林是一系列案件的真凶，而自己在逮捕他的过程中不幸殉职。好一招借刀杀人，一箭双雕！

洛毅森不会轻易满足杨彩芝的求知欲，他提出条件，一个问题换一个问题，他要知道她是如何下蛊的，并让杨彩芝立刻解开秋燕身上的巫术。

尽管杨彩芝现在已经是强弩之末，但洛毅森还是看得出她丝毫不在意自己的处境。她坐在那里，摇晃着脑袋。不知道是不是错觉，这个女孩就像一个从地狱里爬出来的恶鬼，浑身都在散发着阴冷的气息、恶毒的意识。也许在她看来，他们都不是同类，只是用来施蛊的试验品，都是用来赚钱的工具。他不在乎她怎么看待自己，他只想救活秋燕。

这一次，他已经要救活那个女孩，绝对不会再发生一次王家兄弟的悲剧。

洛毅森的目的很直接，也很坚决。但杨彩芝跟他一样坚决，她说："我快死了，秋燕也别想活。我还从来没失过手，我是最好的。你想知道我怎么施蛊？跟我一起下地狱吧。"

前一秒还抖如筛糠的杨彩芝忽然跳了起来，众人都以为她要攻击赵航，赵航伸手去抓；蓝景阳也扑了上去！

眨眼间，杨彩芝脱离赵航和蓝景阳的控制范围，扑向了洛毅森。

他完全有能力制止杨彩芝的攻击，所以一动没动，余光看到公孙锦身形一晃，忽然就站在了自己的面前。

公孙锦不慌不忙地抬起拳头，四指并拢，大拇指夹在食指和中指之间，对着猛扑过来的杨彩芝。就听杨彩芝惨叫一声，瘫倒在地。几个人急忙冲过去压制住她。她的情况开始糟糕起来，痉挛的抽搐着，被压在地上的脸扭曲得完全变形。她恶毒的眼神死盯着洛毅森，嘴里含糊不清的嘀咕着古怪的语言。

没人听得懂她在说什么，也许是一种诅咒，临死前的诅咒。

还没到医院，杨彩芝就死了。用廖晓晟的话来说，她和公孙锦等人埋伏在洛毅森家外面，在杨彩芝施法控制李双林的时候强行打断了她，那时候她就吐了一口鲜血。廖晓晟看到，那一口血里有亮晶晶的东西，断定是剧毒。所以，才说她没多少时间，就算送到医院也无药可救。

问题是，杨彩芝死了，卓秋燕仍然昏迷不醒。

除了带着杨彩芝尸体回到一科的廖晓晟，其他人都赶到了中心医院。卓秋燕被推进了抢救室，生命垂危。

等待，是个耗费心神的事儿。卓春燕早就乱了阵脚，听闻凶手是杨彩芝久久无法平静。公孙锦半拥着她坐在急救室门口等待着，剩下的人远远的走开，还继续讨论着这一起令人胆寒的巫蛊案。

有时候，蓝景阳对洛毅森感到很好奇。在李家，听了那句“景阳，多加小心”才明白，身边的女孩就是凶手。那时候，洛毅森就已经跟公孙锦说了整个计划。也亏得公孙锦能答应他这个冒险的法子，否则，还真没证据抓到杨彩芝。他看了看坐在一边打瞌睡的洛毅森，忽然想到杨彩芝临死前说的那些听不懂的怪话。他拉着赵航去买咖啡，路上说：“你最近多注意他，我担心杨彩芝最后那些话有问题。”

赵航点点头，随后问他：“老大最后对杨彩芝比划那个手势是什么意思？”

“那个叫‘对蛊’在草鬼婆对你下蛊的时候，你摆出那种手势，对方就知道你也是行家，有本事对抗蛊毒。”

赵航大惊：“老大也是蛊师？”

“怎么可能。”蓝景阳笑道，“他知道很多奇奇怪怪的东西，我也不明白他那些知识都是怎来的。反正他知道就行了，何必问追问个明白。不是所有谜团都有答案的。”

不是所有谜团都有答案，赵航深深记住了这句话。

洛毅森手上的伤不轻，本来他打算一直留在医院等秋燕的结果。公孙锦让赵航把人捆走，赶紧回去休息。

当天边露出了鱼肚白的时候，洛毅森终于扑在自己的床上，呼呼大睡起来。这一觉睡的并不好，他一直在做噩梦。梦中，数不清的毒蛇缠在他的身上，更多没见过的虫子像潮水一般地涌来，将他没顶。他在惊恐中醒来，再看窗外，已是艳阳高照。苗安坐在床边的椅子上，打瞌睡。

真是一场噩梦，不管是现实还是什么，短短几天就像一场噩梦。但，醒过来后就能看到苗安可爱的睡脸，似乎是件很不错的事儿。

他的手悄悄伸过去，抚上白嫩润红的脸颊，轻声道："丫头，别在单身男人面前睡得这么踏实。"

言罢，闭上眼，又沉沉睡去。

当天晚上，苏洁回来了，带着苏子年的那位朋友。这位来自苗疆的老人在秋燕的病房里逗留了很久，而且不准任何人在一旁看着。等他出来的时候，疲惫得就像苍老了十几岁。卓春燕惊喜的扑到刚刚醒过来的妹妹身上，公孙锦帮忙关上了房门，也给这起巫蛊案画上句号。

秘密档案四
枫鬼
GUIANYIKE

第一章 一科就没有消停时候

春季已经过去了，初夏本来是最美好的时候，结果全都被巫蛊案毁了。公孙锦体恤下属，为了让他们更加卖力地工作，抓紧了初夏凉爽的小尾巴，组织一次公费旅游。此举得到了一科所有人的一致拥护。

说是旅游，其实也不可能大江南北的到处游山玩水，公孙锦反复琢磨了好几次，最后决定携全体人员去外省的度假村过一周。

那是个风景秀美，人杰地灵的好去处。服务周到的家庭式旅店，沁人心脾的露天温泉，无不让这些人流连忘返，这假期一晃就过去了。

临走前，苗安恋恋不舍地跟老板娘要了好几张招待卷，就像她过不了多久就会回来似的。洛毅森觉得好笑，拉着一步三回头的小丫头上了车，逗她别把眼珠子丢这儿。

车子很快驶上了乡间小路，苗安摸着自己滑嫩嫩的脸蛋，说这几天泡温泉泡得年轻了好几岁，皮肤好得不得了。坐在后面的廖晓晟打开包，从里面掏出一大推的温泉护肤产品，苗安一看，眼镜都绿了，扑上去就要打劫！这可苦了坐在她身边的洛毅森，丫头也不管他方不方便，半个身子压着他，使劲地朝着后面伸手，胸前的柔软尽数挤在他的身上，让他顿时耳红面热。

也不知道廖晓晟是不是故意的，拿着一瓶爽肤水逗苗安，跟逗猫似的来劲，再配上她一脸的面瘫，洛毅森实在无力吐槽。她身旁的赵航还跟着起哄，直说苗安那猫爪子太短，挠挠洛毅森那张大红脸还成，想要从晓晟手里抢东西，基本没什么希望。

洛毅森满脑门黑线，心说，你让她把胸部压在身上试试，你不脸红你流氓！再说了，我脸红怎么了？你不会当瞎子装看不见啊？他损了赵航一句："闭上你那鸟嘴。"

坐在最前面的蓝景阳被他们吵得心烦，压低了帽檐靠着公孙锦打起瞌睡来，苏洁也是个没正经的，用耳机听音乐还跟着大声地唱，那歌声，神鬼皆愁！

洛毅森看着这一车人的嘻嘻哈哈，心情越发地愉快起来。虽然工作的时候紧张又劳苦，但他已经彻底喜欢上了一科，也喜欢一科这些古怪的同事们。刚进一科那会儿还会经常想念在刑警队的时候，等巫蛊案子结了，他才意识到，已经完全踏上了一科变态的道路，曾经那正常的日子，彻底一去不回。最可悲的是，他对一科的工作居然上瘾了。

苗安终于抢到一瓶乳液，坐回位子上发现洛毅森正在发呆，就问他："想什么呢？"

"没什么。"他笑道，"估计现在让我回刑侦队，我会不习惯了。"

后面的赵航跟着打趣："这就叫嫁鸡随鸡，嫁狗随狗。"

"赵航，真欣慰你把自己嫁出去了。"

洛毅森一句吐槽，引来众人的哈哈大笑。可就在这非常欢乐的时候，车子忽然停住，众人没有防备，集体向前扑去！好在洛毅森手快，揽着了苗安的腰，小丫头的额头才免于幸难。可前面的公孙锦倒霉了，他光顾着保护呼呼大睡的蓝景阳，一脑袋装上了前面的护杠上，额头顿时红了一大片。

赵航抓着窝在最里面的蒋兵，这小子可倒霉，直接坐地上了。捂着屁股直哎呦。赵航把他拉起来，朝着雇佣的司机喊着："大哥，你不好好开车，干吗呢？"

司机是当地人，回了头说了几句家乡话，赵航愣是没听懂。亏着有公孙锦翻译："他说前面有人打架，这条路窄，不敢开了。"

闻言，众人纷纷挤到前面观察情况。只见三四个穿着保安服的男人都拿着扫帚、拖把等家常用具对一个小姑娘戳来戳去，有一个过分的竟然用脚去踹！

蒋兵最看不得有人欺负弱小，骂了一句"这帮混蛋"之后，怒气冲冲地下了车。

公孙锦无奈地摇摇头，告诉后面跃跃欲试的两个小子："你们也下去看看吧，不要闹大了就行。"

跟着赵航和洛毅森下车的还有廖晓晟和苗安，她们俩下车的时候，蒋兵已经冲了过去，推开了几名保安。这种天高皇帝远的小地方，治安情况肯定是差的。两个保安一见有人多管闲事，挥着拳头就要招呼蒋兵。

洛毅森和赵航能让自己人挨打吗？就算蒋兵在一科里只能打得过苗安，也不能眼看着他吃亏啊。这俩人火了，几步窜过去，三下五除二就把保安们撂倒在地！等一回头看那小姑娘的情况，不免大吃一惊！

瘦瘦弱弱的女孩佝偻着身子，惊慌地闪躲着廖晓晟的帮忙。她的脸低垂着，只能看到额头上一块又一块溃烂的皮肤。她紧紧抱着手臂，露在衣袖外面的手腕上也是有大片的溃疡面。

这时候，一个趴在地上的保镖不知道骂了什么，一边的苗安说："别碰她，晓晟，这个男的说她有皮肤病，传染的。"

闻言，廖晓晟低头打量几眼女孩的额头和面部，继而说："小妹妹，让我看看行吗？"

"不。"女孩战战兢兢地说，"我，我这病不传染，真的。"

赵航踢了踢脚边一个直哼哼的保安，问他："会说普通话吗？"男人点点头，他蹲下去问道，"这女孩怎么了，至于几个大老爷们一起打吗？"

这哥们觉得冤死了，这才道出实情。女孩叫"朱小妹"是八十里外一个小村子到这儿度假村打工的。起先，朱小妹也挺不错，大约在两周前，忽然得了皮肤病。不少客人向度假村反应，这样谁还敢来？度假村的老板也算是挺照顾她，多发了三个月的薪水，让她回家治病。可朱小妹死活赖着不走。就在刚才，还吓着了一个小孩子。实在没办法，老板只好让保安强迫她离开。

听过这些情况之后，洛毅森不免有些气恼，说："就算你们要辞退她，也不能动手。"

在洛毅森跟几个保安说道理的时候，廖晓晟已经回到车里套了手套，轻轻抓住了朱小妹的手臂，查看她的溃疡情况。越看，她的眉头蹙的越紧，她从来没见过这样的皮肤病。

皮肤溃疡一般是由外伤微生物感染、肿瘤循环障碍和神经功能障碍、免疫功能异常或先天皮肤缺损等引起的局限性皮肤组织缺损。外伤性溃疡往往是由物理和化学因素直接作用于组织引起；微生物感染性疾病多由细菌、真菌螺旋体、病毒等引起组织破坏。

病因不同，病情也不同。但是这个女孩的情况，让廖晓晟也难以判断。

她问："疼吗？"

朱小妹摇头，说："什么感觉都没有，就是，就是这样。"

"多久了？"

“十多天了。”

如果不疼，那就排除了“痛疼性皮肤结核”。观察她的气色也不像有问题的模样，怎么会得上这么严重的皮肤病？廖晓晟建议她立刻去医院看病，但朱小妹似乎不愿这么做，再三询问下，她才说：“没事，我们村子里这种病很常见，我回家就好了。”

一个村子里常见病？廖晓晟不免大为吃惊，而且，看朱小妹的神情似乎还有所隐瞒，她担心起来。一边的苗安走过来，轻声问道：“小妹妹，你要回家的话，我们送你吧。你这样，路上的司机也不愿意载你的。”说完，就回过头去问已经下了车的公孙锦，“老大，我们送她好不好？”

公孙锦就知道苗安的同情心泛滥，但眼前的情况的确需要有人保护这个可怜的女孩回家。他看了看廖晓晟，似乎在征求她的意见。

心中疑惑的廖晓晟点点头：“我想去她们村子看看。”说着，拉起朱小妹的手，“别怕，我们是警察，送你回家。”

一听几个人都是警察，朱小妹才放了心，拎着自己脏兮兮的背包跟着上了车。赵航也没把剩下的几个保安怎么样，只是警告他们以后不要欺负弱小罢了。

再次上路，众人因为朱小妹而不再嬉闹。廖晓晟和苗安一边一个陪着她，前者偶尔问几句关于病情的事，她也只是摇头点头而已，看上去非常自卑。

蓝景阳回头看了眼朱小妹，摘掉了一边的耳塞，不过几秒钟的时间赶紧塞回去。公孙锦便低声问他：“怎么了？”

“那女孩的心跳声，又急又乱。她在说谎。”

公孙锦回过头来，若有所思。

朱小妹所在的村子处于大山的山坳里面。两年前，县里搞城乡建设，筹资把村子迁移到大山之外，因为资金短缺，还有些不愿意走的钉子户，就留在了老村址这边，算起来也不多，总共那么二十多户人家，百十来人。

进入山道后，路就不好开车了。几个人在村口下了车。公孙锦三言两语搞定了抱怨连连的司机，并让蒋兵和苏洁留在车里，其他人带着朱小妹进了村。

洛毅森从来没见过这么萧条的村子，触目所及到处都是灰白色，只有那庄稼地还算是有些生机。不远处的几所平房，参差不齐的坐落在泥泞的小路两旁，还有不少房子破门烂墙，早就没了农家院的炊烟袅袅，鸡鸣鸭叫。田埂上站着几个老少爷们，都用奇怪的眼神打量着他们，随着他们的脚步，转动着脑袋，简直就像是看着……

苗安也发现了那些人的目光，浑身不自在地往洛毅森身边靠了靠。洛毅森拍拍她的肩："没事，送到地方咱就走了。"

"嗯。"苗安低低的回应一声，"我不喜欢这个地方，死气沉沉的。"

苗安的话音还没落地，忽见从前面破落的房子里走出一个男人，他手里拿着一把干草，一边走一边摆弄着。朱小妹忽然喊了一声："哥！"

闻声，男人转过头，手中的干草掉在地上，一脸的惊讶。

看着朱小妹急急忙忙跑过去，洛毅森想着，也许他们很快就可以离开这个村子。这时候，就见朱小妹的哥哥变了脸色，狠狠推了一把，大声斥问："你回来做啥？"

朱小妹似乎一点不惊讶哥哥的态度，也不介意被推开。她丑陋的脸上洋溢着归家的喜悦，像只小鸟，又跑到哥哥面前，几乎哽咽着说："我，我想家。"

哥哥的神情过于复杂，又是喜又是气地说："没出息！这辈子都走不出去，你……"不等数落完，忽见妹妹脸上的异样，他惊呆了，急忙抓着朱小妹的耳朵，"你咋了，你，你咋也这样了？"

如果只是朱小妹一个人得了这种古怪的皮肤病，哪怕是村里只有两三个人这样，廖晓晟都不会惊讶。但是，就在刚才她注意到田埂上那几个人，脸上都有或轻或重的溃疡面，这不得不让她想到某种很糟糕的可能性。现在，又听到哥哥这句"你咋也这样了"，心中一紧，拉过公孙锦低声说："情况有点不对头，我要留下看看？"

前面的兄妹俩已经开始压低声音说话，洛毅森听不到他们说什么。但是蓝景阳听得到，他已经摘掉一边的耳塞，一边听着一边说："她哥哥说'明明送你走了，怎么还得这病'；妹妹说'哥，我想回家。死也想死在家里'。"

死？不过就是皮肤溃疡而已，为什么说到死？众人不解地看着那对兄妹，公孙锦听过蓝景阳的转述，也觉得其中有问题，就同意了廖晓晟的提议。

朱小妹的哥哥叫朱凯，比小妹大七岁，今年正好三十。他看上去很瘦，脸色发黄，像是营养不良似的。他的身材很高，至少有一百八十多公分，因为过瘦，看上去就像根竹子。

他知道洛毅森等人在路上帮了妹妹，也没显出什么热情来，倒是很郑重地道了谢，最后说："天黑就不好走了。"

言下之意，是让他们马上离开吧。洛毅森更觉这人有问题，哪有这样三言两语就打发了好心人的？不过，公孙锦却随口道："现在还早，我们有随行的医生。去你家里坐坐，顺便给你妹妹看看病。朱大哥，你给带个路吧。"

众人皆囧然，公孙锦厚脸皮装嫩，明明比朱凯大两岁，居然叫人家大哥。不过，看朱凯无法拒绝的样子，众人都觉得公孙锦偶尔装嫩一把也是可以的。

朱凯似乎不欢迎他们到家中做客，一路上阴沉着脸，紧紧地抓着妹妹的手。尽管这个男人似乎有什么隐情，大家都看得出，他很疼爱朱小妹。

在村子里拐了几个弯，途中遇到几个村民，他们热情地跟朱家兄妹打了招呼，有一个还问了是不是家里来亲戚，这么多人。朱凯很尴尬地笑着，说这些人都是妹妹的朋友，到家里坐坐就走。

洛毅森走在最后，不露声色地观察着遇到的几个人，不知道什么时候苗安也落在了后面，走在他身边，低声说："你觉不觉得小妹的哥哥很奇怪？"

趁着前面的人不注意，他偷偷握了一下苗安的手，安抚道："你别胡思乱想了，哪来的古怪。"

苗安嗯了一声，乖乖地走在他身边。

第二章 姑娘的猝死

朱凯的家在村子的最后面，院子里养着几只鸡和两只鹅，被人惊着了，咕咕嘎嘎叫着，满院子乱窜。洛毅森走到院子中间，忽然被什么东西晃了一下眼睛，他抬起头举目远望，只看到高山上的葱葱郁郁。走到门口的苗安招呼他赶紧跟上，他摆摆手，说在院子里呆一会再进去。

众人进了屋子，洛毅森则是绕过前院走到了屋子后面。后面的院子不大，有一间小仓房，旁边还摆着一口水缸。水缸里有一半的水，上面漂浮着一些毛屑，散发出淡淡的水锈味。院墙并不高，还不到一米，他撑着跳到外面，不足五米的地方就是山脚了。用脚踢了踢山根下的土，发现还算牢固，但是一些颗粒状的黑色小东西看上去既不像土，也不想泥巴，像什么又想不起来，看上去麻麻癞癞的。他赶紧移开了视线，朝山上看，好像刚刚那一点闪光就是在上面投射下来的。这个时候并不适合上山看个仔细，他只能跳上围墙，尽量往上看。

树林里分不清都是些什么植物，大多的枝丫缠绕在了一起，放眼望去，密密匝匝直达山顶。其中，有两棵扎眼的大树，看那繁枝茂叶，估计最少也有百十多年了。它们屹立在大半的山腰上，被阳光照耀着发出油绿油绿的光。一阵风从山顶吹下来，大树的枝条随风摇曳，阳光透过绿叶的缝隙变成了丝丝缕缕的光线，像小时候看过的万花筒，奇妙而美丽。

不知不觉地看呆了，等听见院子里有了动静，才跳了下来。他走到屋子的侧面，看到朱凯用水舀在水缸里打了些水，放进手中的大茶缸子里。前院的水缸很干净，他刚刚看过一眼，所以，很高兴朱凯没有用后院水缸里的水。

他转身又走到后院，再一次跳出围墙，去研究那些黑色的颗粒状物体。

抽出一张纸巾点垫着手，捡起一些来搓了搓。风化了？这到底是什么玩意儿？看上去很硬，搓了一下马上就散了，既不是土也不是干掉的泥。

正在他努力辨认的时候，就听院子里传来赵航急三火四的喊声："毅森，马上进来，朱小妹快不行了。我去外面找车。"

哈？什么叫"快不行了"？刚才还好好的，这么一会的功夫就不行了？开什么狗屁玩笑！他急忙翻墙进远，三步并作两步跑进了屋子里。

一进屋，首先看到的是蓝景阳和公孙锦都站在厨房屋里，对着的门半敞着，可以听到朱凯惊慌不已地叫喊着朱小妹的名字，他转过头去往里看。朱凯和苗安围在一张单人床旁，廖晓晟正在给床上的朱小妹做急救。他返回头问蓝景阳，究竟发生了什么？

事实上，不止蓝景阳说不出个所以然来，就连其他人也没办法说清经过。他们进了屋子后，朱凯就去外面打水烧水，招待客人。廖晓晟和苗安陪着朱小妹去了里屋，脱衣服检查病情。大约过了有十来分钟的时间，朱凯把烧好的热水送到门口，给了苗安。几个男的继续在外面等，没过三分钟呢，就听苗安惊呼一声：她快没气了。

第一个念头，洛毅森想到了朱凯烧开的那壶水有问题，但转念一想，又觉得不大可能，毕竟是亲兄妹，不会下此狠手。再者说，朱小妹是突然回家，朱凯应该不可能预先准备好毒药来杀人。况且，是不是中毒还不一定。

想到这里，里屋忽然传来朱凯一声悲绝的痛哭声，几个人也顾不得许多，跑了进去！

苗安惊呆地站在床边，难以置信刚才还活蹦乱跳的朱小妹就这么没了？而廖晓晟从床上跳下来，神色也是难看得很。她看了眼手表，说："死亡时间是十一点二十八分。死因不明，死前有呕吐、抽搐、眩晕现象，经过两到八分钟无器械、药品急救，无效，死亡。"

洛毅森抓住了苗安，把她推给了蓝景阳，公孙锦也拉扯着站都站不起来的朱凯离开了里屋。洛毅森走到床前，细看朱小妹的尸体。

光是看表面并没有异常，她掰开死者的嘴，闻了闻，看了看。随后，叫廖晓晟一起看，并问："这股臭味你能分辨出来是那种毒素吗？"

廖晓晟没回答。他又问："你看她的嗓子里面，好像也有溃疡面。是不是，这种情况不止在她的表皮上，内脏里也有？"

听过洛毅森的假设，廖晓晟摇摇头，说："从她的喉咙和味道来分析，我怀疑是'腐胺'中毒。'腐胺'是具有一定程度的腐蚀性，被吸入或者经由皮肤吸收，对眼睛、鼻子、喉咙以及皮肤有刺激作用，在某些情况下会引起表皮溃疡。但是……"

不管什么事，一扯上"但是"那就没办法下定论了。洛毅森也多多少少了解"腐胺"的一些知识，可真是不明白廖晓晟的这个"但是"究竟意味着什么。

廖晓晟说："死亡情况很古怪，首先，如果是'腐胺'或者其他类似的毒素导致她的皮肤溃疡，那绝对不会致死。她死前的症状虽然都符合像是中了'腐胺'一类的毒素的临床现象，但事实上，就算你把腐胺成把成把地塞进嘴里，也不可能在短时间内死亡。换个角度来看，如果她长期接触'腐胺'到了刚才才毒发，那么她早就该起不了床，走不了路，甚至是咳嗽得无法说话。"

说了这么多，朱小妹的死因仍旧是个谜团。洛毅森不得不询问了之前的情况。

根据廖晓晟的回忆，她们三个人来到这里之后，朱小妹一直不愿意脱掉衣服。苗安苦口婆心地劝她，她才慢吞吞的脱掉了外衣。乡下姑娘似乎不愿意也很少穿文胸，朱小妹的外衣里是一个印着碎花的背心。这件背心，她是死活不肯脱的。廖晓晟只能检查她的手臂和脖颈上的溃疡情况。

随后，朱凯在门外送来了一些水，苗安拿进来给廖晓晟喝了点，自己喝了一些。剩下的，廖晓晟用来清洗溃疡面。

"等一下。"洛毅森打断了她的话，问，"那水你们喝了？在不清楚这是不是传染病的情况下喝了？"

廖晓晟苦笑几声，说："当时我只顾着看朱小妹的情况，没注意小安。她把那脏水杯里的水，倒进了自己的杯子里才给了我。我们俩也是渴了，都喝光了之后，才意识到这个问题。”

洛毅森急了：“马上走，你们谁喝了水，马上回去化验！”

难得见到洛毅森这么着急的样子，廖晓晟却是很稳当，拍拍他抓着自己的手背，说：“没事。我估计这种病不传染，就算是有这个可能性也不是致命的。”

“不致命？这话怎么说？”

“我的意思是，朱小妹的死因与溃疡无关，而是因为其他的我们还没有发现的原因。”

彻底被廖晓晟绕晕了，他也不管她如何肯定不会有危险，还是问所有人都谁喝过这里的水。结果，除了公孙锦另外两个都喝了。

他第一次觉得苗安勤快得到了可恨的地步！这丫头不但给廖晓晟喝了水，也把剩余的水都换了杯子给其他人喝。公孙锦不觉得口渴，所以没喝，这是洛毅森唯一感到庆幸的事。

赵航找回的车辆也出了问题，司机一看居然要他拉死人，说给再多的钱也不干，就算是警察也不能强迫他。公孙锦只好让赵航跟车去乡里找运尸车再作打算。

洛毅森在苏洁看尸体的这点时间里，去另一间屋子转了转。看样子，这个屋子应该是朱小妹的。跟刚才那个屋子相比小了些，干净了可不止一点半点，看样子是经常有人打扫。会是谁呢？朱凯？

刚进村那会儿，听他们兄妹的对话，是朱凯亲自送朱小妹离开这里的。是不是在朱小妹离开之后，朱凯每天都在打扫这个房间，所以才保持的这么干净？记得，在村口，朱凯说过“没出息，这辈子都走不出去。”

言下之意，就是希望朱小妹出去之后就不再回到这个穷地方。按理说，如果朱凯真的不想朱小妹再回来，或认定她不会回来，还会每天来打扫房间吗？这个房间太干净了，就像随时等着它的主人回来一样。

他带着无法肯定的疑问离开了朱小妹的房间，来到院子里的时候才发现，里里外外围着不少村民。

这个只剩下二十来户的小村子里，就算谁家丢了一只鸡仔，也能闹得“满城风雨”。死了人这么人的事，当然是迅速的被传开。他看到公孙锦正在跟一个五十多岁的男人讲话，就问蓝景阳：“那老头谁啊？”

“这里的村长。”蓝景阳说，“刚才找了几个人把朱凯带去别人家休息。公孙正在跟他询问有关皮肤病的事。”言罢，他话锋一转，“苏洁看过尸体了？什么结论？”

“还没看完呢，我出来的时候也没见着她们。”

本来还在跟洛毅森闲聊，不知怎的，蓝景阳忽然皱起眉头，忙地把脸转到院墙的那面，一双眼紧紧地盯着站在人群后面的那个老太太。

“怎么了？”洛毅森也觉出蹊跷，问道。

蓝景阳很快就恢复了正常，蹲在洛毅森身边，悄悄地说：“刚才，那个老太太说，风鬼又吃人了。”

“什么玩意儿？”

“她说‘风鬼’，不知道是疯子的疯，还是刮风的风，但可以肯定是鬼怪的鬼。你在这守着吧，我出去跟她聊聊。”

看着蓝景阳离去的背影，洛毅森心中感慨，有个便携式窃听器简直太方便了！转念一想，又觉得不对！他急忙仔细看去，果然发现蓝景阳已经摘掉了一只耳塞。这小子，在这种吵杂的环境中，摘掉一只耳塞，怕是撑不了多久。想罢，他追了上去，抓着蓝景阳抢过他手中的耳机，直接塞进了他的耳朵里。并低声说：“你留下，我去。”

蓝景阳一怔，眼中的感激一闪而过，点点头返身回去。另一边的公孙锦已经跟村长聊完，看到这一幕会心一笑，朝着洛毅森点点头，好像有了什么收获似的。

洛毅森没有直接去找老太婆，看到她跟村长嘀嘀咕咕密谈了几句之后，就颤颤巍巍地朝着远处去。

跟着老太婆走了大约三四分钟，确定身后的人注意不到他们，洛毅森才疾步赶上去，问了声好：“大娘，你好啊。”

老太婆继续颤颤巍巍地慢行，扭过脸看了一眼洛毅森。她的眼睛里还有一些泪光，这不得不让洛毅森察觉到，她是心疼着朱小妹的。便说：“如果看年纪，小妹是您看着长大的吧？”

老太婆点点头，一边走一边说：“村里的女娃们走得差不多了，没一个回来的。小妹是好闺女，不该回来。”

“为什么？”洛毅森循序渐进地问，“小妹说她想家了，回来看看也是人之常情。”

闻言，老太婆哼哼笑了几声，笑声中夹着无奈和悲哀，开口道：“年轻人，有什么话就说吧，你们那个伙计不是听见我的话了，你才追上来。老婆子腿脚不好，眼睛还没瞎。”

得，又是一个老人精！洛毅森讪讪地抓了抓头发，靠近老人的时候被她身上常年不洗澡的气味熏地屏息，咽了咽口水，才说：“大娘，您说的那个‘风鬼’是怎么回事？”

老太婆也不回答，抬起手朝着远处指了指。洛毅森循着看去，除了葱郁的青山外，只剩下白云朵朵。他不解地继续追问，老太婆却不肯再开口说一个字了。

就这样，洛毅森一路跟着她到了个破落的院子，进了屋里，潮湿的霉味令人极不舒服，他不仅怀疑这老太太怎么能在这种环境下生活。

老太婆拿了个小板凳，坐在炉灶前扒拉着里面已经冷却的柴火。洛毅森四下找了半天，也不见有什么东西可以用来垫他的屁股，索性也不找了，一屁股坐在满是灰土的地上，帮着老太婆扒拉炉灶。

老太婆的脸皱皱巴巴，很难分辨出她现在是怎样的一种表情，双方沉默了半响。她忽然说：“我奶奶活着那时候就有了，到现在谁也不知道多大岁数。”

老怪物？洛毅森抬起脸来，问：“当地的传说吗？”

“不是。”老太婆笑了一声，“是山上的枫树。不知道啥时候啊，树上长了个人，也不知道啥时候那个‘人’开始吃村子里的人，老一辈留下的话，说那是‘枫鬼’。”

几句话把洛毅森说得稀里糊涂，一点头绪没有。不管怎么样，人这种高级哺乳类的动物不可能是从树上结出的果子，而且还以同类为食。

不等洛毅森纠结出个子午卯酉来，老太婆又说：“你自己去山上看看就知道了。”

等到了线索就马上离开，好像不大厚道。洛毅森没动，跟她拉起了家常：“大娘，这就你一个人住？孩子们呢？”

老太婆不说话了，自顾自地在扒出来的柴火里挑挑拣拣些还能用的木板块，洛毅森说了好些话，她也不吭声，似乎半句也没听到。洛毅森只好跟她道了谢，又偷偷留下点钱，离开了老太婆的家。

要山上，必须经过朱凯的家。他走回去的时候，发现村里的人进进出出忙着搭灵棚。他觉得奇怪，就溜进去找到了在一旁郁闷的苗安。

这丫头还在为让大家喝了这里的水而自责，面对着土墙，抠着上面的土渣渣。洛毅森走到她身后，笑道：“自闭了？”

“去，烦着呢，别搭理我。”

“烦什么，走，跟我上山看看。”说着，便拉住苗安的手，不管她愿不愿意，一口气拉出了朱凯的家。

苗安怏怏地跟在洛毅森身边，始终不见一点笑模样。洛毅森问道："尸体一会就要拉走，还搭灵棚干什么？"

"好像是这里的习俗。"苗安说，"没尸体不要紧，灵棚是一定要搭的，还要有亲人在灵棚前守满七天。"

守头七，这个他还是知道的。很多地方都有这习惯，而且也不一定需要尸体在不在。想罢，他问起了朱凯："怎么不见他？"

"别提了。那人都哭昏过去了，还是当地几个村民把他抬到别人家，我看他真挺像会想不开跟着妹妹去的样子。"

上山的小路并不好走，崎岖蜿蜒，坑石连叠，才走了一半，苗安已经大汗淋漓了。就算是丫头出了一身的汗，在刚刚从老太婆家里出来的洛毅森也觉得这是香的！他拉着苗安的手紧了紧，问她要不要休息。

"不用，我也很想看看树是怎么结出个人来的。"苗安一扫之前的郁闷，笑道，"要真有，咱摘一个回去养着玩。"

这丫头，脑筋又抽了！虽然在心里吐槽着苗安，但实在被她可爱的样子弄得心痒，凑过去体贴地问："要不要背你？"

"下山背。"苗安还未察觉到洛毅森的异样，很认真地说，"没听过啊，上山容易下山难。下去的时候我长你背上。"

几句嬉笑过后，继续上山。途中，苗安提到了刚才苏洁的一段话："苏姐跟老大说了好一阵子，他们俩的意思是这案子不归咱们管，等医疗队来了，咱们尽快撤。"

"这么快就下定论了？"洛毅森觉得，这不像公孙锦的风格。他说，"你就不觉得奇怪？就公孙那个谨慎的性格来看，在死因未明的时候，他不会确定这是不是咱们该管的事。再者说，你觉得他像那种死了人就琢磨是不是一科该接手的人吗？"

被洛毅森这么一分析，苗安也觉得有疑问了。

"那你觉得老大是什么意思？"

停下了脚步，望着已经快到达的目的地，洛毅森深吸了一口清爽的气息，说："公孙，着急了。他预感到什么很糟糕的事即将发生，这种事可能跟咱们没关系，但会牵扯到我们。所以，他急着要走。"说到这里，他忽然想到了什么。一转头，果然发现苗安郁闷了很多，他笑着揉揉她的头发，"别想太多，不是那些水的问题。我觉得，公孙怕是咱们费力不讨好。”

在洛毅森看来，这个村子的里都很团结。虽然朱凯古怪了些，但从朱小妹死后，左邻右舍都跑去帮忙就能明白，他们这个村子就像一个大家庭。如果，一群外来人惹恼了大家庭其中的一员，必会受到群起而攻之的待遇。也许，公孙锦担心的就是这个。毕竟，是他们带回了朱小妹。

思及至此，他已经拉着苗安爬过了一个土丘，映入视线的是参天大树！

他还以为这是两棵，近距离细看下，才发现只是一棵。因为过于粗大，远远的看着，只能看到它苍穹一般的枝顶，大大的撑开来。山上的环境清幽空明，一阵风吹来，数不清的枝丫随着摇摆，发出海浪般的沙沙声，瞬间洗涤了洛毅森无名的烦恼。

苗安惊叹着这样气势浩然的古树，仅是目测也有三十米左右了。这让她忽然觉得，就算真的在树上结出个人来，也不是不可能的。

感叹过一番后，洛毅森发现，古树下面好像还有一个土台子，把古树拱了起来，在四周还能分辨出来类似台阶的形状。他让苗安拍了很多照片，好让蒋兵回去查查。随后，他们俩个绕着大树观察。快走了一圈的时候，脚步戛然而止。在粗大的树干上，有一部分是凹凸的，那形状就算他不愿意承认也很难回避现实

人，一个有鼻子有眼，有肩膀腰身，有双腿的人形，赫然就在眼前！

苗安惊讶地张大了嘴巴：“还，还真有啊。”

第三章 各自为战

不是树瘤吗？不是，绝对不是！洛毅森否决了自己的第一个猜想，因为没有树瘤会长成人的模样。况且，这棵大树的颜色也不对。刚刚被太阳晃了眼睛，还以为是普通的绿色，但近距离观察下，树十是成黑棕色。据他所知，枫树只有到了冬天，树干才会是黑棕色。也许他对枫树的知识了解得不多，只是片面，但这种颜色看上去实在很诡异。

“毅森，你看这是什么？”苗安拉着他弯下腰，指着地面一小堆一小堆黑色颗

粒说，“看上去像是动物的便便。”

他承认自己没有苗安跳跃并脱线的脑子，所以当他在朱凯家后院发现这些黑色颗粒的时候，完全没有想到会是某种动物的粪便。其实，这里有动物的粪便并不稀奇，稀奇的是，这些粪便很规律，相隔不足三十公分就有一堆，一直延伸到树根下面。好像这动物一边排便，一边准备爬树似的。

这时候，天色已经暗了下来。苗安觉得冷了，他很自然地抬起手臂把她搂在怀里。余光，可见苗安通红的脸颊，洛毅森倒不觉得自己失礼，捡起一根小树叉在准备扒开一些土，看看下面的情况。

刚巧，手机响了，显示着公孙锦的名字。他接听后，得知公孙锦正在急着找他们，不管手上有什么事，马上回到朱凯家。

听公孙锦的声音也没什么不同，洛毅森就是觉得肯定有事发生。拉着苗安下山的时候也忘了说过要背她的事，小丫头也着急，忽略了洛毅森的背脊。

两个人急急忙忙回到朱凯家的时候，一科的所有人都在。还有一辆警车停在门口，看上去应该是运尸车。

院子里人还是很多，灵棚已经搭起来了，一些人忙着在上面摆供品，一些人在院子屋里来来回回忙活着，似乎没人注意他们的存在。公孙锦招呼大家先上车，随后才说：“除了我和毅森，其余人都回去。晓晟你回去之后马上做尸检；蒋兵和苏洁负责调查溃疡病的情况，小安，你跟着苏洁打下手；景阳去查查死者打工的那家度假村。啊，在那之前，你们所有人都要回市里做血液抽检。”

苗安愧疚地说：“老大，对不起，我……”

“傻丫头。”公孙锦笑道，“跟你有什么关系，我只是为了确保无事而已。”

苗安点点头，觉得再说下去也没意义了，就问：“老大，你不是说咱不管这事么？”

“情况有变。”公孙锦仍旧寻常的态度，说，“不要多问，有需要告诉你们的我会通知。现在，跟车走吧。”

洛毅森明白，为什么公孙锦会带着他留下。因为只有他们没喝过这里的水，但更多的他却想不明白，只能察觉到公孙锦不同以往，他很着急。

“你在急什么？”看着其他人离开了，洛毅森才问。

公孙锦微微笑着，说：“你觉得我着急了？”

这人恐怕永远不会跟你袒露心声。洛毅森也不是八卦的人，就此打住。看到他这么快就放弃，公孙锦反倒觉得好笑，说：“其实，我听到不少人在说朱凯妻子的事。”

“他还有老婆？”洛毅森问道。

“当然。三十好几了，哪能没老婆。”

“你就没有。”洛毅森嘴快，说完就后悔了。

结果，公孙锦哈哈大笑起来，说他不适合有家庭，没老婆反而觉得更自在些。几句玩笑话过后，公孙锦面色一正，说：“大概是两年前，朱凯的妻子也得了像朱小妹一样的病，那时候朱家还算有点小钱，朱凯就带着妻子去县里看病。他们走了一个多月，有那么一天，朱凯自己回来了。说她妻子因为没钱治病就走了，连声招呼都没打。至今也不知道他妻子在哪里，是死是活。”

因为给妻子看病，朱凯把所有的积蓄都花了，但还是缺少一大笔的医疗费。他的妻子在绝望之下偷偷离开，为了这事，朱凯在家里郁闷了很久，却从没说过要出去找人。

本来这只是一个不算线索的线索，关键在于，有好心人提供隐情。

公孙锦带着洛毅森在村子里走了一会。夜晚的村庄多添了几分潮湿的冷气儿，一路走来，也没见多少人家亮着灯，整个村庄就像无人之地，无处不透着令人压抑的孤独。只有公孙手里的电筒带来一点温暖，他看了看公孙，这人面色如常地走在坑坑洼洼的小路上，安静而又坦然，这让洛毅森觉得舒服了很多。

他们来到一家还算宽敞整洁的院落门前，吆喝了几声。很快，从里面走出一个五十多岁的胖老头儿，一见是公孙，笑脸相迎。

这个老头叫“葛喜旺”是个务农的好手，儿子儿媳都在外面打工，他带着小孙子留在家里，日子过得倒也舒坦。他知道公孙锦等人是大城市来的警察，所以在朱家帮忙的时候，特别留意了一下。

洛毅森问他，为何留意警察？他说：“朱凯他媳妇是我远房亲戚，是我介绍他俩认识的、这人说没就没了，我对那家亲戚也觉得愧得慌。所以，经常留心朱凯家的事。要说小兰那孩子……”

葛喜旺的话很罗嗦，洛毅森又不好意思打断他，只能认真听下去。按照葛喜旺来看，朱凯的妻子“王兰”是个本本分分的好姑娘，嫁到朱家后却和朱小妹不和。朱凯夹在中间左右为难，既不愿意得罪妻子，也不想委屈妹妹。这家长里短的事谁能掰扯明白？左邻右舍的也不知道怎么劝说才好。那时候，朱小妹就想出去打工，但朱凯迟迟不让她走，说是外面太乱，不安全。两年前，王兰忽然得了一种怪病，身上的皮肤开始溃烂，身体也日渐衰弱。朱小妹在这事上还是通情达理的，把自己的积蓄也都给了朱凯，朱凯才带着王兰去城里看病。

一个月后，某天的晚上。葛喜旺带着孙子到院子里的茅厕拉屎，恍惚地看着了打从门口路过两个人，看身形像极了朱凯那两口子。他本来没想追上去看个究竟，可隐约中听到好像是朱凯在哭，他就觉得这事有点问题。担心是又出了什么状况，就让孙子一个人回屋睡觉，他关了院子门，朝着小两口离开的方向追去。

越追越是纳闷，这条路并不是回朱家的路，再往前走就是上山了。他喊了两声朱凯和王兰的名字，前面俩人却没什么反应，他有点害怕了，跟到山脚下就没再继续。他看着朱凯和王兰上了山，消失在他的视线里，没敢在山脚下多停留，按照原路返回。

第二天，他早早敲开了朱凯家的大门，朱小妹却说朱凯压根没回来。葛喜旺是个热心肠的人，这就准备上山找找，还没等走出朱家的院子，就见朱凯背着两个大包神情抑郁地走了进来。详谈之下，朱凯说他昨晚才搭村里人的拖拉机回来，还有那个村民作证。

葛喜旺当时就毛了，心说，那我昨晚看到的俩人是谁？

从那之后，村子里不少人开始出现和王兰一样的皮肤病，但没有人会死。有时候，葛喜旺就琢磨朱凯跟他说的话。他说，大夫说了，兰子那病不要命，也能治。但是得花很多钱。要是治不好，就可能没法干活，也没法见人了。兰子本来心事就重，还特别想不开。最后留下一封信，说不想连累朱凯，自己走哪算哪，活到啥时候算啥时候。无奈之下的朱凯，只好带着行李，和空空的钱包先回了村子。

葛喜旺之所以觉得纳闷，是因为朱凯从没说过王兰到底得了什么病，也没说再挣点钱出去找她，更没有报警的意思。日子就这么一天拖了一天，朱小妹为了照顾哥哥，彻底打消了外出打工的心思，可朱凯忽然把她赶出了村，说是让她出去历练历练，总比在这个小村子窝着好。

听罢，洛毅森半开玩笑地问：“葛大爷，那晚您是看走眼了吧？”

“不可能！”葛喜旺倔强地说，“我要是看错了，就把俩眼珠子挖出来当泡儿踩！”

他终于明白公孙锦为什么会关注朱小妹的死了。其中有四个疑点。

一、葛喜旺绝对没有看错那一晚的人是朱凯夫妻，那么，有村民可以作证的朱凯却说他是当天早上搭车回来的，可想而知，一个人是不可能同时出现在两个地方。

二、王兰的失踪是个谜。那种病既然可以医治，为什么还要偷偷离开？当晚葛喜旺看到的那个人，是不是王兰？如果是王兰，朱凯带着她上了山之后，这人的行踪呢？

三、朱凯回到村子之后，皮肤病还是蔓延。如果他是传染源，为什么距离他最近的朱小妹没有第一个被传染？

四、村子里还有人得了那种皮肤病，却没有人死亡。为什么单单是朱小妹死了？死得还那么蹊跷？

他们谢过了葛喜旺后，在晚上九点整离开葛家。回去的路上，公孙锦问到了洛毅森的看法。他将那四点说了一遍，公孙锦听的非常满意。

洛毅森知道目前为止，他们也做不了什么。只能等到天亮，去找那个两年前载朱凯回村的人打听线索。

他们被村长安排在一家没人住的院子里，公孙锦说时间还早，建议再去朱凯家看看。

朱凯家的灯光全都亮着，院子里还临时拉了两条电线，安上了灯泡。院子里的人不多，有几个三十来岁的男人陪着朱凯。朱凯坐在灵堂前的火盆旁边，一边哭一边烧纸。

春末夏初的农村，已经有了蚊虫。两个灯旁围绕着不少飞蛾和叫不上名字的飞虫，光影将它们展翅的影子投射在地上，像是一团团黑色的火焰，不停地跳跃着。洛毅森觉得脸上很痒，没多一会就抓耳挠腮的。

公孙锦蹲在朱凯的身边，正在问他："小妹在离开村子的时候，有没有得病？"

朱凯哭得鼻涕一把泪一把，泣不成声地摇着头。洛毅森也走过去，听公孙锦说话。这时候，打从一边走来一个男人，又把一些叠好的黄纸放在他身边，转而对洛毅森说："你们城里人可受不了俺们这的蚊子，叮上就是个大包，半个月都下不去。等会我给你们那点草药，管用，熏上就好。"

洛毅森连忙感谢一番，趁机问："大哥，我听说你们这里有枫鬼的传说，你能给讲讲吗？"

闻言，这个男人一怔，厌恶的情绪在憨厚的脸上一闪而过。他嘟囔着："谁跟你说的？"

"就是村东头那个大娘，一个人住的。"

"你别听老瞎妈胡说，那都是老老辈的事了。早在我爸那时候就没人说过这个。"言罢，男人拿起几张黄纸往火盆里添，"我们这是有棵枫树，到底有多少年可不知道。"

不等男人把话说完，洛毅森插了句嘴："但是我看到树干上有人形，有鼻子有眼的。”

这一回，男人的脸色刷地一下子白了起来，无措地看了瞥了眼正在抹鼻涕的朱凯，朱凯继续闷头往火盆里放纸，哽咽着说：“你们城里人就是爱作怪，哪来的什么枫鬼，那都是瞎吵吵的。”言罢，他停下了手中的动作，看着身边的男人，“大刘，时间也不早了，你赶紧回去歇了吧。”

叫做大刘的男人如释重负，不理会洛毅森还想追问的目光，急急忙忙走出院子。

这人肯定知道什么，公孙锦一个眼神递给洛毅森，后者跟着往火盆里扔了几张纸，貌似闲晃地走出了院子。

奇怪的是，那个男人不过是才走了两三分钟，洛毅森追了半天也没见人影。无奈之下，只好先回到住所，一推门，就见屋里的灯亮着，公孙锦已经回来了。

对公孙锦，洛毅森也是有不少问题。但对方却先他一步知道了关于枫鬼的传说，至于他得到传说的途径，公孙锦只是笑道：“这里的民风淳朴，女孩们都很健谈。”

他一怔：“我怎么听说这里的女孩都出去打工了。你那女孩是哪来的？”

“村长的两个女儿。”说着，他指了指坑上崭新的被褥，和绣着鸳鸯的枕面，“这都是她们准备的。好了，时间不早了，明天天亮就得起来，赶紧休息。”

洛毅森还是第一次睡大炕，虽说他跟公孙锦之间还想相隔了半米的距离，总觉得哪里别扭。临熄灯前，他看了看在脚边放着的一小盆草药，听说这就是防蚊虫的，很有效。

他还纳闷，在朱凯家浑身都痒，可刚刚脱衣服的时候也没见又被咬过的地方，擦过身子后也不痒了，难道说草药神到这个地步了？

也许是这一天太累了，他很快就进入了睡眠状态。不知道睡到什么时候，隐约中觉得有人在被子里抓他的腰。

微痒的感觉搅扰了他的睡眠，他扭了扭身子，翻过去继续睡。那种感觉好像比刚才还要强烈，顺着他的腰慢慢的向上去，在胸口和鼻端盘而不去，他冷不丁打了一个喷嚏。这时候，听到了公孙锦的声音：“醒醒，毅森，醒醒。”

被摇醒的瞬间，那种微痒感消失的无影无踪。他睁开眼镜，看到公孙锦已经穿好了外衣，站在地上，说：“快起来，出事了。”

听过公孙锦的催促，他才发觉天色已经蒙蒙发亮，院子外面偶尔传来几声模糊急躁的叫喊声，听上去可不就是像出事了一样。他一个翻身下了炕，一边穿衣服一边问："怎么回事？"

"好像又有人死了。我先出去，你快点。"

洛毅森正提裤子呢，见公孙锦已经出门，他急得连腰带没系好就追了上去。公孙锦见他这样哑然失笑，提醒道："把裤子拉链拉上。"

见到尸体的时候，洛毅森不禁在想。他连这位大娘的名字都还不知道，村里的人都叫她老瞎婆，她明明不瞎，为什么要叫瞎婆？懊恼之余，他只能把这些于案子无关的杂念摒除，认真地勘察现场。

第四章 会走动的尸体

在来时的路上，他以为老瞎婆的死跟朱小妹一样，但事实上，老瞎婆是被人杀的。身上七八道伤口已经凝固了血迹。他跟村民们要了两双劳保手套，检查尸体。

尸体的颈部到腰部已经僵硬，再结合已凝固的血迹，推断出四到五个小时之前，也就是说："现在的时间是造成四点半，死亡时间大概在昨天的凌晨零点三十分到今天的凌晨一点三十分之间。"洛毅森放下老瞎婆的手臂，看她从左肩至右肋的伤口，"这一刀最长，但不致命。"

"仔细看的话，这些伤口都不致命。凶手应该是无意识就避开了她的头部、心脏这两个最重要的致命点。"公孙锦解开了老瞎婆的衣服，查看里衣的情况，"我想，她的年纪太大，很可能是失血过多或者是心脏方面引起的死亡。通知乡里警察来运走尸体，让晓晟尽快把尸体带回一科。"

说完了这些，公孙锦一回头，看到屋子外面围了里三层外三层，村长首当其冲，站在门口气恼地盯着他。他面色严正地说："梁村长，这里是谋杀现场，我必须封锁起来。请你组织一下村民，不要再围观了。在我们没有许可之前，这里不能随便进出。"

梁村长沉沉地叹了口气，跟围在门口的村民们吆喝着："听着了没有？都走都走，各回各家，谁都不行来了。"

一个三十多岁的妇女还不甘心，踮着脚抻着脖子往里看："梁村长，老瞎婆这事你不管啊？他说啥就是啥，你还是村长呢，你咋不做主？”

梁村长眼睛一瞪，喝道：“村长大公安大？人家公安同志咋说的咱就咋办，啰嗦个啥？滚滚滚，回你们家挑屁去。”

三言两语打了发了围观的群众，但是梁村长却没走，他站在院子里对公孙锦招呼一声，洛毅森估摸着是有话要说。就独自一人开始在案发现场，也就是老瞎婆睡觉的屋子里找凶器。

如果不是忌惮他们的身份，恐怕早就被赶了出去。这一点，公孙锦还是明白的，所以，他对梁村长也比较尊重，问道：“您有事？”

“有。”梁村长紧锁着眉头，说，“你们那个啥，啥车的，来得快不？”

“应该两个小时内就会感到。”

“老姑婆走了，这地方还锁不？”

公孙锦耐着性子说：“还是要封锁的，直到我们的勘查工作结束。”

梁村长一听这话，为难起来：“你们要勘察到啥时候？老瞎婆的灵堂我可往哪搭啊。”

公孙锦就此问题跟梁村长套近乎，给了很不错的建议。随后，又问到老瞎婆的一些情况。

老瞎婆本命“姚彩云”是个坐地户。她一辈子没生过孩子，跟老伴相依为命，在两年前老伴死了，只留下她一个人，生活拮据。村里人都会来接济她，她偶尔还会帮着邻居做做针线活，打打草篓子什么的。总之，老瞎婆是个普通得不能再普通的孤寡老人，跟谁都没结过仇，有过怨。后来，公孙锦又提到了“枫鬼”一说，是听老瞎婆说的，对此，梁村长哭笑不得地说：“枫鬼吃人，别说是我们这辈，就是我爷爷那辈都很少有人讲喽。瞎婆子她奶奶活到一百岁才走，枫鬼吃人的故事就是她奶奶讲的，结果她惦记上了，逢人就说。”

公孙锦虽然接受了这个解释，但他多了一问：“姚彩云的丈夫是怎么死的？”

梁村长闻之色变，眼神也飘忽了起来。公孙锦不痛不痒地催了一句，他才说：“也是那个怪病。身上烂得都没好地方了，最后在家里咽的气，还是我给他穿的衣服。”

老瞎婆的丈夫死于两年前，同样得了古怪的皮肤病；两年前朱凯突然回村，村里人相继得了这种怪病。这其中必定有什么联系。

公孙锦请梁村长找了些绳子来，准备把老瞎婆的家圈起来。随后，又让梁村长找个人来，看守现场，办好了这些事，他回到屋子里，看到洛毅森对着被梁村长踢开的房门发呆。

忽然，在门后面探出一个小脑袋，公孙锦没去打扰洛毅森，走出去从门后把孩子拉出来。洛毅森听见小家伙的叫喊声才缓过神来，看一眼，这小家伙也就十一二岁，黑得那个严重啊，太严重了！

小家伙还挺有骨气，甩掉了公孙锦的手，梗着脖子说："我就是来看看，你抓我干啥？"

"看看？"公孙锦笑道，"那你躲在门后面干什么？"

男孩的脸红了，本来就黑的皮肤变成了猪肝色，洛毅森就问他叫什么，谁家的孩子？

男孩也不怕生，说："我叫葛刚，刚强的刚。我爷爷是葛喜旺。"

呦，这就是葛喜旺的那个孙子，别说，还真有点像。洛毅森掏出一块德芙巧克力来，这还是苗安临走时，给他留下的零食包里面的。这会正好派上用场。

葛刚好像是第一次见到德芙，捧在手里奉若珍宝。他抬头看了看两个叔叔，又看看手里的巧克力，就说："还有吗？"

"还挺贪心，一块不够你吃的？"

"不是，我想给我爷爷，他都没吃过这么好的。"

感情还是个孝孙，洛毅森蹲下来，跟他平视："有，我屋子里还有很多。但是你得告诉我，为什么要跑来看看？你没听大人说，这里是不能来的吗？"

葛刚抓紧了手里的德芙，又想了想洛毅森屋里的"很多"，于是，煞有介事地靠近洛毅森，问他："我要是告诉你们，你们能都给我吗？"

公孙锦顿时敛去了笑容，偷偷踢了洛毅森一脚，那意思是，赶紧把孩子的话套出来！洛毅森只好说："行，我那些好吃的都给你。说吧，你想告诉我们什么？"

听过洛毅森的保证，葛刚居然还犹豫了一下，抬起头看着公孙锦："你们可别说是我说的。"

两个人点点头，葛刚这才说起，昨晚下过一场小雨，他惦记着毛豆地里边的蛐蛐，就拿了手电和小玻璃罐子什么的去地里抓蛐蛐。毛豆地在老姑婆家的对面，过了一条路下了土坡就是。他在地里找蛐蛐，抓了两只大的，准备回家，就看见朱凯急急匆匆走到老姑婆家门，也没敲门就翻墙进来。他一个小孩子哪知道朱凯是来干什么的，看到朱凯跳进来之后，他带着蛐蛐就回家了。

公孙锦问葛刚："你知道那时候是几点吗？"

葛刚的眼珠子滴流滴流直转，想了想，说："不知道啊。我回家怕爷爷听见，就从窗户跳进去的，那时候我看了钟，是一点多。"

刚好与死亡时间吻合。洛毅森和公孙锦交换了一个各自分头行动的眼神，公孙锦主动牵了葛刚的手，说带他回去拿好吃的。去盘问朱凯的事，就落在了洛毅森的身上。

洛毅森一个人走得快，刚出院门，就听公孙锦说："毅森，凡事多小心，有情况马上联系我。"

洛毅森点点头，加快了脚步。

赶到朱凯家的时候，院子里已经有了不少人，都是来帮忙的。他听说朱凯到天亮的时候才回屋睡觉，这会儿八成睡的很沉。他知道在这些帮忙的人中，在昨晚是彻夜留下来照顾的。他找到其中一个，到墙根去悄悄说话："昨晚，你有看到朱凯出去吗？"

"出去？"那人惊讶地挑眉看他，"没有啊，他昨晚就坐在院子里烧纸，快天亮了，我们几个才把他劝进屋里去。"

"你确定他一直都留在家里，没出去过？特别是下半夜。"

那人使劲地摇头："没有没有，我就在他身边呆着，他走没有我还不知道？"

怪了，难道说葛刚看到的那个人不是朱凯？转念一想，他想到了葛喜旺的话。两年前，他也是在晚上看到了朱凯，结果第二天一早，这人却说刚刚搭车回来。洛毅森几乎迫不及待地想去找那个拖拉机户问问，两年前究竟怎么回事。

他向这人打听了那个拖拉机户的家怎么走，急急忙忙离开了朱家。在他踏出院门的时候，里屋的窗前，朱凯阴沉着脸，看着他的身影。房门打开，刚刚那个男人手拿着一碗面条，说："朱凯，吃点东西吧。啥也不吃，你这身子也受不了。"

朱凯没吭声，回到床上蒙上被子，继续睡觉。男人叹息一声，帮他关好了门，出去继续忙活。

两年前载着朱凯回来的男人算是个见过点世面的，他也知道村子里出了两条人命，洛毅森看到他正在收拾东西，看样子准备远行。洛毅森表明来意后，他倒也实在，说："肯定没错。那事老葛头还问过我，所以我记得。那时候我去县城拉货，在县里遇到朱凯了，他就说想跟我一起回村。我们俩约好在晚上九点出发。"

"只有他一个人？"

"对，就他一个。"男人接过洛毅森的好烟，闻了闻，夹在耳朵上，"我还问他小兰子咋没一起回来，他不吭声，还掉了两滴答眼泪儿，我一看他那样差点以为小兰子没了。后来，在路上他跟我说，小兰子那病不好治，得花很多钱，小兰子怕连累他，一个人走了。”

这倒是跟其他人说的一样。洛毅森又问道：“你们在晚上九点出发，几点回来的？”

“哎呦，那都是第二天早上快五点了。从县里到乡里，又从乡里到村子里，路不好走。”

就是说，他们从县里出发回到村里，花费了七个小时！而且，朱凯的确是一个人搭车回来的，但葛喜旺坚持说他没有看错，难道说，一个人真的可以同时出现在两个地方？

联想到昨晚葛刚提供的情况，洛毅森不得不把朱凯列为嫌疑人之一。

这时候，口袋里的手机响了起来，看着好忙应该是乡里派出所来接尸体的联络。

一路小跑回到老瞎婆的家门口，果然看到了一辆破旧的警车，两个身穿制服的警察对他打了招呼，还问到要不要安排些人来帮忙保护现场。洛毅森知道，公孙锦肯定通过上面联系了当地的公安部门，此案已经由一科接手。

他说同事们很快能赶回来，就不劳烦兄弟们了。说着话的时候，他掀开公孙锦围起的绳子，走到院子里，顺便问道：“从乡里赶过来，开了多久的车？”

“快俩点了，这路不好走，要不然还能再快点。”其中一个警察说。

洛毅森越想越纳闷，就问：“要是从县里往这边来呢？需要多久的时间？”

“那可不好说。”另外那个警察说，“县里距离这里很远，如果天气好，路好走，估计也得三四个小时。”

“开拖拉机呢？”

两个警察忍不住笑了笑：“那可费时了。少说也得五六个点吧。”

这倒也跟两年前的时间相吻合，而且他们还是深夜开车，多消耗掉一个小时不算什么。想到这里，已经打开了房门，三个人刚走进案发现场，顿时傻了眼。

老瞎婆的尸体——不见了！

怎么会这样？他们才离开不到一个多小时，尸体哪去了？洛毅森安抚了都快哭出来的那个帮忙蹲守小伙子，镇定地一边联系公孙一边查看情况。

根据发现尸体的梁村长说，他赶到这里的时候，老瞎婆睡觉的这个屋子是在里面插着门的，他踢开了房门发现尸体，随后叫人来帮忙。屋子里的砖地面上只有梁村长和两个来帮忙的人的脚印。看现在的情形，并没有多出来的脚印。老旧的窗户也都关得很好，还拉着窗帘，生了锈的插销也都锁住了窗户，他也并不认为这在这小村子里有能做出密室的高手。

那么，老瞎婆的尸体呢？

他问负责看守的小伙子："你一直在门口站着？没见什么人进来吗？"

这哥们的脑袋摇得跟拨浪鼓似的，说："没，没有啊，我一直在院门口蹲着，谁也没来过。不过，后院我可没看，我不知道。"

他一路找到了后院，在窗户下面发现了端倪。通往围墙外面的脚印清晰可见，很小，歪歪斜斜。不多一会，公孙锦带着梁村长赶来了，洛毅森把脚印只给他们看，梁村长吓的倒退数步，哆哆嗦嗦地说："这，这是老瞎婆的脚印。"

哈？老瞎婆的尸体自己出来的？洛毅森沿着脚步看向围墙外面，甚至举目远望，忽然说："我上山看看。"

"等等。"公孙锦对两个乡里的警察说，"麻烦你们一起去看看，有什么情况尽快联系。"

梁村长似乎也觉得这事很古怪，就扯了一把还在一边蔫头耷拉脑的小伙子："哭啥，看你这点尿性。跟着去，给公安同志带路。"

就这样，洛毅森一行四人跳过后院的围墙，开始上山。

公孙锦看了看周围的情况，问梁村长："村里一共多少人？"

"八十九个。"

"好，除了非劳动力，麻烦你把其他人都召集起来。有些事我需要大家帮忙。"

还没等梁村长答应下来，已经回到一科的廖晓晟打来电话，跟公孙锦说："朱小妹的尸检做完了，死因是中毒，经过化验，发现她体内含有大量的尸胺。"

尸胺，也就是人们口中常说的"尸毒"为什么在朱小妹的体内会发现这种罕见的毒素？公孙锦在疑惑之余，又听廖晓晟说："而且，我在朱小妹那些溃疡面下发现了不少虫卵。"

"虫卵？"

"是的。是一种飞蛾的卵，我正在做细菌培养，也许尸胺就是在这些虫卵里面。你们要小心，这种虫卵很奇怪，比普通的蛾卵大，里面有一种我没见过的成分，也化验不出个名堂。朱小妹和其他村民身上的溃疡病，我还没办法肯定是不是有传染性。"

公孙锦说："你们做过体检了吗？"

"做了，都没事，你放心。我马上要去接姚彩云的尸体，有事再联系。"

“姚彩云的尸体失踪了。”

电话那边的廖晓晟沉默了片刻，还是坚持去接收尸体，并让公孙锦转告洛毅森，如果在她赶到县里还没看见尸体，就把洛毅森放在解剖台上。

廖晓晟自然没有机会活剖了洛毅森，但事实上，他宁肯被廖晓晟活剖了也不想看到眼前的画面。

参天的古树依旧屹立在半山腰上，老瞎婆的尸体被夹在密密匝匝的树枝间，露在衣服外面的脸部和手部，好像被什么东西啃咬过一样，红白森森。她的尸体还在慢慢地往枫树里面下陷，看起来，真的被这颗枫树吃掉了一样。

跟着来的小伙子吓得一屁股坐在地上，两个来帮忙的警察也是一脸的菜色。看尸体还没稳定下来，洛毅森怀疑盗窃尸体的人就在附近，他灵活地攀上大树，举目四望。这时候，很多飞蛾围着老瞎婆的尸体徘徊不去，他很讨厌这些飞蛾，忍着恶心驱赶了一些。再看四周的情况，发现了正在急忙往这边赶的公孙锦。他的身后，还有一个人，是朱凯！

为什么朱凯会在公孙锦的身后？这小子要干什么？走在公孙锦身后鬼鬼祟祟的。

他们走的那条路并不是经过修整的小路，脚下都是杂草乱石，洛毅森看到公孙锦跳上一块大石头，手搭凉棚向远处看去，似乎是在观察周围的情况。站在下面的朱凯走到跟前，抬起手朝着公孙锦的背部伸过去。

情急之下，洛毅森大喊一声：“公孙，我在这！”

洛毅森这一嗓子吓得朱凯踉跄几步，险些摔倒。公孙锦回头看了看朱凯，笑道：“小心点。”言罢，又抬起头，压根看不到洛毅森人在哪里，只能看见枝繁叶茂的枫树。公孙锦跳下石头来，对朱凯说：“走吧，快到了。”

确定公孙锦没有危险了，他也准备把老瞎婆的尸体放下去，忽见在密密麻麻的枝干上，有不少黑黄色的包，看上去不像是树干的一部分。他反手掏出钥匙链，打开多功能的瑞士军刀，将就近的一个包刺破，忽然，里面掉出很多虫卵，把他恶心够呛！赶紧跳下去。

回到了地面，他看着走过来的两个人，并确定那一眼绝对没有看错，朱凯是要把公孙锦推下去。但是下面是悬崖还是峭壁，他就不得而知了。等到公孙锦赶过来，指着朱凯说：“我在山脚下遇到朱大哥，一起过来看看。”

洛毅森没说什么，半笑不笑地朝着朱凯点点头，对方也是这样点点头。朱凯的脸有点浮肿，那一笑，让洛毅森打从心底发寒，他没见过这个诡异的笑容。忍耐着不适感，他盯着朱凯看，对方却避开他的审视，低着头看老瞎婆的尸体。

两个警察帮忙将老瞎婆的尸体放好，特意检查了一下她的鞋底。鞋底上的确有不少泥土，但已经凝固，明显不是新的。就是说，排除了尸体自己走出来的可能性。

问题是，是谁带着老瞎婆的尸体到了这里？为什么要把她挂在树上？

洛毅森查看的时候，很随便地问朱凯："朱大哥，一个小时前你在哪里，做什么？"

朱凯就蹲在旁边抽烟，听了洛毅森的话也没什么特殊的反应，说："在家收拾小妹的东西。"

"有人可以作证吗？"

"你啥意思？"朱凯扔掉了手里的烟，面色不善地盯着洛毅森，"你问我这个干啥？"

"没什么，随便问问而已。"说着，洛毅森起了身，似笑非笑地看着他，"昨晚零点到一点三十分之间，你在哪？"

"你不是问过我们村大刘了么，我在家烧纸。"

他已经有些激动的回答只换来洛毅森随随便便地哦了一声，他似乎很气愤，直接走到洛毅森面前："你把话说清楚，问我这个干啥？"

洛毅森把手插在裤子口袋里，笑道："我以为你知道呢。"

不知道这句话到底怎么惹着了他，朱凯一把揪住洛毅森的衣领，喝道："我不知道！你给我说清楚，凭啥怀疑我杀了老瞎婆？"

一边看他们快要打起来的警察和小伙子都急得不得了，只有公孙锦好像没事人似的围着枫树转来转去，最后停在人形面前，摸着下巴直琢磨。

相对于公孙锦的悠闲状态，朱凯完全是想狠揍一顿洛毅森的样子。他虎着脸说："要不是你们把小妹带回来，说不定她就死不了。你们到了村里之后，老瞎婆也死了。都是你们惹的祸！"说完，一把推开洛毅森气哼哼地走了。

紧张的小伙子讪讪地对着洛毅森笑，说："你，你们别往心里去，凯哥心情不好，那个啥，我，我去看看他。"说着，就追了上去。

有两个警察在，公孙锦暂且没提廖晓晟那边的消息。运送尸体下山的时候，他问他们，说："这个村以前发生过什么事吗？"

"这咋说呢。"其中一个警察回道，"说没事吧，也不是这样。早在两年前村子里一下子死了四个人，那时候县里刚刚启动扩建城乡的计划，因为出了命案，这里的迁移计划就暂停了。后来，调查了一大气，才确定是流行病。那时候，乡里也来了医疗队，给了点药就走了。打那之后，就没再死过人。”

又是两年前。洛毅森也跟着问道：“那四个人是同时死的？”

“对。同一个晚上，死因也一样。”说着，这个警察跟同事相互看了一眼，又说，“其实，他们的死状跟朱小妹一样。我们所长还说，别是有啥流行病。”

公孙锦回头笑了笑，说：“我们的人正在研究，如果真的是流行病，马上就会医疗队过来。啊，说到两年前的事，你们知道朱凯妻子失踪了吗？”

两个警察愣愣地摇摇头，其中一个表示，他们乡里的公安局负责的村子很多，如果当事人不报警他们也不可能得知这种情况。随后，又问了句关于失踪人员的事，公孙锦也没多说什么，就这么含糊过去了。其后，话题又回到两年前死亡的那几个身上，两名警察说，那四个人的家人都已经搬出去了，现在过得很好，又是小洋楼又是小汽车的，日子可比这大山里的滋润多了。

洛毅森在心中冷笑，看来那个梁村长不老实，很多情况都没说。没关系，慢慢敲打那个老家伙。

下了山，把尸体运上车，公孙锦叮嘱了几句注意安全的客套话，目送警车离去。转回身，才说明尸检的结果。洛毅森一拍脑门，说：“刚才收点虫卵标本就好了，可以送回去让晓晟检查。不行，我还得上山一趟。”

公孙锦抓着他，说迟一点再去也可以。这时候，忽见朱凯站在不远处的岔路口上，面色阴沉地盯上他们。洛毅森忽想起在山上的事，就低声说：“我喊你那时候，朱凯好像要推你一把。咱们下山的时候，我留意了一下那个地方，下面被杂草盖着，估计是个小峭壁，不深，至多也就五六米。”

闻言，公孙锦坦然一笑：“就算只有五六米，掉下去也会受伤。死却是死不了的。”

对，死不了。那么，朱凯为什么要推公孙锦掉下去？

抬头一看，岔路口上已经没了朱凯，这小子什么时候走的？他妈的有点邪性了。

梁村长的脚步踩着洛毅森的疑惑跑来，他说已经把村民们都集中在打谷场，公孙锦没让洛毅森跟着，他和梁村长去询问情况。

独自留下的洛毅森还是很想上山。

第五章 活埋

爬到枫树下的时候，已经过了中午，他肚子很饿，想着尽快收集点虫卵就下山吃东西。结果，他爬上树的时候，忽然发现在不远处的山坡下有一丛杂草呼呼啦啦地摇摆着。而紧靠在一边的其他杂草纹丝不动。难道说，那一丛杂草后面有洞穴？

把收集好的虫卵小心地包裹起来，放进口袋里，纵身跳到地面上，走过去。

杂草丛足有半人多高，拨开后看到后面是山石的峭壁，并没有什么洞穴。他纳闷地看了看周围，也无异常，低下头看脚下，发现土质有些松软，上面都是已经腐烂的杂草。他用脚把杂草踢开一些，微微用力跺了跺脚，忽然脚下一空，整个人都掉了下去。

他连一声惊呼都没来得及叫出口，就跌进了山坑下面。这坑足有三四米深，摔的他龇牙咧嘴。还算冷静的洛毅森，打开手机，朝上面照着。看到枯枝烂叶错根盘结的整个坑壁上，几乎没有可以出去的余地。他暗自咒骂一声："该死的！"就开始活动了手脚，还好，没有扭伤，但是屁股下面一股一股的是什么玩意儿？

他起了身子，用手机一照，险些吐看出来。一堆一堆的虫卵相互叠摞着，不少飞蛾已经孵化出来，奔着他的手机亮光扑了上去！他赶紧把手机关了没头没脑地往里跑。

没跑三四步呢，就觉出诧异。他在地上捡了些枯枝把那一堆堆的虫卵盖住，又打开手机照射洞壁。

难以置信这居然是一个见不着尽头的山洞，在地面上还有脚印，看脚印只有一个人的，应该是个身高在一百七十五公分到一百八十公分之间的男人。他用一百元的钞票作对比，拍了几张照片。随后，又开始注意周围的情况。

山洞里很潮湿，也很阴暗。他借着手机的亮儿去摸洞壁，整齐的凹陷一个连着一个，很明显是人工开凿出来的。谁会在这里凿个洞？

这个山洞到底有多长他不知道，仅凭手机的光亮是看不到尽头的。他只能小心地往里探路，一股子腐烂的味道越来越重，他估摸着，不是有死在里面的动物，就是有腐烂在里面的尸体。真希望是前者。

刚想到这里，脚下忽然一软，他后撤一步低头一看，下一秒差点没吐出来。脚下是一只腐烂了一半的超大号老鼠，光是剩下的半个身子就足有一只小猫那个大。这他妈的肯定是老鼠精！洛毅森在地上狠踱了两下鞋底，正要继续前行，忽又停了脚步。他忍着严重的恶心感，蹲下身观察老鼠的尸体。

老鼠有一半已经露出了白骨，在白骨上长满了黑黄色的小包，就像枫树树干上的那些虫卵包一样。在还没有腐烂的骨肉下面，一个包连着一个包，有的还在向外鼓动着。洛毅森干呕了一声，没敢去碰满是虫卵的老鼠尸体，准备继续往里探路。

这时候，忽听从他掉下来的洞口上面，传来了叫喊声："公安大哥，公安大哥？你在里面不？"

听声音，好像是早上帮忙看守案发现场的小伙子，他怎么找到这里来了？洛毅森回了一声："在，你怎么来了？"

"还说呢，我刚过来就看你掉下去了。咋样，摔坏了没有？自己能上来不？用不用我找根绳子啥的？"

自己上去倒是没问题的，但洛毅森不想放弃这个山洞，就大声吆喝着："你怎么回来了？"

"那个戴眼镜的公安大哥让我来找你，我说，你到底能不能上来？我去找人来帮忙，哎呀！"

不等那人说完，随着他一声尖叫也掉了下来。洛毅森扶着额头气的已经没话说了。只好走过去，把人拉起来，尽快避开脚下的虫卵。并数落他："你怎么这么笨？"

小伙子揉着屁股都快哭了，他跳着脚指着头顶上的洞口大骂："你奶奶的，谁推我！？"

"有人推你？"洛毅森惊讶地问。

卡在这个透着诡异的山洞里，小伙子刚要说没人推他，他是傻了才会自己跳下来的时候，忽听洞口上面传来古怪的声音，洛毅森说了句："不好！"急忙抓住他，朝里面跑去。

不等他们跑进去，从上面掉下来很多泥土、石块，眨眼间把出口封死了。然后，就听闷呼呼的噗通一声，已经堵死在洞口那些土石下沉了很多，明显是有人在上面又压了一块大石头。

这回好，彻底被活埋了。

目前的情况很糟，手机没信号无法联络到公孙锦；山洞里的空气很稀少，用不了多一会他们就会窒息。但这还不是最糟糕的！

不知道从什么时候起，头上有些碎土碎石稀稀拉拉的掉下来，洛毅森警惕地抬起头看了看，掉落的情形忽然又停止了，好像知道他在看什么。他蹙起眉头的时候，身边的小伙子直喊："咋办？咋办啊？咱俩咋出去？公安大哥，你赶紧想办法啊，我不想死在这里啊。我的妈啊，咋这么多蛾子？"

"你闭嘴！"洛毅森仰着头，被他吵得心烦气躁。这一嗓子镇住了小伙子，他继续目不转睛地盯着头顶。一直过了有七八分钟，忽然一把扯起小伙子，开始扒拉堵死出口的那些东西。

"快挖，要不然就真被活埋了。"

小伙子傻愣愣地看着他，说："挖，挖出去？"

"快点！这个山洞要塌了，不被砸死也会被闷死。快动手。"

下一秒，小伙子比他还卖力，真是使出了吃奶得劲开始挖掘起来。这时候，从山洞深处已经传来大块土石掉落的声音，连着整个山洞都开始发出极为古怪的，沉闷的喀拉声。就像是上面有一个巨大的东西来回地走动。

小伙子的脸色惨白，一边挖一边哭，他的恐惧感传给了洛毅森，他也觉得濒临死亡一线。但，不管他们俩怎么挖，堵在洞口的东西始终不见少一点，这不科学。洛毅森在心中咒骂着。

塌陷的情况已经蔓延到他们的头顶，几块石头掉下来，砸的两个人头破血流。小伙子疯了似的叫喊着救命，双手已经满是鲜血，他好像不知道疼，疯狂地挖着。

妈的，来不及了！洛毅森看着头顶上的情况，狠狠心，一把揪住哭喊着的小伙子。可任他怎么叫喊，这人都像是中了邪似的挖着。洛毅森气的抬手就给了他一拳，趁着对方呆愣的时候，喊着："靠墙站，等会塌下来你马上你爬我身上，所不定还能扒出去。我操，你他妈的别挖了，来不及了！"

还没等洛毅森的话音落地，整个山洞剧烈地震颤了一下，完全塌陷下来！两个人被埋在里面，生死不明。

身体阵阵剧痛，胸口被压的几乎没有了知觉。他想呼吸，张开嘴就是涌进口腔里带着腐臭的泥巴。他还能感觉到身上的人在拼命地向上拱着，压下来的力道几乎让他痛不欲生。他的神志还算清楚，也想到八成要交代这个古怪的山洞里了。不知道，公孙锦发现自己的尸体后，会有什么感想。

下一秒，洛毅森狠狠咒骂了自己一句，他在心里想着，绝对不能放弃！爷爷说了，过了二十五岁的大坎儿，以后的日子就没危险，他已经过了二十六岁的生日，这里绝对不是自己的埋骨地。求生的渴望，让他振作起来，拼力地向上用力，托举着小伙子！

在难以呼吸的情况下，他们都支撑不了多少时间。两三分钟后，胸口还是闷痛起来，身上的小伙子已经没了动静。他知道，若不是自己修习过呼吸法，也会跟这个小伙子一样，昏了过去。既然没昏，就不能放弃！

“再快点，毅森还在下面。”拼命挖着的蓝景阳已经慌了，对一样急切的赵航说，“我能听见声音，毅森还没死。”

“呸呸呸，那小子命大，你别咒他。”赵航搬开一块石头，跪在地上用力挖着。他坚信，洛毅森绝对死不了。

所以，当他们把小伙子拉出来，再去找洛毅森的时候，都吓出了一身的冷汗。

“还有气，水，拿水。”赵航把洛毅森口中的泥土扒了出口，开始对他急救。几次人工呼吸后，终于听见他咳嗽了一声。赵航一屁股坐在地上，狠狠地骂了一句：“你他妈的，真是吓死我了。”

洛毅森醒过来，先是吐出了不少虫卵，把他恶心得也顾不上问赵蓝二人怎么会在这里，他跑去一边抠着嗓子，大吐不止。蓝景阳见他已无大碍，就忙着把小伙子也弄醒了。转回身来，看到洛毅森用了整整一瓶水漱口，末了，才说：“你们俩，来得，太，太及时了！”

其实呢，赵航他们俩去朱小妹打工的地方调查情况，听闻村里有死了人，就赶回来帮忙。进了村，找到公孙锦之后，这位老大就说他心跳发慌，让他们别的都不要管，赶紧上山去看看洛毅森的情况。两个人一路摸到枫树边上，就见一块大石被拖动过的痕迹，蓝景阳摘掉耳机听了听，听到洛毅森大喊着“不是被砸死，就是被闷死”的话，他们俩才知道，这小子被人活埋了，不由分说开始搬动大石，把人挖出来。

听了经过之后，洛毅森纳闷：“我没告诉谁要上山，公孙是怎么知道的？”

赵航嘿嘿一笑，说：“我觉得老大就是个妖人，什么事都瞒不过他。”言罢，面色一正，说，“但是，听你刚才说的经过，活埋你的人应该跟我们脚前脚后走的，可是我跟景阳没发现什么可疑的人。”

洛毅森苦笑着摆摆手，说：“等会下山问问。公孙把所有人都集中在一起，谁不在，谁就有可疑。真他妈的，我活了这么大，第一次被人活埋。”

难得看到温和的洛毅森发这么大火，蓝景阳提醒他："别打草惊蛇。还有，去跟公孙道谢，不是他，我们也不会上来。"

洛毅森知道道谢是必须的，但还有事让他放心不下。他的脑袋上有不少伤口，伤口的情况不是疼，而是痒。他看了眼身边被吓得呆傻的小伙子，见他头上也有不少伤口，就问："脑袋疼不疼？"

小伙子愣愣地摇摇头："有点刺挠。不疼。"说完，慢慢地转头看了眼枫树，"会不会是它。"

三个人都觉得诧异，问小伙子为什么这么说。他反而嘿嘿地笑着说："我就是随口说说，你们可别当真。这都啥年代了，谁信枫鬼那一说啊。"

赵航对枫鬼一说也是颇为不屑，他冷哼一声，道："要知道这个还不容易，把树上那'人'抠下来不就得了。"

洛毅森哭笑不得，说现在很不舒服，先下山处理一下伤口比较好。赵航也知道轻重缓急，只好和蓝景阳一人扶着一个，下了山去。

打谷场那边还没有结束。公孙锦一眼看到由蓝景阳扶着的洛毅森一身的伤，急忙跑了过去，身后，也跟上那些看热闹的村民们。

不等洛毅森说明当时的情况，定了些神的小伙子哭喊着开始骂人。说是有人推他掉下山洞，还把洞口都堵死了，想要被活埋他和公安大哥。赵航早就冷了脸，对梁村长说："麻烦您轻点下在场的人数，看看少了谁。"

梁村长立刻表示："都在呢，都在呢。我们村里年轻的不年轻的男人都在这。我绝对可以保证。剩下没来的，都是些妇女和孩子，也没那么大劲搬石头堵洞口。"

晕头晕脑的洛毅森发现，围观的人中不少人都在偷偷的看着朱凯。朱凯站在最后面，面色阴冷，而那些偷着看他的人，好像是畏惧似地慢慢移动位置，离他稍远了一些。

公孙锦表示，究竟是谁想要杀人，会进一步调查。当务之急，是先去卫生站处理两个人的伤势。

一路上，公孙锦询问了当时发生了什么事情，越听他的神色越是凝重。

这一番折腾下来，天也黑了。蓝景阳已经出去监视朱凯的行动，赵航跟一科的蒋兵和苏洁联系。公孙锦不知道何时偷了那个老大夫的一个针头，刺破了手指，把流着血的手指按在洛毅森的伤口上。

"你！？"洛毅森惊讶不已，但公孙对他一笑，那根手指放在嘴边嘘了一声。

洛毅森顿时满头黑线，同意赵航对他的评价，公孙锦就是个妖人！

“你对朱凯怎么看？”公孙锦问道。

“很可疑。但是我们没有任何证据说明他跟朱小妹、老瞎婆的死有关。而且，我不知道你发觉没有，村里人好像知道朱凯有问题。”

“我赞成。”已经挂断电话的赵航走了过来，跟着说，“我看那些村民都有点害怕朱凯，特别是在打谷场那时候，恨不得离他越远越好。”

洛毅森点点头，又对公孙锦说：“我怀疑，村民八成知道朱凯有一种特殊能力，可以同时出现在两个地方。”

公孙锦沉默了片刻，问赵航，蒋兵那边查到什么没有。

远在本部的技术哥当然是给力的，他查到两年前同时死亡的四个人的家庭，是第一批在搬迁时候离开村子的。他们四家在新村址上盖起了两层小楼，还都买了私家车。奇怪的是，蒋兵查不到他们大笔资金的收入来源。也就是说呢，这四个人家突然暴富，却没有人知道原因，所以，蒋兵还在继续调查。

说完了这些事，蒋兵有些兴奋地说起了关于苗安拍回来的那些照片，也就是在山顶拍摄的枫树和周围类似台阶的那些东西的照片。

他专门找到考古学者询问过，最后专家们一致认为这是祭坛的遗迹。按照时间和形状的推测，这应该是五百多年前的祭坛，用来祭祀阴灵。通常，有这种祭祀阴灵的祭坛下面，都会有规模比较大的古墓，墓主人身份显赫，死后也会受到族内或者是下属的追随和祭奠。

听过这些，洛毅森好像想到了什么，却又抓不住头绪。门外传来梁村长的声音，打断了他的思路，梁村长是来请他们去家里吃饭完的，他老伴还杀了一只鸡，算是给洛毅森补补身子。

洛毅森本来是很饿的，但是吃了几口就没了食欲。公孙锦看了看他，抬手摸摸他的额头：“你发烧了。让小航送你回去休息，我提包里还有点消炎药和退烧药。”

赵航带着洛毅森往临时住所走。到了晚上的村庄更加冷寂，家家户户早就关门上锁，平日里本来就已经死气沉沉的村子更显压抑。赵航一路都在啰嗦着出门玩一圈也能遇到这么倒霉的事，亏着洛毅森命大，否则，明年的今日就是他的忌日了。

说着说着，赵航忽然停下了脚步。扶着洛毅森的手紧了紧，昏昏沉沉的人问他：“怎么了？”

“前面有人。”赵航的话音有些紧绷，明显是提高了警惕的状态。

洛毅森抬起头，他的视线有些模糊，只能看清前面站着一个人。看身高，他说：“是朱凯，村里人就他这么高。”

赵航从来都不是等待事态发展的主儿，他更喜欢主动出击，当下大喊了一声：“朱凯，过来帮忙，我哥们发烧了。”

这人真的是朱凯，他慢慢走过来，站在两人面前看了看洛毅森，问道：“我家有草药，你上点不？”

洛毅森无力说话，赵航说：“在你们卫生站处理过伤口了，我们自己有药，谢了。帮个忙，我快扶不动他了。”

朱凯扶过摇摇晃晃的洛毅森，就像扶着一个小孩似的轻松。路上，他始终沉默着，快到临时住所的时候，才说：“你为啥说我杀了老瞎婆，我没杀她。”

洛毅森心想，是你不知道自己杀了她了吧。但这话没法说，也不能说，他想起了王家那两个孩子，但很明显，朱凯的情况跟那两个孩子不同。

走到临时住所的门口，朱凯就不再走了。他把洛毅森推给赵航后，又说：“你们走吧，再不走，我可不保证会发生什么。”

赵航冷笑一声，问：“怎么着，你这是威胁我们？”

朱凯就像没听见赵航的话，低下头自语着：“有些事我也不知道咋地了，你们真多余来。”说完，他已经转了身，离开。

回到屋里后，赵航找到药让他吃了，洛毅森心里事太多，睡不着，就问赵航在朱小妹打工的地方查出什么没有？

赵航说这一趟跑的半点收获没有，要不然也会这么快就回来。随后，他们俩料到了朱凯的事。对此，洛毅森说：“我看，朱凯并不清楚自己异常情况，但案子肯定跟他脱不了关系。而且，这里面不止他一个人有问题，比方说，是谁把老瞎婆的尸体运到了山上？这个人不会是朱凯。”

一番推论下来，赵航也消化了这些情况，跟着分析：“我怀疑是村长干的。听公孙锦说，是梁村长第一个发现了老瞎婆的尸体，他一大早天不亮去老瞎婆家干什么？而且，他安排看守现场的那小伙也跟你一起倒了霉，你们都险些被活埋在山上。”

梁村长，会是他吗？洛毅森在思索间，又想起那个倒霉孩子说的话，总觉得那小子有什么话没说。而且，那个小伙子被梁村长打发去山上找自己，结果被推下山洞，这是不是……

越想脑子越混乱，赵航也觉得他实在不适合这时候琢磨案情，就催他赶紧休息，别在消耗精力了。他也知道自己的情况不好，乖乖地躺下。

赵航见他已经睡熟，就拿出笔记本电脑连上电源，准备整理一下所有的线索资料。昏黄的室灯有些伤眼，没弄多一会，赵航的眼睛开始发酸，想在公孙锦的包里翻翻，看有没有眼药水，起了身的时候，不经意地看到院子外面闪过一个人影。看那个动作和体型，他微蹙着眉头，并没立刻跑出去，而是联系了蓝景阳。

此时，蓝景阳还在朱凯家的外围监视着，接到赵航的电话就问他什么事。赵航说："朱凯离开家了吗？"

"没有，我看见他还在屋子里，院子里也有几个留下帮忙的人。"言罢，他问，"你那边的情况怎么样了？毅森好了点没有？"

"见鬼了。"赵航抹了把脸，说，"我刚才好像在院子外面看见朱凯了，你却告诉我他还在家，你说这是不是见鬼了？"

蓝景阳也是心里打怵，忙问："你看清楚了？"

"没。不过，毅森告诉我，这村子里就朱凯有那么高的个子，身高方面我是不会看错的。你继续监视吧，我去外面看看。"

蓝景阳叮嘱他多加小心，挂了电话后，继续监视朱凯并联系了不知道在干什么的公孙锦。

第六章　混乱的线索

走到院外的赵航拿着手电在地面上观察脚印，看了半天可以肯定是个高个子的男人，而且这人似乎在外面徘徊了很久，留下了杂乱不堪的脚印。假设刚刚那个人是朱凯，那这小子在院子外面晃悠什么呢？是观察，还是有所图谋？

不过话又说回来，就算明知道是他也没办法，因为没有证据。不仅如此，蓝景阳还成了他最完美的人证！这时候，赵航猛然想到，也许朱凯了解自己的情况，并针对这一特点展开一系列的行动，他什么都不怕，因为就算有人发现了他，也没有证据！

刚刚跟蓝景阳谈过的公孙锦恰好走到院子门口，看到赵航正蹲在地上一脸的官司样。他走过去，问道："还在查看脚印？有什么问题吗？"

赵航把自己的疑惑和担心说了出来，期间，公孙锦一直看着地面上杂乱的脚印。好半天才说："你是看到朱凯一闪就过去了？"

"是。怎么了？"

"没什么。"公孙锦换了一副笑眯眯的表情，说，"回去休息吧，明天的事更多。我让景阳也回来了，这个时候，朱凯不敢怎么样。"

"先等下。"赵航问道，"老瞎婆案发当天，梁村长为什么一大早去她家？"

公孙锦说："梁村长说，他每天早上习惯在村子里绕一趟，我也调查过，他这个习惯已经坚持了七八年。早上，他走到老瞎婆家门口发现院门没关，老瞎婆睡觉的屋子窗帘还挂着，他觉得不正常，就进去叫了几声。平常，那个时间老瞎婆已经起了，没听见她的回音，梁村长才走进去。老瞎婆睡觉的里屋插着门，他叫了几声里面也没什么动静，就把门踹开了，发现了尸体。"

听过后，赵航冷哼一声："鬼话连篇。"

公孙锦饶有情致地看了看赵航，笑问："何以见得？"

"首先，老瞎婆的案发现场门窗上锁，可以说是间密室。既然凶手把现场搞成了密室，为什么不关院子门？这一点相互矛盾。他说踹开了房门，老大，你不觉得奇怪吗？"

赵航索性做了几个示范给公孙锦看，随后说："踹门也要讲究技巧，不是随便踹哪里都能开的。那梁村长多大岁数了？我看快六十了吧，老胳膊老腿的他敢踢脚去踹门？我怎么就不信呢。"

"我们在门上的确发现了他的脚印。"公孙锦说。

"这不能证明什么。"赵航摆摆手，"上了年纪的人大多都有一种自我保护意识，凡是动胳膊动腿的时候，总会谨慎小心。按照当时的情况分析，他应是绷紧身体去撞门，而不是去踢门。而且，你们发现了几个脚印？"

公孙锦笑而不语，举起一根手指头。赵航翻过一记白眼："一个快六十的老头一脚就能把门踹开？"

天上一片云飘过弯弯的月牙儿，清冷的光落在公孙锦似笑非笑的脸上，让赵航顿觉自己多嘴了，这人是了解一切的。他咂咂舌："你都知道了是吧，毅森呢？"

"他也明白。"

"你俩行啊。"赵航打趣着，"心里都明白就是不说。"

“都知道的事，何必说？这些情况我已经跟景阳提过了，今天暂且这样，明天我们分头调查朱凯和梁村长。”

两人回到屋子后没多一会，蓝景阳也回来了。他们就朱小妹打工的度假村情况跟公孙锦汇报了一下。

在那里，朱小妹还是正常的，至少在两个周前很正常。到底是是谁发现她患上奇怪的皮肤病也已经查不到，就朱小妹的病情而言，度假村方面也算是尽了些义务，特别给她三天假期去医院，但是朱小妹并没有去，所以才让度假村方面很恼火，闹到最后，只好强迫她离开。

仅仅是这点线索并不能说明什么。但赵航和蓝景阳也分析出一些延伸出来的问题。比方说，朱小妹是在两个月前离开的村子，那么为什么半个月前才得病？或者说，是发病。

按照时间来推算，他们姑且假设朱小妹在两个月前离开村子的时候接触过病原体，那么，这个病原体在哪里？为什村子里的人有些得了这种病却没死，而她却死了？

最后，赵航和蓝景阳总结了一下以上的推论，朱小妹接触过的病原体跟其他村民的溃疡病并不是一个。所以，他们俩这次回来主要还想查查朱小妹在临走前都接触过哪些人，去过哪些地方。

三个人一直谈到晚上快十二点了才睡下，熄了灯盖了被子，各自准备睡去。早在中间呼呼大睡的洛毅森不知何时出了一身的大汗，眉间紧紧地揪结着，好像正在做梦。

这一觉，洛毅森睡得很不踏实，恍恍惚惚地好像听见有人在叫他。那声音听不清楚是男是女，是老是少，只能明白传达给他的那种悲伤和急切。

他想听得更清楚一些，那声音忽然消失，被风吹起了满地了落叶飘飘洒洒的落在古老枫树的树根下，一层叠着一层，一圈围着一圈。

古树周围垒起了一圈土黄色的台阶，完整的八卦形台阶。他感觉到自己走了上去，数不清的枯枝落叶几乎快把树干埋没了一半，他又听见了那个声音，那声音在里面越发得沉闷弱小。他走过去扒幵那些枯枝落叶，伸出去的手三下两下把碍事的落叶扫到一边，里面露出了树干上的人形，他莫名想到两个字——枫鬼。

又是一阵疾风吹来，枫鬼的眼睛里留下两串殷红的血泪，滴落在枯叶上，渐渐染红了一大片。它无声地哭泣着，风声变成了它的呜咽，在耳边久久不散。

鬼使神差的，他想擦掉那些刺眼的血泪，当手摸到它的脸时，起了微妙的变化。它，看上去像是个女人，一个面容姣好，神情悲哀的女人。

“你怎么了？”他觉得自己这样问女人说。

“很疼。”树干上的女人脸开口，悠悠忽忽的声音显得有些空灵，“求求你，带我走吧。”

“你是谁？”

“我是……”

“你是谁？”

女人的脸焦急了起来，嘴巴张张合合，洛毅森却听不到她的声音。越是想听到，耳边的风声越大，连带着嘴巴喉咙都如火烧似的灼痛。他大喊一声：“你到底是谁？”

猛地惊醒的洛毅森大口大口喘着气，发觉是黄粱一梦的时候，心有余悸。不等他回味一下梦境中的情景，忽觉一股股的烟从门缝里飘进来，急忙转头看向院外，火光冲天！

他连滚带爬地下了炕，一边抓自己的衣服一边叫喊着还在沉睡的三个人。首先醒来的是听力绝佳的蓝景阳，他貌似很镇定地看了眼窗外的火，对准赵航的脸就是一巴掌，赵航嗷地一声跳起来，连骂带喊的问是谁打了他。

洛毅森也把公孙锦叫醒了，抓着赵航就喊：“赶紧出去！”

四个人狼狈不堪地冲到了院子，院子里的大火已经蔓延到门口和围墙。洛毅森感觉到自己还在发烧，半点力气使不上。这时候，赵航和公孙锦架着他往火势最弱的地方跑。

四个人被热浪冲了回去，公孙锦一看这么下去不是办法，就大声喊着：“你们俩先把毅森扔出去，咱们从后院走。”

不料，蓝景阳死活不干，还说：“你看看后院，火势比这边的还大。赶紧，要走一起走。”

不知怎的，这时候洛毅森居然很想笑，他提醒身边的三位：“再啰嗦都变烤鸡！那边有水缸里有水，先把身子浸湿了再往外跳。”

四个人赶紧跑到水缸旁边，先把洛毅森塞进去，来了个透心凉。接着是赵航，他被冷水激得直骂娘！等蓝景阳和公孙锦都把自己浸湿之后，从远处也传来了不少人的叫喊声，听起来好像招呼各家男女老少赶紧救火的。

四个人有惊无险地跳出了着了大火的院子，村民们几乎都来了。其中，葛喜旺带着葛刚，拼力地运水，小家伙明显是把好手，跟着爷爷出了不少力，洛毅森觉得那些零食给得还是非常值得的。

大火在两个小时后才熄灭，他们这个临时住所已经被燃烧干净。公孙锦从一开始就在留意周围人的情况，这时候，他低声说："没看到朱凯。"

蓝景阳脱下外面湿淋淋的T恤衫，打了赤膊，说："现在是凌晨三点，起火的时间应该是凌晨一点左右。我是在昨晚十一点半离开朱凯家附近，时间上来看……"

不等他的话说完，差点跟洛毅森一起被活埋的那个小伙子急跑了过来。抹了把脸上的汗水，蹲在洛毅森面前："大哥，你没事吧？"

小伙子诚恳的神情让洛毅森有些感动，他笑道："没大事，就是还有点发烧。你怎么样？"

"我也有点烧。"小伙子憨厚地笑道，"我们乡下人可比不上你这么娇贵，睡一觉出身汗就好了。"

"你……"这时候他才想起，还不知道这伙子叫什么，"怎么称呼？"

小伙子挠挠头，让洛毅森叫他"小虎子"，小名儿叫着亲切。小虎子也是村里土生土长的人，前几年出去打工赚了点钱，一个月前才回来孝顺老妈，准备陪老妈几天再出去。没想到这几天村子里出了这么多事，更不敢扔下一个老妈走了。说到村子里的人命案，洛毅森又想起在山上他欲言又止的样子，就问他是不是知道什么，还没等小伙子说什么，忽然一屁股坐在地上，一双不大的眼镜直勾勾地看着洛毅森的背后，磕磕巴巴地说："凯，凯哥。"

一边的蓝景阳也诧异地发现，朱凯犹如鬼魅一般忽然出现在他们身后，眼神中尽是隐藏不住的仇恨！发觉蓝景阳正在看他，换了若无其事的态度，转身去帮着处理火灾现场。

小虎子急忙起了身，说还有不少活要忙，没等洛毅森叫住他撒腿就跑。

一切都透着古怪，细琢磨起来又是一团一团的乱麻。身体情况也是很糟，刚刚想了一点线索，脑袋就跟炸开似的疼。刚才，他在屋子里吸了几口浓烟，嗓子火烧火燎的。公孙锦扶着他站起来，道："天亮了我安排车送你去医院。"

"不行。"他坚决地说，"也许我知道枫鬼是怎么回事了，我不能走。公孙，再给我一天的时间，就一天。"

洛毅森的倔强还是第一次这么严重，公孙锦也劝不住他，只好答应他再留一天。那边已经安排好人手的梁村长，颠儿颠儿地跑过来，他脸上都是黑灰，几乎看不清容貌，赵航一回头吓得嗷一嗓子，险些吼出三字国骂。

梁村长没注意到赵航的态度，对他们说：“你们先到我家休息吧。公孙同志，您看这事还用不用请乡里的公安同志来看看？”

公孙锦看上去疲惫之极，他摇摇头说：“不用了，这个季节很干燥，失了火也是常事。先休息吧，我同事还在发烧。”

就这样，梁村长带着他们回到自己的家，安排在一间小屋子里休息，送了热水和药，本想说点表示歉意的话，却不知道从何说起，站在门口搓着手，尴尬得很。公孙锦实在没精力跟他说话，请他也早些休息，梁村长这才回去。

折腾了好几个小时，洛毅森的困劲也上来了。他下了坑，要去院子里的厕所，赵航迷迷糊糊地想要陪着，他觉得自己一个大老爷们上个厕所也要人陪，是很丢脸的一件事，不等赵航起身，就一个人走了出去。

大约过了三五分钟，洛毅森慢吞吞地回到屋内。在梁村长给准备的衣物里又抽出一件长袖的穿上，还没等回身，就听公孙锦说：“你也有了？”

被吓了一跳的洛毅森顿时面色苍白，他都没敢回头，更不敢点头。他听见公孙锦的一声叹息，听见他下了炕走到身边。

“毅森，给我看看。”公孙锦低声说道。

洛毅森不想，但难以拒绝公孙锦温柔的声音，只好把裤腿撸起来。说：“昨晚睡前还没有，刚才上厕所的时候才发现。溃疡面已经有三四处了。”

公孙锦借着微弱的灯光看洛毅森腿上的溃疡面，忧心忡忡地说：“明天回去，不准再跟我争辩！”

“公孙。”洛毅森生怕吵醒了刚刚睡着的两个人，拉着他出了门，才说，“不差一天，你都答应我了。真的，我保证一天就能找到证据。”

不等公孙锦反驳，洛毅森嘿嘿一笑：“就这样吧，你也别琢磨了。”说完，就扯开话题，推着公孙锦往里屋走。公孙锦也没没再反对，回了屋上了炕，两个人各自怀着心事休息。

结果，洛毅森的这一天就是昏昏沉沉的一直在发烧，赵航觉得情况不妙，让公孙锦赶紧叫车把洛毅森送到医院去。没想到，公孙锦竟然说：“我既然已经答应他多留一天，就要守信。放心吧，他死不了。”

赵航不明白为什么公孙锦不顾洛毅森的安危却死守着一个承诺，但蓝景阳似乎明白了什么，拉着赵航去勘察火灾现场，留下公孙锦照顾洛毅森。

烧得浑身无力，只觉得口干舌燥。不知道是谁把自己扶了起来，口里一阵清凉，他饥渴地吞咽着送到嘴边的水，喝得急了，咳嗽起来。公孙锦把水碗放下，轻轻唤着："毅森，好点没有？"

洛毅森睁开了眼睛，视线有些模糊，但还是能看清公孙锦的脸。他勉强地笑了笑："死不了。景阳和赵航呢？"

"还在勘察火灾现场。对了，告诉你件事，昨晚你在那边睡下之后，赵航好像看见朱凯在院子外面晃动，但那时候景阳可以证明朱凯就在家里。"

洛毅森正要说说自己的看法，公孙锦的电话响了。他苦笑道："这是第五个电话了，不是小安就是苏洁，因为跟你的一天之约她们几乎要吃了我。"

在洛毅森倍感温暖的时候，公孙锦已经接听了电话。对方是蒋兵，他带来了新的消息。根据他的调查和推测，也根据苏洁东奔西走的调查，两年前同时死亡的四个人没有尸体。

"什么叫'没有尸体'？"公孙锦打开扩音功能，不是很理解地回问。

"这么说吧。"蒋兵不急不躁地说，"现在都是火化，骨灰会存放在殡仪馆或者是墓地，但是那四家人两年来从没去过这两种地方。我也让苏洁调查过，殡仪馆也好，墓地也好，都没这四个人。我甚至让小安去他们的老家查过，也没这四个人的墓。这四个人的尸体哪去了？总不能搁在家里摆着吧。"

洛毅森的脑海里浮现出老瞎婆被夹在树上的尸体，忽又被昨晚的梦境取代。在公孙锦挂断电话的时候，他说："咱俩也去看看火灾现场吧。"

"也好。"

就这样，公孙锦和走路还有摇晃的洛毅森赶到了火灾现场，刚到了地方，公孙锦就让赵航和蓝景阳去新村址探访那四个家庭，询问死者的尸体去向。

蓝景阳有些担心洛毅森，并说明天一早尽快赶回来。赵航也叮嘱了几句，让他们千万别轻举妄动，有什么事也等他和蓝景阳回来再说。

有公孙锦这个妖人在应该不会鲁莽行事吧，洛毅森笑呵呵地跟两个婆妈男告别，转回身对对公孙锦说："咱俩来个迂回包抄吧。"

一个从东往西，一个从西往东勘察火灾现场。大约过了一个小时，洛毅森累得坐在废木板上喘粗气。

真是病来如山倒啊，不过就是发烧而已，这么　会就没力气了。他接过公孙锦递来的水瓶喝了几口润喉，再看看将晚的天色，才察觉到自己真的睡了很久。他说："公孙，我估计知道是怎么回事了，但是，咱还得去找个人问问。"

"谁？"

洛毅森没吭声，撑着膝盖起身，顺着小路的方向瞥过去，那个鬼鬼祟祟的身影一闪而过。他勾起嘴角笑笑，心说：就等你来了。

找到在附近嗑瓜子看热闹的村妇，打听到小虎子家怎么走，公孙锦才知道洛毅森要找的人是谁。也许，小虎子能告诉他们很多事，最不济的，也能发现新的线索。

两个人带着希望敲响了小虎子的大门，得到的回应，却是虎子妈说儿子从打昨晚救火出去就再也没有回来过。也许是出于刑警的直觉，洛毅森担心小虎子再也回不来了。

公孙锦的态度很明确，当务之急必须找到小虎子。走遍了所有的人家，没人看到小虎子在离开火灾现场后去了哪里，最后一个见过小虎子的人竟是小煤球葛刚。

葛刚说，他帮着爷爷收拾了一点还能用的木片拿回家当柴火，所以走得比较晚。那时候，虎子哥还在附近晃悠，也看不出来他是在干啥。后来，好像有人叫了他几声，他就朝着村东头跑了。那个叫他的人是谁，葛刚不知道，只能分辨出是个男人。

村东头？那不是通往山上的方向么？洛毅森看了看手表，已经是晚上的十点二十分了。现在上山肯定不明智，但是小虎子极有可能还在山上。他跟公孙锦商量了一下，跟葛喜旺借了手电和手套，还有两把铁锹赶着上山去。

第七章 背水一战

这还是第一次在晚上上山，在白天都不好走的山路坑洼不平，手里的电筒并不能照出一条清晰的路线，能见度只有一米左右的状态下，他们前进的速度很慢。山上的风又冷又硬，没多一会，洛毅森的体力支持不住，几乎是靠在公孙锦的身上在前行。

“不能停下。”在公孙锦劝他休息一会的时候，洛毅森坚持，“抓紧时间吧。”

一脚深一脚浅地在路况不明的小路上前行，山风犹如刀刃一般刮在脸上，洛毅森觉得体温越来越高，视线也跟着模糊起来。他的心只有一个念头——小虎子，千万别死。

白天需要一个半小时的上山路程，他们足足走了两个多小时。看到古枫树的时候已经是下半夜了。在这令人肃然起敬的古树跟前，洛毅森第一次感觉到冲天的怨气扑面而来。

他自认是个无神论者，但看过一些超自然现象后，也不得不重新调整自己的世界观、价值观。但他始终认为，不管是什么，都没有权利去剥夺他人生存的权利。

“挖。”他肯定地说，“他们都在下面。”

“他们？”

“对，朱凯的妻子还有两年前那四个人。如果我的推论是正确的，他们都在枫树下面。”

“那小虎子呢？”

洛毅森只是摇摇头，没吭声。抡起手臂开始挖掘。

公孙锦知道是拦不住虚弱的洛毅森了，只好跟他一起挖起来。两个人挥汗如雨，沿着枫树转圈地挖，一边挖，洛毅森一边说出自己的猜测。

“蒋兵说这里应该是古时候的祭坛，最主要的祭祀是阴灵。”

“死者的灵魂？”公孙锦问道。

“不是。其实大多人都误会了古时候祭祀阴灵真正的意义。事实上，‘阴灵’指的是月亮。月者，阴之精；还有书说‘日以阴德；月以阴灵’。在明朝不会在古墓上面搭建什么祭坛，这在风水上是很忌讳的事。你想想，你在人家屋顶上又盖个建筑物，那不是让人家万年不得翻身么。所以，这个祭坛下面不是什么古墓，很可能是个衣冠冢，真正的墓和尸骨不会在下面。大凡有能力建造衣冠冢的都不是小人物，而且，衣冠冢会有很多陪葬品。”

公孙锦手中的铁锹停了下来，耸起肩头抹掉脸上的汗水，抽空问他：“这些跟案子会有什么具体的关系吗？”

洛毅森勉强一笑，说：“明朝那时候也有活人祭祀，朱棣你知道吧，他设计弄死了驸马，翻脸就把执行这事的两员大将杀了，活祭。在明朝这事时有发生，嘉靖午间进士工抒，被奸臣严嵩杀害，后来严嵩他儿子严世蕃获罪被斩首，王抒他儿子王世贞花钱买通行刑的刽子手，砍下严世蕃的一条腿带回家，煮熟后用来祭奠父亲。”说到这里，他喘了几口气，长吁一声，说，“这还不算完，祭祀完他老子后，王世贞还跟一个兄弟喝上酒了，下酒菜就严世蕃条腿肉。”

看到公孙锦想吐又拼命忍着的样子，洛毅森笑了，接着说："综合以上的情况总结一下，咱俩脚下有个衣冠冢，估计是明朝时期邪教的产物。上面这个祭坛是用来祭祀不知道埋在哪的真正墓主，其方法就是献给月亮的活人祭祀。啊，不是说活着埋下去什么的，明朝那时候的活祭是要在墓前或者是祭坛前杀了祭品，再埋进去。"

所以，两年前那四个人的尸体还有朱凯妻子的尸体，都是被当做祭品埋在了古树下面。公孙锦得到了洛毅森的分析结果，不由得冒了一身的冷汗。

他意识到了非常严重的真相，但不等多问什么，忽听从一旁传来一声怒吼："你们在干什么！？马上滚，快滚！"

是朱凯！

洛毅森虚弱的身子只能用铁锨来支撑着，他低着头看了看已经露出的森森白骨，又转回身看着表情愤怒的朱凯。

朱凯手里只拿了一把手电。看样子，他不是有备而来。洛毅森无力地笑笑，说："朱凯，真是难为你了，居然能忍到现在。"

很明显，朱凯没心情跟洛毅森打哈哈，他在地上捡起一块比拳头大的石头，用手电照着洛毅森，威胁："滚，马上滚，要不我杀了你们！"

"就你？"洛毅森不屑地哼笑一声，"别说我瞧不起你，你要真有杀人的本事，两年前干吗去了？早在王兰被埋下去的时候你干吗去了？"

一旁终于接受了现实的公孙锦沉痛地哀叹一声，说："这是真相吗？"

"对，这就是事实。"洛毅森忽然扔掉了手里的铁锨，毫无防备地走向朱凯。他的身体还很虚弱，走路的时候摇摇晃晃。但脚步却是坚定而不迟疑的。他面对激动的朱凯，说："你到底要糊涂到什么时候？是不是觉得自己深爱的人都死了，你也没有活下去的意思了？我觉得你这人真挺操蛋的，老爷们活不下去那就去死啊，半死不活的算什么？守着亲人的尸体过一辈子？那你还不如把自己也埋在这里！"

"闭嘴！"朱凯怒吼了一声，大力地把石头打在洛毅森的肩膀上。后者连眉头都没皱一下，继续上前。他越是接近朱凯，朱凯就会下意识地向后退一步，直到无路可退。洛毅森才笑道，"不敢走了是吧，后面就是我跟小虎子差点被活埋的地方，你早知道，是吧？"

朱凯的神色慌张，眼中是恨不得掐死洛毅森的决绝。这时候，公孙锦很随便地把铁锨反握在手里，走到洛毅森身边，对朱凯说："跟我们走吧，这是你唯一的出路。"

洛毅森也伸出手："跟我们走，我们可以保证解决一切。给你一个新的开始。”

“不！”朱凯咬着牙愤愤地说，“我没啥机会了，我哪也去不了。你们……”

“朱凯！”洛毅森低喝一声，“你就不想想以后？你才多大年纪，还不到三十五岁！你打算这辈子都这样了？不死不活的，不清不楚的，你这样是对得起王兰还是对得起朱小妹？我就不信，王兰在临死的时候说的不是让你好好活着！”

倏然时间，他想起了妻子临终的嘱托：“走吧，别在这了，好好过日子比啥都强。”

呜咽声被山风吹向了四面八方，好像整个大山都在陪着他哀哭悲怀。洛毅森觉得有门儿，赶紧跟公孙锦低了一个眼神，准备趁热打铁一口气说服朱凯！

若是说到口才，洛毅森是肯定说不过公孙锦的，可奇怪的是公孙锦忽然拉着他一把扯到身后，又对朱凯大声喊道：“快过来，傻看什么？现在我们三个一条绳上的蚂蚱，快过来！”

洛毅森因为高烧不止所以对周围的敏感度也下降了，等他察觉到公孙锦的紧张时才发现，不知道是什么时候，周围的树林中隐藏了很多人。

随着公孙锦也把朱凯抓到身边，那些人犹如鬼魅一般的走了出来，其中有葛喜旺，还有七八个膀大腰圆的妇女，他们以梁村长为首，各个手持凶器。

洛毅森苦笑一声：“这就是真相。凶手是整个村子里的人。”

一向憨厚的梁村长早已不是原来的模样，他阴沉着脸，指挥着四十多个人将三人团团围住。走到队伍前面的梁村长冷冷地问：“我倒是想知道，你什么时候发现的？”

“回到火灾现场的时候就知道了。”洛毅森和公孙锦把朱凯夹在中间，他对梁村长说，“那场大火烧的太奇怪，围绕着房子和院子的起火点我有仔细数过，一共是十六处。假设是朱凯故意纵火，那么时间上就不对。我的同事在前一晚十一点半离开他家，他最多只能在十二点出门跑到我们的院子周围布置起火点。十六个地方，我敢保证足够他忙活一个多小时的。但是，起火时间是在凌晨零点三十分到一点之间，他没有作案时间。不仅如此，当大火烧起来之后，前来救火的人也太快太有组织性，连一个小孩子都能有条不紊的帮忙救火，就像早早准备好了一样。所以，综合这些情况一分析，就能判断出，纵火的凶手不是一个两个那么少，而是至少有七八个人才能做到。这么多的人做了手脚，其他村民会没有察觉？你这个村长会没有察觉？”

不等梁村长讽刺几句，公孙锦先开口了，他说：“在老瞎婆死的时候，我们已经开始怀疑你。”

闻言，梁村长一怔，说：“不可能！”

“为什么不可能？”公孙锦笑道，“老瞎婆身上的刀口很多，看伤口的形状、深浅就能判断出凶手不止一个人。”

不等梁村长反驳，洛毅森一瞪眼：“你早知道为什么不跟我说？”

公孙锦耸耸肩，道：“不能说。我们时时刻刻都被梁村长安排的人监视。起初，我还以为凶手是朱凯和梁村长，监视我们的人是朱凯。”

好吧，公孙锦的思维快了他一步。他是在发现门上那个脚印的时候才怀疑了梁村长。

所以，当洛毅森明白火灾的真相之后，一切诡异的事件都迎刃而解。从一开始，朱凯就没有任何特殊能力，可以同时间出现在两个地方。葛喜旺和拖拉机户都是受了村长的指使，编造了两个不同版本的故事说给他们听。让他们误以为朱凯有某种神力。也许，村长这种用意是想吓走他们，却不知道一科的人遇到过更加诡异的案件。不但没有被吓跑，反而继续深究了下去。

就在朱小妹死亡的第一天晚上，洛毅森问了有关枫鬼的事。当时，朱凯身边还有个村民，他的神情古怪，他们的谈话也被朱凯打断。那时候，洛毅森还以为是朱凯有问题，紧跟着，第二天一早老瞎婆被杀，尸体被移动到了枫树上。

事实上，小虎子的确不知情，村长等人只是从后院进入老瞎婆家里杀了她。锁门的时候，村长特意在后门留了个后手，趁着小虎子不注意，偷走了老瞎婆的尸体。这一点，直到最后洛毅森才明白。

老瞎婆不知道村长等人的阴谋，说出了关于枫鬼的传说。那个当夜留在朱凯身边的村民立刻告诉梁村长，老瞎婆已经说漏了枫鬼的事。为了给他们这些碍事的警察一点恐怖感，也为了堵住老瞎婆的嘴，梁村长等人杀了她，并把她的尸体转移到枫树上，来个将计就计的恐吓战术。

他们错在不该杀了老瞎婆，让他注意到朱凯以外的人。

一系列的真相已经浮出了水面，但并没有改变任何现状。梁村长一伙人还是对他们虎视眈眈，似乎准备一起扑上去，结果了他们三个碍事的家伙。洛毅森也在心里打鼓，不知道能拖延到什么时候，不知道蓝景阳和赵航能不能及时赶到。

这时候，公孙锦反倒淡定了下来。他看了眼眼睛都瞪红的朱凯，问道：“两年前到底怎么回事？事到如今，你也该说了吧。”

两年前……

作为村子的一员，他偶尔从老一辈人口中得知，在他们的脚下有一座明朝时期的墓，具体是谁的已经无从考证，只是到，他们这个村子最早是守护陵墓的兵将建起的，也就是，守陵人。

随着年代交替，岁月变更，守陵人真正的血脉已经不复存在，有的只是下面阴森的古墓和传说中的财宝。有一天，梁村长把朱凯和一些年轻力壮的小伙子召集在一起，说了要下去盗取财宝的决定。当时，他们才知道自己是守陵人的后代，或则说误以为自己是守陵人的后代。

梁村长说，他们守着这个墓已经好几百年，为什么不能拿一点宝贝换钱用用？在金钱的利诱下，当晚朱凯等人凿开了一个盗洞，也就是洛毅森掉下去险些被活埋的那个地洞。

盗取财宝的那一夜，他们美梦成真了，却在第二天付出了惨重的代价。当晚下墓的人中有四个人离奇死亡。那时候，村子里还有个活得最久的老头，他说梁村长等人的举动触怒了墓主，要以活祭来息怒墓主的愤怒。当下，梁村长做主，把领回来的四具尸体埋在了枫树下面，又多分了些钱给那四个家庭，打发了他们离开。

本以为，这些事情到此为止了，但是人的贪婪却是遏制不住的。梁村长再一次窥伺起那些财宝。但他没有活祭可以奉献，想来想去，就盯上了重病的王兰。

讲到这里，朱凯啐了口唾沫，擤了把鼻涕，虽粗俗不堪，却也是悲愤至极。他哽咽了两声，说："下面没啥机关陷阱，就是跟迷宫一样，我们都走散了。我不知道被啥东西咬了一口，昏迷了好半天。后来，是大梁把我叫醒的。第二天那四个人死了的时候，我也发现自己身上有烂的地方，我害怕也跟他们一样会死，整天提心吊胆。可不知道咋回事，几天之后那些烂的地方都好了。我也有心情等着梁村长把宝贝换来钱，好分成。那时候我心情好，每天晚上都跟小兰亲热，没过一个星期，小兰的身上开始烂，我以为她也会跟我一样，过几天就能好，但是等了一个月，她烂得越来越厉害。我才知道，她好不了了。"

忽听在人群里有个女人扯着破锣嗓子骂朱凯："你家那媳妇死就死了，你也拿着钱了，还想咋样？不愿意干就去死，别挡着我们发财！"

洛毅森冷眼一瞥，说："你们不就是准备杀了他，顺便也把我们弄死么。这算什么，杀人也要找个合理的理由？"

梁村长明显比其他人老成得多，他上前一步，说："你们不要误会。从两年前到现在，我们都没杀过人。小兰子是她自己死的，朱凯带回来的只是她的尸体，我们把她埋在树下也是为了落叶归根嘛。”

“你他妈的放屁！”朱凯怒吼了一声，“要不是没钱了，我能带着小兰回来找你吗？你假情假意给了我一点钱，却在半路说你有认识的医生，能治好小兰。我跟你去找医生，葛喜旺几个人给小兰灌药，眼睁睁地看着她咽气儿，你们还是人吗？”

对于朱凯的质问和指责，梁村长语重心长地说：“朱凯啊，你咋胡说呢，谁给小兰子灌药了？”

朱凯怒指着葛喜旺：“就是他！小妹在临走前告诉我的！那天晚上，你们把小妹也支出去了，要不是她惦记着小兰偷摸回家看一眼，你们，你们……”

这时候，被指出来的葛喜旺卑鄙地说：“小妹要是真看见了，为啥过了两年才跟你说？”

不是这样！朱凯语无伦次地告诉洛毅森，当时梁村长安排几个人找借口引开了他，等他回到家里的时候妻子只剩下一口气了。她告诉他，离开这个村子，好好过日子比啥都重要。那一刻，朱凯后悔了，肠子都悔青了！

就这样，梁村长等人用王兰的尸体做祭品，第二次下墓。朱凯想要告发他们，当晚就被一些村民抓住，暴打了一顿，并威胁他赶去找警察就杀了他跟小妹。然后，梁村长又到处散播谣言，说朱凯不正常，和梁村长相比，朱凯的话微不足道。

不止如此，为了让朱凯保守秘密，梁村长和一些村民威胁他不准乱说，否则下一个祭品就用朱小妹。朱凯明白了，自己走不出这个村子，但至少要让小妹出去。他变得沉默不语，偷偷把村长分给他的钱积攒起来，将来给小妹做嫁妆。梁村长等人看他老实了，渐渐地也失去了警惕性，在两月前他找机会把小妹送走。

临走前，他带着朱小妹来到枫树下祭奠妻子。就是在那时候，小妹说出了两年前的真相。并告诉他，她不敢说，梁村长他们人多势众，万一合伙对付他们兄妹怎么办？朱凯已经无力报仇，只能送走小妹，却不想小妹还是死在了家里。

说到这里，梁村长一伙人已经极不耐烦了。几个老爷们催着赶紧动手，弄死他们大家都有财发。梁村长也不愿意多耽搁时间，生怕洛毅森等人的同伴回来，残忍地对着公孙锦一笑：“对不住了，三位，今天只能委屈你们了。”

“等等！”洛毅森在争取时间，多一分钟也好。他问，“昨天，公孙知道我上山，你让小虎子来找我帮忙，那个推小虎子掉进山洞又堵死洞口的人是谁？”

“知道这些干啥？”梁村长不耐烦地说，“知道了也是死，没啥大意义。”

“别介，您还是说说吧，糊涂鬼到了下面没法投胎。”洛毅森嘴里打着哈哈，插在裤子口袋里的手终于摸到了发送键，他不知道现在的手机还有没有信号，但至少可以一搏！

梁村长是铁了心不肯说，但朱凯却在这时候指着人群中的一个，说：“是她们！”

随着朱凯手指的方向看去，洛毅森终于明白什么叫“妇女能顶半边天”了。那几个膀大腰圆的村妇们，可不比老爷们差。难怪赵航问起打谷场上还有谁家的男人没到场，梁村长会信心满满地挺腰断言。

该明白的都明白了，但是接下来要怎么办？洛毅森现在的状态很糟糕，没把握可以摆平这四十多人，况且其中还有几个女人呢，他从来不打女人！

面对四十多个磨刀霍霍的刁民，公孙锦倒是老神在在的模样。他偷偷扶着洛毅森的背部，给了一点支撑力。随即，对梁村长问道：“我很想知道，你杀了我们之后怎么办？我的同事一定会回来，你怎么交代呢？”

“不劳你操心了。”梁村长一挥手，周围的人缩小包围圈，朝三个人慢慢地围了上去。只有梁村长把自己当做了一方首领，得意地说，“你们手里有电筒、有绳子、有铁锹，这不是最好的盗墓工具吗？等你们死了，我会把你们的尸体扔进那个盗洞里去，就算被人发现了，也会以为你们发现了地下的秘密，谋财不成反丢命。跟我们有啥关系。”

那个跟洛毅森打过几次照面的男人似乎早就迫不及待，叫嚷着：“老梁叔，还废什么话，动手吧！”说着，他挥起手中的长斧直奔公孙锦砍去。

洛毅森绝对不能让公孙锦受伤，即便是在他极度虚弱的时候，还是能拼力一战！一个侧身出腿，直把这个男人踢出去两三米远！众人一见他明显是练过的身手，顿时都有些呆了。一边的公孙锦竟然还有心情抱怨：“要是在你没病的情况下，这一脚少说也能踹出去五六米远吧。”

不等洛毅森哭笑不得的回答什么，梁村长忽然大声喊道：“他们只有三个人，怕啥？”

在梁村长的怂恿下，村民们举起手中的武器就要杀人。朱凯忽地一下子把公孙锦和洛毅森推到一边，捡起洛毅森丢在地上的铁锹，胡乱挥动着，大声叫喊：“这次说啥也不能让你们再害人！”

站在后面的公孙锦摸摸下巴，自语：“不错，还有点血性。”

洛毅森直接翻了个白眼，心说：大哥啊，这都什么时候了，您还有闲情说风凉话呢。等会咱哥仨都得交代在这。

许是察觉到了洛毅森的心情，公孙锦摘掉了眼镜谨慎地收在口袋里，走出第一步的时候，告诉洛毅森：“好好歇着吧，不会有事。”

就在朱凯已经被打破头的时候，一声刺耳的枪响划破了乌黑的夜，震慑住狂暴的风，恐吓住暴走的村民。洛毅森目瞪口呆地看着还保持着冲天鸣枪姿态的公孙锦，很想问问他，他这枪是哪来的？

这一次他们只是旅游度假，说好了谁都不携带配枪。而且，这几天的行动以来，他也没发现公孙锦身上有枪，就算是着火那时候，他在大家面前脱得光溜溜换了衣服，也没看到有枪！这妖人，到底是怎么搞出一把枪的？

想到最后实在不明就里，索性也不想了，既然有枪在手，就由不得梁村长一伙人横行无忌！

枪，对这些村民来说是可怕的，虽然他们还紧紧握着手里的武器，但已经开始向后退去。一个个看着公孙锦的眼神，都是恨不得活吞了他的狠戾！这其中，唯有梁村长纹丝不动！等到所有人都退到他的身边，他才冷笑道："你一把枪才有多少子弹？我们这边可是都四十三个人，你能杀得了几个？"

是啊，就算把子弹打光，也不能全部解决了他们！洛毅森紧张地看着公孙锦，忽听他不紧不慢的口气，说："你们知道为什么王兰得了那种病会死，朱小妹得了那种病也会死，而你们其中一些得了同样病的人却没事呢？"

这个答案，没人知道。

公孙锦又说："事实上，两年前第一次盗墓的时候，朱凯被什么东西咬了一口，那四个人死了，而他却痊愈了。关键在那东西咬了他，他有了抗体，但是他的血液、唾液、精液还是带有毒素，所以王兰死了，朱小妹也死了。好吧，你们好像听不懂，我换个说法。就是说，朱凯的血液里有致命的毒素，谁沾上谁死。你们已经打破了他的头，不想看看有没有沾上他的血吗？"

听罢公孙锦的一番说辞，洛毅森心说：你也太能蒙人了！这话三岁小孩都不能信。

三岁孩子能不能信不重要，重要的是，这些村民们亏心事做太多，他们信了！

人群立刻骚动起来，有些人甚至把手里的武器丢在地上，慌乱的检查自己露在衣服外面的部位。观察着这种改变的洛毅森不禁倒吸一口凉气，公孙锦寥寥数语，居然动摇了对方的军心。果然是妖人！

公孙锦技高一筹，趁着这些人混乱的时候，说："你们最好不要再让朱凯流血，也不要再靠近他。等到搞定我们俩之后，你们或许可以用绳子勒死他、用水淹死他、用东西捂死他，杀人不见血的办法还有很多。"

洛毅森终于明白了公孙锦的用意，他跟自己一样，在拖延时间！但是，狡猾的梁村长恐怕不容易上当。

就像洛毅森担心的那样，梁村长听过这些威胁后，反而冷笑几声，说："你当我是几岁的娃娃，你说啥我就信啥？"

他不信，可朱凯却信了！俩手在脸上一抹，蹭得都是血，直奔着梁村长扑了过去！几个距离较近的村民，惊骇地纷纷闪开，生怕溅上一滴血。梁村长也急忙拐杖一挡，当下也急了，大声吼道："你们都傻站着干啥？"

朱凯不死心，痛骂着梁村长不是人！胡乱地急扑上去。梁村长狼狈不堪地躲闪着，叫喊着："我告诉你们，朱凯要是能把人整死，咱们早就没命了，那人在骗你们！他们三个不死，咱们都要被枪毙！"

"枪毙"这个词完全压住了这些人对朱凯和手枪的恐惧感，躲在人群中的葛喜旺咬着牙，跺了脚，脱下外衣撕开，包住了口鼻和手，重又捡起扔下的铁棍，直冲向公孙锦。

洛毅森不知道该怎么劝说葛喜旺，他甚至因为想到了葛刚而忘记提醒公孙锦小心。其他村民见有个人带头了，纷纷举起手里的武器，好像是一股浪潮般的涌向他们。

妈的，拼就拼了！洛毅森干脆脱了外衣，拿在手里奔到公孙锦身边，手腕一抖，普通的衣服就像是鞭子似的抽打在葛喜旺的脸上，他顿时捂着眼睛踉跄后退。洛毅森顾不得朱凯那边的情况，拉着公孙锦退到身后，掩护他开枪伤了三个村民的行动力，但是其他人丝毫没有停歇，全然没了什么"人"的模样，张牙舞爪地化身厉鬼。

洛毅森已经不知道自己挨了几下，现在的身体状态还能站着已经是万幸了！堪堪避过一斧子，急忙问公孙锦："还有几颗子弹？"

"没了。"说话间，公孙锦打倒一个女人，丝毫不介意对方是异性，"再坚持一会，马上就到了。"

再坚持"一会儿"？多会儿？这么下去，不用两分钟他就能壮烈了！回头看了眼公孙锦，接连几次险象环生，看得他心直揪紧！想巫蛊案那时候，公孙锦能以闪电般的速度掐断蛇头，现在怎么缩水了？

这一眼走了神，一根铁棍狠狠地打在他背上，葛喜旺真是下了杀手，把洛毅森打的向前趔趄数步，险些扑在公孙锦身上。

公孙锦单手扶住洛毅森，两人相互交错之间，各自挥拳打中几个人。这时候谁还能注意到底打了谁，反正是逮着谁打谁，不打，就是自己丧命。他们紧紧靠在一起，把背后交给对方。

朱凯那边的情况似乎比他们好些，毕竟那些人还是忌惮着公孙锦的那番说辞，只有梁村长和三个不要命的愣头青跟朱凯打斗，看样子他也撑不了多久。

一场数量悬殊的对抗仿佛没有结束的时候，叫嚷、怒骂、纯粹的杀意，将这座大山感染成了一片死地，只有天上的一轮残月俯视着这场泯灭人性的厮杀。

一片乌云缓缓飘过，遮掩了残月清冷的光芒。如墨般的漆黑笼罩了这大山一隅，还在死斗的人们甚至看不清对方的脸。只听到一阵强过一阵的振翅声扑面而来。

对这种古怪的声音洛毅森并不陌生，他反手抓住公孙锦扯到身边，告诉他："趴下！"

他们才刚刚趴伏在地面上，忽听这些村民惊恐的嚎叫起来，抬起头看了几眼，只有黑暗中惊慌挥舞手臂，抖动身体的影子。看上去，好像被什么东西攻击，无路可逃。洛毅森把心一横，告诉公孙锦："咱们头上是正北方向，朝着两点方向移动，去找朱凯。公孙，跟紧了，别离开我身边。"

公孙锦不多言，两个人紧贴着地面朝着两点方向移动。过程中，不知道被踩踏了多少次，洛毅森险些以为自己会被踩得吐血！他们身后不少人已经抱着头在地上叫喊着打滚，一团一团黑色的东西死死纠缠着他们，打不着，挥不去，如跗骨之蛆。

一个女人尖叫着扑到在洛毅森面前，扭曲的脸上已经被她自己抓得面目全非，血淋淋的口子，向外翻着白森森的骨肉。那一团一团的黑色物体冲进了她叫嚷着的口中，她用手去抠，瞬时间黑红粘稠的液体顺着下巴涌出来，她痉挛一样地抽搐了两下，蹬了蹬腿，再也不动。

洛毅森心跳如故，带着公孙锦加快了爬行速度。他们的身边，不断有人倒下、不断有人把脸抓挠得像是个怪物、不断有人痉挛地抽搐。他们能做的只是尽快向前爬，终于看到朱凯死死抓着梁村长的时候，看到那成群的黑色东西竟然不敢靠近。

这时候还想什么报仇，先保命吧！洛毅森一把抓住朱凯的脚腕用力一扯，朱凯在没有戒备的情况下，直接被拉倒在地上，连带着梁村长也跟着摔倒下来。

洛毅森压着不甘心的朱凯，在他耳边大喊："快走，这些飞蛾吃完了他们，就该吃我们了。快下山。"

朱凯用力地挣扎着，想要挣开洛毅森的钳制。公孙锦也急着离开这个该死的鬼地方，他吼着朱凯："王兰想你好好过日子，别把自己交代在这。"

许是王兰的名字终于唤起朱凯最后的一点理智，他恨恨地看了一眼在地上打滚的梁村长，忽然仰天长啸："兰子，我对不起你！"

洛毅森在心里甩给朱凯一记耳光，这都啥时候了，还抒情呢？赶紧撤走才是硬道理！但奇怪的是，随着朱凯这一声叫喊，天上那一片乌云四散而去，月亮露了出来，皎洁清冷的光复又照亮了这充满了死亡的地方。百年古枫树像是散发着淡淡的柔和的光芒，一阵清风吹来，那些还“吞噬”着村民们的黑色飞蛾像是受了惊吓，全部都飞向古树，犹如黑色的浪潮眨眼间消失不见。地面上还有一些人清醒着，打着滚痛苦地呻吟。但在洛毅森看来，他们还不如失去知觉的好。古怪的黑色飞蛾顺着口耳飞进了他们的体内，有一个人正在拼命的拉扯自己的舌头，活像个吊死鬼。

如此的突变把洛毅森弄傻了，他呆呆地看着古枫树，看着树干上那个凹凸出来的人形。他不知道自己是不是眼花了，那本来毫无生气的“脸”似乎对着他们淡淡一笑，温婉的，淡雅的笑容。他使劲揉了揉眼睛，再去看那个“枫鬼”哪里有什么变化，还是死气沉沉的样子。

“这种黑色飞蛾怕月光？”公孙锦呐呐自语着。

“应该是这样。”洛毅森说，“我之前说过，这个祭坛是祭祀月亮的。可能就是因为这种变异的飞蛾。不对……”

他马上推翻了自己的想象。这种变异的飞蛾应该来自地下的古墓，在建成古墓的时候有人在上面搭建起祭坛，并开始祭祀月亮，为的是封住里面这种吃人蛾。几百年过去后，梁村长等人打开古墓，放出了这种吃人蛾。今晚在祭坛前的打斗，所有人都流了血，血腥气引来了大量的吃人蛾。乌云蔽月，吃人蛾倾巢而出，幸亏月亮及时出来，否则，他们谁都跑不了。

为什么，在吃人蛾出来的时候，自己会想到必须趴下呢？这念头好像是有人硬生生塞进了他的脑袋里，真的是……

没等想“真的是”后面的答案，洛毅森眼前一黑，倒在了公孙锦的身上。

第八章 尾声与苏子年的疑问

等他再睁开眼睛，已经躺在县里的医院病房。浑身酸痛不止，手脚跟灌了铅似的沉重。他扭头看了看身边的人，一身白衣的廖晓晟正在看书，没注意他已经醒来。

“廖姐。”他声音嘶哑，还有些虚弱。

廖晓晟的眼神淡漠的瞥过来，对他浅浅一笑，问：“感觉怎么样？”

“糟透了。”他试着起身，却被廖晓晟按住。洛毅森想起了很多事，问道，“公孙呢？”

“他很不好。他的溃疡情况比你还严重，高烧不止。”

“他也被传染了？”该死的，为什么那妖人没说？为什么自己没有发现？难怪在山上他功夫缩水。这混蛋！

廖晓晟似乎对公孙锦隐瞒病情的事也很恼火，说：“虽然景阳已经骂过他了，你也有权利海扁他一顿。”

这一刻，他想起公孙锦曾经割破了手指，沾染过自己的血。现在终于明白，他是在拿自己做实验。妖人啊妖人！

这件事，廖晓晟也知道了。公孙锦在醒过来之后，跟她提到，这种奇怪的溃疡病应该来自于那些古怪的吃人蛾，洛毅森在盗洞里受了伤感染到吃人蛾的毒素。他为了确定这一点，才用自己做实验。

“放心吧，老大已经醒了。”廖晓晟笑着说，“他在你隔壁的病房，已经没什么的大事。”

没大事，那还是有事。洛毅森忽然有一肚子的问题想要问，廖晓晟把书放下，慢条斯理地说：“你整整睡了两天两夜，烧早就退了，现在只剩下那种溃疡情况需要治疗。朱凯我们已经送他去研究所，通过检查，发现他身上的确有抗体，研究疫苗需要他。我听说，那些专家们在不分昼夜地工作，疫苗在三天后就能做出来。你跟公孙都不会有事的。当然了，还有那个小虎子。”

听到这些，他也放心了。所以，也有心情说点别的，比方说梁村长那些人怎么样了。对此，廖晓晟坦言：“小虎子找到了，被梁村长他们绑起来藏在地窖里，除了溃疡情况和脱水没什么危险。至于梁村长他们，在那晚一共死了十六人，梁村长重伤。你不要担心什么，疫苗出来咱们肯定会给他们注射，然后送这些人上法庭。”

“不止这么简单。”洛毅森说，“梁村长等人盗取的陪葬品是通过什么渠道脱手的？那四个人的尸体怎么会轻易要回去？我敢肯定，乡里或者是县里的警察局一定有猫腻儿。有人去查吗？”

廖晓晟点点头，说：“当然。已经成立了专案组，有赵航在组里帮忙，那些蛀虫一个都别想跑。”

这才是正确的结局。洛毅森安心地笑了，又问到那种奇怪的飞蛾。

廖晓晟说：“现在已经有防疫医疗队的人介入，在他们宣布安全之前，考苦学家和生物学家暂时不能给出什么定论，因为毕竟要下古墓去亲自考察。倒是有位老专家说，那种飞蛾应该是古时候通过某种特殊手段培养出来的守墓虫。”

但是为什么朱凯会有抗体？真的是因为在墓里被什么东西咬了一口的原因？朱小妹为什么时隔两年才被传染？

算了，他苦笑着摇摇头。这些答案还是让研究所那些精英们去寻找吧。

廖晓晟看到他一副放下心来的模样，忍不住问了一个她始终在意的问题。所谓的“枫鬼”到底是什么呢？

是什么？洛毅森无法回答。也许是那些变异的黑色飞蛾，也许是那个好像女人脸一样的人形，也许是像梁村长那些贪婪的村民们……

病房里有着淡淡的药水味儿，明媚的阳光洗涤了那一晚噩梦般的记忆。他享受地在枕头上蹭了蹭，将脑海中那张微笑的女人脸掩埋在记忆中。

房门被推开，苗安好像只小鸟儿似的叽叽喳喳跑进来，拎着好多吃的东西，从头到脚检查着洛毅森的伤情。跟在她后面的苏洁笑而不语，倚在墙上笑看苗安紧张的模样。洛毅森感动得一塌糊涂，却不知该说些什么，只能死命拉着自己的腰带：“小安，你个姑娘家别扯男人裤子！”

“我要看看你腿上的溃疡。”

“不给看，你羞不羞啊你？”

“我这是查看病情，你的思想真肮脏！”

“你又不是医生，查个狗屁病情。”

“你让不让看？”

“不让。”

“让不让？”

“不让。我操，小安，你放手，我喊非礼啊！”

蓝景阳扶着公孙锦走到病房门口，看到里面的情况后，公孙锦想了想，还是决定暂时不进去了。蓝景阳也有点望而生怯，说：“我扶你去院子里走走。”

两个人朝着楼梯口走去，与迎面而来的苏子年相遇，相互说了些话才知道，苏子年找了不少相关专家帮忙来的。这会儿抽空来看看公孙锦和洛毅森。

终于保住了自己的裤了，洛毅森揉了揉苗安的头发，这种已经成了习惯的动作让他的心情格外愉悦。见到苏子年，他那一笑灿烂过头，害苏家老爸险些以为这人压根是在装病。

苏子年上上下下打量了一番洛毅森，挺严肃地问：“小子，你今年多大了？”

“二十六。”他笑道，“进一科那时候正好过了生日。”

苏子年低头想了想，说：“不对，你今年可不是二十六。我记得看过你的四柱，你应该是丁卯年出生的。”苏子年一边琢磨一边说，“不会有错，你就是丁卯年出生的，属兔，你今年不是二十六，是二十五。”

爷爷在辞世前说过：“小森啊，你二十五岁那一年有个大坎儿，过了二十六岁生日就好了。你要多小心啊。”

嬉闹声和着倾洒进来的阳光，把整个病房烘托的温暖喜兴，可洛毅森却呆呆地看着苏子年。

须臾……

大坎儿什么的，八成是就是一科吧。要是这样，其实也挺不错的。